MAREIKE LÖHNERT

Emscher Zorn

GEFÄHRLICHE FREUNDE Jakob Teuber steckt in finanziellen Schwierigkeiten, lebt gemeinsam mit seiner zwanghaft gläubigen Mutter in einem renovierungsbedürftigen Mehrfamilienhaus im Dortmunder Norden und weiß nicht, wie es weitergehen soll. Sein Leben verändert sich, als er den unberechenbaren Rumänen Nelu kennenlernt und sich eine Freundschaft entwickelt. Nelu führt Jakob in eine Welt ein, die aus Alkohol, Drogen, Einbrüchen, Prostitution und Betrug besteht. Erst als eine Katastrophe passiert, wird Jakob klar, dass er sich in einer Falle befindet, aus der er sich nicht befreien kann. Der realitätsferne Polizist Tim König und sein cholerischer Kollege Markowski kommen durch dubiose Umstände in Kontakt mit Jakob. Als ein Mord geschieht und die Ermittlungen der Kripo eingestellt werden, beginnt König in seiner Freizeit zu recherchieren und begibt sich auf die Suche nach Antworten. Das, was er finden wird, übertrifft alle seine Vorstellungen.

© Foto Kosfeld

Mareike Löhnert wurde 1974 in Nagold geboren. Nachdem sie ihre Kindheit im Schwarzwald verbracht hat, ist sie in Norddeutschland aufgewachsen und lebt nun im Ruhrgebiet. In ihrem recht wilden Leben ist sie mit siebzehn Jahren aus dem Elternhaus ausgezogen, wohnte in besetzten Häusern, machte eine Ausbildung zur Erzieherin, arbeitete in Diskotheken und Fabriken, war ein Jahr selbstständig und ist inzwischen seit neunzehn Jahren als Personalsachbearbeiterin in einem Paketdienst tätig. Emscher Zorn ist ihr erster Roman.

MAREIKE LÖHNERT

Emscher Zorn

Kriminalroman

GMEINER

Immer informiert

Spannung pur – mit unserem Newsletter informieren wir Sie regelmäßig über Wissenswertes aus unserer Bücherwelt.

Gefällt mir!

Facebook: @Gmeiner.Verlag
Instagram: @gmeinerverlag
Twitter: @GmeinerVerlag

MIX
Papier aus verantwortungsvollen Quellen
FSC® C083411
FSC www.fsc.org

Besuchen Sie uns im Internet:
www.gmeiner-verlag.de

Im Ehnried 5, 88605 Meßkirch
Telefon 07575/2095-0
info@gmeiner-verlag.de

1. Auflage 2021

Lektorat: Claudia Senghaas, Kirchardt
Herstellung: Mirjam Hecht
Umschlaggestaltung: U.O.R.G. Lutz Eberle, Stuttgart
unter Verwendung eines Fotos von: © itsme / Pixabay
Druck: CPI books GmbH, Leck
Printed in Germany
ISBN 978-3-8392-2820-3

KAPITEL 1 – JAKOB

Er stieß die wuchtige Holztür mit beiden Armen auf. Eine Wand aus lauter Schlagermusik, wirrer Gesprächsfetzen und Schwaden von Zigarettenqualm schlug ihm entgegen. Jakob ließ die grelle Mittagssonne hinter sich und tauchte in die stickige Dämmerung der Eckkneipe ein, wie ein Insekt, das vor dem Licht flüchtet. Der Laden war voll. Er schob sich durch dicht gedrängte, schwitzende Männerleiber bis zur Theke.

Ein Typ mit grünlicher Gesichtsfarbe rutschte von seinem Barhocker und verschwand taumelnd auf der Toilette.

Jakob hockte sich auf den frei gewordenen Platz, beugte sich nach vorne und legte mit geschlossenen Augen die Stirn auf den kühlen Tresen. So verharrte er, als hätte er sich in eine steinerne Statue verwandelt und wünschte sich weit weg.

Hinter der Bar schob sich Gustav, die dünnen Augenbrauen in seinem faltigen Gesicht nach oben gezogen, näher an ihn heran, wischte sich die Hände an einem schmutzigen Handtuch ab und musterte ihn interessiert.

»Na Jakob, um diese frühe Zeit schon Feierabend?«

Er lachte sein krächzendes Raucherlachen, das sofort in ein heiseres Husten überging.

»Siehste doch und jetzt mach hin, Alter. Heute hab ich es echt nötig«, brummte Jakob, öffnete ein Auge und blickte grimmig nach oben.

»Scheißtag gehabt, was?« Gustav nickte verständnisvoll.

Schnell und geübt zapfte er ein großes Pils, schüttete einen doppelten Korn ein, knallte die Gläser vor Jakob auf den Tresen und ließ ihn in Ruhe. Er war der perfekte Wirt. Er arbeitete zügig, schien mit seiner Theke verwachsen zu sein und hielt seine Schnauze, wenn es angebracht war.

Jakob kippte den Korn in einem Zug hinunter und spülte mit Bier nach. Er spürte deutlich, wie sich seine zitternden, vibrierenden Nerven beruhigten und ließ seinen Blick durch die Kneipe schweifen.

Es waren größtenteils ältere Männer, die hier schon in der Mittagszeit verkehrten und ihre armselige Rente versoffen, nur an der Dartscheibe standen zwei gelangweilt wirkende Jungs und warfen lustlos ihre Pfeile. Hatten wohl auch den ganzen Tag nichts anderes zu tun, als hier herumzuhängen und die Zeit verstreichen zu lassen, so wie er. Die große Zeit der Kneipen im Ruhrgebiet war, nach den Schließungen der Zechen und Stahlwerke, vorbei.

Sinnlos. Alles war so sinnlos.

Wieder hatte er eine Maßnahme vom Jobcenter abgebrochen. Wieder würde es kein Geld geben. Leistungen gestrichen. So einfach war das. Er hatte es mit seinen 24 Jahren noch nie geschafft, länger als zwei Wochen einen Job zu behalten.

In den vergangenen zwei Tagen hatte er im Keuning-Park mit Schaufel, Harke und Schubkarren bewaffnet, den Kampf gegen Hundekot, gebrauchte Spritzen der Junkies, benutzte Kondome und anderem Müll aufnehmen müssen, wobei bei dem ganzen Dreck klar war, dass er sowieso nur als Verlierer aus der Schlacht herausgehen würde. Nach einer Nacht voller Drogenexzesse, Sex und überfütterten Kötern sah der Park am nächsten Tag genauso verdreckt aus wie zuvor. Die Mischung aus Gestank, den unzumutbaren Kollegen und der prallen Hochsommersonne, die unbarmherzig seinen Schädel während der Arbeit weichkochte, war zu viel für ihn gewesen.

Wut bohrte ihre langen, spitzen Krallen in seine Eingeweide, packte zu und ließ ihn nicht mehr los. Er ballte die Faust so fest zusammen, dass es schmerzte und widmete sich wieder ausgiebig seinen Getränken, als er bemerkte, wie sein Sitznachbar ihn anstarrte. Der blaue Heinz, wie man ihn im Allgemeinen nannte, saß oder hing vielmehr auf dem Hocker neben ihm und glotzte ihn mit blutunterlaufenen Augen an. Er war ein stadtbekannter Säufer, der bei Gustav seinen Stammplatz hatte.

»Was glotzt du so, Heinz? Schon wieder besoffen?«, raunzte Jakob ihn an.

»Hömma, Junge. Hab dich heute Morgen gesehen. Im Park bei der Maloche«, lallte Heinz und lächelte dümmlich, als sei er stolz auf sein gutes Erinnerungsvermögen.

Jakob stellte fest, dass er fast keine Zähne mehr in seinem Mund hatte.

»Wow, du solltest Detektiv werden«, Jakob wandte sich gelangweilt ab. Wahrscheinlich hatte der Alte auf einer Parkbank gesessen und sich schon morgens einen gezwitschert. Heinz griff nach seinem Arm, den Jakob hastig zurückriss.

»Wolltest den Kollegen kopfüber in den Schubkarren drücken und dann biste einfach abgehauen«, fing er wieder an.

»Der Typ hat es nicht anders verdient«, schrie Jakob den Alten an, »mach dir mal um mich keine Sorgen und quatsch mich nicht blöd von der Seite an.« Er schlug mit der Faust auf die Tischplatte. Gläser klirrten. Seine Nebenmänner warfen ihm irritierte Blicke zu. Jakob schüttelte sich hasserfüllt, als er sich an den übergewichtigen Kollegen erinnerte, der jeden Tag dasselbe rosafarbene, zu enge T-Shirt mit der Aufschrift »Bier formte diesen wunderschönen Körper« trug, wie ein Schwein schwitzte und alles nur Mögliche tat, um sich vor der Arbeit zu drücken.

»Ich geh da nicht mehr hin. Genug ist genug«, murmelte er.

Der blaue Heinz nickte sinnierend und glotzte traurig in sein leeres Glas. Gustav stellte zwei Kurze vor sie auf den Tresen.

»Die Welt ist böse, und die Menschheit besteht aus Lügnern und Egoisten. Dortmund ist nicht mehr das, was es einmal war«, stellte Heinz mit müder Stimme fest.

Jakob stimmte ihm zu. Sie stießen an, tranken, danach verlor sich wieder jeder von ihnen in seine eigene Gedankenwelt.

Jakob verbrachte den Abend in einer Art Dämmerzustand. Es gelang ihm nicht, richtig betrunken zu werden, es legte sich ein grauer Nebel über ihn und hüllte ihn wie eine Decke ein. Die Gäste verschwanden nach und nach, bis nur noch Jakob und der blaue Heinz schweigend an der Theke saßen.

Nachdem sich Gustav mehrere Male lautstark geräuspert und zuvor mehrmals angekündigt hatte, dass dies die letzte Runde sei, nahm er beiden die Gläser weg.

»Feierabend«, sagte er laut und deutlich, »ihr zwei Hübschen geht jetzt fein nach Hause und legt euch in eure Bettchen«, er hustete nachdrücklich und zündete sich eine Zigarette an, »und Jakob, lächele mal wieder. Bei deinem Lächeln geht die Sonne auf, sag ich immer. Steht dir besser, als dieses miesepetrige Gesicht. Wir wissen doch alle, dass du gar nicht so böse bist, wie du immer tust.« Er zwinkerte Jakob zu.

Jakob warf Gustav einen drohenden Blick zu, rutschte gehorsam von seinem Hocker, hob die Hand zum Gruß und trottete mit hängendem Kopf wie ein verjagter Hund nach draußen. Sein verschwitztes T-Shirt stank nach totem Tier.

Die Nacht war noch immer warm. Ruhe lag über dem sonst so lebendigen Nordmarkt. Jakob atmete tief die milde, nach Asphalt schmeckende Sommerluft ein, zog sich die rutschende Jogginghose hoch und schlug zu Fuß den Weg Richtung Schützenstraße ein, wo er gemeinsam mit Mutter lebte. Gedankenverloren trottete er durch die nächtliche Nordstadt.

Morgen musste er mit Mutter sprechen und ihr mitteilen, dass keine Bezüge mehr vom Amt kommen würden und sie wieder zu zweit von ihrer Witwenrente leben mussten. Finanziell würde es eng werden. Ohne Schulabschluss, waren die Jobs, die ihm angeboten wurden, das Allerletzte. Er vergrub die Hände tief in den Hosentaschen, passierte graue Straßen und marode Häuser, mit vor Schmutz starrenden Fenstern.

»Nazis auf die Fresse hauen«, hatte jemand mit einem Filzstift an eine Hauswand geschrieben. »Wie denn, ohne Arme?«, hatte ein Witzbold darunter gekritzelt.

Von irgendwoher erklang laute Musik, das hysterische Gebrüll eines Mannes folgte, dann war es still. Jakob stieg über einen ausgekippten Müllsack, der auf dem dreckigen Bordstein lag. Eine Ratte huschte an seinen Turnschuhen vorbei und lief eilig über die leere Straße. Jakob blickte ihr hinterher. »Verdammt«, schrie er in die Nacht und kickte mit dem Fuß einen leeren Waschmittelkarton zur Seite, »warum muss immer alles so verflucht schwer sein?« Seine Stimme hallte durch die Häuserschluchten. Er schrak zusammen, als er ein heiseres Lachen neben sich hörte und feststellte, dass er nicht alleine war.

KAPITEL 2 – JAKOB

Eine dunkle Gestalt hockte im Schneidersitz auf dem Dach eines parkenden Autos. In dieser Stadt war es normal, dass man zu jeder Tageszeit auf die skurrilsten Typen traf, dennoch bemerkte Jakob, wie ihm ein kalter Schauer über den Rücken lief. Er rührte sich nicht. Durch die Dunkelheit nahm er wahr, wie die schemenhafte Gestalt auf dem Autodach die Arme nach oben richtete und sich ausgiebig streckte.

»Warum denn so wütend?« Die Stimme des Mannes war dunkel und rauchig. Mit einem Satz sprang er, geschmeidig wie eine Katze, auf die Straße und lehnte sich an eine Hauswand. Sein Gesicht blieb im Schatten verborgen, nur seine Augen schienen im Dunkeln zu leuchten.

Wahrscheinlich hat der Typ einfach zu viel Kokain gezogen, versuchte Jakob, sich zu beruhigen, doch die plötzliche Nervosität, die sich in ihm ausbreitete, ließ sich nicht vertreiben. Der Mann trat aus dem Schatten und kam auf Jakob zu. Er war etwa in seinem Alter. Feste Bauchmuskeln bildeten sich unter seinem schwarzen Seidenhemd ab und er trug eine teuer aussehende, perfekt sitzende Anzughose. Sie starrten sich an. Jakob hatte noch nie ein so schönes Männergesicht gesehen. Er glotzte in die tiefblauen Augen des Mannes, auf die harten, hervortretenden Wangenknochen in der fast schon weiblichen Form des schmalen Gesichts, die glatte, hellbraune Haut und das dunkle, nach hinten gegelte Haar und kam sich vor wie ein Idiot.

»Ich hab dich was gefragt«, zischte der Mann, »ich hab dich gefragt, warum du wütend bist.« Er strahlte eine Gefährlichkeit aus, die Jakob faszinierte. Sein Blick blieb an der gezackten Narbe hängen, die sich, zartrosa schimmernd, quer über den Hals des Mannes zog. Er riss sich zusammen und sah beschämt zu Boden. »Bin immer wütend«, murmelte er.

Der Mann nickte wissend und streckte ihm die Hand hin. »Ich bin Nelu.«

Jakob schlug ein und nannte seinen Namen.

»Vielleicht sieht man sich mal wieder.« Nelu zuckte gelangweilt mit den Schultern, wandte sich ab und ging.

Jakob spürte verwundert ein nagendes Gefühl von Sehnsucht, als er dem Mann, dessen Präsenz die ganze Straße einnahm, hinterher sah. Die Schützenstraße schien endlos lang zu sein. Im fahlen Licht der vereinzelten Straßenlaternen hatte er das Gefühl, durch eine Geisterstadt zu wandern. Grau an grau lehnten sich die Häuser, die ihre besten Tage längst hinter sich gelassen hatten, aneinander und beobachteten ihn aus blinden Fenstern.

Endlich kam er an dem renovierungsbedürftigen Mehrfamilienhauses an, in dem er mit Mutter lebte. Er schlurfte die Treppen hinauf bis ganz nach oben.

»Hier wohnen Marianne und Jakob Teuber«, stand auf dem grottenhässlichen, selbst getöpferten Herz, das an der Wohnungstür hing. Peinlich berührt sah Jakob weg. Wenn man das las, könnte man denken, dass hier ein Ehepaar wohnen würde und nicht Mutter und Sohn.

Leise schloss er auf und betrat auf Zehenspitzen die Wohnung, um Mutter nicht zu wecken. Wie immer empfing ihn ein dumpfer Geruch nach Kohlrouladen, der sich nicht vertreiben ließ, egal, wie stark man lüftete. Er schlich durch den engen, schlauchförmigen Flur. Sein Blick fiel nach vorne. Das gerahmte Bild nahm die gesamte Wandbreite ein. Wie immer starrte der streng aussehende Jesus, der darauf in Lebensgröße abgebildet war, strafend auf ihn hinunter, beobachtete jede seiner Bewegungen und ließ ihn nicht aus seinen stumpfen Augen. Er schien bereits auf ihn gewartet zu haben.

»Hör auf zu glotzen, du blöde, langhaarige Tunte«, murmelte Jakob leise in Richtung Bild. In seinem Zimmer streifte er erleichtert die Turnschuhe von den Füßen und warf sich auf sein Bett. Er landete auf etwas Hartem und griff mit einer Hand unter seinen Rücken. Er stöhnte, als er erkannte, was es war. Mutter hatte ihm wieder eine Bibel auf sein Bett gelegt.

Sie würde nie aufgeben.

Er warf die Bibel mit Schwung in die andere Ecke des Zimmers, wo sie erst an die Wand knallte, dann aufgeschlagen auf dem Teppich liegen blieb. Seine gesamte Kindheit hatte er in der Kirche verbracht. Als Vater noch lebte, war es Jakobs einzige Aufgabe gewesen, zu beten, zu schweigen und sich möglichst unauffällig zu verhalten. Nach Vaters Tod, begann er zu rebellieren. Er ging nicht mehr in seine verhasste Schule und heftige Wutanfälle schalteten seinen Kopf aus, die ihn von einer Schlägerei in die nächste führten. Noch immer fühlte sich sein Leben an, als würde er in einer Zwangsjacke stecken, deren Druck sich nur löste, wenn er seiner Wut freien Lauf ließ. Er konnte nichts daran ändern.

Eine bleierne Müdigkeit legte sich über ihn. Er dachte an den seltsamen Mann, der ihm auf dem Weg nach Hause begegnet war. Nelu hatte etwas Besonderes an sich gehabt. Etwas, wonach sich Jakob in seinem tiefsten Inneren sehnte.

Die Albträume ließen, wie fast jede Nacht, nicht lange auf sich warten. Irgendwo in seinem Unterbewusstsein hatten sie den ganzen Tag gelauert, still und verborgen, und hatten Hände reibend auf den Moment gewartet, in dem er endlich in den Schlaf fiel. Sie quälten ihn, bis der Morgen sie vertrieb.

Jakobs T-Shirt klebte feucht an seinem Körper, als er erwachte. Es war Samstag.

Eine Weile lag er in seinem Bett, ohne sich zu rühren, und weigerte sich, die Augen zu öffnen. Wofür sollte er aufstehen?

Die Langeweile, die sein Leben beherrschte, legte sich wie Klebstoff über ihn, ließ ihn bewegungslos werden und nahm ihm die Luft zum Atmen. Erst als ihm einfiel, dass heute ein wichtiges Fußballspiel stattfinden würde und er tatsächlich eine Karte fürs Stadion hatte auftreiben können, begann er, sich zu regen.

Fußball, dieses dämliche Spiel, bei dem erwachsene, durchtrainierte Männer einem Ball hinterherliefen wie Kinder und das Ganze für ein Weltgeschehen hielten.

Er war kein Fan irgendeiner Mannschaft, schaute sich nie ein Spiel im Fernsehen an. Das Einzige, was er an Fußball liebte, war diese aufgeheizte, gewaltbereite Stimmung im Stadion. Diese Aggression, die alles beherrschte und aus einem braven Familienvater ein wildes Tier werden ließ. Heute fand das lang ersehnte Revierderby statt. Gelb gegen Blau. Auf Aggressionen würde er nicht lange warten müssen. Heute ist ein guter Tag, um sich mal richtig zu schlagen, beschloss er und stieg aus dem Bett.

Wie immer hatte Mutter den Küchentisch liebevoll gedeckt. Sobald er sich setzte, hörte er das Schlappen ihrer Hausschuhe näher kommen und spürte, wie seine Nackenhaare sich aufstellten. Sie schob ihren runden, weichen Körper zu ihm in den Raum und strich mit der Hand über sein millimeterkurz rasiertes Haar.

Unwillig zog er den Kopf zur Seite.

Aus dem Wohnzimmer dröhnte das stumpfsinnige Geplapper des Fernsehers.

Sie setzte sich zu ihm an den Tisch.

»Habe ich einen Hunger, Hase. Mir knurrt der Magen, aber ich wollte so gerne mit dir zusammen frühstücken, also habe ich gewartet. Ich sehe dich ja so selten, jetzt, wo du jeden Tag auf der Arbeit bist.« Sie strahlte ihn dämlich an, während sie ihm Kaffee einschenkte und fürsorglich eine Scheibe Graubrot aus dem Discounter auf seinen Teller legte.

Jakob beobachtete sie schweigend. Er hasste dieses Gefühl von Mitleid, das ihn überkam, wenn er sie ansah.

Sie faltete ihre Hände und schloss die Augen. »Herr.

Wir danken dir für Speis und Trank. Gesegnet seien deine Gaben und deine Güte. Amen.«

»Amen«, antwortete Jakob leise. Er bestrich sein Brot lustlos mit Marmelade und biss hinein. Mutter schien es wie immer zu schmecken. Sie kaute mit vollen, rosigen Backen. »Ich muss mich beeilen. In einer halben Stunde fängt die Quizshow ›Raten mit Robert‹ an. Danach läuft gleich der Rosamunde-Film. Ich liebe das Fernsehprogramm am Samstagnachmittag.« Ihr einfältiges Lächeln hatte etwas Seliges.

Komisch, dachte Jakob, sie hängt den ganzen Tag vor der Glotze, verlässt das Haus nur zum Einkaufen und am Sonntag, wenn sie zum Gottesdienst die Straße runter in die Pauluskirche wackelt, trotzdem scheint sie glücklich zu sein. Wie macht sie das nur?

Er räusperte sich. »Mutter, ich muss dir was sagen.«

»Was denn?«, fragte sie. »Hase?« Ihre Stimme nahm einen misstrauischen Ton an.

»Die Maßnahme vom Jobcenter. Ich bin gestern gegangen. Habe abgebrochen. Bin mit den Kollegen nicht klar gekommen.« Er sah sie an.

Es dauerte lange, bis sie reagierte.

»Warum sind die Menschen immer so gemein zu dir, Jakob? Ich bin mir sicher, dass du nichts falsch gemacht hast. Die Leute verstehen dich einfach nicht. Das war schon immer so. Ärgere dich nicht, Hase. Es wird alles gut.« Sie widmete sich wieder ausgiebig ihrem Teller und verzog trotzig die Mundwinkel.

Jakob nahm das angespannte Flackern in ihren Augen wahr.

»Es geht nicht darum, ob ich mich ärgere oder nicht«, brauste er auf und kämpfte darum, nicht laut zu werden, »es geht darum, dass uns das Geld fehlen wird. Das Jobcenter wird nichts mehr zahlen. Verstehst du? Was machen wir jetzt?«

Ihr Blick irrte in der Küche umher, ohne etwas zu fassen, streifte planlos über die ramponierte Kücheneinrichtung.

»Die Wege des Herrn sind unergründlich«, flüsterte sie mit wackliger Stimme, »wir sind Gottes Kinder, und alles hat seine Richtigkeit, auch wenn wir es im ersten Moment nicht verstehen. Wir müssen einfach vertrauen. Das hat dein Vater auch immer gepredigt. Erinnerst du dich?« Ein verklärtes Lächeln breitete sich auf ihrem Gesicht aus.

Jakob spürte die Blitze, die plötzlich in seinem Kopf zu zucken anfingen, ein violetter Schleier legte sich über seine Augen, und er hatte das Gefühl, nicht mehr atmen zu können.

»Du sollst nicht mit mir über Vater sprechen. Wie oft soll ich dir das noch sagen?«, keifte er sie an. Er schnappte nach Luft und knallte mit zitternder Hand seine Kaffeetasse auf den Tisch. »Bin fertig«, murmelte er mit heiserer Stimme und sprang auf, »ich leg mich noch mal hin.«

»Ok, Schatz«, rief sie gut gelaunt und begann, vor sich hin summend, den Tisch abzuräumen. Sie war eine Meisterin darin, die Realität zu verdrängen. Fluchtartig verließ er die Küche und verschwand in seinem Zimmer. Er legte sich auf sein Bett und starrte an die Decke. Es gelang ihm nicht, dafür zu sorgen, dass es Mutter gut ging. Nichts in seinem Leben gelang ihm.

Die gewohnte Geräuschkulisse des Fernsehers, die durch die Wohnung hallte, wurde lauter.

Er griff mit einer Hand unter das Bett und zog die Flasche Wodka hervor, die er dort deponiert hatte. Er trank einen großen Schluck direkt aus der Flasche und wurde augenblicklich ruhiger. Noch zwei Stunden, bis er zum Fußball gehen würde. Genau die richtige Zeit, um schon mal vorzuglühen. Er setzte die Flasche an.

KAPITEL 3 – JAKOB

Der Alkohol waberte in weichen Wellen durch seinen Körper, als er einige Zeit später aus dem Bett stieg, um sich fertig zu machen. Vor dem Kleiderschrank rümpfte er die Nase.

Er besaß nur eine einzige Jeans, die zwar abgewetzt war und Löcher an den Knien hatte, die aber immer noch cooler aussah als seine üblichen Jogginghosen. Er zog sie und ein ausgebleichtes, ehemals schwarzes T-Shirt an und musterte sich im Spiegel.

Er war zu dünn. Seine mageren Arme ragten wie Striche aus den Ärmeln seines T-Shirts hervor, und unter dem Stoff wirkten die Knochen seiner schmalen Schultern wie spitze Dolche. Immerhin war sein Aussehen gut geeignet, um einen Feind zu täuschen, redete er sich ein. Er mochte vielleicht einen dürren Körper haben, aber er war zäh und in einer Schlägerei nahezu schmerzunempfindlich.

Kurz steckte er den Kopf ins Wohnzimmer. »Tschüss Mutter, ich bin mal kurz weg.«

Sie saß hoch aufgerichtet auf der Couch, stopfte sich abwesend Pralinen in den Mund und starrte wie hypnotisiert auf das flimmernde Fernsehbild. »Mmmh«, murmelte sie, ohne den Blick vom Fernseher abzuwenden.

Schön, dass sie glücklich war.

Bevor Jakob die Haustür hinter sich zuzog, sah er genau, wie Jesus auf dem Bild im Flur die Stirn runzelte und ihm argwöhnisch hinterhersah.

Das animalische Grölen der Fans riss ihn mit wie eine Sturmflut, als er neben ihnen über die Möllerbrücke in Richtung Stadion lief. Das sonst so friedliche Kreuzviertel, mit seinen hübsch sanierten Altbauten, normalerweise überlaufen von Pädagogen, Lehrern, Studenten, Alternativen, ökologisch korrekten Eltern mit Kleinkindern und linken Möchtegernintellektuellen, verwandelte sich bei einem Heimspiel in einen brodelnden Sumpf. Durch die große Menschenansammlung und die vielen Polizisten kamen sie nur langsam voran. Sie bewegten sich in Schneckentempo und als eine gesammelte Macht. In ihrer einheitlichen grellgelben Fantracht, gemeinsame Parolen und Lieder brüllend, wirkten die Fußballfans wie Soldaten in Uniform, die bereit und auf dem Weg waren, um in den Krieg zu ziehen. Jakob spürte das Kribbeln, das sich von seinen Fingerspitzen aus in den gesamten Körper ausbreitete, als würden Tausende von Bienen unter seiner Haut beginnen zu brummen.

Die Nachmittagssonne brannte so heiß, dass die von Testosteron geschwängerte Luft zu flimmern schien.

»Tod dem SV 30«, brüllte ein krank aussehender, rothaariger Mann neben ihm, und Tropfen seiner Spucke trafen Jakob an der Stirn.

»Tod dem SV 30«, brüllten alle anderen zurück.

Sie waren eine Einheit. Eine gelbe Einheit voller Kraft und Unbesiegbarkeit. Kurz überkam Jakob das trügerische Gefühl dazuzugehören, aber er schüttelte den Gedanken schnell wieder ab. Er würde sich keiner Gruppe Hooligans anschließen und Teil von ihnen werden wollen. Er war schon immer ein Einzelkämpfer gewesen und würde das auch bleiben. Wenn es drauf ankommen würde, hätte er kein Problem damit, auch Fans der eigenen Mannschaft zusammenzuschlagen, wenn sich die Möglichkeit ergeben würde. Er hatte nur einen Grundsatz, an den er sich eisern hielt, wenn es um Gewalt ging. Er schlug sich nur mit Gegnern, die sich ebenfalls schlagen wollten. Niemals würde er sich an einem wehrlosen Opfer vergreifen, das würde gegen seine Prinzipien verstoßen. Gut, dass es genug Trottel gab, die sich gerne prügeln wollten.

Am Stadion angekommen, musste er die Tortur der Durchsuchung am Eingang über sich ergehen lassen.

Mit zusammengepressten Lippen ließ er sich widerstrebend von den Ordnern abtasten. Endlich ließen die Typen von ihm ab und er durfte weitergehen.

Erleichtert atmete er auf, besorgte sich an einem der Getränkewagen Bier, drängte sich durch die aufgebrachte Menge und stellte sich in seinen Block auf der Südtribüne.

Die Spieler liefen ein, das Spiel begann. Die Fans tobten, obwohl noch gar nichts passiert war. Er sah sich im Publikum um. Ausverkauftes Stadion. Das Übliche.

Die Menschen ähnelten dicht aneinandergedrängten Schafen in einer Herde, sie standen und glotzten, machten bei jeder Ballberührung der eigenen Mannschaft ungelenke Sprünge, umarmten ihre Nachbarn, die sie normalerweise auf der Straße nicht mal grüßen würden, und klatschten bei jeder Situation in die Hände wie geistig zurückgebliebene Kinder. Jeder bemühte sich sichtlich, endlich mal aus sich hinauszugehen und die Sau rauszulassen. Jakob seufzte. Das Spiel langweilte ihn.

Volle Bierbecher wurden nach vorne geworfen, das Gegröle der Fangesänge wurde lauter.

Jakob begann, sich innerlich darauf vorzubereiten, was draußen auf der Straße gleich passieren würde. In absehbarer Zeit würde sein eigenes Spiel beginnen. Er schloss die Augen und sah das verschwommene Bild eines konturlosen Gesichts vor sich und seine eigene Faust, die mitten hineindrosch. Zerrissene blaue Trikots voller Blut tauchten vor seinem inneren Auge auf. Er lächelte.

»Hömma, hat dir schon mal jemand gesagt, dass du aussiehst, wie ein kleiner Junge, wenn du lächelst? Richtig süß«, lallte ein betrunkener Fußballfan neben ihm und riss ihn aus seinen Gedanken. Jakob versuchte, ihn mit seinen Blicken zu töten und der Mann war schlau genug, ihn in Ruhe zu lassen.

Erst als die ersten Besucher des Fußballspiels ihn grob in den Rücken stießen, um sich an ihm vorbei zu den Treppen zu drängeln, bemerkte er, dass das Spiel zu Ende und abgepfiffen worden war. Das Publikum schob ihn Richtung Ausgang und zog ihn mit sich. Angespannt verließ er mit den anderen das Stadion.

Sobald er auf der Straße war, kam die Wut mit voller Kraft zurück und brüllte ihn an, dass sie endlich hinausgelassen werden wollte.

Breitbeinig und mit erhobenem Kopf stolzierte er provozierend langsam durch die herumstehenden Menschen, die Bier trinkend vor dem Stadion herumlungerten, sich aufgebracht über das Spiel unterhielten und nicht nach Hause wollten.

Misstrauisch beäugte er die Polizisten, die sich, mit Helmen, Schutzschildern und Knüppeln bewaffnet, am Straßenrand aufgereiht hatten und nur darauf zu warten schienen, dass es endlich losging. Drei der gegnerischen Fans standen etwas abseits der anderen, die sich sammelten, um geschlossen Richtung Bahnhof zu gehen.

Der größte der drei Männer fing seinen Blick auf und fixierte ihn, ohne zu zwinkern. Arrogant musterte er ihn von oben nach unten. Seine Lippen öffneten sich, und er bleckte seine schiefen, gelblichen Zähne. Kaum erkennbar nickte er mit dem Kopf in Jakobs Richtung.

Jakob reagierte sofort. Das Adrenalin pochte in seinen Adern.

Er spurtete los, rannte auf den Mann zu, boxte ihm erst mit der Faust in den Magen, umrundete ihn und sprang von hinten auf seinen Rücken. Er schlang ihm die Arme von hinten um die Kehle und drückte mit aller Kraft zu.

»Scheiß SV 30, du Hurensohn«, keuchte er in sein Ohr, »jetzt bist du dran.«

Der Große versuchte, ihn abzuschütteln, aber es gelang ihm nicht. Wie ein Sack hing Jakob auf seinem Rücken und presste die Arme immer fester um seinen Hals.

»Ey«, schrie einer der Kollegen des Mannes, »bist du wahnsinnig? Der kriegt keine Luft mehr. Lass ihn los, du Spinner.« Er versuchte, Jakob von hinten zu packen, doch dieser trat ihm voll ins Gesicht.

Jakob hörte das Knacken seiner Nase und trat direkt noch einmal zu. Der Mann krümmte sich, vergrub das

Gesicht in den Händen und wandte sich ab. Inzwischen hatte Jakob den Großen zu Boden geworfen, stürzte sich auf ihn und schlug ihm mit der Faust immer wieder ins Gesicht. Der erste Schlag war wie eine Befreiung. Jeder Muskel seines Körpers befand sich im Einklang, jede Sehne war angespannt. Endlich konnte er sich spüren und war eins mit seinem Körper.

Jakob roch das Blut, bevor er es sah. Tief atmete er den metallischen Geruch ein. Ein Gefühl von Freiheit begann, sich in seiner Brust auszubreiten, das ihn schwindelig machte.

Wie ein wildes Tier blickte er um sich in die verschwommene Traube von Menschen, die sich um sie herum gebildet hatte, und sah direkt in die dunkelblauen Augen des schwarz gekleideten Mannes, der ihm am Vorabend auf der Straße begegnet war. Nelu sah interessiert zu ihnen hinüber, und ein leichtes Lächeln huschte über sein schönes Gesicht. Jakob starrte ihn an. Dann fühlte er einen dumpfen Schlag auf seinem Hinterkopf, und alles um ihn herum wurde schwarz.

KAPITEL 4 – TIM

Tim König stand neben seinen Kollegen, die ein Spalier am Straßenrand gebildet hatten, und schaute mit gequältem Gesichtsausdruck auf die Fußballfans, die an ihnen vorbeiliefen. Bei manchen torkelnden Gestalten konnte man es kaum Laufen nennen.

Er beobachtete, wie einer dieser gelben Irren sich in einem großen Schwall auf seine eigenen Schuhe erbrach, und wandte schnell den Blick ab.

Wieder einmal mussten sie nach einem Fußballspiel für öffentliche Sicherheit sorgen. Die Hundertschaften, die normalerweise für solche Einsätze zuständig waren, waren abgezogen worden, da in der Nachbarstadt heute Nacht eine groß angekündigte Razzia im Rotlichtbezirk stattfinden sollte. Die Hälfte der Kollegen war im Sommerurlaub, sodass man sogar ihn, der normalerweise ausschließlich Bürodienst machte, hinter seinem Schreibtisch hervorgezogen hatte.

Es war heiß, er schwitzte, und seine Haut juckte unter dem Schutzpanzer. Mit Mühe unterdrückte er ein Gähnen und versuchte krampfhaft, seine Augen offen zu halten, die immer wieder zufallen wollten.

Gestern Nacht hatte er bis zum Morgengrauen gezockt und war endlich bei dem besten Computerspiel der Welt »Warriors of Darkness« im fünften Level angekommen.

Beim Zocken machte ihm so schnell niemand etwas vor, und er brauchte Zeit dafür, egal, ob Markowski ihn nach seinem letzten Krankenschein wieder schief von der

Seite angesehen hatte. Jetzt war er schließlich hier, stand wie ein Dominostein in einer Reihe mit den anderen und betete innerlich, dass bloß keiner dieser Fußballidioten austicken würde.

Königs Blick schweifte misstrauisch über die Menschenmenge. Noch war alles ruhig. Wenn dieses Herumgestehe bloß nicht so langweilig wäre.

Hatte er heute Mittag, bevor er zum Dienst ging, eigentlich Jutta, die Katze, die ihm Corinna bei ihrem fluchtartigen Auszug aus der gemeinsamen Wohnung hinterlassen hatte, gefüttert? König überlegte konzentriert. Doch, beschloss er, er war sich ganz sicher, eine Dose dieses übel riechenden Katzenfraßes geöffnet und in ihre Schüssel gefüllt zu haben. »Rebhuhn mit Erbsen«, hatte auf der Dose gestanden. So etwas Feines bekam er selber nicht zu essen. Sofort begann sein Magen zu knurren. Verstohlen blickte er auf seine Uhr. Es war nach sechs Uhr abends. Wenn nichts Weltbewegendes mehr geschehen würde, wäre vielleicht pünktlich um halb neun Feierabend.

König zuckte zusammen, als plötzlich der schrille Pfiff einer Trillerpfeife direkt neben ihm ertönte.

»Zugriff. Deeskalation. Rechte Seite. Steinmauer«, brüllte eine Stimme. Sein Blick fuhr automatisch nach rechts.

An der Mauer, die den urigen Biergarten umschloss, hatte sich eine Menschenansammlung gebildet, stellte er überrascht fest.

Einige der Leute wichen gerade erschrocken zurück und gaben den Blick frei auf zwei Typen, die in einer Lache Blut am Boden lagen.

»Bist du eingeschlafen, oder was?«, raunzte dieser

Schleimer Dressler ihn von der Seite an, »leg einen Zahn zu und schieb deinen Body da rüber. Die Mauer war dein Part der Überwachung. Haste ja toll hingekriegt.«

König schluckte und lief trabend hinter Dressler durch die Menge auf die Mauer zu.

»Gehen Sie aus dem Weg. Polizei!«

Er versuchte, nicht zu würgen, als er durch die Menge trat. Es war viel Blut geflossen. Der ganze Boden schimmerte in einem bräunlichen Dunkelrot. Einer der beteiligten Kerle, dessen Gesicht ähnlich aussah wie das Katzenfutter von Jutta, rappelte sich gerade schwankend vom Boden auf und wurde dabei von seinen beiden Kumpels gestützt, von denen einer heftig aus seiner schief stehenden Nase blutete.

»Kann mir bitte jemand sagen, was hier los war?«, fragte er resigniert in die Runde, nahm den Schutzhelm ab und strich sich müde sein verschwitztes, braunes Haar aus der Stirn.

»Da war so ein Verrückter«, keuchte der Unverletzte der drei Männer, »der ist von hinten auf Thomas drauf gesprungen, wie ein wild gewordenes Tier, ohne Vorwarnung und ohne was zu sagen. Hat auf ihn draufgeschlagen, einfach so. So was hab ich noch nicht erlebt. Ich hasse dieses Dortmunder Gesocks.« Er schüttelte schockiert den Kopf, atmete schwer, als wäre er selbst zusammengeschlagen worden.

König sah ihn schweigend an.

Eine blonde junge Frau trat hervor. »Er hat recht. Ich habe das Ganze beobachtet. Es ging ganz schnell. Die drei standen da, und der«, sie wies mit der Hand auf das zusammengesunkene Stück Mensch in der Blutlache, »der kam angerannt, sprang den einen an, würgte ihn und trat mit dem Fuß nach dem anderen. Als er den einen Mann zu Boden gebracht hatte, kam er in eine Art Blutrausch und schlug auf ihn ein, als würde es um sein Leben gehen.«

»Und dann habt ihr zurückgeschlagen, oder was? Immer schön rauf auf den Dortmunder.«

»Na ja«, meinte der mit der zertrümmerten Nase, »der Typ schien plötzlich wie weggetreten zu sein und glotzte wie hypnotisiert in die Menge, während er vorher nur damit beschäftigt war, Thomas halbtot zu schlagen. Ich habe die Chance ergriffen, ihm eine Flasche über den Hinterkopf gezogen und ihn außer Gefecht gesetzt. Der Typ«, seine Stimme zitterte, »er ist doch nicht tot?«

König trat vorsichtig mit der Schuhspitze in die Rippen des auf dem Boden liegenden Mannes. Ein Stöhnen erklang von unten.

»Nö. Ist er nicht«, erklärte König. »Hat sonst noch jemand was zu sagen, um den Sachverhalt zu klären?« Er sah sich fragend im Publikum um.

Markowski drängte plötzlich seinen haarigen, stämmigen Körper zwischen ihn und die Menge und stieß ihn grob zur Seite.

»So, König. Jetzt lass mal gut sein. Du bist diese Art von Arbeit doch gar nicht gewohnt. Ich übernehme.« Sein Stiernacken glänzte wie immer rot leuchtend, genauso wie sein Gesicht. Er zückte sein Notizbuch und begann mit seinen Befragungen.

Der Rettungswagen kam. Ein Sanitäter warf einen flüchtigen Blick auf die zwei ansprechbaren Verletzten, dann kniete er sich in die Lache Blut auf dem Boden, schob mit den behandschuhten Fingern das Augenlid des bewusstlosen Mannes nach oben und beleuchtete mit einer Lampe seine Pupille. Der Bewusstlose zuckte plötzlich, richtete sich auf, hob seine Hand und krallte die Finger in das schulterlange, gelockte Haar des Sanitäters.

»Fick dich«, schrie er ihn mit geschlossenen Augen an und spuckte dem Mann ins Gesicht, dann sank er zurück auf die Straße.

»Der Mann ist ok«, stellte der Sanitäter fest, räusperte sich und wischte sich den Rotz aus dem Gesicht, »die Wunde ist nicht tief. Ich werde sie desinfizieren, aber nehmen Sie ihn in Polizeigewahrsam. Der Junge muss sich dringend ausnüchtern. Falls Sie morgen eine ungewöhnliche Veränderung seiner Pupillen wahrnehmen, bringen Sie ihn ins Krankenhaus.«

Die Sanitäter verschwanden so schnell, wie sie gekommen waren.

Dressler, Markowski und König sahen den blinkenden Lichtern des Rettungswagens hinterher. Dann wandten sie ihren Blick der zusammengekrümmten Gestalt auf dem Boden zu.

»Wir müssen ihn mitnehmen«, stellte Markowski fest.

Sie sahen auf den jungen Mann mit den raspelkurzen Haaren und dem schwarzen T-Shirt hinunter.

»Wenn er mich anspuckt, lasse ich ihn fallen«, sagte Markowski entschlossen.

Sie schauten sich an. Ohne ein Wort zu sagen, griffen sich Dressler und Markowski jeweils einen Arm und ein Bein des Mannes, König schob seine Finger unter das Genick und sicherte den Kopf. Er stöhnte.

»Was hat der in seinem Schädel? Steine?«, rief er.

Er spürte das vertraute Ziehen in seinem Rücken.

Er war mit seinen 35 Jahren einfach zu alt für so einen Einsatz.

Sie schleppten den Mann zu ihrem Streifenwagen und

versuchten, ihn nach hinten ins Auto zu legen. Ein dumpfer Knall ertönte.

»Vorsicht. Sein Kopf«, schimpfte Markowski.

Sie bugsierten ihn unter großen Anstrengungen auf den Rücksitz. Markowski schnaufte, und sein dicker Schnurrbart, der ihn aussehen ließ wie ein Walross, bebte dabei lustig auf und ab.

»Jetzt auf zur Wache, Jungs. Ab in die Zelle mit dem Typen, Berichte schreiben und Feierabend. Obwohl«, er kratzte sich am Kopf, »ich mir eigentlich nicht sicher bin, ob er nicht doch besser in ein Krankenhaus gehören würde. Na ja, was soll's, ich bin kein Arzt. Los, auf geht's.« Er klatschte in die Hände.

König hasste das. Es fühlte sich an, als wäre er ein Schuljunge und Markowski sein Lehrer.

Sie machten sich auf den Weg. Die Straßen waren voll, und es dauerte eine Ewigkeit, bis sie die Polizeiwache Nord erreichten. Dass der Mann auf dem Rücksitz langsam zu sich kam, war nicht zu überhören. Er stieß erst seltsame, lang gezogene Geräusche aus, dann brabbelte er irgendwelche unsinnigen Wörter vor sich hin, als würde er in einer fremden Sprache sprechen.

Ob er bei dem Schlag auf den Kopf seinen Verstand verloren hat? König wurde unruhig. Oder war er gar kein Mensch? Vielleicht kam er von einem anderen Planeten und war hier, um die Erde zu vernichten. Er versuchte, sich zusammenzureißen. Er spielte wirklich zu viele Computerspiele, seine Fantasie ging immer öfter mit ihm durch.

Er drehte seinen Kopf nach hinten und musterte den verletzten Mann. Dieser riss genau in diesem Augenblick die blutunterlaufenen Augen auf und starrte ihn an.

»Verpiss dich, Bullenschwein«, schrie der Mann ihn an.

König war beruhigt. Es war kein Außerirdischer, so ging das normale Volk heutzutage mit Polizisten um. Alles ganz normal.

Er lächelte, als der Mann wüste Flüche und Beschimpfungen von hinten brüllte. Die Polizisten stellten sich taub.

Als sie auf der Wache ankamen, schien der Mann erschöpft zu sein, leistete keine Gegenwehr und ließ sich mit hängendem Kopf in das Büro führen.

Sie nahmen sein Handy an sich und überprüften seine Personalien. Markowski zog seine buschigen Augenbrauen nach oben. »Oha. Schon öfter hier gewesen, was? Immer wegen Gewaltdelikten und Körperverletzung. Na, dann kennst du dich ja aus.«

Der Mann reagierte nicht.

Irgendwie schien ihm alles egal zu sein, dachte König. Etwas an diesem Mann machte ihn traurig. Er wirkte einsam und ernsthaft verzweifelt.

Sie brachten ihn in die Ausnüchterungszelle, wo er sich von selbst, ohne dass sie ihm Anweisungen geben mussten, die Schuhe auszog und den Gürtel ablegte und ihnen schweigend in die Hand drückte. Dann legte er sich in der Zelle auf die Pritsche und starrte an die Decke.

»Angenehme Nacht«, rief Markowski ihm zu und schloss die Zellentür. Er rieb seine dicken Hände aneinander und musterte nacheinander Dressler und König.

»Und wer, was denkt ihr, wer schreibt jetzt den Bericht?«, fragte er vergnügt in die Runde und zwinkerte Dressler zu.

»König. Wer sonst?«, Dressler kicherte wie ein kleines Mädchen.

»Was? Warum ich schon wieder?«, fragte König zickig.

»Weil du, Tim König«, Markowski tippte ihm mehrmals mit dem Zeigefinger gegen die Brust, »vor Kurzem wieder mal zwei Wochen einen Schein genommen und krankgefeiert hast. Glaub mir, wir wissen genau, dass du nicht wirklich krank warst.«

König schnappte nach Luft. »Das ist eine Unterstellung«, fing er empört an, doch Markowski unterbrach ihn.

»Fang bloß nicht an, dich rauszureden, sonst werde ich ernsthaft wütend. Mach dich an die Arbeit. Strafe muss sein und übrigens, geh endlich mal zum Friseur. Deine Haare sind viel zu lang und stehen von deinem Kopf ab, als hättest du einen Stromschlag bekommen. Du könntest glatt als Musiker in einer dieser ausgeflippten Reggae-Bands durchgehen, bald nenne ich dich nur noch Pumuckl«, er stieß ein bellendes Lachen aus, »los, Dressler. Wir trinken noch ein Feierabendbier zusammen, dann geht's ab nach Hause.«

Das Klatschen seiner Hände hallte über den Flur.

König sah Dresslers höhnisches Grinsen noch vor sich, als er sich in dem stickigen, kleinen Büro an den Schreibtisch setzte, erfolglos versuchte, mit der Hand sein widerspenstiges, kurzes Haar zu glätten und den Computer hochfuhr.

KAPITEL 5 – JAKOB

Jakobs Kopf dröhnte, als er erwachte und durch seine verquollenen Augen linste, um zu erkennen, wo er sich befand.

Der gestrige Tag rauschte wie verschwommener Brei durch sein Gehirn und ließ sich nicht fassen. Er richtete sich auf, setzte sich auf die Pritsche, auf der er gelegen hatte, und blickte irritiert um sich.

Es dauerte einige Zeit, bis er zuordnen konnte, dass er sich in einer Gefängniszelle aufhielt.

Er starrte auf seine Hände, an denen getrocknetes Blut klebte. Hoffentlich hatte er den anderen wenigstens gut erwischt, dachte er und sah sich um.

Er kannte diese quadratischen, winzigen Räume nur zu gut. Er stand auf, machte einen großen Schritt und erreichte die gegenüberliegende Wand, wo sich eine Toilette und ein im Boden fest verankertes Waschbecken befanden, und begann, sich kaltes Wasser ins Gesicht zu klatschen. Das Becken verfärbte sich rot. Vorsichtig betastete er mit der Hand sein Gesicht, die frisch verschorfte Wunde und die riesige Beule an seinem Hinterkopf.

Er zuckte vor Schmerz zusammen, stellte aber erleichtert fest, dass seine Verletzungen nicht weiter schlimm waren. Manche seiner Schlägereien waren übler ausgegangen. Er konnte sich bewegen und schien keine Knochenbrüche zu haben. Es gelang ihm, ohne Schwierigkeiten zu atmen, und er hatte noch alle seine Zähne im Mund.

Alles in Ordnung. Jetzt musste er nur noch hier raus. Er ging zur Tür und hämmerte mit den Fäusten dagegen.

»Hallo?«, rief er, »kann mich vielleicht mal irgendwer rauslassen? Ich habe noch was anderes zu tun, als hier abzuhängen.«

Es dauerte eine Ewigkeit, bis er trottende Schritte und das Geklirre eines Schlüsselbundes vor der Tür hörte.

Typisch, die Bullen mussten einem mit jeder kleinen Geste klarmachen, dass sie am längeren Hebel saßen. Arme Schweine eigentlich, wenn sie so was nötig hatten.

Ein Riegel wurde zur Seite geschoben, und ein dickes Bullengesicht schaute durch das kleine vergitterte Fenster, das in der Tür eingebaut war.

»Na. Schon wach?«, brummte der Mann draußen.

»Ne, ich liege eingekuschelt auf eurer verfickten Pritsche und schlafe wie ein Baby«, schrie Jakob ihm durch die Tür zu und sprang ungeduldig auf und ab.

»Ich mein ja nur. Wundert mich, dich so ausgeschlafen zu sehen, so wie du letzte Nacht geschrien hast. Wir waren kurz davor, den Arzt zu rufen, und der mag es gar nicht, wenn er nachts gestört wird. Hast uns ganz schön auf Trab gehalten«, erklärte der Wärter.

Diese verdammten Albträume. Sie würden nie aufhören, Jakob zu verfolgen.

»Ist mir scheißegal, was mit eurem Arzt ist. Ihr könnt das Wohnzimmer hier für den nächsten Gast fertig machen, ich bin bereit abzureisen.«

»Immer langsam, junger Mann«, sagte der Bulle beschwichtigend, »ich werde nachfragen, ob du gehen kannst.« Er schlurfte davon.

Jakob begann, durch den Raum zu laufen, von einer Ecke in die andere, und wartete. Nervös wischte er sich seine feuchten Handflächen an der Jeans ab. Endlich kam der Bulle zurück, schloss umständlich die Zellentür auf, händigte Jakob in einem langen Prozedere Schuhe, Gürtel, Wertsachen und seinen Ausweis aus und ließ ihn irgendein Dokument unterschreiben. Dann durfte er gehen.

Von der Sonne geblendet, trat er durch die Glastür der Polizeiwache auf die Straße, wo ihn ein heißer Sommervormittag empfing. Er blinzelte und wollte gerade den Weg nach Hause antreten, als er mitten in der Bewegung innehielt und abrupt stehen blieb.

Auf dem Rand eines Betonkübels, in den, bei einem vergeblichen Versuch, das Nordstadtbild zu verschönern, von einem der vielen alternativen Gutmenschen ein traurig aussehendes Bäumchen gepflanzt worden war, saß Nelu, rauchte eine Zigarette und blickte zu ihm hinüber.

Zögernd machte Jakob einen Schritt auf ihn zu, blieb dann wieder stehen.

Was wollte der Typ von ihm? Hatte er auf ihn gewartet?

War er ein Stalker oder so was?

Entschlossen wandte er sich ab und begann, die Straße in die entgegengesetzte Richtung entlang zu laufen.

»Was ist los? Hast du Angst vor mir?«, rief Nelu hinter ihm her und lachte heiser.

Seine Stimme zog Jakob magisch an. Er gab sich einen Ruck und ging mit klopfenden Herzen auf ihn zu.

Er fühlte sich schäbig in seiner blutverschmierten, zerknitterten Kleidung, die er schon gestern getragen hatte, er roch nach Schweiß und hatte seine Zähne nicht geputzt.

Nelu verströmte einen frischen Duft nach teurem Parfüm. Er bot Jakob schweigend eine Zigarette an. Sie rauchten wortlos.

»Du kannst gut kämpfen. Hab dich vor dem Stadion gesehen.« Anerkennend sah Nelu ihn an, während Jakob verärgert spürte, wie er rot anlief.

»Außer natürlich, wenn du abgelenkt und von so Weicheiern hinterrücks mit einer Flasche k.o. geschlagen wirst.« Nelu lachte. »Das hätte echt nicht sein müssen. Los komm, wir gehen.«

Als wäre es das Natürlichste auf der Welt, spazierten sie nebeneinander los. Schweigend schlugen sie den Weg Richtung Stadtkern ein und überquerten den Burgwall.

Nelus Gang hatte etwas Tänzelndes. Jede seiner Bewegungen verströmte Energie. Die Aura, die ihn umgab, war so stark, dass sie zu leuchten schien und Jakob sich sicher war, sie sehen zu können.

Die Straßen füllten sich, als sie sich dem Brückstraßenviertel näherten. Selbst an einem Sonntag herrschte hier reges Treiben. Früher als Treffpunkt der Drogen- und Rotlichtszene bekannt, hatte sich das Viertel inzwischen zu einem bunten Szenequartier entwickelt. Fressbuden, Kinos und Kneipen reihten sich dicht aneinander. Menschen, verschiedenster Kultur und Herkunft, kreuzten ihren Weg. Frauen, die ihnen entgegenkamen, starrten Nelu mit bewundernden Blicken an. Er wurde offen angehimmelt. Leidenschaftliche Blicke verfolgten sie.

Der seltsame Mann lungerte an einer der Hauswände herum. Jakob bemerkte ihn schon von Weitem. Er starrte ihnen entgegen, gekleidet in seinem klassischen, braunen Anzug, mit seinem Lederkoffer in der Hand, wirkte er wie ein Bankangestellter, seine gebeugte Körperhaltung allerdings sah irgendwie schräg aus. Er krümmte sich zusammen, als hätte er heftige Schmerzen. Er kam ihnen mit schnellen Schritten und gesenktem Kopf entgegen, blickte ab und zu auf und strahlte Nelu mit verzerrtem Gesicht an. Er schwitzte stark und strich sich ruckartig feuchte Haarsträhnen aus der Stirn.

Sein verkrampftes Grinsen sah nicht normal aus, stellte Jakob angewidert fest, als er sich ihnen näherte.

Kriecherisch griff der Mann nach Nelus Hand und verbeugte sich beim Händeschütteln mehrmals vor ihm. »Vasile, wie schön, dich zu sehen. Es bleibt bei heute Abend, ja? Es geht doch alles klar, oder?« Er klang nervös und bettelnd, wie ein Kind, das unbedingt Süßigkeiten haben will.

»Klar«, bestätigte Nelu knapp, ohne das kranke Lächeln des Mannes zu erwidern.

Der Mann blieb einen Moment unschlüssig stehen, nickte immer wieder hektisch und lief dann hastig davon, ohne sich zu verabschieden.

»Ich dachte, du heißt Nelu«, murmelte Jakob und blickte dem Mann irritiert hinterher.

»Ein richtiger Rumäne hat viele Namen.«

Jakob sah ihn an. »Du bist Rumäne?«

»Scheiße gelaufen, was? Jetzt rennst du hier mit 'nem Ausländer durch die Stadt. Wie peinlich für dich, du strahlender Sohn deutscher Helden.«

Jakob wollte widersprechen, doch Nelu ließ ihn nicht zu Wort kommen.

»Ich verstehe dich schon«, er klang versöhnlich, »ich bin ganz deiner Meinung. Meine Landsleute sind der letzte Dreck, strohdumm und nicht in der Lage, was aus ihrem Leben zu machen. Hilflose, verblödete Irre sind das. Und sie sind faul. Sie stinken wie Abfall, weil sie zu faul sind, sich zu waschen.« Er lachte.

Jakob starrte ihn ungläubig an.

»Ich meine das völlig ernst«, versicherte ihm Nelu, »ich werfe mich selbst nicht mit denen in einen Topf. Ich habe mit den Menschen meiner Nationalität nichts, rein gar nichts gemein.«

Er wurde ernst, richtete sich auf und reckte das Kinn nach oben. »Ich bin anders.«

Jakob nickte, das glaubte er ihm aufs Wort. Schweigend setzten sie ihren Weg fort.

Unweit der Fußgängerzone hockte eine Gruppe Afrikaner auf einer Bank vor dem Pylon, einer 49 Meter hohen Konstruktion aus Stahl und Glas, die wohl Kunst darstellen sollte. Die Männer machten Scherze und unterhielten sich angeregt.

»Schlimmer noch als Rumänen ist dieser schwarze Dreck«, brüllte Nelu plötzlich aus vollem Hals in ihre Richtung. »Neger, Syrer, Türken, Mulatten. Alle so viel wert wie der Dreck, der unter meinen Schuhsohlen klebt. Ich scheiß auf Dortmunds multikulturelles Gehabe.«

Jakob war von Nelus rasantem Stimmungswechsel hingerissen. Seine Wut kam aus dem Nichts, strömte aus ihm heraus, sprühte schillernde Funken und flimmerte in leuchtenden Farben durch den öden, stickigen Sonntagnachmittag.

Nelu fixierte die afrikanischen Männer mit hasserfülltem Blick. Seine Augen glühten.

Der Klingelton von Nelus Handy durchbrach die angespannte Stimmung. Genervt zog er das Gerät aus seiner Hosentasche und entfernte sich. Beim Telefonieren lief er weiter den Gehsteig entlang. Jakob folgte ihm.

»Natürlich, Margarete«, zwitscherte Nelu mit sanfter Stimme, »bitte beruhige dich. Es gab gute Gründe dafür, dass ich dich gestern versetzt habe. Mein kranker Bruder hatte wieder einen Rückfall. Wie bitte? Es kann doch nicht sein, dass du so etwas von mir denkst. Bitte mach mich nicht traurig.« Seine Stimme klang kläglich, aber er grinste Jakob von der Seite an und verdrehte dabei die Augen.

»Natürlich habe ich dein Geld für seine Therapie verwendet. Es ging ihm ja auch schon wieder besser. Aber was soll ich sagen, die Ärzte meinten, ein Rückfall könne immer wieder vorkommen, genau dann, wenn man es am wenigsten erwartet.«

Er stöhnte theatralisch auf.

»Jetzt geht das Ganze wieder von vorne los. Ich werde neues Geld in seine Behandlung stecken müssen. Was?« Er zögerte.

»Ich komme nur, wenn du mir versprichst, mir nie wieder zu unterstellen, dass ich nur auf dein Geld scharf bin. Ich habe auch Gefühle. Margarete, he Engelchen, hör auf zu weinen.« Er wartete einen Moment.

»Ich komme vorbei, dann können wir in Ruhe reden. Bin schon unterwegs.« Er machte albernde Kussgeräusche in den Hörer und steckte das Handy weg.

Jakob starrte ihn entgeistert an. Nelu zuckte entschuldigend mit den Achseln.

»Dumme alte Pute«, erklärte er trocken und verzog sein Gesicht zu einer Grimasse. »Also, Jakob«, er wirkte abgelenkt, »ich hab was Geschäftliches zu tun. War nett, dich kennenzulernen.«

Jakob spürte eine Leere in seinem Inneren, die wehtat.

Nelu überlegte einen Augenblick.

»Soll ich dich nach Hause fahren?«, fragte er dann.

Jakob nickte stumm. Nelu wies ihn mit einer Handbewegung an, ihm zu folgen.

Sie bogen in eine Seitenstraße ein und gingen auf einen alten, verrosteten VW zu. Nelu deutete mit der Hand auf das Fenster des Wagens, das wegen der Hitze einen winzigen Spalt geöffnet war.

»Gut. So ist es am einfachsten«, murmelte er zufrieden.

Er schaute sich kurz nach allen Seiten um, langte dann in seine Schultertasche und zog eine platte, biegsame Eisenstange hervor, die vorne an der Spitze einen kleinen Haken hatte. Mit einem geübten Griff fuhr er mit der Stange durch den Fensterspalt und hebelte professionell in Sekundenschnelle von innen die Tür auf. Er schwang sich auf den Fahrersitz, riss mit einem Ruck unter dem Lenkrad die Kabel aus der Armatur, rieb sie aneinander und startete den Wagen.

»Worauf wartest du? Steig endlich ein«, rief er ungeduldig nach draußen, »geht's ein bisschen schneller oder bist du eingeschlafen?«

Jakob riss sich zusammen und setzte sich zu ihm in den Wagen.

»Du klaust so einfach ein Auto?«, stammelte er unbeholfen.

»Ich hab dir doch gesagt, dass ich Rumäne bin. So was lernt man bei uns schon als Kleinkind.« Nelu lächelte versonnen.

»Wo müssen wir denn hin?«

Jakob erklärte stockend, wo er wohnte.

»Wir treffen uns morgen Abend um acht Uhr auf dem Hansaplatz. Sei pünktlich«, befahl Nelu.

Jakob nickte wie eine Marionette, deren Fäden ein anderer zog.

Als sie die Innenstadt hinter sich ließen und Richtung Norden fuhren, er den Fahrtwind durch das Fenster auf seinem Gesicht spürte und sich langsam entspannte, begann ein Gefühl von Freiheit sein Herz zu kitzeln, und das Lachen, das tief aus seiner Brust hervorquoll, war hemmungslos und laut.

KAPITEL 6 – LEYLA

Leyla Öztürk lehnte in der offenen Tür des kleinen Gemüseladens ihres Vaters und blinzelte in die Sonne. Aus den geöffneten Fenstern ihrer Nachbarn schallte ein wirrer Mix aus Musik durch die Blumenstraße. Türkische Klänge vermischten sich mit deutschem Schlager, aus dem Haus gegenüber dröhnte harter Punkrock. Lelya lächelte. Sie mochte dieses Viertel. Jeder ließ den anderen leben, so wie er war. Zwei Studenten fuhren lachend mit den Fahrrädern an ihr vorbei und winkten ihr zu. In den Getränkehaltern an ihren Rädern steckten Bierflaschen. Auf der anderen Straßenseite malten zwei schmutzige, dünne Kinder mit leidenschaftlicher Energie Kreidezeichnungen auf den Bordstein. Vor der Trinkhalle hatten sich die üblichen Kunden zu einem Schwätzchen verabredet.

Leyla kniff ihre großen, schwarzen Augen zusammen. Den jungen, schlanken Mann, der in seinem eleganten Anzug auf ihren Laden zu schlenderte, hatte sie hier noch nie gesehen. Mit einem herablassenden Lächeln auf seinem schönen Gesicht kam er auf sie zu.

Er strahlte Kälte aus. Leyla kreuzte die Arme vor der Brust und unterdrückte ein Schaudern. Seine dunkelblauen Augen bohrten sich in ihre, als er sich ohne ein Wort zu sagen, an ihr vorbei schob und den Laden betrat.

Leyla folgte ihm misstrauisch, stellte sich hinter die Ladentheke und beobachtete ihn. Verächtlich sah er sich in dem, mit Regalen zugestellten, dunklen Verkaufsraum um. Ein Lichtstrahl fiel durch das Fenster auf die ramponierten Dielen des alten Holzfußbodens und ließ tanzende Staubflocken sichtbar werden. Der fremde Mann passte nicht hierher. Er wirkte in seiner schicken Kleidung und dem perfekt sitzenden, nach hinten gegeelten Haar, zwischen den staubigen Einmachgläsern und den Körben mit Obst, Gemüse und Kräutern wie eine Karikatur. Er nahm einen Apfel in die die Hand und roch daran. Mit einem abfälligen Gesichtsausdruck ließ er ihn von oben zurück in den Korb fallen.

Lelya konnte sich nicht länger zurückhalten. »He, ein bisschen vorsichtiger mit unserer Ware, ja? Die Früchte gehen kaputt, wenn sie so geworfen werden.«

Langsam drehte er sich zu ihr um. Leyla schluckte schwer. Der Mann fixierte sie einen Moment mit kaltem Blick, dann wanderte er weiter durch den Laden und verschwand hinter den Regalen. Ihr Herz begann, schneller zu schlagen. Die Stille im Raum war bedrückend. Der Mann tauchte wieder auf und wandte sich der Tür zu.

»Moment mal, Freundchen.« Lelya blickte auf die große Beule in der Sakkotasche des Mannes. »Was hast du da? Hast du was geklaut, oder was?«

»Süße, das würde ich nie tun. Nicht bei einem so bezaubernden Mädchen, wie du es bist. Hab ich auch gar nicht nötig.« Seine melodische Stimme klang angenehm. Sein Gesicht sah hinreißend aus.

Leyla ließ sich nicht täuschen.

Mit schnellen Schritten ging sie zornig auf den Mann zu, bis sie dicht vor ihm stand. Sein Atem roch nach Alkohol.

»Zeig mir, was du in der Tasche hast, sonst rufe ich die Polizei, du Lackaffe«, zischte sie ihn leise an.

Für einen winzigen Moment wirkte der Mann verunsichert, dann verzog sich sein Gesicht vor Abscheu. »Du dumme Schlampe. Das kannst du doch nicht ernst meinen. Weißt du eigentlich, wen du vor dir hast?«

»Das interessiert mich nicht«, sie griff an ihm vorbei und stieß die Tür auf, »gib die Ware zurück und dann hau ab. Du hast hier Hausverbot.« Ihre Stimme wurde lauter.

»Leyla, gibt es Ärger? Brauchst du Hilfe?« Der psychisch kranke Kurt, der dreimal am Tag mit seinen drei kläffenden Pekinesen sein Haus verließ und einen Spaziergang durch das Hafenviertel machte, steckte seinen riesigen, kahlen Kopf durch die Tür.

»Tasche auf«, brüllte Leyla außer sich vor Zorn.

Es ging hier nicht um etwas Obst, es ging um ihre Ehre. Die Stammkunden der Trinkhalle versammelten sich vor dem Eingang des Gemüseladens.

»Tu, was sie sagt!«, schrie Horst, mit dem aufgeschwemmten Gesicht von draußen, als würde es um sein Leben gehen.

Der fremde, junge Mann blickte fassungslos auf die wütende Meute vor der Tür, dann griff er in die Tasche seines Sakkos und zog zwei Orangen daraus hervor, die er auf die Holzdielen fallen ließ.

»Das wirst du bereuen, Bitch«, stieß er zwischen zusammengepressten Lippen hervor. Als er eilig verschwand und mit großen Schritten die Blumenstraße entlanglief, schallte der Applaus und das Johlen von Leylas Nachbarn noch eine ganze Weile durch die engen Häuserschluchten.

Leyla ahnte nicht, welches Nachspiel ihr Handeln haben würde.

KAPITEL 7 – JAKOB

Den gesamten Montag war Jakob aufgeregt und fieberte dem Treffen mit Nelu entgegen. Ruhelos spazierte er in der Wohnung auf und ab und wusste nichts mit sich anzufangen.

Jesus auf dem Bild verfolgte ihn mit so erzürnten Blicken, dass Jakob sich sicher war, lodernde Flammen in seinen Augen zu erkennen. »Fick dich«, murmelte er und ging ins Wohnzimmer.

»Hase, heute Abend mache ich uns etwas Feines zu essen. Was meinst du?« Mutters Augen waren von der vielen Fernglotzerei ganz klein und rot unterlaufen.

Jakob würgte, als er an dicke Bohnen mit Speck, Schlodderkappes oder andere westfälische Gerichte dachte.

»Wie siehst du eigentlich aus?« Sie musterte sein Gesicht und die aufgeschürften Knöchel seiner Hände.

»Hab mich beim Sport verletzt«, erklärte Jakob schnell.

Wie immer ließ sie sich schnell beruhigen. In ihrer kleinen rosaroten Welt musste alles in Ordnung sein. Die Seifenblase, in der sie lebte, durfte keine Risse bekommen.

»Ach ja. Bei körperlicher Ertüchtigung kann so was schon mal passieren. Finde ich gut, dass du versuchst, etwas für deine Gesundheit zu tun. Sei nur das nächste Mal ein bisschen vorsichtiger, ja?« Ihr Lächeln wirkte debil. »Und wo warst du Samstagnacht?«, fuhr sie fort und kicherte albern, »bei deiner Liebsten? Hast du die Nacht bei ihr verbracht?« Sie sah ihn erwartungsvoll an.

»Ja, ich habe jemanden kennengelernt«, erwiderte er knapp, »aber mehr erzähl ich dir nicht, das kannst du vergessen.«

Immerhin musste er nicht lügen, auch wenn sie sich wohl etwas anderes unter seinen Worten versprach.

»Oh Hase, wie schön«, sie jubelte, »ich will sie kennenlernen. Bitte tu mir den Gefallen und stell sie mir bald vor. Du hattest schon immer Schwierigkeiten, Kontakt zu anderen zu finden, hattest nie Freunde oder Freundinnen, nicht mal als Kind. Du warst immer so allein, und jetzt hast du endlich ein nettes Mädchen gefunden, das dich versteht. Ich freue mich so.« Euphorisch klatschte sie in die Hände.

»Alles ist in Ordnung, Mutter«, sagte er müde, »ich geh mal unter die Dusche und ich habe keinen Hunger, bin später noch weg.«

Sie kicherte und zwinkerte ihm vielsagend zu, dann tappte sie wie in Trance zurück zum Sofa, ließ sich schwerfällig darauf hinabsinken und widmete sich wieder dem Fernseher.

Endlich saß Jakob mit klopfendem Herzen im überfüllten Bus und lehnte seinen heißen Kopf an die Fensterscheibe. Seine Hände zitterten und eine leichte Übelkeit breitete sich in seinem Magen aus. Es war lächerlich, aber er konnte sich nicht erinnern, wann er das letzte Mal verabredet gewesen war.

Am von Menschen überfüllten Hansaplatz angekommen, entdeckte er Nelu sofort. Er zog jeden Blick auf sich. Mit undurchdringlicher Miene saß er in seiner maßgeschneiderten Kleidung mittig auf den breiten Steintreppen und musterte mit abschätzendem Blick die Passanten, die einen respektvollen Abstand zu ihm einhielten.

Jakob eilte auf ihn zu. Nelu wirkte angespannt und nervös. Seine Kiefermuskeln zuckten.

»Nicht gut drauf heute?«, fragte Jakob leise und sah ihn von der Seite an.

»Nicht der Rede wert. Nur eine kleine Schlampe, die mich ein bisschen auf die Palme bringt. Keine Sorge, sie wird schon bekommen, was sie verdient.« Endlich lächelte er.

Eine Weile hockten sie nur da und beobachteten die Leute, die an ihnen vorübereilten.

Die Menschen in der Fußgängerzone wirkten wie Drogenabhängige, wie sie mit verklärtem Blick von einem

Geschäft ins nächste taumelten, die Arme fest um ihre vollen Einkaufstüten geschlungen. Wie immer war die Innenstadt überlaufen. Das Ballungszentrum Ruhrgebiet. Zu viele Menschen, auf zu wenig Platz.

»Die tun mir leid, diese mickrigen, kleinen Gestalten«, Nelu fuhr sich mit der Hand durch sein glänzendes Haar, »malochen den ganzen Tag von früh bis spät, verbraten dann ihren kümmerlichen Lohn, um sich unnütze Konsumgegenstände zu kaufen, und versuchen sich einzureden, dass sie das glücklich macht. Abends Fernsehprogramm und wenn's gut läuft ein kleiner Fick mit der Alten.« Er spuckte angewidert auf die Straße. »Das kann doch nicht alles sein. Das Leben ist doch viel zu kurz, oder?«

Er sah Jakob an, der zustimmend nickte.

»Aber nicht mit mir«, stieß Nelu grimmig hervor, »ich werde irgendwann am Strand sitzen, mit einem Drink in der Hand auf das Meer schauen und es mir gut gehen lassen. Warst du schon mal in Italien?«

Jakob druckste herum und sah zu Boden.

»Mallorca«, flüsterte er kaum hörbar.

»Was ist los? Ist doch auch geil. Aber in Italien gibt es das beste Essen der Welt, und die Italiener sind ein echt entspanntes Volk. Was hast du?«

»Kein cooler Urlaub gewesen damals«, Jakob räusperte sich.

Nelu musterte ihn, sagte aber nichts. Die Gesprächspausen waren nicht unangenehm.

Ein etwa 14-jähriges, blasses Mädchen drückte sich seit einiger Zeit neben ihnen herum. Sie rutschte, die Finger um die Treppenstufen gekrallt, als wolle sie sich daran festhalten, näher an Nelu heran.

»Was?«, fuhr Nelu sie plötzlich an, »was zum Teufel ist los, Luisa?« Seine Augen wurden zu engen Schlitzen, als er ihr wütend ins Gesicht starrte.

Das Mädchen schreckte zurück. Sie zitterte so stark, dass ihre Zähne aufeinanderschlugen.

»Vadym, ich will heute nicht schon wieder zu Paul gehen«, flüsterte sie mit piepsender Stimme.

Sie schien all ihren Mut gesammelt zu haben, um diese Worte auszusprechen. Dem Mädchen begannen Tränen über das Gesicht zu laufen.

Nelu blickte sie kalt an und zeigte keine Regung.

»Natürlich gehst du«, zischte er gefährlich leise.

»Ich will nicht«, schluchzte sie, »Paul ist gemein zu mir. Er tut mir immer entsetzlich weh. Günther ist viel netter. Kann ich nicht zu Günther gehen?«

»Wenn du nicht zu Paul gehst, siehst du mich nicht wieder. Er hat extra nach dir gefragt.«

Sie riss ihre Augen auf und starrte ihn entsetzt an.

»Wenn du nicht gehst, dann werde ich deine Schwester kennenlernen und mich nur noch ihr widmen«, fuhr Nelu ruhig fort.

»Natalie ist acht«, kreischte Luisa, und ihre Stimme überschlug sich, »die kann dir noch keinen Gefallen tun.«

Nelu lächelte.

»Aber sicher kann sie das. Früh übt sich. Du wirst schon sehen. Überlege dir gut, was du tust, Luisa, sonst gibt es keinen Vadym mehr für dich. Ich hole dich nicht mehr von der Schule ab, und deine dummen Freundinnen werden nicht mehr dämlich aus der Wäsche gucken und sich vor Neid in den Arsch beißen, wenn sie dich mit mir sehen.«

Sie zögerte, schien nachzudenken, nickte dann gequält

und schlich, sichtlich verstört, mit hängenden Schultern davon.

»So«, erklärte Nelu gut gelaunt, und Jakob fiel erneut sein schneller Stimmungswechsel auf. »Wir zwei Hübschen gehen jetzt zum Kanal. Ein bisschen was trinken und vielleicht in die kühlen Fluten springen, es ist immer noch schrecklich heiß, oder? Was meinst du?« Jakob zuckte zusammen.

»Ich kann nicht zum Kanal gehen«, stieß er hektisch hervor und bemerkte, dass seine Stimme viel zu laut klang.

Nelu sah ihn irritiert an.

»Warum nicht? Angst vor Wassergeistern, oder was?« Er lachte.

Jakob starrte ihn aus geweiteten Pupillen panisch an.

»Ja, das trifft es«, er versuchte, sich zusammenzureißen und normal zu sprechen, aber es misslang ihm. »Ich kann nicht zu fließenden Gewässern gehen, ich kann auch nicht ans Meer gehen. Alles, was mit tiefem, dunklem Wasser zu tun hat, funktioniert nicht mehr.« Er schluckte krampfartig. »Ist mal was Komisches passiert, weißt du? Am Meer. Damals auf Mallorca.« Seine Stimme versagte.

»Alles gut. Kein Problem«, Nelu unterbrach ihn und klopfte ihm beruhigend mit der Hand auf die Schulter. »Es gibt auch noch etwas anderes als den Kanal und die Emscher, selbst bei diesem Wetter. Komm mit. Du bist der Auserwählte. Der erste Mensch, dem ich meinen Lieblingsplatz zeige. Wir brauchen noch was zu trinken.«

Er packte Jakobs Arm und zog ihn Richtung Westenhellweg. Die zentrale Einkaufsstraße in der Dortmunder Innenstadt gehörte zu den 10 meistbesuchten Einkaufsmeilen Deutschlands. Sie drängten sich durch die Passanten, betraten ein großes Kaufhaus, in dem sich in der unteren Etage ein Supermarkt befand. Im Laden bewegte sich Nelu zielstrebig auf das Spirituosenregal zu, griff nach einer Zwei-Liter-Flasche Wodka und warf sie mit Schwung in seine Umhängetasche.

Jakob linste über Nelus Schulter auf das Preisschild und wurde blass. So teuren Wodka würde er sich nie leisten können.

Nelu hüpfte entspannt durch die Regalreihen, warf zwei Tüten Chips zu der Flasche und zog den Reißverschluss seiner Tasche zu. Er grinste Jakob breit an und machte sich auf den Weg zur Kasse.

Die Kassiererin war verdammt hübsch. Sie sah so gut aus, dass Jakob verlegen nach unten auf seine Schuhe blickte. Die Frau richtete sofort ihre komplette Aufmerksamkeit auf Nelu und ignorierte Jakob. Erleichtert atmete er auf. Als Nelus Schatten wurde er quasi unsichtbar für alle anderen.

Nelu lachte die Kassiererin an und ließ seine weißen Zähne aufblitzen. »Nichts gekauft, schöne Frau«, sagte er, hob beide Arme nach oben und hielt ihr seine leeren Handflächen vors Gesicht, »aber bei so viel Schönheit, die hinter der Kasse versteckt ist, komme ich bestimmt die nächsten Tage wieder.«

Sie stieß ein grelles Kichern aus und fummelte mit ihren rot lackierten Fingern hektisch an ihren blonden Haarsträhnen herum. Sie schien von Nelus Anblick hingerissen zu sein und wirkte, als stünde sie unter Drogen, als sie versuchte, ihm unter ihren langen Wimpern vielsagende, belämmerte Blicke zuzuwerfen.

Jakob versuchte, ein Lachen zu unterdrücken. So wie die Frau sich aufführte, erschien sie ihm plötzlich gar nicht mehr so gut aussehend.

»Bis zum nächsten Mal, Schätzchen. Ich freue mich auf dich.«

Nelu rückte seine Umhängetasche zurecht und stolzierte lässig aus dem Laden. Jakob stolperte hinter ihm her.

»Geht doch. Wozu bezahlen, wenn es auch anders geht.« Nelu wirkte zufrieden.

Jakob prustete los. »Was hast du mit der Tussi gemacht? Die hat ja gar nichts mehr gecheckt.«

»Man muss nur wissen, wie man mit Frauen umgehen muss, dann bekommt man fast alles geschenkt«, erklärte Nelu, »mit Männern ist es übrigens dasselbe.« Er sah Jakob vielsagend an. »Menschen sind dumm und beeinflussbar. Man muss nur mit den Fingern schnippen, und schon tun sie, was du willst.«

Es war inzwischen dunkel geworden. Die Lichter aus den Schaufenstern der mittlerweile geschlossenen Geschäfte leuchteten in bunten Farben. Die Luft roch nach Sommer. Am Ende der Katharinenstraße blieb Nelu stehen.

»Wir sind gleich da. Ich zeige dir jetzt ein Ritual. Etwas, dass man tun muss, wenn man hier vorbeigeht.« Er ging voran. Jakob schaute neugierig die Treppen hinunter, die zum Hauptbahnhof führten.

Ein alter Obdachloser kauerte in seinem zerrissenen Mantel am Fuße der Treppe. Der Mann hatte langes, fettiges Haar und einen verfilzten, grauen Vollbart, sodass man sein Gesicht kaum erkennen konnte, und starrte stoisch auf die leere Straße.

Die Obdachlosenszene in Dortmund schien mit jedem Tag zu wachsen, dennoch war sich Jakob sicher, diesen Mann schon öfter in der Stadt gesehen zu haben.

Nelu erhöhte sein Tempo, als er die Stufen hinuntersprang und auf den Mann zuging. Bei ihm angekommen, holte er mit seinem Fuß aus und trat mit Wucht gegen den Pappbecher, der vor dem Mann gestanden hatte.

Der Becher flog weit, und das Kleingeld, das sich darin befunden hatte, prasselte klimpernd auf den Asphalt. Es klang wie ein tosender Regen, der durch die Nacht hallte.

Der alte Mann schrak zusammen, wich auf dem Gehsteig zurück und versuchte, sich im Schatten zu verkriechen.

»Du dreckige Kakerlake«, schrie Nelu in seine Richtung, »verkriech dich nur in den stinkenden Ritzen der Straße, du scheiß Tier, du. Das nächste Mal trete ich dir deinen Kopf weg.«

Jakob konnte das ängstliche Wimmern des Mannes hören.

Ganz tief in seinem Inneren regte sich so etwas wie Mitleid, doch er verdrängte das Gefühl.

»Ein alter Bekannter«, riss Nelu ihn aus seinen Gedanken, »tut immer wieder gut, diesen Pennern mal zu zeigen, wo sie stehen, sonst denken sie noch, die Straße gehört ihnen.«

Jakob schwieg.

Sie kamen an einer Hochhausansammlung am Königswall an. Es handelte sich hauptsächlich um verschiedene Büros, die in den Gebäuden ihren Sitz hatten. Nelu steuerte das höchste der Häuser an, das schräg gegenüber dem Fußballmuseum lag. Die meisten Fenster der Geschäftsräume lagen in Dunkelheit, nur vereinzelt war noch Licht hinter den Scheiben zu erkennen.

Nelu zog einen Schlüssel aus seiner Tasche, ging auf das Gebäude zu und schloss die schwere Tür auf. Er legte den Zeigefinger an seine Lippen.

»Ist besser, leise zu sein. Falls uns jemand begegnet, tu so, als würdest du hier täglich ein und aus gehen, als wäre alles ganz normal«, flüsterte er und ging voran.

Mit weichen Knien folgte ihm Jakob.

Nelu ging zielsicher auf die Aufzüge zu, drückte einen Knopf, und mit einem lauten Bing, das durch das gesamte Treppenhaus hallte und Jakob vor Schreck zusammenfahren ließ, öffnete sich die Fahrstuhltür. Sie betraten die Kabine.

Nelu drückte auf den Knopf, der sie bis ganz nach oben in das 20. Stockwerk schicken würde, und die Türen schlossen sich.

»Woher hast du die Schlüssel für das Gebäude?«, fragte Jakob leise. Das monotone Surren des Fahrstuhls entspannte ihn ein wenig.

»Nachmachen lassen. Kannte mal einen, der hier gearbeitet hat und mir einen Gefallen schuldig war.«

Sie kamen oben an, stiegen eine Treppe hinauf, kletterten durch eine Luke und befanden sich auf dem riesigen Flachdach des Gebäudes.

»Das ist mein Lieblingsplatz.« Nelu wirkte stolz – Jakob staunte.

Der Himmel tat sich wie ein nachtschwarzes Zelt über ihnen auf. Viele Tausend Sterne strahlten auf sie hinab und schimmerten hell. Der U-Turm, das ehemalige Gär- und Lagerhochhaus der Dortmunder Union-Brauerei, der mit seinem Programm inzwischen nur noch Studenten, Kunstaffen und langweilige Kreativitätsvernarrte anzog, schien ganz nah zu sein. Die wechselnden Bilder der Kunstinstallation am Dach des Turmes durchbrachen in leuchtenden Farben die Nacht.

»Wow«, stieß Jakob hervor.

Sie setzten sich, lehnten sich mit den Rücken an die Steine eines der quadratisch ummauerten Schornsteine und sahen andächtig in den Himmel.

»Echt schön«, murmelte Jakob.

Nelu zog den Wodka aus der Tasche, öffnete ihn, trank einen großen Schluck und reichte die Flasche weiter an Jakob. Der Wodka brannte angenehm in der Kehle und fühlte sich im Bauch wohlig und warm an, so als würde er dort hingehören. Die angenehme Stille wurde durch den schrillen Klingelton von Nelus Handy unterbrochen.

»Fuck«, schimpfte Nelu genervt, »hab vergessen, das Ding auszuschalten. Tut mir leid, Mann.«

Er sah auf das Display.

»Einmal muss ich noch rangehen. Dann stell ich das Teil auf lautlos, ich verspreche es«, sagte er entschuldigend. »Gisela«, schnurrte er in den Hörer, »ja, meinem Bruder scheint es tatsächlich besser zu gehen. Ich danke dir noch mal. Vielen, vielen Dank. Ich wüsste nicht, was ohne dich aus ihm geworden wäre, meine Sonne. Was? Nein, heute kann ich ihn nicht alleine lassen. Morgen, morgen sehen wir uns, Liebling. Oh, mein Bruder ruft.« Er stieß Jakob mit der Schulter an.

»Rufe, dass ich zu dir kommen soll. Ich heiße Rupi«, zischte er, »worauf wartest du?«

Jakob räusperte sich, er kam sich blöd vor.

»Rupi, kommst du bitte?«, rief er unsicher.

Nelu sah ihn erwartungsvoll an und hielt den Hörer in seine Richtung.

»Rupi, jetzt komm endlich. Ich warte auf dich«, versuchte Jakob es erneut.

Nelu schien zufrieden und säuselte weiter in den Hörer, dann beendete er das Gespräch und seufzte schwer.

»Was sind das für Frauen, die dich immer anrufen?«, fragte Jakob vorsichtig.

»Das ist einer meiner Jobs. Ich bin so was wie ein Schauspieler. Von irgendwoher muss ja die Kohle kommen.«

»Und was ist mit deinem Bruder?«

Nelu sah ihn entgeistert an, dann brach er in lautes Gelächter aus. »Das ist nicht dein Ernst, Mann. Ich habe keinen Bruder, und selbst wenn ich einen hätte, würde mir sein Schicksal am Arsch vorbeigehen.« Er krümmte sich vor Lachen und vergrub sein Gesicht zwischen den angezogenen Knien. Seine Schultern bebten.

Es dauerte lange, bis er sich beruhigte und weitersprechen konnte. »Ich reiße so ein paar alte Muttis auf, die einsam und alleine sind, und mit ein paar herzerweichenden Storys ziehe ich ihnen das Geld aus der Tasche. Die kranke Brudernummer kommt immer wieder gut. Das Zeitmanagement ist halt manchmal nicht so einfach. Die alten Tanten fordern immer mehr Zeit und Aufmerksamkeit. Ich sag es dir, sie versuchen einen auszusaugen. Wenn es zu schlimm wird, muss man sich das nächste Opfer suchen. Man muss da flexibel sein. Ist manchmal echt anstrengend.« Er schüttelte betrübt den Kopf.

»Das hört sich an, als wärst du eine Hure«, rutschte es Jakob heraus. Schnell sah er zu Nelu herüber, doch der schien nicht im Geringsten beleidigt zu sein.

»Meinst du, ich schlafe mit diesen faltigen Steinzeitomas? Das hätten sie zwar gerne, aber ich halte sie an der langen Leine. Sie dürfen mich gerne bekochen und lieb zu mir sein, mal ein bisschen antatschen und knutschen ist drin, aber mehr nicht, das macht mich für sie nur noch begehrenswerter. Ich kann dich ja mal mitnehmen und dir eine vorstellen. Vielleicht stehst du ja auf ältere Semester. Monika ist noch die Schärfste von allen, die springt dich gleich an, wenn sie dich sieht.« Fragend hob er die Augenbrauen.

»Ne, danke. Lass mal«, wehrte Jakob schnell ab.

Nelu betrachtete ihn und fing an zu grinsen. »Ich glaub es nicht. Du bist noch Jungfrau.«

Jakob schwieg.

»Krass«, meinte Nelu und nahm einen großen Schluck aus der Flasche. Sie tranken. Es war still oben auf dem Dach.

Die Geräusche der Stadt, der Autolärm und das Gegröle der Menschen drangen nur gedämpft zu ihnen hinauf.

Die ganze Welt schien unter einem Schleier zu liegen und war meilenweit entfernt von ihnen.

Hier oben waren sie allein. Unbeobachtet und unsichtbar für alle anderen. Weggetaucht aus dem normalen Leben.

Jakob fühlte sich glücklich. Das warme, spürbare Pochen in seinem Herzen war ihm so fremd geworden, dass er sich fühlte, als wäre er aus seiner Haut geschlüpft und ein anderer Mensch geworden.

Sie saßen lange einfach nur da, Zeit spielte keine Rolle mehr.

Der Wodka tat sein Bestes dazu, dass Jakob alles egal wurde.

Nur dieser Moment war wichtig, alles andere hatte keine Bedeutung mehr. Der langweilige, nicht enden wollende Alltag, mit all seinen Problemen, schien meilenweit entfernt zu sein.

Nelu sprang energiegeladen auf.

»Jetzt gehen wir feiern und machen richtig einen drauf«, beschloss er übermütig, breitete beide Arme aus und begann sich, den Kopf in den Nacken gelegt, im Kreis zu drehen.

»Laute Musik und geile Weiber, das ist es, was ich jetzt brauche«, schrie er in den Himmel.

Jakob druckste herum. »Du, äh, ich hab kein Geld und bin auch nicht richtig angezogen.« Er deutete auf seine übliche Jogginghose.

»Scheiß drauf. Ich kenne jeden Türsteher der Stadt. Wir werden überall mit offenen Armen empfangen, egal, was du trägst. Wir machen uns jetzt auf ins Gewerbegebiet Spähenfelde und gehen in die Traumfabrik. Da ist auch am Montag richtig was los.« Entschlossen packte er Jakobs Hand und zog ihn auf die Beine. Seine Euphorie war ansteckend.

Jakob war noch nie in der Traumfabrik gewesen, die in Partykreisen liebevoll als Asi-Park bezeichnet wurde. Er hatte sowieso nie am nächtlichen Partyleben teilgenommen, da ihm für so etwas das Geld fehlte. Das Einzige, was er sich manchmal leistete, waren ein paar Bier und Schnäpse in Gustavs Eckkneipe.

Mach dir nicht immer so viele Gedanken, schalt er sich selbst.

Er ließ sich von Nelu anstecken und von seiner Begeisterung mitreißen. Es war einfach. Zusammen mit Nelu war alles leicht. Jakob hatte das Gefühl, er würde fliegen können, wenn er es nur versuchen würde.

KAPITEL 8 – TIM

Tim König wünschte sich den Winter herbei. Während er schwitzend in die Pedale trat und Richtung Wache Nord radelte, sehnte er sich nach Schnee und Kälte. Die kurze Fahrt ähnelte einer Reise in ein anderes Land. Er ließ sich vom gepflegten Kreuzviertel die steile Unionstraße hinab in den dreckigen Schlund der Nordstadt rollen. Schimpfend wich er einem betrunkenen Mann aus, der, unverständliche Lieder singend, über die Straße torkelte.

Wie so oft hatte er verschlafen und war eine halbe Stunde zu spät dran. Sein schmerzender Rücken erinnerte ihn daran, dass er die ganze Nacht vor dem Computer gehangen und gezockt hatte, und noch immer hatte er es nicht geschafft, der Gaming-König von »Warriors of Darkness« zu werden.

Eigentlich hatte er gar keine Zeit zu arbeiten, dachte er frustriert, während ihm der Schweiß über das Gesicht lief.

Für diese Jahreszeit war es immer noch viel zu heiß. Es war Anfang September, und dieser Sommer forderte alles von jemandem, der Kälte liebte. Er wollte einfach nicht zu Ende gehen.

Scheiß Klimakatastrophe, dachte König, als er mit schweren Schritten durch den erbsensuppengrün gestrichenen Flur der Wache zu seinem Büro eilte und das quietschende Geräusch seiner Schuhe auf dem abgetretenen Linoleumboden von den Wänden widerhallte, die Jugend hatte schon recht, wenn sie für mehr Klimaschutz auf der Straße protestierte.

Er spürte sofort, dass irgendetwas passiert sein musste, als er das stickige Büro betrat und Markowski ihm schadenfroh grinsend entgegensah.

Dressler stand bewegungslos und wie erstarrt am Kopierer und hatte ihnen den Rücken zugedreht. Vielleicht war er im Stehen eingeschlafen.

»Morgen, Markowski«, grüßte König vorsichtig und ließ sich hinter seinen Schreibtisch sinken.

Markowski antwortete nicht, biss kraftvoll in seinen Salzkuchen mit Mett und ließ ihn dabei nicht aus den Augen.

Der Gestank von Zwiebeln und leicht verdorbenem Hackfleisch war so penetrant, dass König würgen musste. Die Mischung aus Hitze und Gestank erschlug ihn. Er versuchte krampfhaft, so wenig wie möglich zu atmen.

»Sattler will dich sprechen«, stieß Markowski mit vollem Mund hervor, und seine kleinen, verschlagenen Augen fixierten ihn. »Sofort hat sie gesagt, und sie schien nicht besonders gut gelaunt zu sein.«

König wurde blass. Er sah Dresslers Schultern vor unterdrücktem Lachen beben.

Helena Sattler war die Dienstgruppenleiterin der Polizeiwache Nord. Ein rothaariger, meist schlecht gelaunter Drache. Sie versuchte, um sich als weibliche Vorgesetzte Respekt zu verschaffen, strenger, unfreundlicher und gnadenloser zu sein, als jeder männliche Chef es sein könnte.

Eventuell nicht der richtige Weg, um mit ihrem Team Hand in Hand zu arbeiten, war Königs Meinung.

Unter Markowskis gehässigem Blick stand König langsam und wortlos auf und ging zur Tür, dabei stolperte er über den Papierkorb, der wie immer mitten im Weg stand. Dresslers prustendes Gelächter verfolgte ihn, als er hastig den Raum verließ.

Eigentlich war er froh, diese nach Metzgerei stinkende Bude von einem Büro verlassen zu können.

Auf dem Flur musste er den Drang, einfach zur Eingangstür hinauszuspazieren und nach Hause zu fahren, mit aller Kraft unterdrücken. Seit Corinna ihn vor drei Jahren, für ihn völlig überraschend, verlassen hatte, wurde sein Bedürfnis, sich zu verkriechen und die Außenwelt auszusperren, von Tag zu Tag stärker. Ihm war bewusst, dass sein übermenschliches Verlangen nach seinem Computer, einer Tasse Tee und der schnurrenden Jutta auf seinem Schreibtisch nicht normal war. Seit drei Jahren wartete er darauf, dass er, wie durch ein Wunder, wieder Interesse an seiner Umwelt entwickelte, doch das Gegenteil war der Fall. Die ermüdende Realität erschien ihm absurd und bedrohlich.

Er seufzte tief, klopfte leise und betrat das Büro von Sattler.

Sie blickte von den Papierbergen auf ihrem Schreibtisch auf und zog die dünnen, roten Augenbrauen hinter ihrer giftgrün umrandeten Brille nach oben.

»König. Wie schön, Sie mal wieder an Ihrem Arbeitsplatz anzutreffen. Ich hatte Sie eigentlich schon vor einer Stunde erwartet. Wieder mal ein bisschen später geworden, der Dienstbeginn heute, was?« Sie rümpfte ihre schmale Nase.

Eine Angewohnheit, die sie während eines Gesprächs häufiger machte. Schien so etwas wie ein Tick von ihr zu sein.

König antwortete nicht. Wie ein kleiner Junge stand er mit verschränkten Händen vor ihrem Schreibtisch und wartete darauf, dass sie ihm anbot, sich auf einen der Stühle zu setzen. Er schob sich eine Strähne seines unbändigen Haars aus der Stirn.

Sie kostete sein Unwohlsein in vollen Zügen aus und betrachtete ihn ausgiebig durch die dicken Brillengläser. Schließlich erbarmte sie sich und wies ihn an, Platz zu nehmen.

Er tat es, sah sie an und entdeckte, dass etwas mittig auf ihrem rechten Brillenglas klebte. Es sah aus wie ein dicker Kekskrümel.

Ob sie das nicht störte? Warum merkte sie es nicht? Oder sollte das ein bewusstes Ablenkungsmanöver sein, damit man ihr nicht ins Gesicht sah, sondern seine Konzentration allein auf den Krümel richtete.

»Also, König«, riss sie ihn aus seinen Gedanken, »warum ich Sie habe rufen lassen, hat folgenden Grund.« Sie blätterte zerstreut in einer Akte, dann blickte sie nach oben und sah ihm in die Augen. Ihr Blick war hart. »Sie sind fast mehr krank, als dass Sie auf der Arbeit sind. Und Sie kommen fast täglich zu spät.« Sie wartete.

König wusste nicht, was er antworten sollte, sie hatte ja recht, also nickte er und lächelte sie an.

»Gefällt es Ihnen nicht bei uns? Fühlen Sie sich nicht wohl?«, versuchte sie erneut, ein Gespräch in Gang zu bringen.

»Na ja«, druckste er, »die Kollegen und ich, das ist manchmal etwas schwierig.«

Sie knallte ihre Faust auf den Schreibtisch. Wieder zuckte ihre Nase und ließ sie wie ein gestörtes Kaninchen aussehen.

»Die Kollegen sind also schwierig. Herrgott noch mal, König. Dann reden Sie mit denen und klären das. Sie sind Polizist, verdammt noch mal, kein kleines Mädchen.«

Ihr Gesicht hinter der Brille rötete sich und nahm dieselbe Farbe an wie ihr Haar. Sie schnappte nach Luft und kämpfte sichtlich damit, wieder Herr ihrer selbst zu werden.

Mit dem Kekskrümel auf der Brille, der ihr Auge verbarg, und dem roten Haar sah sie der einäugigen Hexe in »Warriors of Darkness« erstaunlich ähnlich, stellte König überrascht fest. Er stellte sich vor, seine Schrotflinte zu laden wie in dem Spiel und ihr den Kopf von den Schultern zu blasen. Wieder musste er lächeln.

»Was lächeln Sie so dämlich?«, fuhr sie ihn an, »manchmal habe ich wirklich das Gefühl, Sie ticken nicht ganz richtig.«

Sie versuchte, sich zu sammeln. »Sie werden ab heute zusammen mit Markowski Streife fahren, dann verbringen Sie genug Zeit mit ihm, um ihn besser kennenzulernen. Glauben Sie mir, Markowski ist in Ordnung. Ich ziehe Dressler in der Zwischenzeit für den Bürokram ab. Mal raus auf die Straße, wie in den guten alten Zeiten. Sie sehen blass aus, König. Ein bisschen frische Luft und mehr sozialer Kontakt zu den Kollegen wird Ihnen guttun.«

Zufrieden lehnte sie sich auf ihrem Schreibtischstuhl zurück. Ihr Blick hatte etwas Schlangenähnliches.

»Äh, also ich weiß nicht, ob das eine so gute Idee ist«, begann König.

Ihre Nase zuckte wie wild.

»Das ist keine Idee. Das ist eine Anordnung.« Sie schien langsam wütend zu werden. »Und jetzt raus hier. Ich habe genug Zeit mit Ihnen verschwendet. Regeln Sie das, worüber wir gesprochen haben, ansonsten sehe ich mich gezwungen, andere Schritte einzuleiten.«

Das Gespräch schien beendet zu sein. Sie sah erschöpft aus, als König ihr Büro verließ, und sie tat ihm fast leid. Die Frau hatte es wirklich nicht leicht.

Im Flur kam ihm Markowski mit griesgrämiger Miene entgegen. Seine gute Laune von heute Morgen schien sich in Luft aufgelöst zu haben. Er hatte sich, trotz der saharaähnlichen Temperaturen draußen, seine hässliche, schwarze Lederjacke übergezogen, die noch aus den 60er-Jahren zu stammen schien. Sein runder Bauch ragte wie ein Ballon aus der geöffneten Jacke hervor. In der Hand schwenkte er den Autoschlüssel.

»Haste ja toll hingekriegt, König«, raunzte er ihn an, »glaub mir, ich bin nicht glücklich darüber, mit dir die nächsten Tage im Streifenwagen verbringen zu müssen. Dressler und ich sind ein eingespieltes Team. Er war kurz davor in Tränen auszubrechen, als er hörte, dass du ihn ersetzen sollst. Das ist echt das Letzte.« Vorwurfsvoll sah Markowski ihn an.

»Ich wusste gar nicht, dass Dressler so sensibel ist«, murmelte König betreten.

»Dressler ist sehr empfindsam und ein wahnsinnig guter Polizist. Von dem könntest du dir eine Scheibe abschneiden. Er ist ein feiner Kerl, etwas weibisch vielleicht in manchen Momenten, aber wenn es hart auf hart kommt, kann man sich blind auf ihn verlassen. Herrgott noch mal, du hast keinen Plan, was draußen auf der Straße los ist. Ich bin mir nicht sicher, ob Sattler weiß, was sie da angerichtet hat.« Fluchend warf Markowski ihm die Wagenschlüssel zu. »Du fährst«, motzte er, drehte sich um und stapfte mit schweren Schritten Richtung Parkplatz.

»Ich hole nur noch schnell meine Tasche«, rief König ihm hinterher.

»Mach das, du Kollegensau«, hörte er Markowski grummeln.

Mit hängenden Schultern sah König ihm hinterher, dann spurtete er los, um seine Tasche zu holen.

Mit gemischten Gefühlen sah er dem kommenden Arbeitstag entgegen.

KAPITEL 9 – JAKOB

Das weitläufige Industriegebiet Spähenfelde, mit seinen zahlreichen Gewerbeflächen, lag wie ausgestorben vor ihnen. Aus der Traumfabrik dröhnten laute elektronische Beats, und der Bass wummerte selbst draußen auf der Straße so laut, dass der Asphalt des Gehsteiges zu beben schien. Vor dem Eingang hatte sich eine lange Menschenschlange bis hinunter zur nächsten Straßenecke gebildet.

Jakob zog zögernd an Nelus Ärmel. »Meinst du wirklich, ich kann da reingehen? Guck mal, wie ich aussehe.« Hektisch fummelte er an seinem alten T-Shirt herum.

Er betrachtete die Männer in der Schlange. Nicht ein einziger trug Turnschuhe. »Und außerdem muss ich morgen früh zu Frau Siemens-Kleimann.«

Nelu lacht laut auf. »Wer zum Teufel ist Frau Siemens-Kleimann?«

»Meine Sachbearbeiterin vom Jobcenter«, erklärte Jakob mit düsterer Miene, »sie streicht mir immer wieder das Arbeitslosengeld und bietet mir Jobs an, die kein Schwein machen will. Sanktionen nennt sie das. Diese Frau ist eine verfluchte Sadistin. Ich wünschte, die Alte wäre tot.«

»Jetzt hab dich nicht so. Jammere nicht rum und komm endlich mit.« Nelu zog ihn an der Schlange vorbei nach vorne zu dem schrankähnlichen Türsteher in Anzug und Krawatte, dessen Blick grimmig und genervt über die Menschenmenge flog.

Als er Nelu erkannte, entspannten sich seine Gesichtszüge und er begann zu strahlen. Er breitete seine Arme aus, und die beiden umarmten sich brüderlich. Der Türsteher drückte Nelu fest an seine breite Brust.

»Avram, wie kommen wir denn zu der Ehre, dass du uns mal wieder besuchst? Ist das schön, dich zu sehen, Bruder. Komm rein, komm rein.«

»Komm, Jakob«, rief Nelu über die Schulter.

Die Augen des Türstehers musterten Jakob von oben bis unten. Er verzog keine Miene.

»Der gehört zu dir?«, fragte er misstrauisch; als Nelu nickte, lächelte er Jakob zu.

»Herzlich willkommen.« Er winkte ihn mit einer Handbewegung hinein.

Ohrenbetäubende Musik empfing sie. Das Wummern des Basses vermischte sich mit Jakobs Herzschlag.

Im Klub war es dunkel, nur die Tanzfläche und die Bar wurden von zuckenden Lichtern beleuchtet. Die Einrichtung und Wände waren in Rottönen gehalten.

Nelu bewegte sich, als wäre er hier zu Hause, und zog Jakob durch die tanzenden Menschen zur Theke. Er küsste die Bardame auf beide Wangen, die unaufgefordert zwei monströs große Gläser, gefüllt mit einer trüben Flüssigkeit, vor ihnen auf die Theke stellte.

Erst als Jakob sich an seinem Glas festhalten konnte, begann er sich etwas sicherer zu fühlen. Der Drink war stark. Eine Mischung aus Hochprozentigem, die Jakob zuvor noch nicht probiert hatte. Der Geschmack hielt sich in Grenzen, doch die Wirkung des Alkohols war sofort spürbar.

Jakob beobachtete die zuckenden, sich drehenden Leiber vor ihm. Die entrückten Gesichter der Tanzenden, die die Arme in die Luft streckten und das Leben feierten.

Glücklich, frei und mit sich selbst im Reinen.

Sie konnten sich selbst spüren, und ich kann das nicht, dachte Jakob. Ein Gefühl der Verbitterung überkam ihn. Er gehörte nicht dazu. Grenzte sich allein durch seine schäbige Kleidung und sein Aussehen von den anderen ab.

Er trank einen großen Schluck.

Nelu, der neben ihm gestanden hatte, stieß sich von der Bar ab und sprang auf die Tanzfläche. Er lachte Jakob zu und verschmolz sofort mit der Masse. Er bewegte sich geschmeidig und anmutig im Rhythmus der Musik, als würde sie durch die Boxen direkt durch seinen Körper fließen. Sofort richteten sich die Blicke der weiblichen Besucherinnen auf ihn.

Nelu machte ihm Handzeichen und versuchte, ihn auf die Tanzfläche zu locken, doch Jakob schüttelte den Kopf. Niemals würde er vor allen Augen mit seinem dürren Körper ungelenke Tanzversuche und sich zum Gespött der Leute machen.

Er trank und schluckte die brennende Flüssigkeit schnell hinunter. Er beobachtete, wie Nelus Aufmerksamkeit sich auf eine junge Frau richtete und er auf ihre Flirtversuche einzugehen begann.

Sie tanzten nah voreinander, rückten enger zusammen und warfen sich vielsagende Blicke zu.

Jakob war vergessen und spürte den bitteren Geschmack von Galle in seinem Mund. Sein Hals wurde enger, und er hatte Schwierigkeiten zu schlucken.

Eifersucht fuhr wie ein Hammerschlag durch seinen Körper und machte ihn bewegungslos.

Schockiert stellte er fest, dass sich Tränen in seinen Augenwinkeln bildeten, die er schnell mit der Hand wegwischte.

Was war los mit ihm? Lag es am Alkohol, dass er so sentimental wurde? Er drehte sich von der Tanzfläche weg und sah in Richtung Bar.

Die Bardame hantierte mit Flaschen und Gläsern wie eine Schauspielerin auf einer Bühne.

Jede Bewegung wirkte einstudiert, und sie sonnte sich im Scheinwerferlicht und in der Bewunderung der Gäste.

Eigentlich war ihm Gustav in seiner Eckkneipe lieber, dachte er versonnen. Der war wenigstens ein Mensch aus Fleisch und Blut und verstellte sich nicht.

Nelu tauchte plötzlich wieder neben ihm auf. Er strich sich das verschwitzte Haar aus der Stirn.

»Geile Party«, stieß er atemlos hervor.

Jakob nickte, ohne zu lächeln, er wollte ihm den Abend nicht verderben.

»Ich muss bald los«, meinte er, »muss morgen wirklich früh raus.«

»Du bist doch grade erst gekommen.« Nelu wirkte enttäuscht.

Jakobs Herz machte einen kleinen Hüpfer.

Nelu zwinkerte ihm zu.

»Ich hab da was, das dich wach machen wird. Bock auf 'ne kleine Line? Wir bringen dich schon in die richtige Stimmung.« Er wies in Richtung Toiletten.

»Ne, lass mal. Mit Drogen hab ich es nicht so.«

Jakob fummelte verlegen an seinem Glas herum.

»Mann, du bist so ein Spießer. Dann warte kurz auf mich. Bin gleich wieder da.« Er verschwand.

Unsicher drückte Jakob seinen Rücken an die Theke und ließ seinen Blick über die feiernde Masse schweifen.

Nelu kam zurück, ein seliges Lächeln in seinem Gesicht. Ein Rest von weißem Puder schimmerte an seinem rechten Nasenloch.

»Ich muss jetzt los«, wiederholte Jakob.

»Moment. Wir besorgen dir noch Taxigeld.«

Nelu wandte sich dem Mann zu, der neben ihm stand, schon leicht betrunken über der Theke hing und aus glasigen Augen die Bardame anglotzte.

»Natascha, mach mal einen Drink fertig für meinen Bruder hier«, wies Nelu sie an und klopfte dem Mann wohlwollend auf die Schulter. Erfreut grinste der Mann Nelu an.

»Danke, mein Freund. Ich bin Dirk.« Er reichte ihm die Hand.

Nelu schlug ein.

»Luca«, stellte er sich vor. Die Muskeln seines Kiefers bewegten sich rhythmisch. Er knirschte mit den Zähnen.

Sie neigten die Köpfe zueinander und unterhielten sich.

Jakob konnte nicht verstehen, worüber sie sprachen, die Musik war zu laut. Er beobachtete, wie Nelu der Bardame zunickte, die zu den beiden herüberkam und den Mann namens Dirk in ein Gespräch verwickelte.

Nelu zückte ein kleines Fläschchen aus der Tasche, öffnete es, ließ mehrere Tropfen brauner Flüssigkeit in das Glas des Mannes tropfen und steckte es dann wieder weg. Die Bardame ließ von Dirk ab und drehte sich weg.

Mit einem debilen Lächeln auf dem Gesicht strahlte der Mann Jakob und Nelu an.

»Die Schnecke scheint mich zu mögen«, lallte er voller Stolz, »da habe ich heute den ganz großen Fang gemacht.«

Nelu stieß mit ihm an. Dirk trank in großen Schlucken. Es dauerte eine Weile, bis er sich an der Theke festhalten musste und seine Augen begannen hervorzutreten. Sein Gesicht nahm eine grünliche Farbe an »Scheiße. Was ist los mit mir? Es dreht sich alles.« Er stöhnte. Schweiß lief über sein Gesicht und tropfte auf den Tresen. Mit den Händen fasste er an seinen Magen und krümmte sich.

»Komm mit«, Nelu griff unter seinen Arm, »ich bringe dich auf die Toilette.«

Sie verschwanden und blieben eine ganze Weile weg.

Nelu kam bestens gelaunt und ohne Dirk zurück. Er nickte Natascha hinter der Theke zu, kramte ein Portemonnaie aus der Tasche, zog einen Hunderter daraus hervor und reichte ihn ihr.

»Ich bring dich noch nach draußen«, raunte er Jakob zu.

Die frische Luft tat gut. Ein paar Meter entfernt von der Eingangstür warteten Taxis. Jakob war erleichtert, die Lautstärke des Klubs hinter sich lassen zu können, und atmete befreit auf. Endlich ließ der Druck auf seinen Ohren nach.

Nelu drückte Jakob einen 200-Euro-Schein in die Hand. »Hier. Komm gut nach Hause.«

»Das kann ich nicht annehmen«, wehrte Jakob entrüstet ab.

»Mann, das ist doch nicht mein Geld, du Affe«, lachte Nelu, »habe ich dem Spacken Dirk abgenommen.«

»Was ist mit ihm? Was hast du ihm ins Glas getan?«

»K.o.-Tropfen. Funktioniert immer wieder gut. Hab ihm auf dem Klo sein Geld abgenommen. Kleine Bezahlung dafür, dass er sich mit mir unterhalten durfte.«

Jakob zögerte.

»Nun schau nicht so blöd aus der Wäsche. Es geht ihm gut, und er wird nicht sterben. Man sollte sich halt vorher überlegen, mit wem man sich einlässt. Ist selbst schuld der Typ. Traue niemandem außer dir selbst, und so prall wie sein Portemonnaie gefüllt war, hat der Vogel genug Geld, glaub mir. Da kann er ruhig mal was abgeben.«

Jakob nickte. Das hörte sich vernünftig an. Menschen waren schlecht, und wer sich verarschen ließ, war selbst schuld. Er nahm den Schein, Nelu zog eine Visitenkarte aus der Tasche.

»Kannst mich ja mal anrufen. Ich gehe rein und schnappe mir die leckere Kleine, mit der ich vorhin getanzt habe. Eine ordentliche Nummer ist ein guter Abschluss für den heutigen Tag.« Jakob schaute auf die Karte in seiner Hand.

»Radu-Cristian Marsavela – Unternehmensberater«, stand auf der Karte und eine Telefonnummer.

»Mach ich«, flüsterte er in die Dunkelheit.

Nelu war längst im Inneren des Klubs verschwunden.

Als Jakob im Taxi saß und entspannt die Beine ausstreckte, spürte er, wie müde er war.

KAPITEL 10 – NELU

Die Schwärze der Nacht verschluckte ihn und ließ ihn unsichtbar werden. Er lief über die hügeligen Waldwege durch die Bittermark. Äste und totes Holz knackten unter seinen Füßen. Irgendwo hörte er eine Eule rufen. In diesem Wald würde er sich blind zurechtfinden. Schon als Kind hatte er jedes Versteck in dieser zugewachsenen, grünen Oase ausgekundschaftet, war auf jeden der alten Bäume geklettert. Er verharrte einen Augenblick vor dem Mahnmal, das an ein Massaker der Nazis an Karfreitag 1945 erinnern sollte, und sich auf einer Lichtung im Wald befand. Dann setzte er seinen Weg fort. Er verließ den Wald und durchquerte ein pingelig gepflegtes, zu Tode langweiliges Wohngebiet.

Vor dem letzten, abseits liegenden Haus in der Siedlung blieb er stehen und spürte sein Herz in der Brust schlagen. Er atmete hechelnd durch den Mund.

Wie konnte es sein, dass dieser Bungalow ihn noch immer so verstörte?

Nelu sprang über das Tor und durchquerte den prächtigen Garten. Der Duft von Rosen drang in seine Nase. Der Geruch holte Erinnerungen zurück und ließ ihm übel werden. Er nahm einen der großen Steine auf, die als Dekoration um das Haus aufgereiht waren, umrundete das Gebäude und blieb vor der hinteren Terassentür stehen. Im Haus war es dunkel. Er holte aus und zertrümmerte mit dem Stein das Fensterglas. Durchsichtige Splitter sammelten sich auf dem Boden.

Sie sollten ruhig denken, dass Einbrecher hier am Werk gewesen waren.

Er griff von innen durch das zerstörte Fenster, öffnete die Tür und trat ein.

Die Beklemmung legte sich wie ein schwarzes Tuch über ihn. Er schaltete das Licht ein und wartete darauf, dass der Schwindel, der ihn ergriff, vorüber ging.

Das kalte Weiß der Möbel, das Weiß des Bodens und der Wände bohrte sich wie Nadelstiche in seine Augen.

Er sah sich als kleiner Junge durch das sterile Haus wandern, auf der vergeblichen Suche nach etwas Lebendigem.

Das schmerzhafte Sehnen nach einem liebevollen Wort, einem Lachen in diesem riesigen Gebäude kam zurück. Seine Hände glitten fahrig über seinen Körper. Ihm wurde kalt.

Geld, alles hatte sich immer nur um Geld gedreht.

Nelu biss die Zähne fest zusammen, schritt langsam zu dem gläsernen Wohnzimmertisch und setzte sich auf das weiße, überdimensional große Ledersofa. Er kramte hektisch das Tütchen und das Metallrohr aus der Tasche seiner Anzughose, zerkleinerte mit seiner Kreditkarte das Pulver, das er auf den Tisch gestreut hatte und zog eine riesige Line. Er stöhnte auf und legte den Kopf in den Nacken.

So war es schon besser. Er fuhr mit dem Finger über die Glasplatte und verrieb die Reste des Pulvers auf seinem Zahnfleisch.

Er sprang auf und tigerte durch das Haus, in dem er aufgewachsen war und noch immer in manchen Nächten schlief, auch wenn er von anwesenden Personen komplett ignoriert wurde.

Hier sprach schon lange niemand mehr mit ihm. In diesem Haus war er ein Geist, der missbilligend akzeptiert wurde.

Seine Eltern würden noch lange nicht nach Hause kommen. Die Partys, die der Golfklub veranstaltete, endeten nie, bevor der nächste Tag angebrochen war.

Sein Blick fiel auf die gerahmten Fotos auf dem Sideboard.

Er betrachtete den kleinen Jungen in Anzug und Krawatte, mit seinem schönen Gesicht, umgeben von Unmengen teurem Spielzeug. Nelu konnte die Verzweiflung und die Angst in seinen dunkelblauen Augen sehen.

Er zog geräuschvoll die Nase hoch und starrte die Bilder an. Mit einer kraftvollen, schnellen Bewegung fuhr sein Arm über das Sideboard und er riss die Fotos zu Boden. Es knirschte, als er die Bilderrahmen mit seinen Füßen zertrat.

Er hastete durch das klinisch saubere Haus, öffnete den Haushaltsraum und holte den großen Vorschlaghammer heraus.

Der erste Schlag gegen den Wohnzimmerschrank, der unter seinem Schwung in tausend Stücke zerbrach, war wie eine Befreiung.

Immer hatte er Druck verspürt. Er sollte höher, weiter, besser sein, als alle anderen Kinder.

Nelu schlug auf das weiße Klavier im Wohnzimmer ein. Die schwarzweißen Tasten stießen jaulende Klimpertöne aus und flogen in alle Himmelsrichtungen.

Wenn sein Vater wüsste, dass er sich inzwischen sein eigenes Imperium aufgebaut hatte. Er hatte es auf seine Weise geschafft, sich Macht, Ansehen und Geld zu verschaffen und er würde es noch weiter bringen, auch ohne den vorgeschrieben Weg des alten, verstockten Mannes zu gehen.

Nach einer Weile hielt er schnaufend inne und sah sich fasziniert in dem Chaos um, das er angerichtet hatte.

Es fühlte sich gut an, doch er musste seine Kräfte sparen.

Er hatte noch viel Arbeit vor sich und Großes vor.

Diesen Volltrottel Jakob, den er kennengelernt hatte, würde er sich so biegen, dass er ihm von großem Nutzen sein würde.

Nelu öffnete mit dem Zahlencode den Safe im Schlafzimmer seiner Eltern und ließ wahllos ein paar Scheine in seine Tasche gleiten. Er stieg über zerbrochenes Glas und die zertrümmerte Einrichtung und verschwand mit einem verklärten Lächeln im Gesicht so lautlos in der Nacht, wie er gekommen war.

KAPITEL 11 – LEYLA

Leyla umklammerte das Messer so fest, dass ihre Fingerknöchel weiß hervortraten. Sie hackte auf die Melonenstücke ein, die vor ihr auf dem Tisch lagen, um später eingemacht und verkauft zu werden. Eine Spezialität des kleinen Gemüseladens ihres Vaters. Leyla lachte verbittert auf. Ihr Vater, der Pläne mit ihr hatte. Pläne, mit denen sie ganz und gar nicht einverstanden war. Sie stach weiter auf das wehrlose Obst ein. Das gelbe Fruchtfleisch spritzte in alle Richtungen. Sie würde das später sauber machen müssen. Ihr Vater würde einen Herzinfarkt bekommen, wenn er die Sauerei entdeckte.

Sehnsüchtig sah sie durch das Schaufenster hinaus auf die zugeparkte Blumenstraße. Die schiefen Häuser schienen sich gegenseitig stützen zu wollen, um nicht umzufallen.

Vor dem Fenster erschien dieser Typ von gegenüber. Das Baseballcap konnte sein kreidebleiches, eingefallenes Gesicht und die schwarzen Ringe unter seinen Augen nicht verbergen. Er traf sich mit dem anderen, mit dem, der immer diese Gesichtszuckungen hatte. Geldscheine und Plastiktütchen wechselten ihren Besitzer.

Leyla rückte ihr Kopftuch zurecht und wandte den Blick ab.

Ein Sonnenstrahl hatte sich seinen Weg durch die Fensterfront gesucht, das Messer in ihrer Hand blitzte im Licht auf. Zärtlich strichen ihre Finger über die Klinge.

Messer hatte sie schon immer geliebt.

Sie fuhr zusammen, als sie ein ungewohntes Geräusch vernahm.

Vor dem Schaufenster standen zwei dunkel gekleidete Männer mit Sonnenbrillen.

Leyla kannte jeden dieser irren Typen, die hier ein – und ausgingen, diese Personen waren ihr fremd.

Einer der beiden schüttelte eine Spraydose, der andere klopfte mit dem Fingernagel seines Zeigefingers an die Scheibe und glotzte zu ihr hinein.

»Wenn ihr reinkommt, stoße ich euch das Messer mitten ins Herz, ohne mit der Wimper zu zucken«, zischte Leyla in die Stille des leeren Ladens und riss ihre schwarzen Augen auf. Das Ticken der großen Uhr, die an der Wand hing, schien lauter zu werden.

Einer der Männer begann mit schwungvollen Bewegungen große Buchstaben von außen an die Scheibe zu sprühen.

Leyla knallte das Messer auf den Tisch, stürmte zur Eingangstür des Ladens und riss sie auf.

»Seid ihr nicht ganz richtig im Kopf? Was macht ihr da? Das ist Beschädigung fremden Eigentums«, brüllte sie die Männer an.

Die alte Erna aus dem Haus gegenüber, die wie immer aus dem Fenster schaute und das absurde Treiben auf der Straße beobachtete, lachte laut und klatschte ihr Beifall.

»Richtig so, Mädchen«, rief sie applaudierend, »zeig ihnen, wo es langgeht.«

Der Mann, der an das Fenster geklopft hatte, richtete hinter der Sonnenbrille langsam den Blick auf sie.

Lelya spürte, wie sich ihr Magen zusammenschnürte.

»Wir haben eine Botschaft zu überbringen.«

»Wovon redest du? Was für eine verdammte Botschaft?« Sie hasste sich dafür, dass ihre Stimme zitterte.

»Du hast dich mit dem Falschen angelegt, Süße. Hast den Falschen aus deinem mickrigen Laden geschmissen und mit einer Anzeige gedroht.«

Leylas Gedanken rasten durch ihren Kopf. Es kam öfter vor, dass einer ihrer Kunden versuchte, etwas mitgehen zu lassen, aber man kannte sich hier in der Gegend. Sie machte normalerweise kein großes Theater, wenn sie jemanden beim Klauen erwischte, sie ließ anschreiben, wenn jemand kein Geld hatte oder verschenkte auch mal etwas. Ohne das Wissen ihres Vaters natürlich.

»Macht meine Leyla nicht blöd an. Das ist ein gutes Mädchen«, brüllte die alte Erna aus ihrem Fenster. Sie schien sich sichtlich zu freuen, dass endlich mal etwas los war.

Der Mann machte einen Schritt auf Leyla zu. Sein Gesicht war dicht vor ihrem. Sie konnte seinen sauren Atem riechen.

»So etwas macht man nicht mit IHM«, zischte er.

Er musste diesen fremden, elegant gekleideten Schnösel meinen, der neulich im Laden versucht hatte, etwas mitgehen zu lassen.

»Geht«, schrie sie aus voller Kehle, »haut ab, sonst rufe ich die Polizei.«

»Leyla, was machst du da? Komm sofort mit rein. Was sollen die Leute denken?« Ihr Vater war hinter sie getreten und zog sie mit festem Griff zurück in den Laden.

Grob schob er sie zurück in die Ecke an ihren Tisch und stieß sie auf ihren Stuhl. Er lehnte sich erschöpft an die Wand und fuhr mit der Hand über sein faltiges Gesicht.

Die beiden Männer vor dem Laden verschwanden.

»Was waren das für Männer? Und warum schreist du mitten am Tag auf der Straße herum?« Ihr Vater sah sie mit resigniertem Blick an.

»Sie haben unser Schaufenster beschmiert. Was soll ich in so einer Situation deiner Meinung nach tun? Sie höflich reinbitten und ihnen unsere Ware anbieten?«

Ihr Vater seufzte erschöpft. »Nein, natürlich nicht. Wenn es Probleme gibt, ruf mich an. Ich regele das schon. Aber du kannst nicht einfach fremde Leute beschimpfen.«

»Fremde Leute – das sind Kleinkriminelle, und sie wollten mir Angst einjagen, und du, du bist sowieso nie hier. Wenn ich dich anrufe, hat ein Dieb das gesamte Geschäft ausgeräumt, bis du endlich da bist. Seit ich dir im Laden helfe, sitze ich den ganzen Tag hier herum und vergammele, falls du dich erinnerst. Da muss ich mir schon selbst zu helfen wissen. Diese arroganten Penner, die denken, dass die ganze Welt ihnen gehört, haben hier nichts zu suchen.« Ihre Stimme überschlug sich und zitterte vor Wut.

»Hör auf, so zu reden. Das gehört sich nicht. Und hör auf, mir vorzuwerfen, dass ich mich nicht mehr so viel um den Laden kümmern kann, ich tue das nur für dich. Für mein undankbares, kleines Mädchen. Damit sie es einmal gut hat. Ich versuche nur ein zweites Standbein aufzubauen und mit den Import-Exportgeschäften Geld aufzutreiben, damit du diesem kalten Deutschland den Rücken zuwenden und ein besseres Leben in deiner Heimat führen kannst.«

»Dortmund ist meine Heimat. Hier sind meine Freunde. Hier kenne ich jede Straße und bin zu Hause.« Leyla schrie. »Du hörst mir nicht zu. Ich will nicht in die Türkei. Ich spreche nicht mal vernünftiges Türkisch, und vor allem will ich nicht einen Mann heiraten, den ich noch nie gesehen habe.« Sie weinte. Heiße Tränen strömten über ihr Gesicht.

»Leyla«, versuchte ihr Vater sie zu beruhigen, »vertraue mir. Ich weiß, was gut für dich ist. Du wirst mir einmal sehr dankbar sein. Muhammed ist ein guter Mann, er ist genau der Richtige für dich.«

»Ich scheiß auf diesen Hurensohn«, brüllte Leyla außer sich. Sie warf das Schneidebrett mit einem Ruck vom Tisch, sodass die Melonenstücke auf den Fußboden rutschten und klebrige Spuren hinterließen. Leyla sprang auf. Der Stuhl, auf dem sie gesessen hatte, fiel scheppernd um. Sie schnappte sich ihren Mantel, warf ihrem Vater einen letzten bösen Blick zu und verließ, die Tür mit einem lauten Knall hinter sich zuschlagend, den Laden.

Ihr Vater sah ihr kopfschüttelnd und mit hängenden Schultern hinterher. Was hatte er bei ihrer Erziehung nur falsch gemacht? Er sah sich im um. Obststücke klebten an den Wänden, in den Regalen und auf dem Fußboden. Seufzend beugte er seinen schmerzenden, steifen Rücken, griff nach dem Putzeimer und tauchte müde den Lappen in die Seifenlauge.

Vor dem Laden starrte Leyla mit offenem Mund auf die riesigen Buchstaben, die von außen auf die Scheibe gesprüht waren:

»Dein Tag wird kommen, Schlampe«.

KAPITEL 12 – JAKOB

Schwarze Wellen türmten sich auf und schlugen über seinem Kopf zusammen. Etwas streifte seinen Körper, wickelte sich um seine Beine und zog ihn hinab in die Tiefe. Er zappelte, kämpfte, bekam keine Luft mehr. Es war sinnlos, er würde sich nicht befreien können.

Jakob erwachte von seinem eigenen Aufschrei.

Schwer atmend lag er auf dem Bett. Diese verfluchten Albträume.

Stöhnend tastete er nach seinem Handy und sah auf die Uhr. Heute war es zu spät, um sich mit dem Jobcenter in Verbindung zu setzen. Er strich sich über sein verquollenes Gesicht.

Bald würde der Briefkasten wieder überfüllt sein mit Anschreiben, Bescheiden und Mahnungen vom Amt.

Der Tag schleppte sich dahin wie zäher Kleister. Irgendwann hielt er die Enge der Wohnung, Jesus und Mutters abwesende Blicke nicht mehr aus und machte einen Spaziergang durch die Nordstadt, die ihr übliches Bild bot. Graue Straßen, Graffiti an den Wänden, Häuser, gebaut in einer Vergangenheit, an die sich niemand mehr erinnern konnte. Betrunkene, Künstler, Studenten, viele alte Menschen, eine dicke Frau, beladen mit Tüten vom Discounter, Radfahrer, auf der Bank einer Grünfläche eine Frau, verhüllt in eine Burka, daneben ein Junkie, der sich mit seiner Spritze ins Gebüsch verzog.

Jakob zückte sein gebraucht gekauftes Smartphone, zog die Visitenkarte aus der Tasche und wählte mit fahrigen Fingern Nelus Nummer. Es war früher Nachmittag, da würde er ja wohl schon wach sein und hätte sich längst von seiner nächtlichen Bekanntschaft verabschiedet. Die Verbindung baute sich auf, es war das übliche Tuten zu hören, aber niemand ging ans Telefon.

»Empfänger ist nicht zu erreichen«, meldete die gefühllose Stimme am anderen Ende schadenfroh.

Unruhig starrte er auf das Telefon, während er orientierungslos weiter lief.

Durch Straßen, die er schon als Kind gekannt hatte. Ein gähnendes Loch der Langeweile tat sich vor ihm auf.

Dortmund, dachte er müde, eine Stadt, so dreckig und grau, wie ihr Ruf. Daran konnten die vielen Hipster, die in diesem Stadtteil neuerdings wie Pilze aus dem Boden schossen, auch nichts ändern.

Es war kühler geworden, langsam war zu spüren, dass der Sommer sich verabschiedete.

Mit gesenktem Kopf, die Hände in den Hosentaschen vergraben, trottete er deprimiert durch den Nachmittag. Sein Telefon schwieg. Fast von selbst zog es ihn zu Hüseyins Gemüseladen in der Blumenstraße.

Das hübsche, türkische Mädchen stand heute draußen vor dem kleinen Lebensmittelgeschäft, neben sich einen Putzeimer und reinigte mit undurchdringbarer Miene das Schaufenster.

Wie immer setzte Jakobs Herzschlag für einen Moment aus, als er sie sah. Er lehnte sich an eine Hauswand und sah mit gebührendem Sicherheitsabstand verträumt zu ihr hinüber.

Sie schrubbte mit kraftvollen, kreisförmigen Bewegungen die Scheibe, neben sich, der alte Mann im Rollstuhl, den Jakob schon oft vor dem Laden gesehen hatte.

Wie immer hockte er mit nacktem Oberkörper und einer Wolldecke über den Knien da, eine Bierflasche in der Hand und erzählte seine endlosen Geschichten. Das Mädchen nickte zwischendurch, als würde sie seiner Erzählung interessiert folgen. Sie schien so etwas wie eine unbezahlte Sozialarbeiterin in diesem Wohngebiet zu sein.

Dies schien in diesem Viertel gerne angenommen und dringend benötigt zu werden. Wann immer Jakob den Laden, unter dem Vorwand etwas Obst kaufen zu wollen, besuchte, sah er, wie sie sich um die Menschen kümmerte.

Diese Frau war, trotz ihrer oft ruppigen Art, ein Engel.

Hingerissen glitt Jakobs Blick über ihren schlanken Körper, der sich durch die hochgeschlossene Kleidung abzeichnete.

Sie bemerkte, dass sie beobachtet wurde und drehte sich in seine Richtung. Jakob erstarrte und schenkte ihr ein schüchternes Lächeln, dann wandte er sich ab und machte sich zügig auf den Heimweg.

Zum Abendessen setzte Mutter ihm eine Schüssel mit Haferflocken und Milch vor.

»Wir müssen sparen, Hase. Ist nicht mehr viel Geld übrig diesen Monat. Lass es dir schmecken und mach dir keine Sorgen. Du weißt doch: Sorgt euch um nichts, sondern in allen Dingen lasst eure Bitte vor Gott kundwerden. Du musst beten, Jakob, lass uns zusammen beten, dann wird alles wieder gut.«

Sie hielt seine Hand und schloss die Augen, als sie das Abendgebet sprach.

Er nahm die Sorgenfalten auf ihrer Stirn wahr.

Beten, dachte er genervt, beten hilft hier auch nichts

mehr. Ich muss meinen Hintern hochbekommen und die Sache mit dem Amt regeln.

Er schlang die Haferflocken in sich hinein, ohne etwas zu schmecken.

In seinem Zimmer zog er sein Handy hervor und starrte auf das Display. Die Zahlen der Tastatur verschwammen vor seinen Augen.

Das ist das letzte Mal, dass ich es probiere, schwor er sich. Ansonsten kann der Typ mir gestohlen bleiben. Der Gedanke tat weh. Nelu hatte es geschafft, die eingefrorene Langeweile in Jakobs Leben und sein trostloses Dahinvegetieren von Tag zu Tag zu durchbrechen.

Das sich wiederholende Tuten bohrte sich in seinen Schädel. Er wollte gerade auf Auflegen drücken, um zu vermeiden, wieder die Automatenstimme zu hören, als am anderen Ende jemand ans Telefon ging.

»Was?« Die Stimme von Nelu klang kalt und seltsam fremd.

»Äh, ich bin es. Jakob.«

»Jakob, welcher Jakob? Kenn ich nicht. Was willst du, Mann?«

»Wir waren gestern auf dem Dach, dann im Klub. Erinnerst du dich nicht?« Jakob stockte.

Es blieb einen Moment still am anderen Ende.

»Ach klar, ich erinnere mich. Der dünne Schlägertyp in den Klamotten seines Opas.«

Selbst durch den Hörer klang sein Lachen melodisch.

Jakobs Herz machte einen Satz.

»Der Auserwählte, der meine persönliche Dachterrasse betreten durfte.«

»Ja, genau der«, rief Jakob euphorisch.

»Was gibt's?«, fragte Nelu lässig.

Jakob musste kurz überlegen. »Eigentlich nichts. Wollte mich nur mal melden und fragen, wie es dir gestern noch ergangen ist.«

»Was glaubst du wohl? Hast die Perle doch gesehen, obwohl ich sagen muss, dass der Eindruck falsche Hoffnungen geweckt hat. Im Bett war sie dann doch nur so Mittelmaß. Bisschen unkreativ und leblos. Bisschen so, als würde man es mit einer Leiche treiben. Ich hab Hunger«, wechselte er abrupt das Thema, »Bock, mit mir was essen zu gehen?«

»Klar. Mein Magen knurrt, und ich hab nichts vor«, erwiderte Jakob hastig.

»Gut, ich hol dich in einer halben Stunde ab. Komm nach draußen auf die Straße, oder soll ich mich noch bei deiner Mutti vorstellen, damit sie weiß, dass du in guten Händen bist und ich auf dich aufpassen werde?« Wieder ertönte sein heiseres Lachen.

»Ich komm raus«, sagte Jakob schnell.

Nelu unterbrach die Verbindung, ohne sich zu verabschieden.

Jakob sprang auf und rannte ins Badezimmer. Eilig duschte er und zog sich frische Kleidung an.

Er zog die Wohnungstür hinter sich zu und hastete nach unten. Er hörte das grollende Brummen des Wagens lange, bevor der blank gewienerte Mercedes um die Ecke bog. Das Licht der inzwischen untergehenden Sonne spiegelte sich im glänzenden Schwarz des Oldtimers. Der Wagen hielt mit laufendem Motor.

Jakob stieg auf der Beifahrerseite ein und ließ sich in die weichen Ledersitze gleiten. Sein Blick fiel auf die herausgerissenen Kabel am Armaturenbrett. Sie fuhren los.

»Hast du keine Angst, dass du mal erwischt wirst?«, fragte Jakob.

»Wieso erwischt? Bei was?« Nelu wirkte erstaunt.

Jakob war sich nicht sicher, ob er nicht nur so tat, als ob er nicht wüsste, wovon er sprach.

»Na, du klaust doch diese Autos.«

»Ich klaue nicht. Bin doch nicht so wie die anderen Rumänen. Ich leihe mir die Autos aus und parke sie halt irgendwo anders. Niemals im gleichen Wagen fahren. Ich liebe die Abwechslung. Ich könnte mir auch eine eigene Karre leisten, einen Lamborghini oder so, aber bei Autos ist es wie bei den Weibern. Immer das Gleiche ist öde, außerdem brauche ich mein Erspartes für Italien«, setzte er verträumt hinzu. »Es dauert nicht mehr lange, dann bin ich weg.«

Er legte den Kopf schief und sah Jakob von der Seite an.

»Ich habe einen Tisch reserviert im ›Dello Chef‹ in der Gartenstadt.«

Jakob hatte das Restaurant bisher nur von außen gesehen. Der Laden wirkte teuer, und Jakob hätte selbst im Traum nicht daran gedacht, dort einmal essen zu gehen.

»Ein Hauch von Italien, damit du mal weißt, wovon ich spreche. Da gibt es das beste italienische Essen der Stadt«, fuhr Nelu fort, »aber wir müssen dich vorher neu einkleiden. Selbst mit mir zusammen würden sie dich dort in den Klamotten nicht reinlassen.«

Unruhig rutschte Jakob auf dem Sitz hin und her. Er war pleite. Das, was von dem Taxigeld gestern übrig geblieben war, hatte er unbemerkt in Mutters Haushaltskasse gesteckt.

Nelu lachte lautlos in sich hinein, blickte nach vorne

durch die Frontscheibe und schien sich ganz aufs Fahren zu konzentrieren.

Sie fuhren in den Dortmunder Süden, durch eine prunkvolle Wohngegend, und Jakob betrachtete staunend die riesigen Villen. Sie wirkten wie Schlösser, ein Gebäude war schöner als das nächste und stand in großzügigem Abstand zu den anderen.

Hier müsste man leben. Keine neugierigen, sich streitenden Nachbarn, die man durch die papierdünnen Wände hörte. Gärten so groß wie Parks. Genug Platz, um Mutter den gesamten Tag aus dem Weg zu gehen. Als Nelu den Motor abschaltete, brauchte er einen Moment, um zu sich zu kommen.

Sie stiegen aus dem Wagen. Jakob schnupperte.

»Es riecht hier irgendwie anders. Ein Geruch, den ich nicht kenne«, sagte er und atmete geräuschvoll ein.

»Der Duft des Geldes. Der klebt in der Luft wie Leim. Pass bloß auf, dass er nicht deine Nase verkleistert und dich ersticken lässt. Das ist schon so manch einem passiert«, antwortete Nelu trocken.

Es war inzwischen dunkel. Sie liefen schweigend am Rand der sauberen Straße entlang.

»Selbst die Straße ist schön«, murmelte Jakob versonnen.

»Mann, krieg dich wieder ein. Hier wohnen genau die gleichen Hurensöhne wie bei dir zu Hause in der Nordstadt, nur dass die so viel Kohle haben, dass sie gar nicht wissen, was sie damit anfangen sollen.« Zielstrebig führte er Jakob zu einer Villa, die von einer hohen Steinmauer umgeben war. Hinter der Mauer lag alles im Dunkeln, sodass man das Gebäude nur schemenhaft erkennen konnte. Am Eingangstor war eine kleine Metallklappe angebracht.

Nelu öffnete sie, und eine Tastatur kam darunter zum Vorschein, auf der er ohne zu zögern einen Zahlencode eintippte. Lautlos öffnete sich das Tor.

Jakob riss die Augen auf und folgte Nelu in die Dunkelheit.

Sobald sie sich auf dem Kiesweg befanden, der zum Haus führte, sprangen neben ihnen funkelnde Laternen an, die den Weg säumten und ihnen mit einem warmen Licht den Weg wiesen.

Sie stiegen die steinerne Treppe zur Eingangstür hinauf. Wieder tippte Nelu einen Code auf einer Tastatur ein, es gab ein klackendes Geräusch, und er griff nach dem pompös geschmiedeten Türgriff.

Sie betraten die riesige Vorhalle der Villa. Sobald sie den ersten Fuß in das Haus gesetzt hatten, setzte eine Automatik ein, leise Hintergrundmusik ertönte, und der glitzernde Kronleuchter, der mittig in der Halle an der hohen Decke hing, erstrahlte. Jakob bemerkte, dass sein Mund offen stand.

»Woher kennst du die Codes?«, flüsterte er Nelu zu.

»Du brauchst nicht zu flüstern«, Nelu redete in normaler Lautstärke, »die Bewohner sind im Urlaub. Lassen ihre reichen Ärsche auf den Malediven bräunen. Wir sind ganz allein.«

»Woher weißt du das so genau?« Jakob war vor Aufregung außer sich.

»Ich habe meine Leute, das habe ich dir schon mal versucht zu erklären. Überall. Leute, die mir Gefallen schulden, Leute, die es sich nicht mit mir verscherzen wollen. Die kriegen so was für mich raus, und jetzt reg dich endlich ab. Komm, wir trinken erst mal was.« Er stolzierte über den edlen Marmorfußboden, als wäre er hier zu Hause.

Im Wohnzimmer ging er zur Bar, schenkte großzügig Cognac in zwei Gläser und warf sich auf das weiße Designersofa.

»Setz dich«, er klopfte mit der Hand neben sich auf das Sofa.

Jakob setzte sich vorsichtig auf das Sofa und strich ehrfürchtig mit der Hand über den samtweichen Bezug.

Sie tranken den Cognac, er schmeckte weich, fruchtig und ein bisschen nach Erde. Allein von seinem Duft wurde Jakob ganz schwindelig.

»So, und wozu sind wir hier?«, fragte Nelu wie ein strenger Lehrer. Jakob zuckte verwirrt mit den Schultern.

»Du hast dir dein Gehirn weggesoffen, was? Wir wollten dich neu einkleiden. Schon vergessen?«

Er zog Jakob mit sich die Treppe hinauf, in ein Schlafzimmer, das so groß war wie die gesamte Wohnung, in der Jakob lebte.

Das meterbreite Bett, das im Mittelpunkt des Raumes stand, sah mit seinen vielen Kissen so einladend aus, dass Jakob sich zusammenreißen musste, um nicht mit einem Hechtsprung hineinzuspringen und sich die flauschige Decke über die Ohren zu ziehen.

Nelu lächelte kalt und deutete auf die Zimmerdecke, an der ein riesiger Spiegel angebracht war.

»Die werden es hier miteinander treiben wie die Karnickel«, meinte er und begann, im Kleiderschrank zu wühlen, der die gesamte Wandseite einnahm. Er zog mehrere Anzüge aus dem Schrank.

»Geil, der Typ, der hier wohnt, müsste genau deine Größe haben.« Zufrieden las er die Etiketten. »Gute Marken. Das sind Designerstücke. Exquisiter Geschmack. Wenigstens etwas.« Er nickte anerkennend und warf die

Anzüge achtlos auf das Bett. »Worauf wartest du? Los, zieh dich um. Ich habe für neun Uhr reserviert. Wenn man in dem Laden nicht pünktlich ist, ist der Tisch weg, und wir müssen vorher noch die Wohnung umdekorieren.«

»Umdekorieren?«, wiederholte Jakob dümmlich.

»Zeig ich dir später. Das ist mein Markenzeichen bei Einbrüchen, ist jetzt egal, erst mal rein in die Klamotten.«

Jakob genierte sich. Es war ihm peinlich, sich vor Nelu auszuziehen und seinen knochigen Körper zu präsentieren, doch Nelu beachtete ihn gar nicht, hing mit dem Kopf in dem Kleiderschrank und durchstöberte interessiert dessen Inhalt.

Als Jakob das erste Mal in seinem Leben in einem weißen Seidenhemd und einem dunkelgrauen Leinenanzug vor dem Spiegel stand, blieb ihm fast die Luft weg. Der Mann, der ihm im Spiegelbild gegenüberstand, war ihm fremd. Er sah aus wie ein anderer Mensch, nur die Löcher in seinen Socken verschandelten das Bild. Die Kleidung fühlte sich gut auf seiner Haut an und schmiegte sich sanft an seinen Körper. Sofort hatte er das Gefühl, aufrechter zu stehen und seinen Kopf höher zu tragen. Sein magerer Körper sah nicht mehr kantig und dürr aus, sondern wirkte schlank und gesund.

Nelu war begeistert.

»Der ist es. Du brauchst nichts anderes mehr anzuprobieren«, entschied Nelu.

Als Jakob in die passenden braunen Lederslipper geschlüpft war, die sie gefunden hatten, war der Anblick perfekt.

»Soll ich die Sachen wirklich einfach mitnehmen?«, fragte Jakob unsicher.

»Alter, der Typ merkt überhaupt nicht, wenn ein paar Anzüge fehlen. Der hat so viel Zeug in seinem Schrank, dass das gar nicht auffällt. Wir nehmen ja kein Geld mit oder was von dem verdammten Schmuck, der überall herumliegt. Den Anzug hast du dir verdient, Jogginghosen-Jakob.« Das Grinsen überzog Nelus gesamtes Gesicht.

Er räumte alle Klamotten, die inzwischen über den gesamten Fußboden verteilt auf dem flauschigen Teppich herumlagen, ordentlich zurück in den Schrank. Sie verließen das Schlafzimmer genauso, wie sie es betreten hatten.

Zurück im Wohnzimmer packte Nelu die eine Seite des Sofas. »Fass mal mit an.«

Jakob griff zu. Sie schleppten das schwere Ding auf die andere Seite des Raumes. Verstellten den Fernsehtisch, verschoben mit vereinten Kräften die Schränke, sodass schließlich jedes Möbelstück an einem anderen Platz stand. Befriedigt betrachtete Nelu sein Werk.

»Sieht besser aus als vorher«, meinte er, »mach ich immer so. Bevor ich gehe, dekoriere ich die Häuser um. Ich bin der geborene Innenarchitekt. Die Freaks, die hier wohnen, werden sich fragen, ob sie vielleicht nicht mehr ganz frisch im Kopf sind, wenn sie wiederkommen und alles anders aussieht. Ich hinterlasse keine Einbruchsspuren, nehme keine Wertgegenstände mit. Alles, was bleibt, sind benutzte Gläser und neu angeordnete Möbel. Unsere Urlauber werden sich wundern, wenn sie wieder da sind.«

Er schien sich sichtlich darüber zu freuen.

»Und jetzt gibt es endlich was zu essen.«

Sie verließen die Villa, liefen übermütig zu dem alten Mercedes und fuhren in die Innenstadt-Ost.

KAPITEL 13 – TIM

Es stank in diesem verfluchten Polizeiwagen. König rümpfte die Nase und starrte angespannt durch die Windschutzscheibe.

Er hasste Autofahren. Ständig passierte etwas Unvorhergesehenes. Die Leute fuhren wie die Irren und schienen sich für Superhelden zu halten. Ähnlich wie Figuren in einem Computerspiel fühlte sich jeder unbesiegbar. Leider konnte man in der Realität nach einem Crash nicht so einfach ins nächste Level starten. Die Leute glotzten auf ihre Smartphones, telefonierten, stritten sich mit ihren Beifahrern und machten alles andere, als sich auf den Verkehr zu konzentrieren. Dazu diese Hektik. Jeder wollte der Schnellste sein, niemand hatte Zeit. Es war unverantwortlich. Die zunehmende Anzahl unfähiger Radfahrer, die urplötzlich wie aus dem Nichts auftauchten und die Straßen blockierten, machten das Ganze nicht besser.

Mit einem Auge schielte König rüber zu Markowski, der mit offenem Mund auf dem Beifahrersitz hing. Sein Kopf war nach hinten gekippt, und er schnarchte rasselnd. Ein dicker Faden Speichel war aus seinem Mundwinkel gelaufen und trocknete auf seiner Wange.

Ein Anblick, den man sich besser ersparen sollte, dachte König angeekelt.

Er war jetzt schon den dritten Tag in Folge mit Markowski unterwegs, und es war eine schlimmere Tortur, als er es sich jemals hätte vorstellen können.

Dieser Typ fraß im Auto einen stinkenden Salzkuchen mit Mett nach dem anderen, warf seinen Abfall in den Fußraum, der Wagen sah aus wie eine Müllhalde, rülpste und furzte ungeniert, als wäre es das Normalste der Welt und schlief irgendwann ein. Er ließ sich vom Schunkeln des fahrenden Autos in den Schlaf wiegen wie ein Kind und erwachte ausgeruht und erholt passend zum Schichtende.

Schließlich brauchte er seine Kraft noch, um abends mit Dressler durch Dortmunds Kneipen zu ziehen.

Er hatte König am ersten Tag angewiesen, jede Schlägerei, jeden Tumult und jeden Verkehrsunfall großzügig zu umfahren. Gegenden wie der Straßenstrich oder die Innenstadt waren tabu.

»Soll schließlich nicht in Arbeit ausarten«, hatte Markowski entschlossen erklärt, »die Menschheit ist sowieso total verblödet, da kannst du als Polizist auch nichts dran ändern. Also werden wir tunlichst vermeiden, uns irgendwo einzumischen. Du hast nichts anderes zu tun, als ein wenig durch die ruhigen Gegenden der Stadt zu cruisen und mich spazieren zu fahren.«

Er hatte sein dreckiges Oberlehrerlächeln aufgesetzt, sich auf seinem Sitz zurückgelehnt, die Tüte von Metzgermeister Hampel aufgerissen, und das Gespräch war für ihn beendet.

König würde nach dieser Zeit niemals mehr den Geruch frischer Zwiebeln ertragen können.

Als er noch jung war und seine Ausbildung bei der Polizei begonnen hatte, war er engagiert und voller Elan gewesen. Er wollte Gutes tun und Menschen helfen. Doch sein Engagement war in den ersten Jahren des Polizeidienstes unter dem Desinteresse und der Lustlosigkeit seiner Kollegen zerbröckelt wie altes Brot.

Inzwischen war er ganz zufrieden damit, seine Zeit als Beamter einfach am Schreibtisch abzusitzen und sich in seinem eigenen Tempo durch die Akten zu wühlen.

Doch Sattler hatte ihm mit ihrer unnützen Idee einen Strich durch die Rechnung gemacht. Es war wirklich zum Heulen.

König verzog das Gesicht und bedauerte sich selbst.

Passend zu seiner deprimierten Stimmung begann ein leichter Regen gegen die Frontscheibe zu prasseln, und im Radio wurden schon seit Stunden sentimentale Schnulzen gespielt. König seufzte schwer und zuckte zusammen, als sich plötzlich das Funkgerät regte.

»An alle Einheiten. Melde Einbruch, Nähe Hohensyburg. Keine Verletzten. Kein Diebstahl.« Die nuschelnde Stimme klang schwer genervt. »Welche Streife ist in der Nähe?«

König drückte eine Taste.

»Streife A318 hat verstanden. Sind in der Nähe und unterwegs«, meldete er.

»Bist du bescheuert?« Markowski war von dem Lärm des Funkgerätes geweckt worden und starrte ihn mit vom Schlaf verklebten Augen an. »Warum sagst du, dass wir in der Gegend sind, du Amateur?«

»Ja, aber es stimmt doch. In fünf Minuten sind wir an der Hengsteystraße. Stell dich nicht so an. Ich brauche auch mal ein bisschen Abwechslung von der ganzen Fahrerei. Ich kann schon gar nicht mehr sitzen«, verteidigte sich König.

Markowski schnaubte.

»Klasse«, murmelte er erbost vor sich hin, »mit Dressler wäre das nicht passiert. Und dann noch zu diesen reichen Irren. Die spinnen doch alle. Ständig kommen aus dieser Gegend Meldungen von Einbrüchen, seltsamerweise wurde aber nichts entwendet, keine Einbruchsspuren, nur die Möbel wurden umgestellt. Die haben sich abgesprochen und wollen uns verarschen. Wir haben weiß Gott Wichtigeres zu tun, als uns um solche, nach Aufmerksamkeit bettelnden, versnobten Scheißer zu kümmern.«

»Ja«, dachte König, »zum Beispiel schlafen, so wie du.«

Nachdem sie die genaue Adresse erhalten hatten, parkten sie schweigend vor einer der Villen.

König streckte sich, als er aus dem Wagen gestiegen war. Sein Rücken gab ein lautes Knacken von sich.

Sie klingelten an dem Tor der Hausnummer 22. Die aufgelöste Stimme einer Frau erklang aus einem Lautsprecher.

»Ja?«

»Polizei. Lassen Sie uns rein.«

»Gott sei Dank, dass Sie endlich da sind. Noch länger zu warten, hätte ich wirklich nicht ausgehalten. Bitte halten Sie Ihre Ausweise vor die Kamera, damit ich überprüfen kann, ob Sie wirklich echte Polizisten sind.«

Mit griesgrämiger Miene zückte Markowski seinen Dienstausweis und hielt ihn vor die Kamera, König tat es ihm nach.

Das Tor schwang lautlos auf. Sie traten ein und durchquerten den großzügigen Vorgarten. Ein goldenes Schild an der prunkvollen Haustür mit der verschnörkelten Aufschrift »Hartmut und Elsbeth van Graaf« verriet die Namen der Bewohner.

Eine dünne Frau, in rosafarbenem Morgenmantel, bedruckt mit giftgrünen Blüten, mit verschmiertem Make-up und wild zu Berge stehendem, unnatürlichem, fast weißem Haar, riss die Tür auf und starrte sie mit aufgerissenen Augen und verwirrten Blick an.

König wäre bei dem Anblick dieser geistig krank wirkenden Furie vor Schreck fast einen Schritt zurückgesprungen.

In dieser wohlhabenden Gegend und auf dem gepflegten Grundstück hätte er etwas anderes erwartet als diese verrückte Alte.

»Warum hat das so lange gedauert?«, kreischte sie die Männer an und fasste sich theatralisch an die Stirn, »ich warte schon seit Stunden.« Ihr Atem roch nach Alkohol.

Markowski räusperte sich.

»Wir sind so schnell gekommen, wie es uns möglich war, werte Dame. Van Graaf ist Ihr Name, richtig? Was ist denn passiert?«

Er starrte in den tiefen Ausschnitt ihres Morgenmantels, wo deutlich der Ansatz ihrer sehr großen Brüste zu sehen war, während er mit ihr sprach.

»Kommen Sie erst mal rein. Ich kann nicht mehr. Ich kann einfach nicht mehr«, schluchzend schwankte sie hin und her und schien kurz vor einer Ohnmacht zu stehen, sie zupfte an ihrem Ausschnitt herum und zog ihn dabei noch ein Stück weiter nach unten.

Markowski quollen fast die Augen aus dem Kopf. Ganz der Retter griff er nach dem Arm der Frau und stützte sie hilfsbereit. Er fasste beherzt zu und drückte ihren Körper fest an seinen.

König wurde übel.

Die Frau führte die beiden durch eine riesige Halle. Schwankend und mit unsicheren Schritten klammerte sie sich dabei an Markowskis Arm. Sie schien für die frühe Uhrzeit schon ordentlich Alkohol getankt zu haben. Im

Wohnzimmer angekommen, brach sie erneut in Tränen aus.

»Sehen Sie, sehen Sie doch hin. Ist es nicht schrecklich?«, sie wies mit ihrer Hand und den knallroten, perfekt manikürten Findernägeln auf das Zimmer.

König sah sich um, er konnte nichts Außergewöhnliches feststellen. Alles stand ordentlich auf seinem Platz, es war aufgeräumt, die Designermöbel waren perfekt angeordnet. Es sah aus wie in einem Katalog von »Schöner Wohnen«.

»Ich weiß nicht, was Sie meinen, sieht doch alles ganz normal aus«, er sah sie fragend an.

»Es sah aber vorher ganz anders aus«, jaulte sie.

Ihre Stimme überschlug sich und wurde um ein paar Nuancen höher. König unterdrückte das starke Bedürfnis, sich mit beiden Händen die Ohren zuzuhalten. Markowski griff ein.

»Nun mach die arme Frau nicht noch nervöser! Du siehst doch, dass es ihr nicht gut geht«, raunzte er König an.

Als wäre sie ein rohes Ei, führte er Frau van Graaf behutsam und vorsichtig zu dem Sofa und drapierte das aufgelöste Häufchen Elend auf einem Berg von Kissen.

König hatte nicht gewusst, dass Markowski in der Lage war, so sensibel und einfühlsam vorzugehen. Was ein Ansatz von Brüsten alles bei einem Mann bewirken konnte, war phänomenal.

»Machen Sie mir einen Drink und schenken Sie sich selbst auch einen ein«, kam es in kläglichem Tonfall vom Sofa.

Markowski ging zur Bar und schüttete eine braune Flüssigkeit großzügig in zwei Gläser. König sah ihn an.

»Du nicht, du musst noch fahren«, meinte Markowski knapp und widmete seine Aufmerksamkeit der leidenden Frau auf dem Sofa. Er setzte sich auf den Sessel vor sie, fasste sie an den Händen und sah sie beschwörend an. »Also noch mal, Frau van Graaf. Konzentrieren Sie sich. Wenn wir Ihnen helfen sollen, müssen wir wissen, was passiert ist«, forderte er sie mit sanfter Stimme, aber eindringlich auf.

König war beeindruckt. Das sah fast professionell aus, was er da tat.

»Wir waren auf den Malediven im Urlaub, dann musste Hartmut arbeiten. Wir sind gestern Nacht erst aus Monaco zurückgekommen. Haben da ein Zweithaus, wissen Sie? Mein Mann hat des Öfteren geschäftlich dort zu tun, und als wir gestern zurückkamen, stand das sämtliche Mobiliar im Wohnzimmer an einem anderen Platz. Als hätte ein verrückter Innenarchitekt sich in unserer Abwesenheit ausgetobt. Hartmut hat direkt die Haushälterin gefeuert, die Einzige, die den Code der Alarmanlage gekannt hat, aber sie schwört, dass einen Tag vorher alles genauso war wie immer und sie auch niemanden in unser Haus gelassen hat.« Ihre Stimme brach.

Markowski trank einen Schluck und grübelte sinnierend vor sich hin, ganz der kluge Ermittler.

»Wir werden das Haus auf Einbruchsspuren untersuchen lassen«, erklärte er tatkräftig und rülpste leise.

»Es sind keine Einbruchsspuren da. Hartmut hat sich alles genau angeschaut. Es wurde auch nichts gestohlen. Kein Geld, keine Wertgegenstände, alles noch da. Nur die Möbel wurden umgestellt, das muss ein verdammter Serienkiller gewesen sein. Gott sei Dank, dass er uns nicht angetroffen hat.« Hysterisch durchwühlte sie mit den Fingern ihr sowieso schon zerzaustes Haar.

»Und vor Wut, weil er niemanden gefunden hat, den er abmurksen kann, hat er dann angefangen, die Wohnung umzudekorieren, vielleicht hat er auch kleine Deckchen gehäkelt und sie auf die Tische gelegt, haben Sie danach geschaut?«, tönte König trocken aus seiner Ecke, in der er immer noch stand.

»Sie nehmen mich nicht ernst«, wieder erhöhte sich ihre Stimmlage, und die Gläser in den Regalen begannen zu klirren, »Familie Vogelsang und die von Ecksteins haben es mir prophezeit. Bei ihnen ist dasselbe passiert, das unheimliche Umstellen von Möbeln in ihrer Abwesenheit, aber kein Diebstahl und was hat die Polizei getan? Nichts. Es wurde eine Anzeige gegen unbekannt aufgenommen und dann ist nichts passiert. Zudem wurden diese ehrenwerten Familien behandelt, als hätten sie nicht alle Tassen im Schrank. Bitte machen Sie mir noch einen Drink.«

Erschöpft von ihrem erneuten Ausbruch ließ sie sich in die Kissen zurücksinken. Markowski eilte zur Bar.

»Vielleicht ist es ein Hausgeist, der hier sein Unwesen treibt. So was soll es wirklich geben. Ein Poltergeist, der die Leute aus ihren Häusern treiben will. Sie hätten Geisterjäger kommen lassen sollen, nicht die Polizei«, überlegte König laut in seiner Ecke.

Ein herzerweichendes Wimmern kam vom Sofa.

»König, halt endlich deine Klappe. Du machst es nur schlimmer«, brüllte Markowski ihm von der Bar aus zu und verschüttete vor Wut etwas von dem Whiskey, den er gerade einschenkte.

Wieder eilte er zum Sofa. Der hochprozentige Alkohol schien schnell bei ihm Wirkung zu zeigen, sein Gang wirkte unbeholfen. Er blickte der Frau tief in die Augen.

»Wo ist eigentlich Ihr werter Gatte, Frau van Graaf? Er sollte eigentlich in diesem Moment bei Ihnen sein und Ihnen Beistand leisten.«

Sie begann wieder zu heulen, und ein langer Faden Schleim lief aus ihrem rechten Nasenloch. Sie schien es nicht zu bemerken.

Angewidert sah König weg.

»Er musste in die Firma. Er ist nie da, wenn ich ihn brauche. Das Geschäft ist immer wichtiger als ich.« Sie lallte inzwischen und brachte die Wörter nur undeutlich über ihre Lippen.

Markowski allerdings schien sie zu gut zu verstehen.

»Ich sage es ungerne, aber vielleicht hat er etwas damit zu tun«, deutete er vorsichtig an.

Sie riss ihre von Kajal verschmierten Augen auf.

»Meinen Sie?«, begann sie zu zittern, »es könnte eine große Verschwörung sein, um mich hier rauszuekeln. Wenn ich ehrlich bin, läuft es in letzter Zeit nicht besonders gut mit uns.«

Mit einem vertrauensvollen Augenaufschlag blickte sie Markowski an.

»Und warum ist bei den Nachbarn dasselbe passiert?«, fragte König, doch er wurde ignoriert. Er war nur Gast in diesem sehr intimen Gespräch.

Markowski knallte sein leeres Glas auf den Tisch. »Ich werde Nachforschungen anstellen, und dann komme ich wieder. Verlassen Sie sich auf mich, Lady. Sie können mir vertrauen. Ich werde in Ihrem Fall ermitteln, bis ich den Täter gefunden habe, aber jetzt muss ich mich leider verabschieden, auch wenn es schwerfällt. Die Arbeit ruft.« Mit jugendlichem Schwung sprang er von seinem Sessel auf und hatte Schwierigkeiten, sein Gleichgewicht wiederzufinden. Schwankend gab er Frau van Graaf seine Hand zum Abschied und hielt sie dabei einen Tick zu lange fest. Die beiden blickten sich tief in die Augen.

König hatte das Gefühl, in einen billigen Liebesfilm geraten zu sein, drehte sich um und ging zur Tür.

»Tschüss«, rief er über die Schulter, doch er bekam keine Antwort.

Er wartete im Wagen. Die Abschiedszeremonie im Haus schien sich hinzuziehen, denn es dauerte eine ganze Weile, bis Markowski, grinsend über beide Ohren, zu ihm ins Auto stieg.

»Hast du die Titten gesehen?«, grölte er König begeistert ins Ohr und schlug ihm mit der Hand auf die Schulter, »da geht noch was mit ihr und mir.«

»Und was willst du wegen des Einbruchs unternehmen?«, fragte König genervt und ließ den Motor an.

»Was sollte ich da unternehmen?« Markowski sah ihn erstaunt an.

»Na, du hast doch gesagt, dass du ermitteln wirst, rauskriegen, ob da wirklich ein Einbrecher am Werk gewesen ist. Übrigens solltest du zuerst die Spurensicherung dorthin schicken, denke ich.«

Markowski brach in lautes Gelächter aus. Sein Lachen klang wie das Bellen eines sterbenden Hundes. »Du hast doch gesehen, dass die Braut voll auf Alkohol ist, wer weiß, was sich ihr Mann alles an Drogen reinschraubt. Die ganzen Reichen koksen doch alle wie verrückt. Wahrscheinlich haben die nur alle einen Tick, stellen im Drogenrausch ihre Hütte um und können sich am nächsten Tag nicht mehr daran erinnern. Da gibt es nichts zu ermitteln.« Befriedigt lehnte er sich in seinem Sitz zurück. »Ich jedenfalls werde dieses kleine sexy Biest wieder besuchen, ihr einreden, dass ihr Mann mit allem zu tun hat, den Retter spielen und sie ordentlich flachlegen. Es wird ganz einfach werden. Die hat es nötig, das habe ich sofort gespürt. Sie sehnt sich nach einem Beschützer, und dieser Beschützer bin ich. Eigentlich war es gut, dass du auf den Funkspruch geantwortet hast, sonst hätte ich sie nie kennengelernt.« Verträumt lächelte er in sich hinein. »Und jetzt fahr endlich los und schalte das verdammte Funkgerät aus. Wir sind heute nicht mehr zu erreichen. Der Einsatz hat länger gedauert als geplant. Für heute haben wir genug getan.«

Als König endlich losfuhr, war Markowski schon eingeschlafen und stieß im Schlaf gurrende Geräusche aus.

»Süße Träume wünsche ich dir«, dachte König verbittert, als er den Wagen wendete und sie den Süden verließen.

KAPITEL 14 – JAKOB

Die Gartenstadt war ein urbanes Wohnquartier im Dortmunder Osten. Der alte Mercedes schaukelte wie ein Schiff, als Nelu ihn durch die engen, mit Kopfstein gepflasterten Straßen lenkte. Üppig blühende Gärten säumten die Straße. Die dahinterliegenden Häuser verströmten einen stilvollen Schick.

Sie ließen den Wagen auf einem abseits gelegenen Parkplatz stehen, betraten pünktlich um neun Uhr das Restaurant, wurden mit zurückhaltender Freundlichkeit begrüßt und zu ihrem Tisch geführt. Nur das gedimmte Licht von Kerzen erhellte den Raum.

Ein leises Klavierkonzert erklang als unaufdringliche Hintergrundmusik und schaffte eine entspannte Atmosphäre. Auf den eingedeckten Tischen lagen weiße Tischdecken. Das Restaurant war voll besetzt, und die Gäste unterhielten sich andächtig und gedämpft.

Jakob hätte nie gedacht, dass es im Kohlenpott Ruhrgebiet so viele feine Menschen gab.

Wundervolle Gerüche zogen aus der Küche.

Er blickte sich unsicher um. Ein Kellner eilte zu ihrem Tisch und überreichte ihnen mit ernster Miene die in Leder eingebundenen Speisekarten.

Nelu bestellte für jeden einen Aperitif und vertiefte sich konzentriert in seine Karte. Als Jakob die Preise entdeckte, verschwammen die Zahlen vor seinen Augen, sein Gesicht nahm eine unnatürliche Farbe an.

»Bleib locker, ich lade dich ein«, beruhigte ihn Nelu, der ihn über den Rand der Speisekarte beobachtet hatte.

Jakobs Herz schlug in unregelmäßigem Rhythmus. Er beugte sich nach vorne. »Das ist zu teuer. Das geht echt gar nicht«, zischte er hinter vorgehaltener Hand.

»Was möchtest du essen?« Nelu ging nicht auf ihn ein.

Es bestand keine Chance, hier wieder rauszukommen. Jakob starrte auf die italienischen Wörter, die in geschwungenen Buchstaben kunstvoll auf die Seiten gedruckt waren.

»Weiß nicht, was ich nehmen soll. Ich kann kein Italienisch. Ich kann mit den ganzen Begriffen nichts anfangen.« Seine Stimme klang trotzig wie die eines Kindes.

»Dann entscheide ich und suche etwas für uns aus. Ich weiß, was gut ist.« Entschlossen legte Nelu die Karte zur Seite, winkte dem Kellner, der augenblicklich zu ihnen kam, und redete leise auf ihn ein.

Der Mann, der mit seinem Eifer und in seinem schwarzen Anzug Ähnlichkeit mit einem dressierten Pinguin hatte, nickte mehrmals und notierte sich seine Wünsche. Sein Lächeln wirkte professionell.

Sie tranken ihren Aperitif, gleich darauf wurden eine große Karaffe Weißwein und eine riesige Vorspeisenplatte mit eingelegtem Gemüse, Käse, Schinken und Fisch an ihren Tisch gebracht.

Jakob zögerte. Erst als Nelu sich die Antipasti auf den Teller häufte und zu essen begann, griff er zu.

Das Essen war ein Genuss.

Nelu schaufelte sich große Gabeln mit Käse und Schinken in den Mund, spülte großzügig mit Wein nach, ohne auf irgendwelche Benimmregeln zu achten.

Grinsend kauten sie mit vollen Backen. Die anderen Gäste waren mit sich selbst beschäftigt und beachteten sie nicht.

Solange man entsprechend gekleidet war und äußerlich dazu gehörte, konnte man sich anscheinend so manches rausnehmen, erkannte Jakob zufrieden und begann, sich wohler zu fühlen.

Mit Hingabe widmete er sich seinem Teller. Als sie die Vorspeisenplatte geplündert hatten, wurde der Hauptgang aufgetragen. Handgefertigte Pasta mit Muscheln und Hummer. Das Hummerfleisch war so wohlschmeckend und zart, dass Jakob vor Genuss die Augen verdrehte und leise stöhnte. Er machte es Nelu nach, griff mit den Fingern nach den Hummerscheren und saugte auch das letzte bisschen Fleisch aus ihnen heraus. Er zog die samtigen, luftigen Nudeln durch den würzigen Sud der Muscheln, schob sich die Gabel in den Mund und schloss die Augen.

Er schmeckte das Meer. Schmeckte Seewind, Salzwasser und glaubte das Kreischen von Möwen hören zu können.

Nelu blickte ihn an, als er die Augen öffnete.

»So isst man in Italien?«, murmelte Jakob verträumt, »das ist wundervoll.«

Er riss sich zusammen, um nicht den Teller abzulecken.

»Tu es«, Nelus Augen funkelten im Kerzenlicht, »fühl dich frei und mach, was du willst. Ein italienischer Gastwirt empfindet es als Ehre, wenn man nach dem Essen seinen Teller ableckt.«

Jakob verlor sich einen Moment in Nelus aufforderndem Gesichtsausdruck. Er sah sich um, dann hob er den Teller zum Mund und fuhr mit der Zunge über die Soßenreste. Er spürte die pikierten Blicke einiger Gäste. Das Gespräch am Nebentisch verstummte.

Nelu grinste zufrieden. Neuer Wein wurde gebracht, dann die Dessertteller. Wie ein Gemälde waren darauf ein Stück Schokoladenkuchen auf einer orangefarbenen, dickflüssigen Soße, eine große Portion Tiramisu, eine cremige Eiskugel und frische Früchte drapiert.

Obwohl sie sich satt fühlten, stürzten sie sich auf den Nachtisch wie Verhungerte.

Mit einem Anflug von schlechtem Gewissen sah Jakob plötzlich Mutter vor sich, die sich mit traurigen Augen trockene Haferflocken in den Mund schob, doch er verdrängte das Bild.

Sie schoben die Teller von sich, lehnten sich auf ihren bequemen Stühlen zurück und streckten die Beine aus.

Nelu schlug mit beiden Handflächen auf den Tisch. »Das war wirklich nicht schlecht«, rief er laut, »ich bestell uns noch einen Cognac zum Abschluss.«

Sein Blick war glasig, er schien leicht angetrunken zu sein. Die anderen Restaurantbesucher sahen vorwurfsvoll zu ihrem Tisch.

»Ich muss mit dir reden«, Nelus Blick haftete sich an Jakobs Gesicht, »es gibt da so eine Schlampe, die mich mächtig wütend gemacht hat. Hat mich mitten auf der Straße angebrüllt, nur weil ich etwas von ihrem schäbigen Obst aus dem Gemüseladen mitgehen lassen wollte. Du kannst dir wohl denken, dass sie dafür bestraft werden muss.«

Jakob lächelte unsicher. »Und was hab ich damit zu tun?«

Nelus Gesichtszüge verhärteten sich. »Du bist der Köder. Wir werden die Kleine entführen und ihren Vater um Lösegeld erpressen. Der Mann hat Kohle ohne Ende. Wir schlagen also zwei Fliegen mit einer Klappe. Das Mädchen wird bestraft und wir machen uns die Taschen voll.« Zufrieden lehnte sich Nelu auf seinem Stuhl zurück.

Jakob starrte ihn mit großen Augen an und schüttelte abwehrend den Kopf.

»Dein Job ist, sich mit ihr anzufreunden, ihr Vertrauen zu gewinnen und sie zu mir zu bringen. Etwas anderes erwarte ich gar nicht von dir. Wenn sie mich sieht, fährt sie sofort ihre Krallen aus, diese kratzbürstige, kleine Hexe. Dich kennt sie, du hängst ja ständig in dem Laden rum.«

Jakob verschluckte sich und prustete einen Schwall Cognac auf den Tisch. »Du redest von dem Gemüseladen im Hafenviertel? In der Blumenstraße? Woher weißt du, dass ich dort einkaufe?«

»Ich weiß so einiges über dich. Meine Späher sind überall. Mach nicht so ein erschrockenes Gesicht. Ich bin mir sicher, dass du mich nicht enttäuschen wirst. Die kleine Schlampe wird bluten.« Nelu lachte laut auf.

Die Köpfe der anderen Gäste drehten sich in ihre Richtung, hinter vorgehaltenen Händen wurde getuschelt.

Nelus Augen funkelten lebhaft. »Diese Affen gehen mir auf die Nerven. Man kann sich hier nicht mal in Ruhe unterhalten. Es ist mir so was von egal, was in diesen versnobten Köpfen vor sich geht. Dir doch auch, oder?«

Jakob nickte heftig. Er war heilfroh über den Gesprächswechsel. »Ja, ist mir egal, was die Penner von mir denken«, bestätigte er.

»Sag es lauter.« Das Grinsen auf Nelus Gesicht wirkte in dem flackernden Licht teuflisch.

Jakob überwand seine Schüchternheit. »Es ist mir völlig egal, was die Affen hier von mir denken«, rief er enthusiastisch.

Im Restaurant herrschte plötzlich vollkommene Stille.

»Lauter, und wenn ich ›jetzt‹ sage, hauen wir ab. Ich habe heute keine Lust, eine Rechnung zu bezahlen. Nicht bei der Klientel, die hier reingelassen wird. Das ist eine Zumutung«, raunte Nelu ihm zu.

Bevor Jakob widersprechen konnte, rief er, »Jetzt«, sprang vom Stuhl auf und rannte Richtung Ausgang.

Jakob rappelte sich mühsam von seinem Stuhl hoch, sah in die Runde und brüllte, »es ist mir scheißegal, was ihr von mir denkt.« Dann machte er, dass er hinauskam.

Es gelang ihnen, das Restaurant zu verlassen, ohne aufgehalten zu werden. Sie rannten in wildem Tempo Richtung Defdahl, zwischendurch mussten sie stoppen und innehalten, da sie immer wieder von irre klingenden Lachanfällen geschüttelt wurden.

Sie liefen durch die ruhigen Straßen, links von ihnen tauchte der parkähnliche Ostfriedhof, mit seinen kunstvollen Grabmalen und uralten Bäumen auf.

»Ich muss los«, erklärte Nelu, »hab noch was vor heute. Im ›Dello Chef‹ kann ich wohl zukünftig nicht mehr verkehren.«

Wieder grölten sie los und krümmten sich.

»Alles klar«, Jakob wischte sich die Lachtränen aus den Augenwinkeln, »ich gehe zu Fuß nach Hause. Mein voller Bauch braucht Bewegung.«

In seinem eleganten Anzug schlenderte Jakob nach Hause und kam sich vor wie ein wichtiger Geschäftsmann.

Den Anzug verstaute er zu Hause in der hintersten Ecke seines Schrankes, damit Mutter ihn nicht finden würde.

Endlich hatte er es geschafft, die Langeweile, die sein Leben bisher beherrschte, zu durchbrechen. Es konnte alles nur besser werden.

Von diesem Gedanken motiviert, stellte er seinen Wecker auf sieben Uhr morgens und zog sich die Decke über beide Ohren.

Als er am nächsten Morgen um zehn Uhr mit verkatertem Schädel und stechenden Kopfschmerzen im Warteraum des Jobcenters saß und den Zettel mit seiner Aufrufnummer zwischen seinen schwitzenden Fingern rieb, war das Hochgefühl der letzten Nacht verschwunden.

Erfolglos versuchte er, auf dem unbequemen Plastikstuhl eine auszuhaltende Position einzunehmen. Unbehaglich rutschte er von einer Seite zur anderen. Der Raum war überfüllt.

Junge und alte Menschen, minderjährige Mütter mit plärrenden Kindern. Jede Nationalität war vertreten.

Der Sauerstoff im Raum schien aufgebraucht, und die stickige Luft machte Jakob benommen und müde. Sein Kopf dröhnte, seine Augen fielen immer wieder zu.

Die Wartenummern auf der Anzeigetafel schienen eingefroren zu sein und bewegten sich nur im Zeitlupentempo voran. Die beiden Security-Männer am Eingang glotzten gelangweilt und voller Abscheu auf die Kunden.

Nach einer Ewigkeit wurde seine Nummer angezeigt.

Er erhob sich und trottete in die heiligen Büros der Sachbearbeiter.

Frau Veronica Siemens-Kleimann wartete auf ihn. Desinteressiert sah sie ihm entgegen. Vor ihrem Tisch nahm er Platz. Eine Weile sagte keiner von ihnen ein Wort, und das Schweigen war bedrückend.

Sag doch was, du blöde Lesbe. Jakob wurde wütend. Sie musste doch wissen, wie man ein Gespräch eröffnet, das musste sie doch gelernt haben. Nachdem sie ihn eine Weile fast provozierend gemustert hatte, seufzte sie resigniert.

»Herr Teuber, nett, dass Sie sich mal bei uns melden und uns sogar persönlich besuchen. Ich bin überwältigt und fühle mich geehrt. Das ist bisher ja nicht oft vorgekommen.«

Dieses ironische Getue von der Schlampe hatte er noch nie leiden können.

»Ja«, sagte er nur, und wieder schwiegen sie.

Sie ist eine verdammte Lesbe, dachte Jakob. Mit ihrem ergrauten Haar, der Nickelbrille und den Ökoklamotten. Warum schminkt sie sich nicht? Damit könnte sie vielleicht die vielen Falten in ihrem länglichen Pferdegesicht kaschieren und würde wenigstens einen Ansatz von Ähnlichkeit mit einem weiblichen Wesen haben. So wie sie aussah, wirkte sie quasi geschlechtslos. Er sah zu Boden. Sie verlor das Schweigeduell.

»Worum geht es denn? Ich habe nicht ewig Zeit. Die anderen Kunden warten.« Ungeduldig klopfte sie mit ihrem Kugelschreiber auf die Schreibtischunterlage.

»Was meinen Sie, worum es geht? Sie überweisen nichts mehr. Wovon soll ich leben?«, fuhr Jakob auf.

»Das überrascht Sie? Haben Sie unsere Anschreiben nicht gelesen?«

»Nein. Wer soll den ganzen hochgestochenen Mist denn verstehen, den Sie da schreiben?«

Ihr Gesicht rötete sich. »Sanktionen, Herr Teuber. Ganz einfach. Die Leistungen wurden für die nächsten sechs Monate gestrichen, weil Sie erneut eine Maßnahme abgebrochen haben.« Sie glotzte auf ihren Computermonitor. »Das zehnte Mal in Folge.« Anklagend sah sie ihn an, als wäre er ein Massenmörder. »Bewerben Sie sich, suchen Sie sich einen Job, eine Ausbildung, irgendwas.«

»Ich habe keinen Schulabschluss, mich nimmt sowieso niemand.«

»Das hätten Sie sich früher überlegen sollen. Dann müssen Sie sich halt eine Tätigkeit suchen, die zu Ihrer Vita passt.«

»Sie meinen zum Beispiel Hundedreck im Park wegschaufeln, ja?« »Genau. Das ist auch eine Arbeit, die getan werden muss.« Sie lächelte ihn gehässig an und ließ ihre schiefen Schneidezähne aufblitzen. »Das Gespräch ist für mich auf jeden Fall beendet. Ich weiß ehrlich gesagt nicht, was genau Sie wollen. Unseren Entschluss werden wir nicht ändern, da wir auf Ihre Mithilfe und Eigeninitiative ja nicht zählen können.«

Jakob blieb sitzen. Nelu würde sich das nicht gefallen lassen, dachte er. Der würde diesen Drachen schon rumkriegen und ihr das Geld aus der Tasche locken. Er sah sie mit ernstem Blick an. »Sie sehen heute übrigens bezaubernd aus, Frau Siemens-Kleimann.«

Irritiert zuckte ihr Kopf zurück.

»Was machen Sie eigentlich nach Feierabend?«, fuhr Jakob fort und versuchte, ein charmantes Lächeln aufzusetzen.

»Das ist nicht Ihr Ernst, oder?«, fragte sie fassungslos und schien sich kein bisschen geschmeichelt zu fühlen.

»Darf ich Sie Veronica nennen?«

»Sie gehen jetzt bitte. Diese Frechheiten muss ich mir nicht gefallen lassen.« Sie wirkte entsetzt und, das erste Mal seit Jakob sie kannte, verunsichert.

Stur blieb Jakob sitzen. »Wann haben Sie Feierabend? Ich hole Sie ab, wir gehen essen und sprechen über die ganze Sache. Kennen Sie das ›Dello Chef‹?« Er zwinkerte ihr zu.

Ihr Pferdegesicht erstarrte, als er nach ihrer Hand griff und ihre eiskalten Finger umschloss.

»Security«, brüllte sie, und die Mitarbeiter und Kunden an den anderen Tischen drehten sich neugierig zu ihnen um.

»Ich möchte nicht gehen, ich möchte hier bei Ihnen bleiben.« »Security«, schrie sie wieder.

Die beiden Muskelmänner stürmten herbei, griffen ihn an beiden Armen und schleiften ihn aus dem Raum.

»Ich träume jede Nacht von dir«, brüllte Jakob über die Schulter, bevor er durch die Tür gezogen wurde. Unsanft wurde er vor der Eingangstür abgesetzt.

»Verschwinde«, murmelte einer der Sicherheitsleute.

Es war deutlich zu sehen, wie sehr der Mann mit sich kämpfen musste, um nicht laut zu lachen. Der Kollege neben ihm prustete mit rotem Gesicht vor sich hin. Ein Liebesgeständnis in dieser Einrichtung hatten sie wohl auch noch nicht erlebt.

Frustriert schleppte Jakob seinen müden Körper nach Hause. Das war ja großartig gelaufen. Mit dieser Jobcentertante hatte er es sich vollends verscherzt.

Irgendwie wird es weitergehen, dachte er, als er sich zu Hause in sein Bett legte. Solange Nelu bei ihm war, würde alles irgendwie weitergehen und vielleicht wäre es gar nicht so schlecht, wenn er endlich über seinen Schatten springen und sich mit dem hübschen Mädchen aus dem Gemüseladen anfreunden würde.

KAPITEL 15 – JAKOB

Sie saßen auf dem Hochhausdach des Bürogebäudes. Es war nachts inzwischen so kühl, dass sie Pullover tragen mussten, aber noch ließ die Kälte sich aushalten. Der Himmel war schwarz und sternenklar. Die Bildinstallationen des U-Turms flackerten in leuchtenden Farben am Horizont.

Sie reichten die übliche Flasche Wodka zwischen sich hin und her und blickten in einvernehmlichem Schweigen in die Ferne.

Nelus Konturen lagen im Schatten, nur die Narbe an seinem Hals schimmerte hell.

»Woher hast du die Narbe?«, fragte Jakob leise.

Nelu wandte ihm das Gesicht zu. Seine Augen glänzten und schienen im Dunkeln zu leuchten.

»Das ist ein Zeichen, das mir verpasst wurde, damit jeder sehen kann, dass ich der Sohn einer Hure bin.« Er lachte trocken.

Jakob schüttelte ungläubig den Kopf. »Du verarschst mich doch«, entgegnete er protestierend.

»Diesmal ausnahmsweise nicht. Das ist so üblich in Rumänien.«

»Deine Mutter war eine Prostituierte?«

»Meine Mutter war die größte Hure der Gegend. Ich bin irgendwann auf die Welt gekommen, kein Plan, wer von ihren vielen Freiern mich gezeugt hat. Sie hätte mich wohl abgetrieben, wenn das in diesen armseligen Verhältnissen möglich gewesen wäre, vielleicht hat sie auch gar nicht gecheckt, dass sie schwanger war, so zugeballert von Alkohol und Drogen, wie sie war. Als ich fünf Jahre alt war, hat sie mich rausgeschmissen und nicht mehr in ihre Hütte gelassen. Ich war ihr bei ihrer Rumhurerei im Weg und musste sehen, wo ich bleibe.« Er schwieg.

»Mit fünf Jahren? Das geht doch gar nicht«, rief Jakob ungläubig.

»Mann, du hast keine Ahnung davon, was alles geht. Die rumänische Dorfgemeinschaft hat mich irgendwie groß gezogen. Das ist kein großes Ding. Der Dorfälteste hat mich mit seinem Messer markiert, damit jeder weiß, was für ein Dreck ich bin, aber ich habe hier und da etwas zu essen zugesteckt bekommen. Bei manchen Familien bekam ich sogar einen Schlafplatz, wenn es nachts so kalt war, dass ich draußen erfroren wäre, ansonsten habe ich am liebsten im Wald gepennt. Ich bin abgehärtet. Das hat mir nichts ausgemacht«, versicherte Nelu. »Der Schnitt am Hals ist Tradition, damit ich nie vergesse, dass ich ein echter Hurensohn bin. Inzwischen bin ich richtig stolz darauf.« Wieder lachte er.

»Wie kannst du darüber lachen? Das ist schrecklich.«

»Das ist nicht schrecklich. Das hat mich zu dem Mann gemacht, der ich bin. Mit 14 bin ich weg aus dem Dorf. Ich konnte die abfälligen und mitleidigen Blicke nicht mehr ertragen. Jeder kannte meine Geschichte. Ich bin mal hier, mal dort gewesen. Bin durch ganz Rumänien getingelt, aber es wurde nirgendwo besser, nur schlechter. Es hat einige Jahre gedauert, bis mir klar war, dass es mein Ziel ist, das ganz große Geld und etwas aus meinem Leben zu machen, und ich bin abgehauen nach Deutschland. Da war ich 17. Das ist acht Jahre her, und es läuft ganz gut. Glaub mir, Jakob, mir macht so schnell keiner was vor. Ich weiß genau, was ich will.«

»Was ist mit deiner Mutter? Hattest du Kontakt zu ihr?«

»Nein. Keine Ahnung, was aus ihr geworden ist. Wahrscheinlich ist sie tot. Ist auch egal, es interessiert mich nicht.«

Das Blinken eines Flugzeuges war am nachtschwarzen Himmel zu sehen.

»Bald bin ich in Italien«, murmelte Nelu und sah nach oben, »ich würde dich ja mitnehmen, aber du Schwachmat hast ja Angst vor dem Meer.«

Jakob blieb stumm.

»Hast du schon mal was davon gehört, dass man sich seinen Ängsten stellen muss, Jakob? Los, wir nehmen uns ein Auto und fahren an die Emscher. An der Bolmke gibt es eine Stelle, wo man am Ufer sitzen kann. Oder was hältst du vom Containerhafen? Ich liebe die riesigen Kräne dort, die Atmosphäre von Industriekultur und den Blick auf den Kanal.«

Jakob spürte die Panik, die sich heranschlich, ihn heimlich von hinten überfiel und ihm die Kehle zuschnürte.

»Nein«, keuchte er, »ich kann da nicht hin. Das geht nicht.« Er schnappte nach Luft.

»Erzähl es mir«, forderte Nelu ihn eindringlich auf, »erzähl mir, was passiert ist.«

»Das – das geht nicht.«

»Du bist ein echtes Weichei. Beruhig dich und trink was. Hallo? Der Kleine muss nicht zum Schwimmen gehen, der Kleine muss mir auch nichts erzählen, hast du verstanden? Reiß dich zusammen, Junge. Kein Fluss, kein Hafen und keine Märchenstunde. Versprochen. Aber du musst etwas anderes für mich tun. Du kennst etwas aus meiner Vergangenheit, das gibt es nicht umsonst.« Seine Stimme klang plötzlich drohend.

Er erhob sich, und Jakob folgte ihm wie ein Schlafwandler nach unten auf die Straße. Er fühlte sich noch zittrig, aber seine Atmung hatte sich beruhigt.

Nelu wies mit der Hand die Straße entlang. Der alte Obdachlose hatte sich in seinem Schlafsack in der Nähe des Bahnhofs am Rande des Gehsteiges zusammengerollt.

»Erinnerst du dich, was ich dir über mein Ritual erzählt habe?«

Zögernd nickte Jakob. Sie gingen auf den schlafenden alten Mann zu, der sich aus Plastiktüten und einer zerlöcherten, alten Wolldecke ein Kopfkissen gebaut hatte.

»Du pisst jetzt auf die Decke unter seinem Kopf«, zischte Nelu ihm zu.

»Warum? Das kann ich nicht.«

»Das kann ich nicht, das kann ich nicht«, äffte Nelu ihn nach, »mach es, Alter. Der Penner schläft tief und fest.« Er sah ihn zornig an.

Langsam ging Jakob ein paar Schritte nach vorne.

Von dem alten Mann war kaum etwas zu sehen, er hatte sich tief in seinen Schlafsack eingegraben. Der Becher mit den Münzen stand noch immer vor ihm, als hätte er die Hoffnung, dass er wie durch ein Wunder bis zum Rand gefüllt wäre, wenn er erwachte.

Er wird gar nichts merken, redete sich Jakob ein. Seine ganze Umgebung stinkt nach Urin, Kot und Abfall. Eine angepinkelte Wolldecke unter seinem Kopf wird ihm gar nicht auffallen.

Jakob öffnete seine Hose und blickte nach links und rechts. Er genierte sich, doch unter Nelus strengem Blick überwand er seine Scham und schaffte es, in einem mickrigen Strahl auf die Decke direkt neben den Kopf des Mannes zu urinieren. Hastig zog er danach seinen Reißverschluss hoch, wandte sich ab und wollte gehen, doch Nelu hielt ihn am Ärmel seines Pullovers fest.

»Warte, wir sind noch nicht fertig. Nimm die Flasche Hochprozentigen, die vor ihm steht, und schütte das Zeug über seinen Schlafsack«, wies er ihn an. Seine Augen brannten wie Feuer. Er schien aufgeregt, wie getrieben von einer großen Idee.

Jakob reagierte wie eine Maschine und befolgte Nelus Anweisungen ohne nachzudenken. Die Flüssigkeit gluckerte, als sie aus der Flasche geschüttet wurde und den Schlafsack durchtränkte. Der Alte rührte sich nicht. Die Flamme des Feuerzeuges leuchtete und erhellte Nelus grimassenhaft verzogenes Gesicht, als er es Jakob hinhielt.

»Zünd ihn an.«

Die Stimme hallte in Jakobs Ohren wider, als würde ein Geist zu ihm sprechen. Er starrte auf das Feuerzeug. Er würde diesen Menschen vor ihm töten, wenn er den Schlafsack in Flammen setzen würde.

»Ich habe dir von mir etwas erzählt, etwas Wichtiges aus meinem Leben, und jetzt erwarte ich eine Gegenleistung«, raunte Nelus fordernde Stimme neben ihm.

Jakob nahm das Feuerzeug. Er knipste es an, ließ die Flamme erlöschen und wieder aufflammen. Er musste es schaffen, seinen Kopf auszuschalten. Eigentlich war doch alles egal, das Einzige, was zählte, war, dass Nelu bei ihm blieb. Er senkte seinen Arm. Er würde es tun, die Zeit des Zögerns war vorbei. Der Schein der Flamme flackerte leicht im Wind.

»Komm, lass stecken«, Nelu lachte und griff nach seinem Arm, »wir brauchen den Penner noch zum Spielen.«

Seine Stimme klang wieder normal. Der Moment war vorbei, und sie liefen nebeneinander in die kühle Nacht.

KAPITEL 16 – LEYLA

Ihre Finger lagen auseinander gespreizt auf der Tischplatte. Ihre Hand sah aus wie ein Stern. Angespannt, die Finger nach außen gerichtet. So weit, dass es fast wehtat.

Leyla starrte auf ihre verkrampfte Hand, als würde sie nicht zu ihr gehören. Dann ließ sie konzentriert das Messer hinabfahren. So schnell wie möglich rammte sie die Messerspitze nacheinander zwischen ihre Finger in die hölzerne Tischplatte. Zack, zack, zack.

Nach monatelangem Training legte sie dabei ein rasantes Tempo vor. Sie liebte Messer.

Scharfe Klingen hatten für sie etwas Heiliges.

Schon als Kind hatte sie ehrfürchtig das glänzende Stahl und die spiegelglatten Schneiden in der Küche ihrer Mutter bewundert. Wenigstens etwas, das tat, was sie wollte.

Falls sie sich einen Finger abschneiden würde, wäre es auch nicht schlimm. Dann hätte dieses ewige Obst- und Gemüseschneiden endlich ein Ende. Vielleicht würde sie Muhammed als verkrüppelte Ehefrau auch nicht mehr haben wollen, dann könnte sie hierbleiben. Trotzdem zielte sie treffsicher. Ihre Finger blieben unverletzt. Sie hätte das auch mit verbundenen Augen gekonnt. Allein das Gefühl, darüber Kontrolle zu haben, gab ihr Kraft.

Die Glocken ertönten, die das Eintreten eines neuen Kunden ankündigten, und sie blickte nach oben. Morgens war es ruhig im Laden. Viele der Arbeitslosen und Rentner, die hier im Viertel lebten, verließen erst gegen Mittag ihre vier Wände. Jetzt, gegen Abend, hatte sie die meiste Kundschaft. Die Tauben-Oma von gegenüber tippelte mit nickendem Kopf durch den Laden auf Leylas Tisch zu. Mit zusammengekniffenen Augen starrte sie Leyla an, als versuchte sie sich zu erinnern, wer sie war. Leyla ließ ihr Zeit.

Die Tauben-Oma legte den Kopf schräg, als würde sie einer Stimme lauschen, dann lächelte sie mit vertrockneten Lippen.

»Herbert sagt, ich soll die Vögel füttern.« Sie strahlte.

»Es ist verboten, die Tauben zu füttern, das weißt du genau«, erklärte Leyla geduldig.

»Sei still«, die Tauben-Oma verzog verärgert ihr Gesicht, »ich muss Herbert fragen, was er davon hält.« Sie brabbelte unverständliche Worte in die Stille des Ladens. Leyla wartete.

»Herbert sagt, die Vögel sind hungrig.«

Leyla atmete tief ein und aus. Herbert, der Ehemann der Frau, war vor vier Jahren verstorben.

»Geld hast du keins, oder?«, fragte sie freundlich.

Die Tauben-Oma zuckte mit den Schultern, holte ihre Geldbörse hervor und legte sie vor Leyla auf den Tisch. Leyla warf einen Blick hinein und entdeckte einen 20-Euro-Schein. Sie ließ den Schein, wo er war und gab der alten Frau das Portemonnaie zurück. Sie erhob sich und begab sich leichtfüßig hinter den Tresen. »Hier, ich habe noch Brot von gestern für deine Tauben und das ist für dich.« Sie reichte der Frau eine Plastiktüte mit Joghurt und Obst. Mit abwesendem Blick griff die Tauben-Oma nach der Tüte und eilte nach draußen.

»Und vergiss nicht wieder zu essen«, rief Leyla und sah ihr kopfschüttelnd hinterher. Sie setzte sich wieder an ihren Platz und beobachtete durch das Schaufenster, wie die Frau das trockene Brot zerbrach und auf die Straße warf.

Die Tauben kamen in Schwärmen angeflogen, ließen sich auf dem Asphalt nieder und pickten emsig nach den Brotkrumen. Im Nu war die Tauben-Oma umringt von Vögeln. Ihr Gesicht veränderte sich. Sie lächelte, ihre Augen wurden klar und ihr Gesicht entspannte sich. Umgeben von ihren geliebten Tauben, sah sie jünger und sorglos aus.

Wieder läutete die Türglocke.

Es war dieser schweigsame, junge Typ, der sich in letzter Zeit ständig in der Nähe des Ladens herumtrieb und sofort verschwand, sobald sie ihn ansah. Er hatte sie noch nicht bemerkt. Ihre Finger bewegten sich spielerisch, streckten sich und schlossen sich fest um den Griff des Messers, das in ihrer Hand lag. Er blickte sich orientierungslos um.

Man sah sofort, dass er sich nicht wohlfühlte.

Er schien überfordert zu sein und glotzte in die Regale mit Einmachgläsern, auf Gurken und Tomaten, als hätte er so etwas noch nie in seinem Leben gesehen. Vorsichtig, als ginge er auf Glas, machte er einen Schritt vorwärts.

Sie sah, wie er aus einem Korb eine Chilischote nahm, sie lange mit ernstem Blick betrachtete, sie an die Nase hob und an ihr roch. Er verzog das Gesicht, nieste laut, legte die Schote erschrocken zurück und sah sich nach allen Seiten um. Dann tappte er weiter vorsichtig durch den Laden, als würde er über ein Mienenfeld wandern.

Sie musste ein hysterisches Lachen unterdrücken, als er mit der Schulter an ein Regal stieß und die verschiedenen Gläser mit Paprikasoßen, die darin standen, laut anfingen zu klirren. Er zuckte zusammen, und sein Blick wanderte hilflos durch den Raum. Seine Augen blieben an ihr hängen.

Sie wartete gespannt und blieb ruhig. Die Zeit schien stehen geblieben zu sein. Nach einer Ewigkeit rührte er sich endlich. Er strich sich mit der Hand über sein kurz geschorenes Haar und zappelte ungelenk hin und her.

»Huch«, murmelte er, »ich hab dich gar nicht gesehen.«

Dümmer konnte man ein Gespräch gar nicht beginnen, dachte Leyla unwirsch und beschloss, ihn erst mal zu ignorieren.

Sie widmete sich dem Schneidebrett vor ihr und zerhackte gekonnt Tomaten in kleine Stücke. Er pirschte sich ein Stück näher an den Tisch heran.

»Ähm«, räusperte er sich.

»Was denn?« Sie blickte nach oben, und er zuckte zurück. Sein Blick war flatterhaft. Irrte von einer Ecke des Raumes in die andere.

»Ich möchte«, er schien krampfhaft und angestrengt zu überlegen. »Ich möchte Fladenbrot kaufen«, stieß er nach langem Zögern hervor.

Leyla erhob sich langsam von ihrem Stuhl. Anmutig und mit hochgerecktem Kinn, umrundete sie den Tisch, ging auf ihn zu und blieb nah vor ihm stehen. Sie war fast so groß wie er.

»Warum lungerst du in letzter Zeit ständig vor dem Laden herum, ohne etwas zu kaufen?«

Seine Gesichtsmuskeln zuckten. Irritiert nahm sie wahr, dass er zitterte. Eine Schweißperle lief ihm über die Stirn in sein rechtes Auge, er blinzelte und schüttelte gequält mit dem Kopf. »Jetzt will ich ja was kaufen, oder?«

Er sprach stockend, als wäre das Sprechen ungewohnt für ihn und würde seine ganze Konzentration erfordern.

Seine abwehrende Körperhaltung sagte ihr, dass es kaum auszuhalten für ihn war, sie so dicht vor sich zu haben. Sie musterte ihn eindringlich.

»Also, was ist jetzt mit dem Brot? Krieg ich eins, oder nicht? Ich hab auch noch was anderes zu tun, als hier herumzustehen und mir deine bescheuerten Fragen anzuhören«, motzte er mit viel zu lauter Stimme.

Erschrocken verstummte er und errötete. Verstört sah er zu Boden. Leyla prustete los. »Mann, das ist einfach lächerlich. Was ist bloß los mit dir? Du wirkst wie ein aufgeschrecktes Huhn, das sich verlaufen hat und nach einer Brotkrume sucht. Wie kann man aus einem einfachen Einkauf so ein Drama machen?« Sie lachte laut.

Jakob lächelte kurz und musterte dabei angestrengt seine Turnschuhe. Er hatte ein schönes Lächeln. Es erhellte sein schmales Gesicht und ließ es aufleuchten. Es schien ihm partout nicht zu gelingen, ihr in die Augen zu sehen.

»Ok, ich will mal nicht so sein und lass dich in Ruhe. Komm mit.« Sie ging mit schnellen Schritten durch den

Raum auf die kleine Theke zu, hinter der Weißbrote in verschiedenen Formen und Größen in einem Regal aufgereiht lagen. Mit kritischem Blick musterte sie die Brote.

»Was hast du mit dem Brot vor? Soll es eine Beilage, zum Dippen sein oder gefüllt werden?«, fragte sie.

»Keine Ahnung. Ich will es einfach essen. Was geht dich das an? Was ist so schwer daran, mir einfach ein Brot zu verkaufen?«, fuhr er zornig auf.

Resigniert seufzte sie und schüttelte frustriert den Kopf. »Du bist ein echter Psycho. So geht das nicht.« Entschlossen öffnete sie einen kleinen Kühlschrank unter der Theke.

Sie zauberte Schafskäse und eine Hand voll frischen Dill und Petersilie daraus hervor, die sie in einer wahnsinnigen Geschwindigkeit auf einem Holzbrett grob zerhackte.

Mit Messern konnte sie wirklich umgehen. Respektvoll trat er ein paar Schritte näher heran. Sie öffnete ein Einmachglas und hielt es ihm vor die Nase.

»Riech mal.«

Er schnupperte. Ein pikanter Duft erfüllte den Raum. »Echt gut«, erklärte er ernst.

»Unser Tomaten-Chutney, mit einem Hauch frischer Mango.« Sie wirkte stolz.

Sie nahm ein Fladenbrot aus dem Regal, riss ein großes Stück davon ab und klappte es in der Mitte auf. Mit einem Löffel fuhr sie in das Glas, ließ einen ordentlichen Schlag von der dickflüssigen Paste auf das Brot rinnen, warf ein paar Würfel des Käses dazu und garnierte das Ganze mit den Kräutern. »Probier mal.« Sie reichte ihm das Brot. »Das Chutney ist scharf«, warnte sie, »die Schärfe wird aber von dem Käse gemildert. Das ist der gute Käse. Den verkaufen wir gar nicht, den nehmen wir nur für uns selbst. Stellt ein Onkel von mir in der Türkei selbst her.« Gespannt beobachtete sie, wie er zögernd das Brot nahm, daran roch und vorsichtig hineinbiss.

Er kaute, und sein verkniffener Gesichtsausdruck hellte sich auf. »Das ist super«, murmelte er mit vollem Mund, »fruchtig und gleichzeitig würzig, mit dem weichen Brot und dem Käse, der das Ganze abrundet, wirklich großartig. So etwas habe ich noch nie gegessen.« Wieder huschte ein kurzes, bezauberndes Lächeln über sein Gesicht. Er kaute schnell und biss herzhaft zu. Sie nickte mit erhobenem Kopf und wartete geduldig, bis er das Brot verspeist hatte. Er wischte sich unbedarft die Hände an seiner Trainingshose ab. »Danke.« Er schielte vorsichtig zu ihr herüber.

»Willst du noch was kaufen? Das Chutney verkaufen wir auch.« Geschäftstüchtig und erwartungsvoll sah sie ihn an und rieb sich die Hände.

»Vielleicht darf ich wiederkommen, dann kaufe ich bestimmt was«, sagte er leise.

Seine Schüchternheit lähmte ihn sichtlich.

»Du darfst wiederkommen, aber dann sprich mit mir und glotz nicht nur blöd. Das ist irgendwie unheimlich. In letzter Zeit treiben sich zu viele schräge Gestalten hier herum.« Ihr Gesicht verdüsterte sich.

»Bin bald wieder da«, stieß er hervor, bevor er sich umdrehte, in Richtung Ausgang hastete und durch die Tür nach draußen stürzte.

Mit Schwung fiel die Tür hinter ihm zu. Die Glocken über dem Ausgang rumorten noch, nachdem er längst verschwunden war.

Was für ein komischer Typ, dachte Leyla versonnen.

Er hatte Angst gehabt, das hatte sie genau gespürt. Er hatte Angst vor ihr gehabt, vor dem Laden und vor sich selbst. Sie ließ sich in ihrer Ecke hinter dem Schneidebrett nieder, arbeitete aber nicht weiter.

Als sie vor ihm gestanden hatte, hatte sie einen kurzen Impuls verspürt, einfach ihren Arm zu heben und ihm über seine Wange zu streichen. Vielleicht, weil er eine genauso große Traurigkeit in sich trug wie sie selbst. Sie schob das Schneidebrett entschlossen von sich weg und stand auf.

Sie ging zur Tür, öffnete sie, lehnte sich an den Türrahmen und blickte gedankenverloren in den Himmel.

Die Sonne ging langsam unter, tauchte die Straße und Leylas schmale Gestalt in ein orangefarbenes Licht und unterdrückte ein Schmunzeln.

KAPITEL 17 – NELU

Nelu beugte seinen Kopf tief über den Spiegel, der auf dem bröckeligen Fenstersims aus Beton lag, und zog sich das Zeug geräuschvoll durch die Nase.

»Aaah«, stieß er aus.

Er richtete sich auf und warf den zusammengerollten Geldschein achtlos vor sich auf den Boden. Mit dem Zeigefinger wischte er über das Spiegelglas und rieb sich die Reste des Kokains auf das Zahnfleisch. Er schloss die Augen, legte seinen Kopf in den Nacken, breitete beide Arme aus und begann sich im Kreis zu drehen. Er tanzte zu einer Musik, die nur in seinem Kopf stattfand.

Seine Hände streiften an seinem nackten Körper herab und fuhren über die harten Bauchmuskeln. Er lächelte.

Abrupt hielt er inne. Verharrte einen Moment regungslos, bevor er sich eine Zigarette anzündete. Das Klicken des Feuerzeuges hallte durch den leeren Raum. Sein Blick blieb an den aufgetürmten Decken und Schlafsäcken in einer Ecke des riesigen Zimmers hängen. Etwas begann sich darunter zu regen.

Sie musste gehen, beschloss er. Sie hatte ihn schon letzte Nacht gelangweilt. Langsam schritt er durch den Raum. Seine bloßen Fußsohlen hinterließen Spuren im Staub.

Mit voller Kraft trat er in den Berg von Decken. Ein Wimmern ertönte, und ihr Gesicht tauchte zwischen den Kissen auf. Schwarzes Haar, verlaufenes Make-up. Sie hatte Mühe, ihre von Wimperntusche verklebten Augen zu öffnen.

»Was ist los? Bist du irre?«

Nelu rührte sich nicht. Mit starrem Blick sah er auf sie hinunter. »Es ist besser, wenn du gehst«, stieß er mit mahlendem Kiefer hervor.

»Gleich? Bist du sicher?«, sie lächelte einladend.

Reste von Lippenstift klebten an ihren Zähnen. Sie schob die Decke zur Seite und präsentierte ihren schlaffen Körper und die kaum vorhandenen Brüste. Der bittere Geschmack des Kokains lief gemächlich seine Kehle hinunter.

»Ich wiederhole mich nicht gerne.« Er packte ihren zerzausten Haarschopf und riss sie aus ihrem Lager. Sie schrie auf und fasste mit beiden Händen an ihren Kopf. Das Raubtier in ihm musste nicht lange gerufen werden.

Geschmeidig bewegten sich seine durchtrainierten Muskeln, als er sie, mit einer fast fröhlichen Leichtigkeit, die Treppe hinuntertrat und das glitzernde Partykleid hinter ihr herwarf.

»Verpiss dich, du Schlampe«, murmelte er.

Es rumorte unten, er hörte ihr leises Fluchen, dann endlich wurde es still.

Sie hatte Glück gehabt, dachte er und lächelte.

Er begab sich zu einem der großen Fenster und sah hinunter auf die Stadt und den Phoenix-See. Diese künstlich geschaffene Pfütze, die von den Dortmundern als Freizeitoase bejubelt wurde. Es war ein Witz. In Scharen umrundeten sie dichtgedrängt an Sonntagen den mickrigen Teich, schwärmten von einem nicht existierenden maritimen Flair und ließen sich von den extrem überteuerten Gastronomiebetrieben, die sich blitzschnell angesiedelt hatten, das Geld aus der Tasche ziehen.

Die Droge breitete sich in weichen Wellen in seinem Körper aus. Der Spiegel lag noch auf dem Fenstersims. Er nahm ihn und sah hinein. Betrachtete konzentriert das schöne Gesicht, das ihm entgegenblickte. Niemand konnte diesem Gesicht widerstehen.

Mit diesem Gesicht würde er sie alle kriegen. Diesen Typen Jakob hatte er bald so weit. Es würde nicht mehr lange dauern und er würde alles für ihn tun, ohne mit der

Wimper zu zucken. Ein wichtiges Rad im Getriebe, in diesem Scheißspiel, das sich Leben nannte. Die Entführung des türkischen Mädchens würde Geld bringen. Er würde reicher werden, als sein alter Herr es jemals gewesen war. Nelu betastete nachdenklich die Narbe an seinem Hals und beobachtete die fette Ratte, die durch den Raum huschte. Er zog ein schwarzes Seidenhemd über seine breiten Schultern, bevor er erneut ans Fenster trat und kristallenes Pulver auf den Spiegel rieseln ließ.

KAPITEL 18 – JAKOB

Sie trafen sich fast jeden Tag. Manchmal sahen sie sich nur kurz, aber selbst ein kleiner Plausch am Nordmarkt gab Jakob Lebensmut und machte seinen Tag wertvoll.

Jakobs Körper veränderte sich, seitdem sie sich mehrmals an der Kokerei Hansa verabredet hatten, um dort die Kletterwand zu nutzen. Das Klettern stärkte seine Muskeln, die Anstrengung tat ihm gut, doch am schönsten war es, gemeinsam mit Nelu, nach dem Sport noch eine Weile an der stillgelegten Kokerei zu sitzen und Bier zu trinken.

Das Industriedenkmal war ein besonderer Ort. Die Zeit schien dort stehen geblieben zu sein. Unkraut wucherte über rostigen Stahl. Man konnte fast zusehen, wie sich die Natur Stück für Stück ihren Platz zurückeroberte.

Es war Jakobs 25. Geburtstag. Sie saßen draußen vor Alis Dönerladen, sahen dem lebhaften Treiben im Wohn- und Einkaufsviertel Münsterstraße zu und tranken schwarzen Tee.

Die Besitzer der vielen kleinen Läden in der Straße boten Produkte aus aller Welt an. Künstler hatten hier ihre Ateliers. Fremdartige Gerüche aus den verschiedenen Imbissbuden und Cafés zogen durch das Viertel und vermittelten ein Gefühl, als würde man sich in einem fernen Land befinden.

Alis Tee war stark und bitter. Jakob pustete auf die goldbraune Flüssigkeit und wärmte seine Hände an dem Glas.

Nelu saß ihm gegenüber und tippte hektisch auf sein Handy ein.

»Ich habe heute Geburtstag«, murmelte Jakob und lächelte.

Nelu knallte sein Handy auf den Tisch und sprang auf. »Warum hast du mir das nicht früher gesagt, Alter?«

Er rannte um den Tisch herum, nahm Jakob brüderlich in den Arm und drückte ihn an sich. »Herzlichen Glückwunsch.«

Tief atmete Jakob seinen Geruch ein und presste sein Gesicht fest an seine Schulter.

»Dann gibt es heute aber eine Überraschung für dich«, erklärte Nelu entschieden und stieß ihn von sich.

Er wirkte nervös, als würde er unter Strom stehen, griff

nach seinem Smartphone, entfernte sich und gestikulierte wild mit den Armen, während er telefonierte.

Mit einem mulmigen Gefühl im Bauch sah Jakob ihm zu. Nelus Ideen waren immer abgefahren, aber er war sich nicht sicher, ob er heute viel Action vertragen konnte. Heute, an seinem Geburtstag, hatte er das starke Bedürfnis, es mal etwas ruhiger angehen zu lassen. Nelu kam zurück und nickte ihm zu. Fahrig rieb er sich mit dem Handrücken seine Nase.

»Es klappt«, meinte er nur, nahm Jakobs Arm und zog ihn mit sich.

Sie hielten vor dem Hotel Goldene Brücke, das am Hohen Wall in der Nähe des Zentrums lag. Es war ein prunkvolles Gebäude. Auf der steinernen Treppe vor dem Eingang war ein roter Teppich ausgerollt. Pagen standen in Uniform an der Tür und reckten emsig ihre Hälse, um mögliche Gäste zu empfangen. Der Kontrast zwischen dem pompösen Hotel und dem stark befahrenen, mehrspurigen Wall wirkte surreal. Ein penetranter Abgasgeruch lag in der Luft.

»Warte hier«, sagte Nelu, sprang die Treppe hinauf und verschwand im Inneren des Hotels.

Es dauerte nicht lange und er kam zurück. Grinsend hielt er Jakob einen Schlüssel vor das Gesicht.

»Zimmer 212. Viel Spaß. Wir treffen uns«, er sah prüfend auf seine Uhr, »so um acht bei Ali, und dann lassen wir es krachen und feiern die ganze Nacht. Bis später.«

»Moment«, Jakob stoppte ihn, »was soll das? Geh doch nicht weg.« Seine Stimme klang kläglich, ähnelte der eines Kindes, das nach seiner Mutter ruft.

»Das ist eine Überraschung für dich, hab ich doch gesagt. Sieh es als Geburtstagsgeschenk.« Nelu musterte ihn argwöhnisch, seine rechte Augenbraue zuckte nach oben, sein Blick wurde streng.

Verlegen blickte Jakob zu Boden und griff ergeben nach dem Schlüssel. Nelu schlenderte zufrieden, eine leise Melodie vor sich hin summend, davon.

Jakob richtete seinen Blick auf den Eingang des Hotels. Er schluckte schwer. Dann stieg er die Treppe hinauf und betrat das Gebäude.

Die Lobby war hell erleuchtet, leise Klaviermusik spielte im Hintergrund. Unsicher wanderte Jakobs Blick durch den großen Saal. An der Rezeption herrschte emsiges Treiben. Wartende saßen auf Stühlen und ließen sich von Kellnern Drinks servieren, während sie auf ihre Smartphones starrten, Zeitungen lasen oder sich mit ihren Sitznachbarn unterhielten. Er schien nicht weiter aufzufallen. Niemand musterte ihn, und keiner der Wachmänner schien ihn direkt rausschmeißen zu wollen. Seine feuchten Finger umfassten nervös den Zimmerschlüssel.

Er betrat den spiegelverkleideten Aufzug. Zum Glück war er allein. Er drückte die Taste, die ihn in die zweite Etage führen würde, und der Fahrstuhl setzte sich geräuschlos in Bewegung.

Jakob musterte sein Spiegelbild, während er sanft nach oben chauffiert wurde, schnitt Fratzen und streckte sich selbst die Zunge heraus. Der Fahrstuhl hielt.

Der lange Flur war mit moosgrünem Teppichboden ausgelegt. Suchend sah er sich um. Er ging an den vielen Türen vorbei und stoppte schließlich vor der Zimmernummer 212. Mit zitternder Hand steckte er den Schlüssel ins Schloss und zog die Tür vorsichtig einen Spalt auf, ängstlich vor dem, was ihn dort erwarten würde. Es war nichts zu sehen. Der Raum lag in Dunkelheit, und kein Geräusch war zu hören. Seine Hand tastete nach dem Lichtschalter. Es wurde hell. Er konnte nichts Ungewöhnliches entdecken, der Raum sah aus wie ein stinknormales Hotelzimmer. Nobel eingerichtet und leer. Sollte er sich eine Weile ausruhen, den Zimmerservice auskosten, sich ein paar Filme anschauen und sich dann am verabredeten Treffpunkt einfinden? Das sollte die Überraschung sein?

Fürs Erste jedenfalls war er froh, dass alles so normal aussah.

Unschlüssig betrat er den Raum, zuckte dann mit den Schultern, streifte sich die Turnschuhe von den Füßen und machte es sich auf dem breiten Bett bequem. Die Hände hinter dem Kopf verschränkt, entspannte er sich und wartete. Fast wäre er eingeschlafen, als es zaghaft an der Tür klopfte. Jakob fuhr hoch. Mit einem unguten Gefühl im Bauch schlich er zur Tür.

»Wer ist da?«, fragte er.

»Mach schon auf«, hörte er eine weibliche Stimme.

Er legte die Hand auf die Klinke und öffnete die Tür.

Ein sehr junges, sehr kleines Mädchen stand vor der Tür und linste mit kindlichem Blick zu ihm nach oben. Das Mädchen war blond gelockt, ziemlich füllig, mit dicken Pausbacken und einem auffallend kleinen rosafarbenem Mund. Jakob schätzte sie auf höchstens 14. Sie musterte ihn verstohlen und nickte ihm mit ihrem winzigen Kopf zu. Ihre Locken wippten. Sie sah aus wie eine Puppe oder wie eine der hässlichen Engelsfiguren, die Mutter sammelte. Jakob blieb weiter im Türrahmen stehen und versperrte den Weg. Abwartend trat sie von einem Bein auf das andere, schließlich riss ihr der Geduldsfaden.

»Mach endlich Platz und lass mich rein«, pflaumte sie ihn an.

Erschrocken trat Jakob einen Schritt zur Seite. Sie stolzierte an ihm vorbei ins Zimmer, schnurstracks auf das Bett zu und ließ sich dort nieder. Zögernd schloss Jakob die Tür von innen, zog einen Stuhl heran und setzte sich ihr gegenüber. Er wartete.

»Und? Was soll ich machen? Dir einen blasen – oder was hättest du gerne?«, fragte sie gelangweilt.

Ihre Stimme klang wie die eines Kindes. Hell und unschuldig. Die Worte klangen absurd aus ihrem Mund.

Jakob stoß pfeifend die Luft aus.

»Bist du blöd, oder was?«, fragte er, »gar nichts von all dem, auf gar keinen Fall.«

»Schlagen lasse ich mich nicht«, stieß sie hervor, und ihr Blick wanderte unruhig durch den Raum, »und von hinten ist auch nicht drin.« Sie presste ihre winzigen Hände krampfhaft zusammen.

»Du sollst mich in Ruhe lassen. Geh auf den Spielplatz, in den Sandkasten, spiel mit deinen Barbies oder so. Aber lass mich in Ruhe.«

Sie sah ihn an. Ihre Augen waren himmelblau, ihr Blick war leer. Sie begann, sich ihre Bluse aufzuknöpfen.

»Du sollst das bleiben lassen, habe ich gesagt«, fuhr Jakob sie an.

Oh Gott, dachte er, jetzt fängt sie gleich an zu heulen.

Tränen bildeten sich in ihren Augen. Wenigstens hörte sie auf, an ihren verdammten Blusenknöpfen herumzuspielen.

»Ich gefalle dir nicht.« Sie klang enttäuscht.

Jakob sprang vom Stuhl auf.

»Mann, du bist ein Kind. Hau ab und geh zu deiner Mama nach Hause.«

»Ich gehe nicht«, sie sah ihn trotzig an, »was soll ich Vadym sagen? Der schaut mich mit dem Arsch nicht mehr an, wenn du mich rausschmeißt.«

Von was redet sie da, überlegte Jakob, dann fiel ihm ein, dass das wieder einer der vielen Namen von Nelu sein musste. Er stellte sich ans Fenster, der Himmel hatte sich zugezogen, und er sah hinunter auf die graue Stadt, die in einem gespenstischen Nebel lag. Nelu musste nicht mehr alle Tassen im Schrank haben, wenn er dachte, dass er sich mit diesem Kind einlassen würde. Er drehte seinen Kopf und schielte vorsichtig zum Bett. Er wünschte sich, dass das Mädchen sich in Luft aufgelöst oder er ihre Anwesenheit nur geträumt hätte, doch sie hockte weiter schmollend da und stierte die Wand an. Er wandte seinen Blick dem Fenster zu, dann ging er entschlossen zu einem Sessel in der Ecke, setzte sich und begann sich seine Schuhe anzuziehen.

»Was tust du da?«, das Mädchen klang entsetzt. Panisch sprang sie vom Bett auf und fiel vor Jakob auf die Knie. Jetzt weinte sie richtig. Sie griff nach seinem Hosenbein und zerrte daran.

»Nicht gehen. Bitte geh nicht, sonst bin ich bei Vadym unten durch.« Sie schluchzte laut auf.

Jakob hielt inne und blickte auf sie herunter. Eine solche Verzweiflung, ein solches Flehen spiegelte sich in ihrem tränenüberströmten Gesicht, dass sich vor Abscheu und gleichzeitigem Mitleid ein harter Knoten in seiner Brust bildete. Resigniert lehnte er sich zurück.

»Beruhig dich. Ich bleibe noch ein bisschen und werde Nelu, ich meine Vadym, vorschwärmen, wie großartig du bist.«

Ungläubig blickte sie von unten zu ihm herauf. »Das würdest du wirklich tun?« Ihre Stimme zitterte.

Er räusperte sich.

»Ja, ja, aber nur, wenn du dich vom Boden erheben würdest und aufhörst, mir auf die Pelle zu rücken.«

Stumm und gehorsam stand sie auf und trottete zurück zum Bett. »Besser?«, fragte sie, als sie auf der Bettkante Platz genommen hatte.

Er nickte. Jetzt, wo genügend Abstand zwischen ihnen lag, fühlte er sich wohler.

»Warum machst du das?«, fragte er sie mit ehrlichem Interesse.

»Was denn?«

»Na, es scheint doch so, dass du mit irgendwelchen Männern ins Bett steigst, wenn Nelu, also Vadym, dir das sagt.«

Sie zögerte und musterte ihn abschätzend, dann sah sie zu Boden. »Er hat doch Schulden«, flüsterte sie kaum hörbar, »wegen seines kranken Bruders. Er kriegt Geld dafür, wenn ich mich mit den Männern treffe. Ich will ihm doch nur helfen.«

Jakob stöhnte. Schon wieder diese Brudernummer. Irgendetwas in seinem Inneren sagte ihm deutlich, dass das für ihn zu weit ging. Mit erwachsenen Frauen war das eine Sache, aber mit diesen Kindern? »Wie alt bist du?«

»18«, kam es wie aus der Pistole geschossen.

»Komm, verarsch mich nicht.«

Sie schob trotzig ihre Unterlippe nach vorne. »Darf ich nicht sagen, also frag nicht.« Sie wurde wieder pampig.

Er fragte sich, wie Nelu es schaffte, sie so gefügig zu machen.

»Kann doch nicht sein, dass du so was machst, nur um ihm zu helfen. Das geht doch zu weit, das kann dir doch keinen Spaß machen mit all diesen Typen«, versuchte er es erneut.

Ernsthaft und durchdringend sah sie ihm in die Augen, ihr Kindergesicht sah plötzlich erwachsen aus.

»Ich liebe ihn«, sagte sie laut und deutlich, »wir werden heiraten, nach Italien auswandern und viele, viele Kinder haben. Wir werden glücklich sein.«

Jakob prustete laut los. Es war ein gequältes Lachen, das aus ihm herausbrach. Er lachte, obwohl ihm eher zum Weinen zumute war. Er erinnerte sich, dass Nelu einmal zu ihm gesagt hatte, dass alle Menschen verarscht werden wollen, dass sie nur danach betteln würden, manipuliert zu werden. Ihm wurde übel, und der kalte Knoten in seiner Brust zog sich weiter zu. Er sah zu dem Mädchen, das sich beleidigt, mit verschränkten Armen auf das Bett zurückgezogen hatte.

»Wie heißt du?«, fragte er versöhnlich.

Sie warf ihm böse Blicke zu und schien sich zu überlegen, ob er es überhaupt wert war, sich weiter mit ihm zu unterhalten. Sie blieb stumm.

»Weißt du, ich gehe jetzt, aber du kannst gerne noch ein Weilchen bleiben. Schau ein bisschen fern und bestell dir was Leckeres zu Essen beim Zimmerservice, aber keinen Alkohol in deinem Alter«, er sah sie streng an, als wäre er ihr großer Bruder.

Er fühlte sich verantwortlich für dieses hilflose Geschöpf, das auf dem Weg in seinen eigenen Untergang war, und er verfluchte sich selbst, weil er sie in ihrem Elend alleine ließ. Hastig zog er seine Jacke an.

»Pass auf dich auf – und noch was«, er sah sie an, als er schon an der Tür war, »ich glaube nicht, dass Vadym dich heiraten und mit dir abhauen wird.«

Zornig wandte sie den Kopf ab und starrte wieder an die Wand. Bevor er die Tür hinter sich zuzog, hörte er sie etwas murmeln. Irritiert verharrte er einen Moment.

»Was?«, fragte er dann.

Ihr leises Flüstern klang zerbrechlich, als wäre es aus Glas.

»Ich heiße Vanessa.«

Nachdenklich wanderte Jakob zu den Fahrstühlen, fuhr nach unten, durchquerte die Lobby und trat hinaus auf die dunkle Straße.

KAPITEL 19 – TIM

König und Markowski saßen trübselig im parkenden Streifenwagen und glotzten durch die Windschutzscheibe. Ein junger Mann mit langen Dreadlocks und Hippiekleidung schlurfte an ihrem Auto vorbei, grinste sie durch die Scheibe breit an und formte mit den Fingern ein Peace-Zeichen in ihre Richtung.

»Raucht der Typ tatsächlich auf offener Straße einen Joint?«, fragte Markowski gedankenverloren.

König zuckte lethargisch mit den Schultern.

Dienstgruppenleiterin Sattler hatte frühmorgens eine Versammlung der gesammelten Mannschaft einberufen. Lustlos hatten sie sich mit den anderen Kollegen im Besprechungsraum eingefunden, in Gedanken schon damit beschäftigt, wie man den Arbeitstag am entspanntesten vorübergehen lassen könnte, um dann endlich seinen Feierabend genießen zu können. Sie hatten das übliche Gerede über gutes Teamwork und anstehende freiwillige Lehrgänge erwartet, an denen sowieso niemand teilnehmen würde, doch Sattler hatte ein ernstes Wort gesprochen. Die Bürger hätten sich über zu wenig Polizeipräsenz in der Innenstadt beschwert. Es gab zu viel körperliche Gewalt, zu viele Diebstähle und Sachbeschädigungen, und die Polizei ließ sich nicht blicken, außerdem würde es bei einem Vorfall viel zu lange dauern, bis die Beamten endlich vor Ort wären.

»Wo verdammt treibt ihr euch rum, wenn ihr auf Streife seid?«, hatte Sattler aggressiv in die Runde gefragt, und ihre zuckende Nase hatte in ihrem Gesicht ein Tänzchen hingelegt.

Die nichtssagenden Gesichter der anwesenden Polizisten hatten alles gesagt.

Von jetzt an präsent sein, war die Anweisung gewesen, besonders an den Brennpunkten Innenstadt und den ärmeren Gegenden, den sogenannten Problemvierteln. Bürgernahes Arbeiten, hieß es.

Seitdem Markowski eine vielversprechende Liaison mit Frau van Graaf begonnen hatte, war er die letzten Tage wie ausgewechselt gewesen. Er hatte vor guter Laune und Freundlichkeit nur so gestrahlt. Dies war nun vorbei.

»Bürgernahes Arbeiten. Da kann ich nur laut lachen.

Pack schlägt sich, Pack verträgt sich. So sieht es aus. Das ist im Pott immer so gewesen«, grummelte er vor sich hin.

»Wir können es nicht ändern, Markowski. Hör auf zu schimpfen, ich fahre uns ins Zentrum, damit wir gesehen werden.«

Seine eigenen Worte hörten sich dumm in Königs Ohren an.

Er warf einen Blick in den Rückspiegel. Herr im Himmel, er musste wirklich bald zum Friseur gehen. Sein kurzes, braunes Haar stand in alle Richtungen ab. Schnell sah er weg.

Sie fuhren Richtung Kampstraße, die gegenüber der Fußgängerzone lag und es dauerte nicht lange, bis König den Wagen abrupt stoppte.

Zwei offensichtlich Betrunkene schrien sich auf der Straße, unweit der U-Bahn Station, an. Die Männer stießen sich gegenseitig vor die Brust. Es wurde geschubst und gerangelt.

»Nein«, jammerte Markowski und raufte sich mit den Fingern verzweifelt das Haar, »bitte nicht. So vertragt euch doch wieder.« Die beiden Männer gingen mit leeren Bierflaschen aufeinander los. Zwischen ihnen tänzelte ein zotteliger Hund, bellte laut und schnappte mal nach dem einen, mal nach dem anderen Hosenbein.

Er schien sich nicht entscheiden zu können, wen der beiden er verteidigen sollte. Die Männer gingen sich immer brutaler an. Die Situation eskalierte. Markowski schlug mit der Faust auf die Armatur.

»Mann. So habe ich mir mein Polizistendasein nicht vorgestellt«, brüllte er und sprang, für seine Statur erstaunlich schnell, aus dem Wagen. »Auseinander. Polizei«, kündigte er wütend an, als er sich zwischen die beiden drängte.

Der Hund knurrte ihn mit gesträubtem Fell und hochgezogenen Lefzen an, doch Markowski war zu aufgebracht und beachtete ihn gar nicht. Vor Wut bildete sich weißer Schaum um seine Mundwinkel, als er einen der beiden Männer wüst zur Seite schleuderte, sodass dieser gegen das nächste parkende Auto knallte und zu Boden rutschte.

So viel Kraft hätte ich ihm gar nicht zugetraut, dachte König respektvoll, der langsam aus dem Auto stieg und die Szene beobachtete.

»Was jetzt?«, schrie Markowski den anderen Mann an, der noch immer die leere Bierflasche in der Hand hielt und ihn erschrocken anstarrte. »Was ist los? Ich bin die Polizei, euer scheiß Freund und Helfer.«

Er spuckte beim Brüllen, und die Tropfen trafen den Mann an der Stirn. »König, komm mal rüber. Der Typ macht Ärger. Wir müssen ihn in Gewahrsam nehmen.«

»Hömma, wir ham nur einen gepichelt, und mein Kumpel is mir n bisschen auffn Zeiger gegangen. Is alles ganz harmlos. Kein Grund zur Aufregung«, stammelte der Mann.

»Platzverbot. Für immer und nimm deinen Drecksköter mit«, schrie Markowski und trat nach dem Hund, der sich jaulend zurückzog.

Markowskis Kopf war knallrot angelaufen, die Farbe wechselte langsam ins Violette. Der Mann zog sich stolpernd zurück und verschwand. Der Hund folgte ihm mit eingezogenem Schwanz.

Markowski rückte befriedigt seine hässliche Lederjacke zurecht. »Geht doch.«

König blickte an ihm vorbei. »Vorsicht!«, rief er, doch seine Warnung kam zu spät.

Der zweite Mann hatte sich aufgerichtet und war hinter Markowski getreten. Als dieser sich irritiert umdrehte, ballte der Mann seine Faust, schlug ihm mitten ins Gesicht, drehte sich um und lief feixend davon.

Markowski wirkte im ersten Augenblick überrascht und sah dem Mann mit fragendem Gesichtsausdruck hinterher, dann erst krümmte er sich und hielt beide Hände vor sein Gesicht.

»Oh Gott, das tut weh«, wimmerte er.

König fasste ihn an den Schultern. »Lass mal sehen.«

Er unterdrückte ein Lachen, als er das zugeschwollene linke Auge seines Kollegen sah. Das würde ein prächtiges Veilchen werden.

»Scheiße«, fluchte Markowski, »warum bist du dem Täter nicht hinterhergerannt? Du hättest ihn stellen können.«

»Keine Chance. Du hast nicht gesehen, wie schnell der geflitzt ist. Brauchst du einen Arzt?«, fragte König fürsorglich, innerlich grinsend.

»Nein, nein. Du kannst mich später bei Elsbeth van Graaf absetzen. Ihr Mann ist heute Abend im Tennisklub. Dann kann sie mal sehen, was ein harter Bulle wie ich auf der Straße so aushalten muss.« Bei dem Gedanken schien sich seine Laune zu bessern.

Sie stiegen ins Auto und fuhren weiter, doch sie kamen nicht weit. Mitten auf der Straße stand ein Mann, den Oberkörper in eine warme Jacke gehüllt, doch zu seinen abgetretenen Turnschuhen trug er keine Hose und auch keine Unterwäsche. Er riss die Arme in die Höhe und rief irgendetwas. Der Polizeiwagen stoppte hinter ihm, und sie glotzten auf seinen bleichen Hintern.

Markowski legte die Hand auf sein verletztes Auge und stöhnte. König kurbelte die Fensterscheibe nach unten.

»He, was machen Sie da?«

Der Mann drehte sich freudestrahlend zu ihnen um.

»Jesus liebt euch«, rief er ihnen durch seinen zahnlosen Mund zu, »und ich bin hier, um es zu verkünden.«

»Das ist doch der blaue Heinz«, murmelte König, »hat wohl mal wieder einen zu viel über den Durst getrunken.«

»Heinz, geh nach Hause«, rief er durch das Fenster, »wo hast du deine Hose gelassen?«

Der blaue Heinz blickte an sich hinunter und zuckte erstaunt mit den Schultern.

»Ich werde ihm mal helfen«, entschied König und parkte den Wagen am Straßenrand.

»Toll«, grummelte Markowski vor sich hin, »ich darf mich mit den Schlägertypen auseinandersetzen, und du kümmerst dich um einen harmlosen, verwirrten Opa. Das nenne ich fair.«

König schnappte sich eine der Decken, die im Kofferraum lagen, stieg aus und wickelte sie um Heinz' Unterleib.

»Will nicht nach Hause«, plärrte Heinz.

»Doch, wir fahren dich jetzt heim. Ich weiß doch, wo du wohnst.«

Er führte den alten Mann zum Streifenwagen und schob ihn umständlich auf die Rückbank. Heinz wehrte sich nicht. Sie fuhren Richtung Borsigplatz. Auf der Mallinckrodtstraße drückten sich wie immer trübe Gestalten in die Schatten der Häuserwände. Diese Männer schienen den ganzen Tag auf der Straße herumzustehen. König wollte gar nicht wissen, was für Geschäfte hier betrieben wurden.

Ein beißender Geruch nach Urin breitete sich im Wagen aus.

»Nein«, keuchte Markowski und drehte sich nach hinten.

Heinz lächelte ihn an. »Ups«, meinte er nur.

»König, der Typ hat in unseren Wagen gepisst, und das mit voller Absicht«, beschwerte sich Markowski.

»Und? Was soll ich machen?« Langsam hatte König genug.

Genug von Markowski und genug von seinem Job. Er versuchte, die Luft anzuhalten, fuhr in die schäbige Wohngegend, in der Heinz bekannterweise lebte, stieg aus und öffnete ihm die Tür.

»Endstation, und ich will dich heute nicht noch mal im Zentrum erwischen«, drohte er.

Der alte Mann stieg irre kichernd aus und verschwand in einem der Hauseingänge. Die Welt war verrückt geworden.

»Bring mich zu Elsbeth. Mir geht es wirklich nicht gut«, jammerte Markowski, als er eingestiegen war.

Mit offenen Fenstern, da der Gestank anders nicht auszuhalten war, fuhren sie in die Nähe der Hohensyburg. Taumelnd vor Schmerzen und Überanstrengung schwankte Markowski auf das Tor der Hausnummer 22 zu.

Schauspieler, dachte König, aber wenigstens hat er jemanden, der für ihn da ist.

Verträumt blickte er den von sattem Grün bewachsenen Weg hinauf, der auf den Syberg führte. Oft war er hier mit Corinna spazieren gegangen. Sie hatten die Burgruinen bestaunt, die Geschichten zu erzählen schienen. Auf der Aussichtsplattform des Kaiser-Wilhelm-

Denkmals, oberhalb des Zusammenflusses von Ruhr und Lenne, hatten sie Wein getrunken und die großartige Aussicht genossen. Von dort oben konnte man bei schönem Wetter bis zu den Bergen des Sauerlandes blicken. Etwas zog sich in seiner Brust zusammen und er schluckte schwer. Er war froh, dass zuhause wenigstens Jutta und sein Computer in der sonst so leeren Wohnung auf ihn warten würden.

KAPITEL 20 – JAKOB

»Ich finde es nicht gut, was du mit diesen Mädchen machst. Sie sind so jung und wissen gar nicht, was sie da tun«, schimpfte Jakob leise vor sich hin, ohne Nelu anzusehen, und pustete in seinen schwarzen Tee.

Der Dampf stieg auf und verschwand, sich langsam auflösend, im schwarzen Abendhimmel. Die Leuchtreklame von Alis Dönerbude flackerte und tauchte Nelus Gesicht abwechselnd in Licht und Schatten.

Nelu lehnte sich auf seinem Stuhl zurück und nippte an der Flasche Bier, die er in der Hand hielt. »Sonst noch was, was dir nicht gefällt?«, fragte er mit gefährlich ruhiger Stimme.

Jakob blickte auf die mit Ketchup verschmierte Tischplatte.

»Ne, sonst ist alles paletti.«

Er verstummte. Nelu stellte seine Flasche betont langsam auf den Tisch und rückte sie sorgfältig zurecht, sodass sie exakt mittig vor ihm stand. Er brauchte eine Weile dafür. Jakob wartete innerlich angespannt.

»Dann ist ja alles gut.« Nelu warf ihm einen Blick zu. »Pass auf, Junge. Ich sag dir das nur einmal: Misch dich nicht in meine Angelegenheiten. Was du für richtig oder falsch hältst, interessiert mich nicht. Wenn du nicht Geburtstag hättest, würde ich einfach gehen, also überleg dir, was du willst.«

»Vergiss, was ich gesagt habe. Es tut mir leid«, murmelte Jakob betroffen.

Nelu starrte ihn weiter an.

»Was war nicht in Ordnung mit Vanessa?« Seine Stimme war kalt.

»Mit Vanessa war alles in Ordnung. Es lag an mir. Sie ist ein kleines Mädchen. Ich hatte Mitleid mit ihr. Ich habe doch schon versucht, es dir zu erklären.«

Nelus Gesichtsausdruck entspannte sich ein wenig.

»Du erklärst seit fast einer Stunde ewig dasselbe. Das ist so öde. Weißt du, was ich glaube? Ich glaube, der kleine Jakob, der noch bei seiner Mama wohnt, steht gar nicht auf Frauen. Ich glaube, der kleine Jakob ist schwul.«

Verletzt zuckte Jakob zusammen. »Hör auf damit, ja?« Seine Stimme wurde laut. »Das stimmt nicht. Es muss halt die Richtige sein, verstehst du?«

Nelu lachte. »Geil, wie in einem kitschigen Liebesfilm. Mit Mama zu viele Rosamunde-Filme gesehen, was? Irgendwann wirst du schon checken, dass alle Weiber Bitches sind, du Vogel. Los, komm, Schwuli. Wir gehen deinen Geburtstag feiern.«

Jakob verschluckte die Sätze, die ihm auf der Zunge lagen.

»Wo gehen wir hin?«, fragte er, als sie unterwegs waren.

»Hab uns bei Monika angemeldet. Sie kocht für dich eigenhändig ein Geburtstagsmenü. Du bist schließlich der beste Freund meines kranken Bruders.« Nelu lachte.

»Ach nö«, Jakob druckste unbehaglich herum, »das ist doch eine dieser alten Frauen, die du immer besuchst, oder?«

Von weiblichen Personen hatte er für den heutigen Tag die Schnauze voll.

»Die Schärfste von allen«, korrigierte ihn Nelu, »keine Sorge. Sie ist ganz nett. Ich dachte, es täte dir gut, dich mal ein bisschen betüddeln zu lassen, und die Alte kann wirklich gut kochen.« Schwärmerisch fuhr er sich mit der Zunge über die Lippen.

Ergeben fügte sich Jakob seinem Schicksal. Sie liefen die Straße entlang. Der Weg war weit.

»Wir besorgen uns an der Bude ein paar Wegebiere«, entschied Nelu und steuerte eine der vielen Trinkhallen an, die auf ihrer Stecke lagen.

Biertrinkend durchquerten sie das Hafenviertel und spazierten über die Westfaliastraße, vorbei an dem stillgelegten Rangierbahnhof, Richtung Huckarde. Die verfallenen, von Unkraut überwucherten Bahngebäude waren beliebte Schlafplätze für Obdachlose und zogen Graffitisprayer aus der gesamten Umgebung an, die sich hier sichtbar austobten. Die bemalten, zusammengefallenen Gebäude, mit den eingeschlagenen Fensterscheiben, wirkten wie Mahnmale aus einer besseren Zeit.

»Wie kommst du eigentlich mit der türkischen Schlampe voran?«, fragte Nelu unterwegs, während er einem der vielen Fahrradfahrer auswich, die auf dieser Strecke unterwegs waren.

Jakob versuchte tunlichst, dieses Thema zu vermeiden.

»Mmm. Ganz gut. Hab mich schon mit ihr unterhalten«, nuschelte er undeutlich.

»Er redet mit ihr. Unglaublich. Dieser Mann ist ein echter Charmeur.« Nelu lachte, dann wurde er ernst. »Junge, tu mir einen Gefallen und gib mal ein bisschen Gas. Wir haben nicht ewig Zeit.«

Jakob senkte den Kopf. Sie liefen durch eine gepflegte Wohngegend und stoppten vor einem hübschen, einzeln stehenden Einfamilienhaus im Oskarweg.

Der Stadtteil Huckarde ähnelte einem friedlichen, kleinen Dorf, in dem die Welt noch in Ordnung war. Ein Dorf aus dem Mittelalter, schoss es Jakob durch den Kopf. Fast sektenähnlich schienen sich die Einwohner von der pulsierenden, bedrohlichen Stadt abschotten zu wollen.

Nelu spazierte selbstbewusst durch die Pforte auf die Eingangstür zu. Er klingelte dreimal nacheinander. Jakob konnte von innen die Türglocke hören, die jedes Mal eine kurze Melodie spielte. Hastige Schritte kamen von innen näher. Jakob fuhr sich nervös mit den Fingern durch sein kurzes Haar. Die Tür wurde von einer Mittfünfzigerin aufgerissen. Ihr in einem gelben Farbton gefärbtes Haar war zu einem strengen Knoten nach hinten gebunden, sie trug eine geblümte Schürze, ihr Gesicht war gerötet und leicht verschwitzt.

»Petre, ihr seid früh dran. Ich bin noch gar nicht fertig.«

Lächelnd machte sie einen Schritt auf Nelu zu, umarmte ihn vertraut und küsste ihn auf beide Wangen.

Nelu zwinkerte Jakob über ihre Schulter zu, verdrehte die Augen und schnitt eine Grimasse, dabei streichelte er Monika liebevoll über den Rücken. Seine Berührung wirkte sanft und zärtlich, und einen kurzen Augenblick fühlte Jakob einen Stich von Eifersucht, der sich in ihn bohrte.

Nelu trat einen Schritt zurück. Er strahlte Monika an und ließ seine weißen Zähne aufblitzen. »Hallo, meine Sonne«, wisperte er mit tiefer Stimme und betrachtete sie, »gut siehst du aus.«

Verlegen schob sie sich ein paar schweißnasse Strähnen ihres gelben Haars aus der Stirn.

»Ich bin gerade erst mit der Vorbereitung des Essens fertig. Ich muss mich noch kurz frisch machen.« Ihr Blick wanderte zu Jakob. »Und das ist Wilhelm?« Sie strahlte ihn an.

Verwirrt blickte Jakob sich um.

»Ja. Das ist Wilhelm. Der beste Freund meines Bruders. Der Einzige, der ihm nach seinem Unfall treu geblieben ist«, griff Nelu ein und funkelte ihn an.

Mit Tränen der Rührung in den Augen ergriff Monika Jakobs Hände. »Herzlich willkommen in meinem bescheidenen Haus, Wilhelm. Fühl dich wie zu Hause«, sagte sie mit warmer Stimme.

Sie drehte sich um und ging hinein. Sie folgten ihr.

Das Haus war merkwürdig altmodisch eingerichtet. Mit Blümchentapeten und rustikalen Möbeln aus dunklem Holz. Viele Fotos in kitschigen Rahmen zierten die Wände. Auf fast allen war ein dunkelhaariger Mann abgebildet.

»Ich bin gleich wieder da. Macht es euch bequem«, rief Monika ihnen herzlich zu und verschwand.

Nelu warf sich der Länge nach auf das Sofa, griff nach der Fernbedienung und schaltete den Fernseher an. Ein Fußballspiel lief. Jakob schaute sich im Wohnzimmer um.

Es war ein großer Raum mit einer abgetrennten Essecke. Der Esstisch war bereits liebevoll gedeckt. Von der nachtblauen Tischdecke hoben sich die Teller aus strahlend weißem Porzellan ab. Brennende Kerzen in silbernen Ständern und zwei einzelne weiße Rosen in schmalen Vasen waren auf dem Tisch drapiert.

Jakob fuhr zusammen, als Monika hinter ihm zurück ins Zimmer hechtete.

»Ich Schussel habe ganz vergessen, euch etwas anzubieten«, schalt sie sich selbst.

Sie trug nur ein Badetuch, das sie sich um ihre Körpermitte geschlungen hatte. Ihr Haar war unter einem Handtuch verborgen, das sie sich wie einen Turban um den Kopf gewickelt hatte, was sie jünger aussehen ließ. Verlegen sah Jakob zur Seite.

»Was möchtet ihr trinken?«

»Wie immer«, grunzte Nelu vom Sofa aus, ohne ihr einen Blick zu schenken.

Monika verschwand, kehrte dann mit zwei randvoll gefüllten Whiskeygläsern zurück und stellte sie geräuschvoll auf den Esstisch. »Setzt euch. Ich bin sofort fertig, und dann können wir essen.«

Gelangweilt schaltete Nelu den Fernseher aus und schlurfte zum Tisch. Monika verließ den Raum. Das laute Brummen eines Haartrockners ertönte. Sie setzten sich und stießen mit den Gläsern an. Es war ein guter Whiskey. Er schmeckte weich und rund.

»Und? Hab ich dir zu viel versprochen? Ist doch ganz nett, die Alte, oder? Obwohl sie dir nicht zum Geburtstag gratuliert hat. Hat sie wohl vergessen, oder sie wird langsam dement.«

Erschrocken legte Jakob den Zeigefinger an den Mund. »Pst. Sprich doch leiser, sonst hört sie dich noch.«

»Na und?«, lachte Nelu.

»Wer ist der Mann auf den Fotos?«, wisperte Jakob.

»Ihr verstorbener Ehemann. Einsame, verzweifelte Witwen lassen sich besonders gut melken. Da fließt das Geld nur so, wenn sie ein bisschen Aufmerksamkeit bekommen«, erklärte Nelu zufrieden.

Monika kam umgeben von einer Parfümwolke zurück ins Zimmer. Mit ihrem gewellten Haar, dem Make-up im Gesicht und dem eng anliegenden, blauen Leinenkleid sah sie wirklich gut aus.

Das Kerzenlicht spiegelte sich in ihren silberfarbenen Ohrringen. Sie schenkte Whiskey nach, verschwand in der Küche, kam mit einer großen Schüssel zurück und hob triumphierend den Deckel an. »Eintopf«, strahlte sie in die Runde, »wie bei dir früher in Rumänien, Petre.«

Nelu schaute auf das Essen. »Wahnsinn, Monika. Hast du den tatsächlich mit Kutteln und Schweineschwänzen gekocht?«

Sie nickte stolz. Nelu stand auf und gab ihr einen dicken Kuss auf den Mund. Er schien ernsthaft begeistert zu sein.

»Mann, heute ist mein Glückstag. Ein echter Eintopf nach rumänischer Art.« Er griff nach der Suppenkelle und häufte sich das streng nach totem Tier riechende Zeug auf seinen Teller.

Jakobs Magen schnürte sich zusammen. Er nahm sein Glas in beide Hände und stürzte den Whiskey in seinen Mund.

»Na, da hat aber jemand Durst«, lachte Monika.

»Wilhelm darf das. Er hat schließlich heute Geburtstag«, schmatzte Nelu mit vollem Mund.

Jakob versuchte, ihn über den Tisch hinweg mit Blicken zu töten.

»Mein Gott, das habe ich ganz vergessen«, kreischte Monika, sprang auf und eilte um den Tisch herum zu Jakobs Platz.

Als er sich widerstrebend zu ihr drehte, umarmte sie ihn und drückte ihm feuchte Küsse auf beide Wangen. Jakob errötete, und Nelu sah grinsend zu.

»Alles Liebe zum Geburtstag, Wilhelm. Los, wir trinken einen Schnaps auf dich.« Sie füllte drei Pinnchen mit Wodka und sie tranken. »Und jetzt hör auf schüchtern zu sein und iss mal ordentlich«, wies Monika ihn an und füllte seinen Teller mit der graubraunen Fleischmasse.

»Genau, Wilhelm. Tu, was sie sagt«, lachte Nelu.

Jakob fuhr mit dem Löffel in seinem Teller herum.

Das Essen roch widerlich. Ihre Gläser waren leer, und Monika ging in die Küche, um eine neue Whiskeyflasche zu holen.

»Was soll ich machen?«, zischte Jakob Nelu zu, »ich kann das Zeug nicht essen. Das ist ekelhaft. Ich kann nicht glauben, dass dir das schmeckt. Apropos, wieso Wilhelm? Einen schwachsinnigeren Namen konntest du dir wohl nicht ausdenken, oder was?« Er funkelte Nelu böse an, der sich köstlich amüsierte.

»Der Name passt zu dir, und mir schmeckt es. Wo ist dein Problem?«

»Ich will die Frau nicht enttäuschen, aber ich kann das nicht essen.« Panisch sah Jakob sich im Raum um. Er entdeckte eine große Zimmerpalme, die in einer Ecke des Wohnzimmers in einem blauen Tontopf stand. Jakob sprang auf, lief, vorsichtig seinen Teller balancierend, auf die Palme zu, schaute sich nach der Tür um und kippte, da Monika nicht zu sehen war, den Inhalt des Tellers in den Topf. Dann eilte er zurück zu seinem Platz und warf sich genau in dem Augenblick auf seinen Stuhl, als Monika den Raum betrat. Nelu krümmte sich vor Lachen. Unkontrolliert schnappte er nach Luft. Monika blickte lächelnd von einem zum anderen. »Ist ja schön, dass ihr so gute Laune habt. Wilhelm, du hast ja schon aufgegessen, das freut mich. Soll ich dir einen Nachschlag geben?«

»Nein«, sagte Jakob schnell und eine Spur zu laut. »Vielen Dank«, setzte er leiser hinzu.

»Und jetzt, meine lieben Freunde, trinken wir richtig.«

Jakob fiel auf, dass Monika langsam anfing zu lallen. Sie hatte während des Essens immer wieder eingeschenkt und auch selbst ordentlich zugelangt.

Sie kann ganz schön was vertragen, dachte Jakob anerkennend.

Die Frau wurde ihm immer sympathischer.

Den restlichen Abend tranken sie, hörten Musik und tanzten zusammen zu CDs mit rumänischen Folkloreliedern, die Monika extra für Nelu besorgt hatte. Selbst Jakob hüpfte über den Wohnzimmerteppich und probierte sich an seltsamen Tanzübungen und Sprüngen. Den letzten Hauch von Scham hatte er sich endgültig weggetrunken. Sie feierten bis in den frühen Morgen. Als sie sich verabschiedeten, sah die Wohnung aus, als wäre ein Hurrikan durch sie hindurchgefegt.

Überall standen leere und halb volle Gläser und Flaschen herum, Zigarettenasche war über den Fußboden verstreut, Möbel waren umgestürzt. Lachend stützte sich Monika an der Wand ab.

»Mann, das war eine wilde Party. Ich hoffe, es hat dir gefallen bei mir, Wilhelm. Kannst jederzeit wiederkommen, wenn du magst.«

Jakob nickte eifrig, was keine gute Idee war, denn sofort begann sich der Raum vor seinen Augen zu drehen. Nelu schob ihn zur Seite und griff mit zwei Fingern Monikas Kinn. Er zwang sie, ihn anzusehen. »Eins hast du vergessen, Schätzchen. Wir hatten vorhin telefoniert und über meinen Bruder gesprochen.«

»Ach ja.« Benommen begann Monika, in der Tasche ihres Mantels zu wühlen und zog schließlich ein Portemonnaie hervor.

Jakob sah zur Seite und wurde wütend. Er wollte nicht, dass Nelu diese freundliche Frau bestahl. Er wollte nicht, dass er sie anlog und ausnutzte, doch er blieb stumm. Er blickte auf seine Turnschuhe und vernahm das Rascheln der Geldscheine, die gezählt wurden. Er schluckte und fühlte sich plötzlich wieder nüchtern. Sie umarmten die schwankende Monika zum Abschied und wurden herzlich von ihr gedrückt, dann nahmen sie gemeinsam ein Taxi. In der Stadt stieg Nelu aus und drückte dem Fahrer Geld in die Hand. »Sie fahren noch unser Geburtstagskind Wilhelm nach Hause«, wies er den Fahrer grinsend an.

»Glückwunsch«, brummte der Mann griesgrämig nach hinten zu Jakob auf die Rückbank.

Bevor Nelu die Tür zuschlug, sah er Jakob an. »Morgen machen wir zwei was Besonderes. Ich habe was Lustiges vor und würde dich gerne dabeihaben.«

Jakob nickte.

»Wir treffen uns um ein Uhr nachts am Haupteingang vor dem Rombergpark, früher ist es nicht möglich, außerdem hast du dann genügend Zeit, wieder nüchtern zu werden und deinen Kater auszukurieren. Ich wette darauf, dass es dir morgen schlecht geht. Selbst schuld, wenn du vor dem Saufen nichts isst.« Er grinste, hob die Hand zum Gruß und verschwand in der Dunkelheit.

Jakob schlief schon im Taxi ein und wurde ruppig vom Fahrer geweckt, als sie angekommen waren. Halb träumend stieg er aus und trottete nach Hause, um direkt in sein Bett zu fallen.

KAPITEL 21 – JAKOB

Nelu hatte recht gehabt. Es ging ihm schlecht am nächsten Vormittag, als er von einem hellen Sonnenstrahl, der sich seinen Weg durch einen Spalt zwischen den Gardinen gesucht hatte, geweckt wurde.

Der Lichtstrahl fuhr wie ein Blitz in seinen hämmernden Schädel. Seine Augen waren ausgetrocknet und brannten wie Feuer. Mit halb geschlossenen Lidern torkelte er ins Bad, hing seinen Kopf unter den Wasserhahn und trank. Das Wasser hinterließ einen metallischen Geschmack in seinem Mund.

Leichenblass betrachtete er einen Moment das Gespenst, das ihn im Spiegel mit blutunterlaufenen Augen anstarrte, dann übergab er sich in die Toilette.

»Jakob, Hase, kommst du endlich frühstücken?«, hörte er Mutter aus der Küche rufen, während er zurück in sein Zimmer schwankte.

»Bin krank«, brüllte er und kroch stöhnend in sein Bett.

Er sank in eine Art Halbschlaf. Wirre, nicht greifbare Träume wechselten sich mit stumpfem Dahinvegetieren unter der Bettdecke ab. Draußen schien ein wunderbar sonniger Spätsommertag zu sein. Er hörte die Vögel singen.

Er drehte sich auf die andere Seite und schloss erschöpft die Augen. Erst, als es draußen dämmerte, wurde sein Kopf langsam klarer, das Hämmern in seinen Schläfen ließ nach, das Dröhnen in seinem Schädel und das Rauschen in seinen Ohren wurde leiser, bis es schließlich ganz verstummte.

Auf Zehenspitzen schlich er an Jesus vorbei in die Küche, um Mutter nicht aufzuscheuchen. Aus dem Wohnzimmer schallte das übliche Geschwafel aus dem Fernseher. Geräuschlos öffnete er die Kühlschranktür und inspizierte den spärlichen Inhalt. Es sah traurig aus. Das Geld wurde wirklich knapp, das war unübersehbar. Im Kühlschrank fand er einen Kochtopf, auf dessen Boden sich ein paar zusammengeklebte, kalte Nudeln ohne Soße tummelten. Er quetschte einen kläglichen Rest Ketchup auf die Nudeln und verschlang das Essen in Sekundenschnelle wie ein hungriger Wolf.

Er verzichtete aufs Duschen, um Mutter nicht auf sich aufmerksam zu machen, zog sich an und verschwand unbemerkt aus der Wohnung.

Es war ein bisschen so, als würde er heimlich, an Wärtern vorbei, aus einem Gefängnis ausbrechen, nur, dass die Türen nicht verschlossen waren.

Draußen atmete er ein paar Mal tief ein und aus. Widerstrebend benutzte er sein altes Fahrrad, um zum Rombergpark zu gelangen. Ein Bus würde in diese Richtung um diese Zeit nicht mehr fahren. Die Bewegung tat ihm gut, seine Muskeln entspannten sich, während er fuhr, und er sog die kühle Nachtluft ein wie ein Ertrinkender, der nach Luft schnappt.

An der Ruhrwaldstraße stellte er sein Fahrrad ab, um zu vermeiden, dass Nelu sich über sein verrostetes, uraltes Gefährt lustig machen würde, und ging zu Fuß weiter.

Der für jedermann frei zugängliche botanische Garten Rombergpark lag in völliger Dunkelheit. Schwarze Schatten hingen über der weitläufigen Parkanlage, die bekannt für ihre vielfältige Sammlung alter Bäume, exotischer Ziergehölze, blühender Pflanzen und Gewächshäuser war. Die Laternen auf der Straßenseite, außerhalb des Parks, waren zum größten Teil defekt, und so orientierte sich Jakob an der alten, steinernen Mauer, die den Park umsäumte. Als er sich dem Haupteingang des Parks näherte, nahm er verschwommen zwei Konturen wahr, die dort verharrten. Die Glocke des in der Nähe liegenden Kirchturms schlug einmal, dann wurde ihr Hall von der Stille der Nacht verschluckt.

Vor dem Parkeingang stand Nelu und hatte den Arm um eine andere, mindestens zwei Meter große Person geschlungen.

Skeptisch näherte sich Jakob.

»Hi«, sagte er leise und betrachtete den abgemagerten Mann in Nelus Arm, der sich kaum auf den Beinen halten konnte.

Die Augen des Mannes irrten ohne Ziel durch die Umgebung. Er schien nichts um sich herum wahrzunehmen. Es hatte den Anschein, als wüsste er nicht einmal, wo er sich gerade befand. Sein rechtes Bein zuckte, als würde es gleich versagen und wegknicken. Er krümmte sich, hin und wieder klappte er seinen hageren Oberkörper nach vorne, und es sah so aus, als hätte er den Wunsch, einfach auf dem Gehsteig zusammenzubrechen, doch Nelu hielt ihn mit eisernem Griff fest. Nelu tat so, als wäre es nichts Besonderes, dass er den Giraffenmann im Arm hielt.

»Pünktlich auf die Minute«, stellte er anerkennend fest, »so ist das richtig. Los, wir gehen.«

Er hatte Schwierigkeiten, den Mann mit sich zu ziehen. Musste ihn mehr schleppen, als dass der Mann eigene Schritte machte. Der Mann stützte sein gesamtes Körpergewicht auf Nelus rechte Schulter.

»Mann, jetzt hilf mir mal«, zischte Nelu Jakob genervt zu, »du nimmst die eine und ich die andere Seite. So müssten wir wenigstens vorankommen.«

Jakob tat nichts, sondern blieb einfach stehen.

»Alter, wer zum Teufel ist das?«

»Keine Ahnung. Irgend so ein Junkie halt, den ich aufgegabelt habe.«

»Was willst du mit dem? Der scheint entweder voll zugedröhnt oder schwer auf Entzug zu sein. Lass ihn liegen, Mann.«

»Nein, den brauchen wir noch – und jetzt fass an.«

Seufzend stellte sich Jakob auf die linke Seite des Junkies und umfasste seinen Oberkörper. Er konnte jede seiner Rippen spüren. Der Mann bestand nur aus Haut und Knochen. Er drehte seinen totenkopfähnlichen Schädel und sah Jakob aus seinen stumpfen Augen an. Seine Pupillen waren so klein wie Stecknadelköpfe. Er öffnete seinen Mund mit den vertrockneten Lippen und stieß ein heiseres Lachen aus, das wie das Bellen einer sterbenden Hyäne klang. Sein Atem roch nach Tod.

»Hahaha«, lachte er in Jakobs Gesicht.

»Halt die Schnauze«, rief Nelu auf der anderen Seite und rammte dem Mann seinen Ellenbogen in die Rippen.

Der Mann verstummte. Sie klemmten sich die lebende Leiche unter die Arme und schleppten sie über die kleinen, verschlungenen Wege mit sich durch den Park. Sie stoppten, als sie den Eingang des Zoos erreichten, und keuchten vor Anstrengung.

»Halt ihn mal«, flüsterte Nelu und löste seinen Körper von dem des Mannes, der sogleich sein Gewicht auf Jakob verlagerte. Er schien dieses Gefühl, gestützt zu werden, sehr zu genießen, denn er begann, ein Lied in Jakobs Ohr zu summen und wiegte sich zu der monotonen Melodie hin und her, sodass Jakob Mühe hatte, ihn weiter aufrecht zu halten.

Nelu zog einen Schlüsselbund aus seiner Tasche und werkelte damit am Eingangstor des Zoos herum. Es gab ein klackendes Geräusch, und Nelu schob das Tor ein Stück zur Seite. Jakob fragte gar nicht erst, wo er die Schlüssel herhatte, es würde ihm wohl wieder jemand etwas schuldig gewesen sein.

»Los komm«, rief Nelu leise über seine Schulter.

»Du willst mit mir und diesem Wrack in den Zoo gehen? Jetzt? Mitten in der Nacht?«, fragte Jakob fassungslos.

»Alter, komm endlich.« Nelu hüpfte ungeduldig von einem Bein auf das andere.

Jakob zog den Junkie mit sich durch den Eingang. Nelu schlüpfte hinterher und schob das Tor rasselnd hinter ihnen zu. Es klackte laut, als das Schloss einrastete. Sie warteten einen Moment und lauschten. Vollkommene Stille und Dunkelheit umgaben sie. Bis auf das eintönige, irre klingende Summen des Junkies war nichts zu hören. Nelu nickte ihm zu. Sie folgten dem Weg und tauchten in die Schwärze der Nacht ein. Sobald sie in die Nähe der Gehege kamen, begannen sich die Tiere zu melden. Sie wurden aufgeschreckt und unruhig durch die ungewohnten nächtlichen Besucher. Ein gespenstisches Heulen, Jaulen, Krächzen, Schnauben und Knurren durchdrang die Ruhe. Mal klangen die Rufe der Tiere weit entfernt, mal ganz nah. Es war, als würde man blind durch einen unerforschten Urwald laufen.

Jakob schreckte immer wieder zusammen. Der Junkie schien langsam zu sich zu kommen. Seine Schritte wurden fester, sein Gewicht auf ihren Schultern verringerte sich, und er hatte endlich aufgehört, diese kranke Melodie zu summen. Wahrscheinlich versuchte er sich verzweifelt in seinem benebelten Zustand klarzuwerden, wo zum Teufel er sich gerade befand. Da würde er nie draufkommen, dachte Jakob düster und stapfte verbissen vorwärts.

»Stopp.« Nelu löste sich von der Truppe und verschwand in der Dunkelheit.

Jakob hörte erneut das Klirren eines Schlüsselbundes, dann stand Nelu wieder vor ihnen. Das Grinsen, das sich über sein Gesicht zog, wirkte teuflisch, seine Augen flackerten. Sie packten den Junkie und führten ihn durch einen vergitterten Eingang.

»Du willst ihn doch nicht in einen Käfig sperren, oder?«, fragte Jakob unsicher.

»Hör auf, blöde Fragen zu stellen. Lass den Typen los, und dann raus hier, sonst wirst du noch von den Bewohnern des Käfigs angeknabbert.«

»Hier sind Tiere drin?« Jakobs Stimme klang laut und schrill.

Sein Herz klopfte so schnell, dass es wehtat.

Panisch war er in drei Schritten am Ausgang und quetschte sich, so schnell er konnte, durch die Tür. Nelu war dicht hinter ihm. Selbst, als sie sich wieder auf dem Weg und außerhalb des Käfigs befanden, zitterte Jakob noch. Verzweifelt versuchte er, seinen Atem unter Kontrolle zu bringen. Nelu stellte sich entspannt, die Arme locker vor der Brust verschränkt, neben ihn. Schwarze Wolken zogen vorbei, ein bleicher Halbmond kam zum Vorschein und erhellte die Szenerie kurzzeitig in einem geisterhaften Licht.

Sie blickten durch die Gitterstäbe auf den dünnen Mann, der innerhalb des Käfigs kauerte und sich irritiert nach allen Seiten umsah.

»Kannst du mich hören, du dreckiger Abschaum?«, rief Nelu ihm mit drohender Stimme zu.

Unsicher drehte sich der Kopf des Mannes in alle Richtungen, aber er schien in der Dunkelheit seine Orientierung verloren zu haben.

»Die Tiere, die mit dir in diesem Käfig sind, haben deinen Gestank längst wahrgenommen, sie pirschen sich gerade leise und vorsichtig von allen Seiten an dich heran.

Sie werden näher kommen, immer näher und dich von allen Seiten umzingeln.«

»Hör auf mit dem Mist.« Die Stimme des Junkies klang heiser und panisch. Seine Augen waren weit aufgerissen, und hektisch versuchte er, irgendetwas im Dunkeln zu erkennen. »Lass mich hier raus, du scheiß Sadist.« Die Arme suchend vor seinen Körper gestreckt, tappte er in Richtung der Käfigtür. Er drückte sein Gesicht durch die Gitterstäbe und starrte abwechselnd von Nelu zu Jakob.

»Erst werden sie dich langsam anknabbern«, fuhr Nelu seelenruhig fort, »es wird nur zwicken und ziepen. Wenn du nach den Tieren schlägst und trittst, werden sie reagieren und anfangs zurückweichen, doch irgendwann werden sie erkennen, dass du nicht fortkannst. Dass ihre Beute bei ihnen gefangen ist, als hätte sie einer der Tierpfleger hineingeworfen.«

»Junge, das ist nicht witzig. Lass mich hier raus, ich hab dir nichts getan.« Der Mann rüttelte an den Gitterstäben. Immer wieder sah er sich nach allen Seiten um. Jakob zupfte sachte an Nelus Jackenärmel.

»Nelu, komm, wir haben unseren Spaß gehabt, lass ihn raus«, flüsterte er beschwörend.

Nelus Augen blitzten ihn im Dunkeln an. »Ich will sehen, wie er stirbt«, sagte er laut, und der Mann im Käfig fing an zu schwitzen, gleichzeitig zitterte er so stark, dass man das laute Klappern seiner Zähne hören konnte.

Nelu wandte sich interessiert dem Käfig zu.

»Irgendwann wird das erste Tier zubeißen. Es wird seine spitzen Zähne in dein mürbes Fleisch bohren und einen großen Fetzen aus dir herausreißen. Das wird das Zeichen für die anderen sein, und sie werden über dich herfallen. Habe ich schon erzählt, dass ich einmal angefangen habe, Biologie zu studieren? Das hier ist ein wirklich spannendes Experiment für mich. Schauen wir mal, wie lange du überleben wirst.«

Der Junkie sagte nichts mehr. Wieder verzogen sich die Wolken, und der Mond kam hervor. Große feuchte Flecken hatten sich auf der Innenseite der Hose des Mannes gebildet. Er hatte sich in die Hose gemacht. Er schlang die Arme um seinen Körper, wiegte sich hin und her und wimmerte leise. Noch einmal hob er den Kopf und sah Jakob an.

»Gebt mir wenigstens einen Schuss. Ich will wenigstens eine Spritze haben, bevor ich sterbe«, er bettelte Jakob an und legte den Kopf schief, »bitte.« Er stöhnte.

Die Ergebenheit, dieses Akzeptieren seines Schicksals, ekelte Jakob an und machten ihm gleichzeitig Angst. Was waren das für Tiere in dem Käfig? Er hatte von einer Schweineart gehört, die Menschen fraßen – oder waren es Raubtiere, die da drinnen um den Typen herumschlichen? Er konnte nichts erkennen. Das spärliche Mondlicht hatte sich wieder verflüchtigt.

»Du bekommst gar nichts von uns außer deinem verdienten Ende, und das wird nicht lustig sein, glaub mir«, zischte Nelu boshaft.

Der Mann sank weinend auf die Knie und vergrub den Kopf in seinen Händen. Wieder rüttelte Jakob an Nelus Schulter.

»Bitte, lass ihn da raus. Ehrlich. Ich will nicht sehen, wie der Typ bei lebendigem Leib gefressen wird«, sagte er eindringlich.

»Hör auf deinen Kumpel«, schluchzte der Mann.

Nelu schüttelte Jakobs Hand ab. »Du bist und bleibst ein echtes Weichei«, erklärte er grinsend.

Wie er in diesem Moment so freundlich und locker sein konnte, war Jakob schleierhaft. Nelu zuckte plötzlich zusammen. Er wies mit der Hand in Richtung Käfig. »Da«, schrie er, »da kommt eins von den Viechern.«

Aufgeregt starrte Jakob in die Dunkelheit, doch er konnte nichts sehen. Das Einzige, das er wahrnahm, war der Mann, der hektisch auf allen vieren durch den Käfig auf die Tür zukroch und erneut an den Gitterstäben rüttelte.

»Lasst mich hier raus«, schrie er, und seine Stimme überschlug sich. »Hilfe. So helft mir doch.« Seine Stimme hallte laut durch die Nacht. Tierstimmen, in weiter Ferne, antworteten ihm.

»Na gut«, entschied Nelu fröhlich und schloss die Tür auf. Bäuchlings robbte der Mann mit letzter Kraft aus dem Käfig und blieb regungslos, das Gesicht in der Erde vergraben, liegen. Sorgfältig verschloss Nelu die Tür, drehte sich um und trat dem Mann mit dem Absatz fest in die Seite. Der Mann regte sich nicht. Er schien unter Schock zu stehen.

»Komm, wir gehen«, beschloss Nelu und schlug pfeifend den Weg zurück ein.

Jakob starrte erschrocken auf den Mann am Boden. Er sah sich um. Von Nelu war nichts mehr zu sehen, die Dunkelheit hatte ihn längst verschluckt. Wieder nahm er die Laute der aufgeschreckten Tiere wahr.

Nein, alleine bleiben im Dunkeln mit diesem verstörten Junkie wollte er nicht. Wer weiß, was der Typ mit ihm machen würde, wenn er wieder zu sich kam.

Er versuchte, seinen zitternden Körper unter Kontrolle zu bringen und rannte in das schwarze Nichts vor ihm, um Nelu einzuholen. Er erreichte ihn erst kurz vor dem Eingangstor. Schweigend schlüpften sie hindurch. Nelu schloss ab und ließ den Schlüssel in seiner Jackentasche verschwinden. Eine Welle der Erleichterung überströmte Jakob bei dem Gedanken, diesen schrecklichen Ort endlich verlassen zu können.

»Du kommst jetzt mit zu mir. Ich zeige dir, wo ich wohne, und wir lassen die Nacht mit einem kräftigen Drink ausklingen, was meinst du?« Nelu wirkte äußerst gut gelaunt.

Jakob nickte.

»Der Typ, also dieser Junkie«, begann Jakob, als sie unterwegs waren.

»Was denn?«, brummte Nelu genervt.

Das Thema schien ihn nicht mehr zu interessieren.

»Also rauskommen aus dem Zoo kann er heute nicht mehr, oder?«, fragte Jakob.

»Wird sich schon irgendwo verkriechen, die Ratte. Wenn morgen früh die ersten Besucher kommen, wird das Tor geöffnet, dann kann er rauskriechen aus seinem Versteck. Wird einen kalten Entzug machen müssen heute Nacht. Vielleicht wird das so hart für ihn, dass er sich freiwillig über die Mauer in das Bärengehege stürzt. Das würde ich zu gerne sehen.« Er lachte gehässig.

»Eine Sache muss ich dich noch fragen, dann höre ich auf mit dem Thema«, Jakob zögerte, »was waren das für Tiere in dem Käfig bei ihm?«

Nelu zog die Augenbrauen nach oben und grinste. Er blieb stehen und sah Jakob an.

»Was meinst du wohl? Der Käfig war leer, du Depp. Ich bin schließlich kein Mörder. Alleine seine Fantasie hätte ihn fast gekillt.«

Er lief weiter. Jakob folgte ihm mit offenem Mund und wusste nicht, was er denken sollte. In seinem Kopf war ein großes, weißes Loch.

KAPITEL 22 – JAKOB

Sie liefen durch eine Gegend, in der Jakob zuvor noch nie gewesen war. Er wurde unruhig, als sie sich dem Phoenix-See näherten, doch geschickt umkreiste Nelu den See, sodass sie nicht in seine Nähe kamen. Hier sollte einmal ein neuer Wohnraum für die Schönen und Reichen entstehen. Noch säumten verlassene Baugrundstücke die Straße, die aus Schlaglöchern und marodem Asphalt bestand. Halb hochgezogene Hochhäuser thronten wartend und nutzlos in der öden Landschaft. Löcher, die einmal Fenster werden sollten, glotzten schwarz und blind auf sie herunter. Sie waren in einer Geisterstadt gelandet. Einer der Bauunternehmer hatte bei Proben festgestellt, dass der Boden auf diesem Gelände mit giftigen, möglicherweise krebserregenden Schwermetallen belastet war. Sofortiger Baustopp war das Resultat. Jetzt bewegte sich hier, außer den im Wind flatternden Abdeckplanen, nichts mehr.

Sie liefen an Baggern, verlassenen Bauwagen und Dixi-Klos vorbei, an Reklametafeln, die für den Kauf eines der schicken Lofts warben, die hier einmal, mit Sicht auf den künstlich angelegten See, entstehen sollten. Der Wind pfiff um die Ecken der maroden Gebäude. Es klang wie eine Warnung. Jakob zog den Kragen seiner Jacke höher und stapfte hinter Nelu über Schutt und Steine auf eine der größten Bauruinen zu. Das Gebäude sah äußerlich fast fertig gestellt aus und war in einem durchdringenden Weiß gestrichen, das in der Dunkelheit zu leuchten schien. Sie schoben eine schmutzige Plastikplane zur Seite und schlüpften durch ein quadratisches Loch in der Hauswand, ins Innere des Gebäudes.

»Willkommen in meinem Loft«, grinste Nelu und sprang in großen Sätzen vor Jakob eine baufällige Treppe hinauf.

Sie befanden sich in einer Welt, bestehend aus rohem Beton. Es roch streng nach Staub und feuchtem Mörtel. Sie stiegen die krummen Treppenstufen hinauf bis ganz nach oben. Nelu führte Jakob in einen riesigen kahlen Raum. Kabel hingen aus der Decke, der Boden und die Wände waren unverputzt. Ganz hinten, in einer Ecke auf dem Boden lagen ein zusammengeknüllter Schlafsack und mehrere Wolldecken, daneben stand ein altmodischer Koffer, auf dem eine einzelne Kerze thronte, die in einer leeren Bierflasche steckte. Nelu breitete die Arme aus und drehte sich einmal um sich selbst.

»Willkommen in meiner bescheidenen Hütte.« Seine Stimme schallte durch den leeren Raum.

Jakob schluckte. In seinem Kopf wirbelten Bilder aus dem Zoo. Noch immer hallten das Schreien der Tiere und das Wimmern des Junkies in seinen Ohren. An der gesamten Wandseite sollten einmal Fenster entstehen. Er trat zu einer der verdeckten Öffnungen, schob die Plane, die davorhing, zur Seite und sah hinaus. Es war ein großartiger Anblick. Er konnte die gesamte Stadt überblicken, mit all ihren blinkenden, sich bewegenden Lichtern.

»Das ist meine Stadt, und ich bin ihr König«, murmelte Nelu verträumt, der neben ihn getreten war.

»Schön«, flüsterte Jakob heiser.

»Hey, ich hab dir was zu trinken versprochen. Ich bin echt ein miserabler Gastgeber.« Nelu begab sich in die gegenüberliegende Ecke des Raumes und begann, in dem überdimensionalen Koffer zu wühlen. Er zog zwei Bierdosen hervor und ließ sich auf dem Schlafsack nieder. »Was anderes habe ich leider nicht.« Er runzelte die Stirn, klopfte dann mit der Hand auf den Boden und Jakob setzte sich neben ihn.

Es zischte, als sie die Verschlüsse der zu warmen Dosen aufrissen. Es zog, und auch hier oben fegte der Wind durch die Ecken und heulte seine sentimentalen Lieder.

Jakob räusperte sich und versuchte, den Kloß in seinem Hals hinunterzuschlucken. »Und hier schläfst du jede Nacht?«, fragte er vorsichtig.

»Manchmal. Oder ich schlafe bei Monika oder Gisela oder ich reiße eine heiße Braut auf und gehe mit ihr nach Hause. Wie es gerade passt. Hier bin ich nur, wenn alle anderen mir auf die Nerven gehen und ich allein sein will. Das hier ist mein Rückzugsort. Ich hoffe nur, dass der Baustopp lange anhalten wird.« Nelus Blick wanderte durch den Raum. »Das wird einmal eine richtig geile Bude werden. Ich sehe es direkt vor mir. Nimm mal deine ganze Vorstellungskraft zusammen und schau dir den Raum so an, wie ich ihn sehe. Das Zimmer wird modern sein, nicht vollgestellt, sondern mit Luft zum Atmen und genug Platz, um sich zu bewegen. Schau dir die hohen Decken an. Ideal für geile Kunstwerke an den Wänden. Im Keller ein Schwimmbad mit Sauna und Fitnesscenter.« Er lächelte versonnen.

Jakob nickte. Ihre Blicke trafen sich.

»Ich zeig dir was«, entschied Nelu und wirkte plötzlich aufgeregt.

Behände sprang er auf die Beine und joggte lässig auf die Betonsäule zu, die als Träger den Mittelpunkt des Raumes einnahm. Er kniete sich vor die Säule und begann konzentriert, mit den Fingerknöcheln an die Mauersteine zu klopfen. Sein Gesicht hellte sich auf, als er gefunden hatte, wonach er suchte. Er griff mit beiden Händen zu und zog einen lockeren Ziegelstein aus dem Mauerwerk.

Jakob konnte von seinem Platz aus nicht sehen, was Nelu tat, also rappelte er sich schwerfällig auf und machte ein paar unsichere Schritte in seine Richtung. In der Säule befand sich ein Hohlraum. Nelu zog einen Umschlag aus fester Pappe aus dem entstandenen Loch. Triumphierend drehte er sich zu Jakob um. Er öffnete den Umschlag und holte vier Pässe hervor. »Schau mal«, er drückte Jakob die Pässe in die Hand.

Zögernd begann Jakob zu blättern.

»Das ist heftig«, stieß er hervor und wurde vor Aufregung ganz rot im Gesicht. »Das ist ja wie im Kino, Alter. Überall dein Foto mit verschiedenen Namen und Geburtsdaten. Das sind gefälschte Pässe.«

»Jakob, wie weise du bist. Ein echter Fuchs.« Behaglich lehnte sich Nelu an die kalte Betonwand.

»Wo hast du die her?«

Spöttisch musterte Nelu ihn.

»Das werde ich dir bestimmt nicht verraten. Aber wenn es hart auf hart kommt, dann findet mich niemand mehr. Ich habe genug Schätze, um mich ganz einfach in Luft aufzulösen.« Er nahm ihm die Pässe aus der Hand, steckte sie zurück in den Umschlag, verstaute diesen wieder in dem Versteck in der Wand und schob sorgfältig den Stein zurück an seinen Platz. »Alles, was ich besitze, ist hier versteckt.« Liebevoll streichelte Nelu über die Betonsäule.

Sie hatten das Bier ausgetrunken, und Nelu wurde unruhig. »Machen wir noch einen drauf heute und gehen zurück in die Stadt?«

Jakob druckste herum. »Weiß nicht. Ein anderes Mal. Ich bin müde. Ich glaube, ich gehe besser zur U-Bahn und fahre nach Hause.«

Nelu antwortete nicht. Stumm beobachtete er, wie Jakob aufstand und seine Jacke zurechtrückte.

»Sei nicht sauer«, begann Jakob, doch Nelu unterbrach ihn.

»Alles gut, Weichei. Wenn du mit mir keine Party machen willst, dann geh lieber schnell heim zu Mama.«

Wieder herrschte ein unangenehmes Schweigen. Jakob hatte genug für heute. Er fühlte sich ausgelaugt und nicht mehr aufnahmebereit. »Tschüss«, krächzte er, »ich melde mich morgen.«

Er bekam keine Antwort, und Nelus kalter Blick verfolgte ihn, bis er durch den Ausgang ins Treppenhaus verschwunden war. Im Dunkeln tastete er sich die Treppe hinunter. Ohne zurückzusehen, hastete er über die Baustelle. An einer Bude, die 24 Stunden geöffnet hatte, besorgte er sich ein Bier. Als er in der U-Bahn-Station hockte und auf die Bahn wartete, verschwand das bedrückende Gefühl, das wie ein Stein auf ihm gelegen hatte und immer schwerer geworden war. Er dachte an den Mann im Zoo, er dachte an die 13-jährigen Mädchen, die für Nelu anschafften, an Monika, die von ihm ausgenommen wurde und an das nette Mädchen aus dem Gemüseladen. Die Gedanken rasten durch seinen Kopf, und eigentlich, stellte er fest, war er noch gar nicht richtig müde.

Ohne darüber nachzudenken, zog es ihn, nachdem er am Hauptbahnhof ausgestiegen war, zum Nordmarkt.

Als er die Tür zu Gustavs Eckkneipe aufstieß, fühlte er sein Herz vor Freude klopfen. Es kam ihm vor, als wäre er ein halbes Jahrhundert nicht mehr dort gewesen, inzwischen hielt er sich nur noch in angesagten Klubs und Restaurants auf.

Als er sich zur Theke durchgedrängelt hatte, Gustav ihn freudig begrüßte, in lautes Husten ausbrach und ihm eifrig ein Bier und ein Korn vor die Nase stellte, hatte er fast das Gefühl, als würde er nach einer langen Reise nach Hause kommen. Er freute sich sogar, den blauen Heinz wiederzutreffen, der sich erst ungläubig seine geröteten Augen rieb und ihn dann debil anstrahlte, als wäre sein verloren gegangener Sohn endlich heimgekehrt.

Es war schön, endlich in Ruhe, ohne Aufregung und ohne Erwartungen an ihn ein Bier zu kippen und einfach die Zeit vergehen zu lassen.

Er hatte das vermisst, stellte er überrascht fest, und seit sehr langer Zeit hörte er auf, an Nelu zu denken.

Die Schlager aus der Musikbox dudelten beruhigend wie Kinderlieder. Der Zigarettenrauch und die Wärme der Kneipe hüllten ihn ein wie eine weiche Wolldecke. Zufrieden trottete er am frühen Morgen nach Hause.

Er hatte nicht mit Konsequenzen gerechnet.

Die nächsten vier Tage war Nelu nicht erreichbar. Jakob hinterließ Nachrichten auf seiner Mailbox und bettelte vergebens um einen Rückruf. Die Leitung blieb stumm. Die Unruhe breitete sich wie ein Virus in Jakob aus.

Es war der vierte Tag ohne ein Lebenszeichen von Nelu, und Jakob beschloss, ihn zu suchen.

Er durchstreifte die Stadt und suchte ihre Lieblingsplätze auf. Als er die Münsterstraße entlanglief, um Alis Dönerbude aufzusuchen, entdeckte er ihn von Weitem. Zwei Typen, die Jakob nicht kannte, saßen an einem Tisch vor Alis Laden, und Nelu stand energisch gestikulierend vor ihnen. Als Jakob näher kam, erklang Nelus rauchiges Lachen.

Jakobs Herz begann schneller zu schlagen. Er näherte sich, doch wurde scheinbar nicht bemerkt. Nelu erzählte den zwei Männern irgendeine Anekdote von einer Frau, die er abgeschleppt hatte.

Jakob wartete geduldig und ließ ihn reden. Die beiden sitzenden Männer schauten ihn ab und zu irritiert an.

Als Nelu seinen Wortschwall endlich beendet hatte und innehielt, räusperte sich Jakob. Nelu wandte seinen Kopf zu ihm, doch er sah durch ihn hindurch, als wäre er aus Glas.

»Hi«, sagte Jakob und lächelte dümmlich.

Nelu runzelte die Stirn und sah ihn an, als würde er ihn nicht kennen. Ein stechender Schmerz fuhr durch Jakobs Herz.

»Na, alles klar?«, fragte Nelu schließlich gelangweilt.

Es war deutlich zu erkennen, dass er an einer Antwort nicht interessiert war.

»Ich habe versucht, dich zu erreichen«, nuschelte Jakob.

»Sicher, Schwuli.« Nelu lächelte böse, und die Männer lachten. Etwas in Jakob zerbrach. Er versuchte, Nelus Blick aufzufangen, doch er sah ins Leere. Nichts Vertrautes war mehr da.

»Sonst noch was?« Nelus Stimme klang plötzlich bedrohlich, und er machte einen Schritt auf Jakob zu.

Jakob schüttelte den Kopf. Die Welt verschwamm vor seinen Augen. Bloß nicht anfangen zu heulen, dachte er, bloß nicht heulen.

Er drehte sich um und ging. Er lief blind die Straße entlang, ohne zu wissen, wohin. Als er den nahe gelegenen Keuning-Park erreichte, gaben seine Knie unter ihm nach.

Sein Magen rumorte. Er lehnte sich gegen das Mauerwerk des Nordbades und rutschte nach unten. Dort kauerte er und vergrub seinen Kopf zwischen den Beinen.

Es war ihm egal, was die Passanten über ihn dachten. Sollten sie ihn doch für einen hilflosen Penner halten. In diesem Park gehörte ein Anblick wie seiner zur Normalität. Lange saß er einfach nur da mit geschlossenen Augen und fühlte die Einsamkeit, die ihn von innen langsam und genüsslich auffraß.

Als er die Berührung an seinem Arm spürte und aufgeschreckt hochschaute, war es dunkel geworden. Nelu stand vor ihm und sah spöttisch von oben auf ihn herunter.

»Na, du Penner, wartest du immer noch auf mich? Ich dachte, du hängst lieber mit alten Säcken in asozialen Nordstadtkneipen ab.«

Jakob fragte sich einen kurzen Augenblick, woher Nelu wissen konnte, dass er bei Gustav gewesen war. Er versuchte sich zu sammeln. »Warum gehst du nicht an dein Telefon? Warum behandelst du mich wie einen Fremden? Was habe ich dir getan? Ich dachte, wir wären Freunde«, stieß er hervor.

»Ich habe keine Freunde«, erklärte Nelu ernst, »ich dachte, das wäre dir klar.«

Jakob sah von unten zu ihm hinauf. Nelu lachte plötzlich. »Jetzt steh endlich auf. Du siehst echt scheiße aus von hier oben.« Er griff nach seiner Hand und zog ihn hoch. »Du kannst etwas für mich tun«, sagte er.

Jakob nickte wie wild.

»Schlag diese Scheißneger da vorne zusammen. Die lungern den ganzen Tag auf der Bank rum. Ich kann diese Affen nicht mehr sehen. Sie stören mich.«

Jakob folgte seinem Blick. Drei Afrikaner saßen auf einer Bank und unterhielten sich.

»Hier? Mitten im Park?« Jakob zögerte.

Zornig verzog Nelu sein Gesicht. »Ich habe gesagt, du sollst denen eins auf die Fresse hauen. Die Bullen machen einen großen Bogen um die Nordstadt, falls du es noch nicht bemerkt haben solltest, und eingreifen wird hier sowieso niemand. Die Leute werden höchstens stehen bleiben, glotzen oder mit ihren Handys filmen. Die freuen sich, wenn ein bisschen was los ist auf der Straße. Geh schon oder du hast mich heute zum letzten Mal gesehen.«

Jakob richtete sich auf, schaltete seinen Kopf aus, ballte seine Fäuste und ging auf die Bank zu.

KAPITEL 23 – TIM

Die Pausenmusik von »Warriors of Darkness« erfüllte mit ihrem dramatischen Sound Königs Herz, als er glücklich in die Küche schlurfte, um eine neue Kanne Tee aufzusetzen.

Zufrieden und in Ruhe schälte er ein Stück Ingwer und zerschnitt es sorgfältig in kleine Stücke. Er zerhackte mit dem Messer einen Zweig frische Minze, die er im türkischen Supermarkt in der Nähe der Wache Nord erworben hatte. Er warf alles in die bauchige Teekanne. Jutta rieb sich maunzend an seinem Bein. »Nein, Süße. Das ist keine Mahlzeit für dich. Papa kocht sich nur einen Tee. Essen tun wir später, und zwar gemeinsam.«

Jutta blickte vorwurfsvoll zu ihm nach oben, akzeptierte aber seine Erklärung und scherte sich mit hocherhobenem Kopf zurück auf ihren Platz neben dem Computermonitor, wo sie sich ein paar Mal drehte und schnurrend niederließ. Sie genoss Königs neuen Krankenschein, genauso wie er selbst.

Es war nicht einfach gewesen dieses Mal.

Obwohl König als Beamter natürlich das Privileg einer privaten Krankenversicherung genoss, hatte sich Dr. Otto dieses Mal wirklich angestellt. Wie immer hatte König über einen schrecklichen Magendarmvirus geklagt. Das hatte bisher immer gut funktioniert, doch auch wenn Dr. Otto schon die letzten Male darauf verzichtet hatte, seinen Magen abzutasten, sondern die Selbstdiagnose von König lustlos und mit frustriertem Gesichtsausdruck einfach akzeptiert und seine Unterschrift auf dem Attest abgeliefert hatte, schien er beim letzten Arztbesuch wirklich auf Krawall gebürstet zu sein. Vielleicht hätte König, seiner Glaubwürdigkeit zuliebe, darauf verzichten sollen, kurz vor der Visite einen Döner bei Ali zu essen. Er hatte nach Knoblauch gestunken, und sein Bauch hatte sich verdammt rund und wohl angefühlt, als er lautstark über Magenschmerzen geklagt hatte. Mit hochgezogenen Augenbrauen hatte Dr. Otto ihn angesehen und dreist gefragt, ob mit seinem Job und seiner Psyche denn alles in Ordnung wäre.

Was für eine Frechheit. Vielleicht sollte er den Arzt wechseln oder aber demnächst einen auf psychische Störung machen. Das würde ihm nicht schwerfallen. So realitätsfern wie er sich verhielt, seitdem Corinna weg war, würde jeder Arzt ihm bestätigen, dass es ihm seelisch nicht gut ging.

Vielleicht brauchte er einfach etwas Zeit für sich, beruhigte sich König, er war für die nächsten vier Tage krankgeschrieben worden, das nächste Level von »Warriors of Darkness« lag vor ihm, und er hatte genug Lebensmittel im Haus, um die Wohnung nicht verlassen zu müssen. Es gab keinen Grund, sich mit trüben Gedanken zu beschäftigen.

Der Tee war fertig. Er schenkte sich eine Tasse ein und ging zurück ins Wohnzimmer zu seinem Computer. Er hatte sich gerade hingesetzt, als das Telefon läutete.

»Fuck«, schimpfte er lauthals, und Jutta zuckte erschrocken zusammen.

Er hätte es gerne einfach läuten lassen, aber dazu war er zu pflichtbewusst. Ergeben stand er auf und nahm den Hörer ab. »Mmh«, grunzte er unfreundlich.

»König, bist du es?«, flüsterte eine atemlose Stimme in sein Ohr.

»Natürlich, wer soll es denn sonst sein?«

»Ich bin es, Dressler. Du musst sofort kommen. Wir, also Markowski und ich, wir haben ein Problem.«

Dieser schreckliche Schleimer Dressler. Woher zum Teufel hatte er seine Telefonnummer? König räusperte sich.

»Du weißt schon, dass ich krank bin, oder?«

Eine kurze Pause entstand.

»König, jeder weiß, dass du nicht wirklich krank bist. Das spielt auch keine Rolle.« Dressler zögerte. »Markowski hat Scheiße gebaut. Du musst kommen und uns helfen.«

König drehte sich zu Jutta, die ihn aus halb geschlossenen Augen beobachtete, und tippte sich mit dem Zeigefinger an die Stirn. »Markowski baut immer Scheiße. Hat er von dem Alten seiner verrückten, reichen Affäre eins auf die Schnauze gekriegt – oder was hat er diesmal angestellt?«

»Hier ist überall Blut.« Dressler klang hektisch. »Der Junge liegt vor mir auf dem Boden. Markowski ist ausgerastet. Er ist mit dem Schlagstock auf ihn losgegangen. Er wollte eigentlich die Flüchtlinge retten, die der Junge verprügelt hat, sieht gut aus in der Presse und so, aber jetzt liegt der Junge da und scheiße, Mann, ich glaube, der stirbt uns weg.«

König verstand nur die Hälfte von Dresslers wirrem Gestammel. »Warum ruft ihr nicht einen Krankenwagen?«, fragte er ruhig.

»Da war ein Typ, ganz in Schwarz gekleidet, der hat alles gesehen. Ich glaube, er hat sogar mit seinem Handy gefilmt, als Markowski die Kontrolle verloren hat. Wir brauchen dich als Zeugen. Du musst aussagen, dass nichts weiter geschehen und der Junge aufgestanden und gegangen ist. Aber irgendwie müssen wir ihn trotzdem ins Krankenhaus bringen, glaube ich. Bitte komm vorbei. Ich schaff das nicht alleine. Ich weiß nicht, was ich tun soll. Markowski ist völlig weggetreten.« Dressler klang verzweifelt.

Sehnsüchtig blickte König in Richtung seines Computers, dann riss er sich zusammen. »Ok, ich komme. Haltet durch«, sagte er heldenhaft.

Er war die fleischgewordene Version von Mr. Maboe aus »Warriors of Darkness«. »Wo seid ihr?«

»Im Keuning-Park in der Nähe des Nordbades. Bitte beeil dich«, flehte Dressler.

König legte auf.

Langsam schälte er sich aus seinem Schlafanzug und dem Bademantel, den er getragen hatte, und zog sich Jeans und Pullover über. Er wurde gebraucht. Seine Kollegen hatten ihn um Hilfe gebeten. Das war noch nie vorgekommen. Mit den Fingern versuchte er erfolglos, sein verstrubbeltes Haar zu glätten. Er konnte machen, was er wollte. Er sah immer so aus, als wäre er direkt aus dem Bett aufgestanden. Er löschte das Licht und verabschiedete sich von Jutta, die ihn misstrauisch aus ihren grünen Augen ansah und die getigerte Stirn in Falten zog, als hätte er nicht alle Tassen im Schrank.

»Bis bald, Babe«, wisperte König ihr verschwörerisch zu, sprintete die Treppen hinunter und schwang sich auf sein Rad. Er trat kräftig in die Pedale und ließ sich die Möllerbrücke hinunter in die Nordstadt rollen. Es war angenehm, sich zu bewegen, nachdem er den ganzen Tag vor dem Computer gehangen und Zombies gekillt hatte.

Er sah den Polizeiwagen von Weitem auf dem Vorplatz des Kinos stehen und schloss sein Rad an einen nahe gelegenen Laternenpfahl an. Mühsam wehrte er zwei schnorrende Bettler ab, die ihn umringten, und schlenderte skeptisch Richtung Park. Er hasste diese verkümmerte Grünanlage, die hinter dem Nordausgang des Hauptbahnhofes lag. Dieser Park strahlte etwas Gefährliches aus. Im Dunkeln sollte man besser einen großen Bogen um diese Gegend schlagen.

Er konnte seine Kollegen nicht entdecken. Ihm

schwante, dass sie sich vielleicht nur einen dummen Scherz mit ihm erlaubt hatten, und Wut loderte in ihm auf. Schließlich erblickte er sie im Schatten des Nordbades. Es war ein Wunder, dass das kleine Hallenbad sich in dieser Gegend halten konnte. Für die Kinder der Nordstadt war es ein großes Glück.

Dressler stapfte hilflos auf und ab. Er schlug sich immer wieder mit der flachen Hand gegen die Stirn. Es wirkte autistisch, wie er immer die gleichen Runden drehte und von einer Ecke zur anderen lief. Markowski lehnte leichenblass und reglos an der Hauswand.

Eigentlich hatte König plötzlich gar keine Lust, sich ihnen zu nähern. Er könnte sich genauso gut einfach umdrehen und in seine gemütliche Wohnung zurückkehren. Doch sein eiserner Wille trieb ihn voran, und er ging vorwärts.

Dressler stiegen die Tränen in die Augen, als er ihn auf sich zukommen sah. Er streckte die Arme nach König aus, als wolle er ihn umarmen, und stieß ein hilfloses Wimmern aus. Es sah aus, als würde er nach einer langen Zeit seine Geliebte sehnsüchtig in die Arme schließen wollen.

Als König schließlich vor ihm stand und ihn streng ansah, ließ er peinlich berührt die Arme sinken und presste sie fest an seinen Körper.

»Also, was treibt ihr hier?«, herrschte König ihn an, der langsam genug von dem Theater hatte.

»Nun, wir sind durch die Nordstadt gefahren und haben einen kurzen Abstecher zum Nordbad im Keuning-Park gemacht. Du weißt ja selbst, was in diesem Park so los ist«, begann Dressler stockend, »da war dieser Typ, der auf drei Schwarze, wahrscheinlich irgendwelche Flüchtlinge aus Eritrea, losgegangen ist. Ich schwöre, so eine Wut habe ich niemals zuvor gesehen. Der Typ war wie ausgeblendet, eine reine Kampfmaschine.« Er atmete heftig. »Der hat angefangen, sie mühelos zu Brei zu schlagen. Sattler hat bei der letzten Dienstbesprechung gepredigt, wir sollen uns mehr einmischen. Da ist Markowski aus dem Wagen gesprungen und dazwischengegangen. Aber wie. Er hat von hinten mit seinem Schlagstock auf den Typen eingedroschen, als wäre er ein Sandsack. Die Schwarzen haben komisch geguckt und sind abgehauen, doch Markowski hat weitergemacht. Immer drauf. Gib ihm, du weißt schon.« Er musste kurz innehalten und keuchte eine Weile vor sich hin. »Ein anderer Typ stand die ganze Zeit auf der anderen Seite des Parks, schien sich köstlich zu amüsieren und hat alles mit seinem Handy gefilmt. Irgendwann ist er abgehauen, als dem Typen, den Markowski bearbeitet hat, nicht mehr zu helfen war. Es ging alles ganz schnell, ich war so perplex, dass ich gar nicht reagieren konnte, und jetzt liegt er da.« Erschöpft wies Dressler mit der Hand zu Markowskis bewegungsloser Gestalt.

König folgte mit den Augen seiner Handbewegung.

Der Mann am Boden, vor Markowskis Füßen, sah schlimm aus. Sein Unterkiefer ragte seltsam verrenkt aus seinem Gesicht hervor. Da schien definitiv etwas gebrochen zu sein. Blut floss aus seinem Mund über sein Gesicht. Der Mann kam König vage bekannt vor, doch ihm fiel nicht ein, wo er ihn schon einmal gesehen haben könnte. Es konnte nur einer dieser Kleinkriminellen sein, die sie immer wieder festnahmen, tippte er. Einer dieser Langzeitbekannten auf dem Polizeirevier.

»Seid ihr bescheuert?«, schrie er Markowski an, der noch immer fassungslos an der Hausmauer lehnte.

Wie ein kleiner Hund kam Dressler unterwürfig an

seine Seite geschlichen und hechelte. Er schloss sich immer dem an, der das Sagen hatte. Das lag in seiner Natur. »Also«, piepste er mit seiner hellen Stimme, »der Plan ist folgender. Du hast einen kleinen Spaziergang gemacht. Selbst, wenn man krank ist, muss man sich ja mal die Beine vertreten, man kann schließlich nicht ewig im Bett liegen. Du hast ja Rücken.«

»Komm auf den Punkt, verdammt noch mal.«

»Durch einen Zufall hast du gesehen, wie dieser Typ auf Markowski einschlagen wollte und ihn bedroht hat, nachdem Markowski unter Einsatz seines Lebens die Flüchtlinge gerettet hat. Markowski hat ihm mit dem Schlagstock ganz sanft eins auf die Rübe gegeben, dann ist der Mann kerngesund davongelaufen.« Um Anerkennung bettelnd, glotzte er zu König empor.

»Ich denke, der andere Mann in Schwarz hat alles aus der Nähe gefilmt«, entgegnete König genervt.

Markowski war zu sich gekommen und mischte sich ein. Seine Augen hatten einen gefährlichen Glanz, so als würde er unter Drogen stehen. »Den finden wir und nehmen ihm sein Handy ab, darauf kannst du dich verlassen. Wir werden Streife fahren wie noch nie zuvor. Unsere Augen werden überall sein.«

König griff sich mit der Hand an die Stirn. Ein heftiger Migräneanfall kündigte sich an. Immerhin, es war das erste Mal, dass er von seinen Kollegen ernst genommen wurde. »Also, was machen wir mit ihm?«

»Wir schmeißen ihn in den Streifenwagen und legen ihn vor der Notaufnahme ab«, begann Dressler eifrig, doch Markowski schnitt ihm das Wort ab.

»Das ist Unsinn. Viel zu riskant. Wir lassen ihn liegen. Irgendjemand wird ihn schon finden.«

»Nein«, König brauchte nicht lange zu überlegen, »der Mann stirbt, wenn er nicht bald ins Krankenhaus kommt.«

Er sah sich um. »Es ist der letzte Dreck, dass es keine Telefonzellen mehr gibt heutzutage. Jeder beschissene Anruf von einem Handy ist nachverfolgbar, selbst mit unterdrückter Nummer. Wir können keinen Krankenwagen rufen.« Er fluchte leise vor sich hin. »Dressler hat recht, wir legen ihn vor dem Krankenhaus ab«, entschied er.

Es kamen keine Widerworte. Markowski und Dressler schienen heilfroh, dass endlich jemand die Initiative ergriff und Entscheidungen fällte. Sie hievten den bewusstlosen Mann in den Streifenwagen. Dressler saß am Steuer.

Als König sich nach dem Mann auf der Rückbank umdrehte, fiel ihm ein, woher er ihn kannte. Erst vor ein paar Monaten hatten sie ihn nach dem Fußballspiel mitgenommen und in die Ausnüchterungszelle gesperrt. Der Mann, der eine so große Traurigkeit ausgestrahlt hatte, schien nicht viel Glück zu haben im Leben.

Als sie in die Nähe des Klinikums Dortmund Mitte, mit seinem gläsernen, futuristisch wirkenden Vorbau kamen, schalteten sie die Scheinwerfer aus und parkten wie Kriminelle im Schatten der gegenüberliegenden Häuser auf dem Gehweg. Unbemerkt hoben sie den Mann aus dem Wagen und schleiften ihn ein Stück weiter den Bordstein entlang. Morgen früh würde eine Menge Fußgänger hier entlanglaufen und an den hübschen, kleinen Geschäften entlangflanieren, die quasi über den Mann stolpern würde. König spürte den Knoten in seinem Magen, der sich zuzog, als sie den Verletzten auf dem Asphalt liegen ließen und sich entfernten.

Was zum Teufel tat er eigentlich?

Das war unterlassene Hilfeleistung. Innerlich betete er, dass der Mann bald entdeckt und ihm geholfen werden würde. Markowski und Dressler wirkten wie von einer Last befreit. Sie schienen sich keinerlei Gedanken über mögliche Konsequenzen zu machen.

Wieder im Streifenwagen johlten sie auf wie kleine Jungs, die eine Mutprobe bestanden hatten. Sie gaben sich ein High five nach dem anderen und grölten vor Lachen.

König ließ sich erschöpft in den Sitz fallen. Er wollte nur noch nach Hause. Diese absurde Welt war zu viel für ihn. »König«, schrie Dressler in sein Ohr, »heute gebe ich eine Runde aus. Du wirst endlich mal einen drauf machen mit uns. Das ist schließlich so üblich bei uns im schönen Ruhrgebiet. Gib Gas, Markowski. Wir fahren zu Gustav.«

König spürte Markowskis Hand, die wohlwollend auf seiner Schulter ruhte.

»Junge«, flüsterte er freundschaftlich, »hätte nicht gedacht, dass du so gut drauf bist.«

König schloss die Augen.

Willkommen im Klub, dachte er mit gemischten Gefühlen, jetzt bist du angekommen.

Der Streifenwagen nahm Fahrt auf und fuhr durch die ungemütliche Septembernacht in Richtung Gustavs Eckkneipe.

KAPITEL 24 – JAKOB

Langsam hatte er sich an den Schmerz gewöhnt. Er hatte sich daran gewöhnt, morgens in dem harten Stoff des wie aus Beton gemeißelten Krankenhausnachthemdes aufzuwachen, die starren Augen von Ärzten und Krankenschwestern vor sich, die ihn gelangweilt fragten, wie es ihm gehe. Eine Antwort erwarteten sie nicht, da er mit seinem gebrochenen Unterkiefer kein Wort sprechen konnte. Er war der perfekte Insasse eines Krankenhauses. Einer, der nicht sprechen und keinerlei Forderungen stellen konnte. Nach drei Tagen in diesem sterilen Gefängnis hatte er sich an den metallischen Geschmack der Klammern und Titanplatten in seinem Mund, die seinen Kiefer zusammenhielten, gewöhnt. Heute Morgen, am dritten Tag seines Aufenthaltes, hatte er die drei Krankenschwestern, die abwechselnd ihre Tag- und Nachtschichten absolvierten, glücklich gemacht. Sie hatten sich alle drei zusammengefunden, um zuzusehen, wie er eine widerliche grüne Pampe durch einen Strohhalm in sich hineinsog. Schwester Katrin klatschte in die Hände.

»Wer unseren Grünkohl-Smoothie zu sich nehmen kann, ist auf dem Weg der Besserung«, stellte sie befriedigt fest, und sie ließen ihn endlich in Ruhe.

Jakob starrte an die Zimmerdecke.

Mutter hatte im Krankenhaus angerufen, sich nach seinem Befinden erkundigt und viele Grüße an ihn ausrichten lassen. Sie war nicht in der Lage, ihn zu besuchen. Das Klinikum Mitte lag zu weit entfernt von ihrer Wohnung. Einzig der vertraute Weg zur Pauluskirche und zum Supermarkt war für sie zu bewältigen. Selbst wenn er im Klinikum Nord gelandet wäre, das sich in der Nähe ihres Wohnhauses befand, hätte sie den Weg ganz sicher nicht angetreten. Sich in einer unbekannten Gegend zu bewegen, jagte ihr Angst ein. Nur zu Hause, versunken in Erinnerungen an bessere Zeiten und berieselt vom Fernsehprogramm, fühlte sie sich sicher. Der heftige Anflug von Mitleid mit ihr erzeugte ein brennendes Ziehen in seiner Brust. Jakob grübelte weiter vor sich hin. Nelu hatte sich in Luft aufgelöst und war wie vom Erdboden verschwunden. Immer noch wusste Jakob nicht genau, was passiert war. Er war auf die Afrikaner zugegangen, zu allem bereit. Der dicke Polizist war plötzlich aufgetaucht und hatte angefangen, wie ein Geisteskranker auf ihn einzuprügeln. Da war ein entsetzlicher Schmerz gewesen, ein Schleier hatte sich vor Jakobs Augen gelegt. Er war erst wieder zu sich gekommen, als er in den Operationssaal geschoben wurde.

Der Arzt hatte ihm später erklärt, dass man ihn in der Nähe der Klinik auf dem Gehweg gefunden hatte.

Jakob war es ein Rätsel, wie er dorthin gekommen sein sollte. Es war nicht der erste Filmriss, den er erlebte, dennoch fühlte er sich seltsam verwirrt. Ein schmerzhafter Stich fuhr durch sein Herz, wenn er daran dachte, dass Nelu ihm nicht geholfen hatte und sich auch jetzt nicht blicken ließ. Frustriert drehte sich Jakob auf die Seite und versuchte, möglichst schmerzlos seinen Kopf auf das Kissen zu betten, was mit den Klammern, die seinen Kiefer fixierten, fast unmöglich war. Er schlief wieder ein. Die ganze nächste Woche sollte er in der Klinik bleiben, hatte man ihm gesagt, und er arbeitete daran, die meiste Zeit seines Aufenthaltes zu verschlafen, was ihm bisher mit Hilfe der Medikamente recht gut geglückt war.

Mitten in der Nacht wurde er von einem klirrenden Geräusch geweckt. Er zog sich die Decke über den Kopf und hielt die Augen fest verschlossen. Im Krankenhaus war es normal, zu jeder Tages- und Nachtzeit von ungewohnten Geräuschen geweckt zu werden.

Da war es wieder. Es kam aus der Richtung des Fensters.

Jakob schlug die Decke zur Seite, umschloss mit der Hand den Tropf, der mit seinem Arm verbunden war, und zog ihn mit sich, als er sich dem Fenster näherte. Es war dunkel draußen, doch in der fahlen Außenbeleuchtung der Klinik konnte er Nelu erkennen, der ihm von unten zuwinkte. Er riss das Fenster auf. »Was machst du hier?«, nuschelte er entgeistert nach unten. »Besuchszeit«, rief Nelu vergnügt.

Er begann, über die Balustrade nach oben zu klettern. Jakobs Zimmer befand sich im dritten Stock.

»Bist du blöd, Mann? Lass das. Das ist zu gefährlich.« Die Worte kamen nur undeutlich aus seinem Mund.

Seit drei Tagen hatte er nicht gesprochen, und es fiel ihm schwer, mit seinem zusammengetackerten Kiefer überhaupt einen verständlichen Satz über die Lippen zu bringen.

Nelu hangelte sich weiter nach oben. Jakob stöhnte.

Warum konnte der Kerl nicht wie andere Menschen tagsüber zur normalen Besuchszeit vorbeikommen?

Elegant schwang sich Nelu über das Fenstersims in sein Zimmer. Er musterte Jakob. »Alter, dich hat es ja ganz schön erwischt.« Er nickte ihm anerkennend zu.

Jakob sah ihn mit finsterer Miene an und schlurfte, die Hand am Tropf, zurück in sein Bett.

Nelu setzte sich auf den Besucherstuhl. Er zog sein Handy aus der Tasche.

»Wenn du dem Bullen ans Bein pissen willst, sag nur Bescheid. Ich habe alles gefilmt«, erklärte er.

Jakob winkte ab. »Du hast alles gefilmt, aber geholfen hast du mir nicht«, grummelte er.

»Ich lege mich doch nicht mit den Bullen an. Zu viel zu verlieren, verstehst du ja wohl.« Nelu hatte die Beine übereinandergeschlagen und wippte ungeduldig mit dem Fuß auf und ab. »Immerhin bin ich jetzt hier, um dich ein bisschen abzulenken. Mehr kannst du nicht erwarten.«

Jakob antwortete nicht, sondern starrte nur verbissen auf die Bettdecke. Nelu sah sich suchend im Zimmer um. Er stand auf, ging zu dem Waschbecken an der Wand und spülte sorgfältig den Zahnputzbecher aus, der auf der Ablage stand. Er zog eine Flasche Wodka aus seinem Rucksack und füllte den Becher. Prüfend betrachtete er Jakobs zerschundenes Gesicht, dann fiel sein Blick auf den Strohhalm, der noch immer in dem halb vollen Glas mit dem Smoothie steckte, und seine Miene hellte sich auf. »So wird es gehen«, murmelte er, steckte den Strohhalm in den Zahnputzbecher und reichte ihn Jakob. »Prost und gute Besserung!«

Jakob trank vorsichtig. Der Alkohol schoss direkt unter seine Schädeldecke. Seine Gedanken fokussierten sich augenblicklich, und das trübe Licht der Nachttischlampe schien heller zu werden. Er trank den Becher in einem Zug aus und hielt ihn dann auffordernd in Nelus Richtung, der sogleich nachschenkte. Die Mischung aus Alkohol und dem Medikamentencocktail, der aus dem Tropf in seine Venen gepumpt wurde, zeigte Wirkung.

Nelu begann vor seinen Augen zu verschwimmen, das

Zimmer drehte sich plötzlich. »Eigentlich ganz gut, dass du da bist. Ich habe nachts sowieso ständig Albträume«, murmelte er undeutlich.

»Wovon träumst du?« Nelus Stimme schien aus weiter Ferne zu kommen. Jakob schloss die Augen.

»Ein schwarzes Meer. Wellen, die über mir zusammenschlagen. Ich bekomme keine Luft mehr. Ich ertrinke. Ein Nachthimmel ist über mir. Ohne Sterne. Kein einziger verdammter Stern ist am Himmel. Das ist das Letzte, was ich sehe, bevor ich in die Tiefe gezogen werde.« Er hörte das Plätschern des Wodkas, der in den Becher gegossen wurde, den seine Hand krampfhaft umschlossen hielt, als würde er sich daran festhalten wollen. Gierig sog er an dem Strohhalm.

»Was ist auf Mallorca passiert?«, hörte er Nelu mit ruhiger Stimme fragen.

Jakob spürte die Tränen, die über sein Gesicht liefen. Er schämte sich nicht. Er hörte seiner eigenen Stimme zu, als würde er jemand anderem lauschen. »Vater war Pastor. Sein Wort war heilig. Mutter hing an seinen Lippen, wenn er sprach. Für sie war er Gott in Person. Ich war nichts. Ich lief nur so nebenher. Sobald Vater im Raum war, war ich Luft für sie und für ihn sowieso. Ich hatte zu schweigen. Ich sollte nur beten, immer nur beten und still sein. Ich war nicht am Leben, verstehst du? Ganze Jahre meines Lebens bin ich gar nicht da gewesen. Er hat mir mein Leben gestohlen.« Seine Stimme war laut geworden.

Er spürte Nelus Hand auf seiner Schulter.

»Pst«, hörte er sein Flüstern, »leise, sonst hört man uns noch.«

Eine der Klammern an seiner Unterlippe hatte sich gelöst, und er schmeckte den dumpfen Geschmack seines Blutes im Mund. Er schluckte und spülte mit Wodka nach, bevor er fortfuhr.

»Ich wollte doch nur Mutters Liebe und ihre Aufmerksamkeit. Irgendwann sollte Vater einen Vortrag in der christlichen Kirche auf Mallorca halten. Mutter war unendlich stolz auf ihn. Es gab kein anderes Gesprächsthema mehr. Wir reisten also ab. Der erste und einzige Urlaub, den wir als Familie unternahmen. Ich war 17 Jahre alt und hatte keine Lust auf diese Reise. Ich war gerade nach mehreren Versuchen erneut von der Schule geflogen, verbrachte die meiste Zeit in meinem Zimmer und hing Tag für Tag meinen trostlosen Gedanken nach. Natürlich spielte es keine Rolle, was ich wollte. Ich musste mitkommen. Ich verbrachte die Tage in einem billigen Hotelzimmer ohne Klimaanlage und wünschte mich weit weg. Eines Tages während dieses schrecklichen Aufenthaltes kam Vater auf die glorreiche Idee, dass es mir guttun würde, ganz früh am Morgen in einem kleinen Holzboot mit ihm aufs Meer zu fahren. Er sagte, dass ich mal raus an die Luft müsse, und auf dem Meer wäre man Gott am nächsten.

Er zwang mich früh am nächsten Morgen aus dem Bett. Es war noch dunkel. Wir stiegen in einen löchrigen Holzkahn und fuhren hinaus. Mitten auf dem Meer ließ er die Ruder sinken. Er stellte sich vor mich, richtete die Arme zum Himmel und begann, mit lauter Stimme zu predigen, als müsse er den Teufel aus mir heraustreiben. Ich hielt mir die Ohren zu, doch er stieß meine Arme nach unten. Ich wurde unendlich wütend. »Hör mich an«, schrie mein Vater gegen den Wind, »du bist böse, und nur Gott kann dich retten.« Dann ging alles ganz schnell. Ich sprang auf und versetzte ihm einen Stoß. Das

Boot schaukelte wie wild hin und her, und er fiel über Bord. Es war wie eine Befreiung. Ich sah den entsetzten Ausdruck auf seinem arroganten Gesicht, als er in den schwarzen Wellen unterging. Er konnte nicht schwimmen. Ich ruderte zurück in Richtung Ufer, so schnell es ging. Ich ließ ihn zurück, in der Dunkelheit des Meeres, die ihn verschluckt hat.« Jakob hielt inne und trank, noch immer mit geschlossenen Augen.

»Krass«, nahm er Nelus Stimme aus weiter Ferne wahr, »das ist geil. Das hätte ich mit meiner Hurenmutter auch machen sollen.«

»Ich weiß nicht, ob das so geil war. Ich konnte nicht anders. Was ich auf jeden Fall bekam, war Mutters ungeteilte Aufmerksamkeit. Ich stellte erst nach dem vermeintlichen Unfall meines Vaters fest, wie unselbstständig sie eigentlich war. Von diesem Augenblick an klammerte sie sich an mich wie ein hilfloses Baby. Ich war von diesem Zeitpunkt an für sie verantwortlich und bin es immer noch, und das ist verdammt schwer. Und die Albträume verschwinden einfach nicht. Sie werden nie verschwinden.« Jakob hielt inne. Etwas hatte sich aus seinem Körper gelöst. Er öffnete das linke Auge einen Spalt, um zuzusehen, wie es aus dem geöffneten Fenster flog. Er fühlte sich leicht und befreit, als ob er selbst fliegen könnte, wenn er es nur versuchen würde.

»Ich habe noch nie mit jemandem darüber gesprochen«, flüsterte er. Er bekam keine Antwort. Als er mit Mühe beide Augen öffnete, war Nelu verschwunden, und Jakob fragte sich, ob er überhaupt da gewesen war.

KAPITEL 25 – JAKOB

Die zwei Wochen im Krankenhaus zogen sich in die Länge wie Kaugummi. Durchgekaut, zäh und ohne Geschmack.

Irgendwann wurden die lästigen Klammern aus seinem Kiefer entfernt, und Jakob musste wieder anfangen zu essen. Er konnte nur flüssige und weiche Nahrung zu sich nehmen und war bald angewidert von den fahlen Suppen und dem pürierten Brei, die man ihm servierte. Er riss sich zusammen und aß alles, was man ihm vorsetzte, um endlich von dem Tropf loszukommen, an den er angekettet war wie ein Gefangener.

Er war heilfroh, als er endlich entlassen wurde. Sein Kiefer schmerzte noch, sein Gesicht fühlte sich fremd und empfindlich an. Ihm wurde dringlichst geraten, sich zu schonen. Die Schwestern bedachten ihn mit mitleidigen Blicken, als er sich verabschiedete.

Es schien sie traurig zu stimmen, dass er nie Besuch bekommen hatte und sich niemand um ihn zu kümmern schien, schließlich hatten sie von Nelus nächtlichem Erscheinen nichts mitbekommen, obwohl Jakob sich immer noch nicht sicher war, ob dieses Treffen nicht nur in seiner Einbildung stattgefunden hatte.

Erleichtert schlüpfte er in seine blutverschmierte Kleidung, in der er eingeliefert worden war, und marschierte mit erhobenem Haupt aus dem Krankenhaus.

Schwester Katrin hielt ihn im letzten Moment kurz zurück. Am frühen Morgen hätte sein Onkel angerufen, teilte sie ihm aufgeregt mit, er sei sehr besorgt um sein Befinden gewesen. Er wäre so aufgeregt und außer sich gewesen, dass ihm nicht einmal der Name seines Neffen einfallen wollte, doch er hätte ihn exakt beschreiben können. Ein sehr netter Mann, wenn er auch eine etwas seltsame Stimme gehabt hatte.

Jakob runzelte verwirrt die Stirn. Er hatte keine Verwandte und schon gar keinen Onkel. Vielleicht log sie, um ihn seelisch aufzubauen. Er zuckte lustlos mit den Schultern. Von Mitleid und tuschelnden Krankenschwestern, die ihm berührte Blicke zuwarfen und von seinem niedlichen Lächeln schwärmten, hatte er die Schnauze voll.

Er machte sich mit einem Hochgefühl im Bauch zu Fuß auf den Weg nach Hause. Mutter umarmte ihn mit vor Rührung tränenüberströmtem Gesicht, als er endlich die Wohnung betrat. Sie hätte für ihn gebetet, beteuerte sie und küsste ihn auf beide Wangen. Sie drückte ihn an sich, als wollte sie ihn nie wieder loslassen.

»Ich habe dir immer gesagt, dass Sport gefährlich ist«, hielt sie ihm vor und lächelte dabei.

Sie hatte einen Sauerbraten gemacht, der im Ofen schmorte, und wirkte enttäuscht, als Jakob ihr erklärte, dass er noch keine feste Nahrung zu sich nehmen könnte. »Auf ein paar weiche Klöße mit einer guten Soße habe ich aber wahnsinnig Appetit nach der faden Krankenhauskost«, beschwichtigte Jakob sie, wodurch ihre gute Laune wiederhergestellt war.

Sogar Jesus auf dem Bild schien zu lächeln.

Nach Hause zu kommen, war ein bisschen wie ein Fest. Jakob hätte nicht erwartet, dass es ihn so freuen würde, sein ödes Zuhause und seine einfältige Mutter wiederzusehen. Er duschte ausgiebig und zog sich saubere Kleidung an. Betete mit Mutter, bevor er sich die Klöße einverleibte.

Zur Feier des Tages verbrachte er den Abend mit Mutter auf dem Sofa und ließ die Liebesschnulze im Fernsehen über sich ergehen. Heute störte ihn Mutters Schmatzen nicht. Mutter, die sich eine Praline nach der anderen in den Mund schob, sich bei rührseligen Szenen die Tränen aus den Augenwinkeln wischte und vor sich hin schniefte.

Nach dem 20-Uhr-Film ging er ins Bett und schlief ohne Albträume bis zum nächsten Morgen durch.

Als er erwachte, fühlte er sich ausgeschlafen und erholt. Sein Gesicht fühlte sich schon viel besser an. Der Tag dümpelte friedlich und sorglos an ihm vorbei, bevor er sich am späten Nachmittag aufmachte, um sich mit Nelu zu treffen. Er spürte eine nagende Sehnsucht, wenn er an Nelu dachte, und beeilte sich. Der Nordmarkt erschien ihm nach so langer Abwesenheit bunt und lebendig. Nelu begrüßte ihn freundlich und schien bestens gelaunt zu sein. Sie besorgten sich Bier an der Bude und ließen sich auf einer Parkbank nieder.

»Ich muss mit dir reden«, erklärte Nelu ernst, »und ihr seid mal ein bisschen leiser«, schrie er die übliche Truppe vollalkoholisierter Männer an, die in ihrer Nähe standen und lautstark aufeinander einredeten. Nelu konnte sich selbst bei diesen gewaltbereiten, rotgesichtigen Trinkern Respekt verschaffen. Sie rückten ein Stück zur Seite und warfen ihm aus wässrigen Augen unterwürfige Blicke zu.

»Asoziales Pack«, meinte er und verzog verächtlich das Gesicht. Seine Stimme wurde leiser. »Wir müssen handeln, Jakob. Wir haben schon zu lange gewartet. Dein Gesicht ist zwar noch immer grün und blau, aber es geht dir wieder besser. Wir müssen uns um das türkische Mädchen kümmern. Ich habe von meinen Leuten gehört, dass sie vor guter Laune nur so abhebt. Neulich hat sie im Laden laute Musik aufgedreht und mit den Nachbarskindern aus dem Viertel auf der Straße getanzt. Sie hat längst vergessen, dass sie sich mit mir angelegt hat.«

Nelu schnaubte vor Wut. Er wippte ruckartig auf den Zehenspitzen und ballte die Fäuste, während er sprach. Er schien sich zusammenreißen zu müssen, um ruhig zu sprechen.

Jakob drehte sich der Magen um.

»Enttäusche mich nicht, Junge. Deine Schonfrist ist vorbei. Bring mir die Kleine. Ich will nicht ewig in dieser langweiligen Drecksstadt hier versauern.« Nelu strich sich mit der Hand hektisch eine Strähne seines dunklen Haars aus der Stirn und sah Jakob eindringlich an. »Schau dich doch mal um, willst du ewig hier leben?«

Jakobs Blick glitt über die trüben Gestalten, die sich hier am Nordmarkt herumtrieben. Drogendealer handelten kaum versteckt mit ihrer Ware, daneben spielten Kinder auf einem Grünstreifen, die Alkis, die hier nicht wegzudenken waren, glotzten ein paar Studenten an, die ein Kunstprojekt erschaffen wollten und große Leinwände aufbauten, eine alte Frau wühlte energisch in einem Mülleimer. Jakob mochte das chaotische Miteinander, das hier herrschte. Drei Flaschensammler trieben sich in ihrer Nähe herum, ließen sie nicht aus den Augen und prüften mit wachsamem Blick den Stand ihrer Bierflaschen.

Einer von ihnen pirschte sich näher an ihre Bank heran. Jakob trank hastig.

»Verpiss dich. Wir sind noch nicht fertig«, pflaumte Nelu den Mann böse an.

»Wollt nur sagen, gebt die leeren Flaschen auf jeden Fall mir, der dahinten versucht, immer schneller zu sein als ich. Die Konkurrenz ist groß. Glaubt mir, Jungs, unter uns Flaschensammlern ist Krieg ausgebrochen. Der Hermann ist ein brutales Schwein. Wenn ihr etwas Gutes tun wollt, dann gebt mir eure Flaschen. Sobald ihr ausgetrunken habt, natürlich. Will euch nicht hetzen oder so.«

Er starrte mir triefenden Augen auf die Flaschen in ihren Händen.

Nelu stöhnte und sah Jakob beschwörend in die Augen. »Das meine ich. Willst du dich ewig mit diesen Pennern auseinandersetzen? Wir steigen jetzt in die U-Bahn und fahren zu meinem Loft. Während du dich schön im Krankenhaus ausgeruht hast, habe ich an unserem Plan gearbeitet. Ich werde dir etwas zeigen.«

Sie drückten dem glücklichen Flaschensammler, der von seinen Kollegen mit Blicken getötet wurde, die leeren Bierpullen in die Hand und fuhren mit der Bahn nach Hörde.

Energisch stapfte Nelu über das verlassene Baugrundstück und wurde mit jedem Schritt schneller.

Jakob hatte Probleme, bei diesem Tempo mitzuhalten, und stolperte unbeholfen hinter ihm her.

Als sie das baufällige Gebäude betreten hatten, begann Jakob, die Treppenstufen nach oben zu steigen, doch Nelu hielt ihn zurück.

»Warte«, rief er, »ich habe gesagt, dass ich dir etwas zeigen muss.« Er kramte in seiner Umhängetasche, zog umständlich eine Taschenlampe hervor und ging, Jakob voran, weiter nach hinten ins Treppenhaus, wo er eine Tür öffnete und auf weitere Treppenstufen deutete, die nach unten ins Dunkel führten. »Wir gehen in den Keller«, erklärte er, während er die Taschenlampe anschaltete und die Treppe nach unten stieg. »Elektrisches Licht gibt es nicht«, drang Nelus dumpfe Stimme aus der Dunkelheit zu ihm nach oben.

Jakob zögerte. Die Ruine war alles andere als behaglich, er hatte nicht das Bedürfnis, auch noch den Keller zu inspizieren. Nelu war in der Schwärze des Kellers verschwunden, Jakob konnte nur den schwachen Schein der Taschenlampe erkennen, also machte er, dass er hinterherkam. Alleine oben in der grauen Dämmerung des verstaubten Treppenhauses zu warten, war auch keine erfreuliche Alternative. Es roch nach Schimmel und Staub. Der Keller war feucht. Das Haus war nicht isoliert, es war kalt und nass. Jakob hörte das Tropfen von Wasser.

Nelu führte ihn durch aneinanderhängende Gänge. Vorbei an vielen Türen, hinter denen sich abgetrennte Kellerräume befanden. Sie betraten einen der hinteren Räume. Er war recht groß. Oben an der Wand befand sich ein vergittertes Fenster. Da die Sonne schon untergegangen war, fiel kein Licht in den Raum.

Nelu leuchtete in die Ecke, und der Strahl seiner Taschenlampe fiel auf einen größeren Verschlag, der von stabilen Eisenstäben umschlossen war. Nelu klopfte mit der Lampe an die Stäbe. »Das Ding ist einbruchsicher, damit niemand den Schönen und Reichen, die hier wohnen werden, ihr Eigentum wegnehmen kann, das sie im Keller verwahren«, sagte er befriedigt. »Geh mal rein.« Er nickte Jakob zu.

Jakob zog die schwere Tür auf und betrat den Verschlag. Es befand sich nichts in der kleinen circa neun Quadratmeter großen Kammer. »Und das wolltest du mir zeigen? Hier ist doch gar nichts«, quengelte er enttäuscht, »lass uns nach oben in deinen Loft gehen. Da hast du wenigstens Decken und Schlafsäcke. Ehrlich, Alter, ich friere, und es ist ungemütlich hier unten.«

Nelu knallte die Tür von außen zu, und Jakob hörte das Klicken eines Schlosses. »Wie fühlt sich das an? Erzähl es mir. Wie fühlt sich das an, wenn ich mit der Taschenlampe verschwinde und dich allein im Dunkeln lasse?« Nelu betrachtete ihn interessiert, mit geneigtem Kopf wie ein Wissenschaftler eine Ratte, mit der er Versuche durchführt.

Jakob näherte sich der geschlossenen Tür, umfasste die Gitterstäbe und rüttelte daran. »Was soll das? Komm, mach keinen Scheiß und mach die Tür auf. Ich habe grade echt keine Lust auf deine Spielchen.« Ein Gefühl der Beklemmung machte sich in Jakob breit.

»Wie fühlst du dich?«, fragte Nelu wieder.

Der Schein der Taschenlampe fiel auf sein Gesicht und ließ es gespenstisch aussehen. Jakob konnte das Funkeln seiner Augen erkennen. Dann wurde es stockfinster.

Nelu hatte die Taschenlampe ausgeschaltet. Jakob verharrte regungslos in der Dunkelheit und lauschte. Es war nichts zu hören außer dem Tropfen des Wassers.

»Nelu?«, rief Jakob fragend in die Stille.

Seine Stimme wurde von den Wänden des Kellers hin und her geworfen und verhallte schließlich. Das Blut pochte in seinen Ohren, sein Herz begann zu hämmern. Die Angst kam langsam und schlich sich von hinten an. Heimtückisch legte sie ihre klammen Finger um seinen Hals und begann genüsslich zuzudrücken. Die Panik, die ihn ergriff, ließ seine Stimme höher klingen. »Alter, das ist nicht lustig. Mach das Licht an und hol mich hier raus.« Er drückte sein Ohr an die Gitterstäbe und lauschte.

Er konnte nichts hören. Keinen Atemzug eines anderen Menschen, kein Rascheln von Kleidung, nichts. Er begann zu zittern. Die Gedanken rasten wie Blitze durch seinen Kopf.

Hier würde ihn niemand finden. Er würde im Dunkeln verrecken. Er würde verhungern, verdursten oder erfrieren, wenn er nicht vorher wahnsinnig werden würde. Sein Körper würde in diesem eiskalten Kellerloch verwesen, wenn er nicht vorher von Ratten aufgefressen wurde. Überhaupt Ratten. Hatte er da nicht eben ein Huschen über den Boden gehört? Irgendetwas hatte sich in der Dunkelheit bewegt, und zwar in seine Richtung. Er wimmerte leise wie ein verletztes Tier auf.

Dann erklang Nelus Lachen. Er prustete erst leise los und brach dann in wildes Gelächter aus. Die Taschenlampe wurde angeknipst. Jakob sah, dass Nelu nah vor ihm stand.

Jakobs Erleichterung war so groß, dass er im ersten Moment fast geweint hätte. Es kam Leben in seine wie eingefrorenen Gliedmaße, und der Schock ließ langsam nach. Er atmete tief ein und aus. Er fiel in Nelus Gelächter ein. Das Lachen überrollte ihn wie eine Welle. Es kam tief aus seinem Inneren und gluckste nur so aus ihm heraus. Es befreite ihn von seiner Angst. Er lachte, bis ihm der Bauch schmerzte.

Nelu zog einen Schlüssel aus der Hosentasche und hielt ihn vor Jakobs Gesicht, dann schloss er, immer noch grinsend, das Schloss auf. Jakob machte eilig, dass er aus dem Verschlag herauskam.

Beide beruhigten sich, stiegen, ohne miteinander zu sprechen, die Treppen nach oben und betraten Nelus Behausung. Sie legten sich alle Decken und Schlafsäcke, die sie finden konnten, um die Schultern, setzten sich auf Nelus Matratze und lehnten sich an die rohe Betonwand. Wie immer pfiff der Wind durch den Rohbau, doch so eingehüllt wie sie waren, wurde ihnen schnell warm. Auch die Flasche Rum, die sie hin und her reichten, vertrieb erfolgreich die Kälte im Raum.

»Kommen wir zum Thema«, erklärte Nelu nach einer Weile ernst. »Der Vater der türkischen Schlampe, dieser Hüseyin, hat jede Menge Kohle. Von einem Bekannten weiß ich, dass er in Import und Export macht und richtig Moos damit verdient. Und er liebt seine missratene Schlampentochter heiß und innig. Es wird ganz einfach. Wir schnappen uns die kleine Bitch, sperren sie in den Keller, da wo sie hingehört, und werden den alten Hüseyin erpressen. Da springt eine Menge Kohle für uns raus. Ob er die Kleine wiedersieht oder nicht, hängt ganz alleine von ihm ab. Und in der Zeit, wo sie bei uns ist, können wir eine Menge Spaß mit ihr haben. Ich kenne genug Typen, die viel Geld dafür ausgeben würden, um es mal mit einer türkischen Jungfrau zu treiben.« Grinsend rieb er sich die Hände.

Jakob sah ihm ins Gesicht, um sich zu vergewissern, dass er ernst meinte, worüber er so unverblümt sprach.

»Du kannst machen, was du willst, aber ich kann das nicht durchziehen. Nicht, nachdem ich sie inzwischen ein bisschen kennengelernt habe. Es tut mir leid«, sagte er mit fester Stimme.

Nelu betrachtete ihn nachdenklich. »War mir schon klar, dass du so was sagen würdest, Weichei.« Er stupste ihn freundschaftlich an die Schulter. »Diesmal allerdings wirst du über deinen Schatten springen müssen, mein Freund. Du hast den Anfang gemacht, jetzt musst du es auch zu Ende bringen. Das Einzige, was du tun musst, ist, sie in den Keller zu schaffen. Wie du das machst, ist mir egal. Verschleppe sie brutal. Fang die Bitch ein und trage sie über der Schulter in ihr Verließ, obwohl ich glaube, dass das zu auffällig wäre. Könnte ja sein, dass dich jemand sieht, außerdem ist die Braut ein Teufel und würde sich sicherlich wehren. Wer weiß, was die so alles draufhat. Die ist gefährlich und nicht einschätzbar, das merkt man sofort. Du hast ihr gegenüber jetzt lange genug einen auf guten Freund gemacht. Locke sie unter einem Vorwand hierher und zwar zügig, den Rest erledige ich.«

Jakob schüttelte den Kopf. »Das kann ich nicht, sorry.«

»Und ob du das kannst. Du wirkst gar nicht so unfreundlich, wie du denkst. Sobald du nur einmal lächelst, merkt jeder sofort, was für ein lieber Typ du bist.«

Nelu lachte gehässig, und Jakob funkelte ihn böse an.

»Du scheinst ihr sympathisch zu sein«, fuhr Nelu fort, »das kränkt mich richtig. Ich bin fast eifersüchtig auf dich.«

Nelu schien spaßen zu wollen, um die Stimmung aufzulockern. Jakob trank einen Schluck Rum, er winkelte die Beine an und lehnte seine Stirn auf die Knie.

»Nein, nein, nein«, murmelte er vor sich hin.

»Versuche es wenigstens. Sei ein Freund. Ich würde dasselbe für dich tun, ohne zu zögern.«

»Würdest du nicht«, brummte Jakob, »du sagst selbst von dir, dass du kein guter Freund sein kannst.«

Nelu dachte eine Weile nach. »Dann tu es für das Geld. Denk daran, wie deine Mutter an einem trockenen Stück Brot kaut, weil nicht mal mehr genug Geld für Lebensmittel da ist – und alles, nur weil du deinen Alten abgemurkst hast. Du bist für sie verantwortlich. Sorge gefälligst für sie.«

Jakob fuhr hoch und starrte ihn an. Seine Worte hatten ihn getroffen. Sie hatten ins Schwarze getroffen, weil sie der Wahrheit entsprachen. Nelu hatte recht, was interessiert ihn das Schicksal dieser fremden Frau. Er musste sich darum kümmern, dass es Mutter gut ging. Und wenn er das auf dem legalen Weg nicht schaffte, blieb ihm eigentlich keine andere Möglichkeit, als sich Nelu anzuschließen.

»Vielleicht«, flüsterte er mit heiserer Stimme, »vielleicht werde ich es versuchen. Aber das ist keine klare Zusage. Ich verspreche dir nichts. Ich muss darüber nachdenken.«

Nelu strahlte und klopfte ihm mit der Hand auf den Rücken.

»So mag ich dich, Bruder. Und glaub mir, das schaffst du schon. Jeder wächst mit seinen Aufgaben. Du wirst der beste Türkenabschlepper, den man sich nur vorstellen kann. Und jetzt wickele dich aus deinem Schlafsack. Ich habe mir sagen lassen, dass eine sogenannte Familie von Düren-Elsenstein sich momentan in der Dominikanischen Republik befindet, ihre Villa leer steht und sie uns herzlichst eingeladen haben, uns mal richtig an ihrem Kaviarvorrat zu bedienen.«

Jakobs Kopf fühlte sich leer und stumpf an, als er hinter dem energiegeladenen Nelu die Treppe hinuntertrottete.

KAPITEL 26 – JAKOB

Sie liefen über die Baustelle zurück zur Straße. Nelu wirkte aufgekratzt und unruhig. Er tänzelte über den Schutt, als wäre er ein Boxer auf dem Weg in den Ring. Wie immer bewegte er sich elegant wie eine Katze. Jakob hatte Schwierigkeiten, ihm über den unebenen Boden zu folgen, und war erleichtert, als er endlich asphaltierte Straße unter seinen Füßen spürte. Nelu blieb stehen und sah ihn an. Es war ihm anzumerken, wie schwer es ihm fiel, sein aufgeregtes Grinsen zu unterdrücken. »Warte hier. Du sollst dafür belohnt werden, dass du mit mir dieses Erpresserding durchziehen wirst«, strahlte Nelu ihn an und verschwand in der Dunkelheit.

Jakob schüttelte verzweifelt den Kopf. Ihm war kalt, er war hungrig und müde. Sein Gesicht schmerzte. Von ihm aus könnten sie noch in die Villa dieser Leute gehen, etwas essen und sich neue Klamotten aussuchen, das Wohnzimmer umstellen, weil das einfach getan werden musste, und dann wollte er nach Hause in sein Bett. Auf Nelus sogenannte Belohnung würde er am liebsten verzichten. Er fragte sich, wo Nelu seine Energie herhatte. Er schien niemals müde zu werden.

Das knurrende Brummen eines Motors riss ihn aus seinen Gedanken. Er sah hoch und blinzelte zweimal. Ein mattschwarzer Ferrari, der so tief auf der Straße lag, dass er Jakob kaum bis zu den Knien reichte, fuhr langsam auf ihn zu. Die hellen Scheinwerfer waren nach oben geklappt und sahen aus wie zwei Augen, die ihn im Visier hatten.

Das grelle Licht stach in seine Augen und blendete ihn. Wieder röhrte der Motor auf. Nelu winkte ihm aus dem Innenraum grinsend zu.

Das Auto war komplett schwarz, nur auf der Motorhaube prangte ein knallrotes Emblem, das ein galoppierendes Pferd darstellte. Die Formen des Wagens liefen weich ineinander über.

Jakob vergaß, seinen offenen Mund zu schließen.

Nelu beugte sich zur Beifahrerseite und öffnete von innen die Tür, die mit einem schnurrenden Geräusch futuristisch nach oben schwang.

»Was ist los? Worauf wartest du? Steig ein«, rief Nelu ihm zu. Vorsichtig und voller Ehrfurcht ließ sich Jakob auf den glatten Ledersitz gleiten. Das Armaturenbrett blinkte und leuchtete wie das eines Raumschiffes. Fasziniert strich er mit den Fingern über das glänzende Handschuhfach.

»Was ist das für ein Material?«, murmelte er.

»Mahagoni.« Nelus weiße Zähne blitzten im Dunkeln auf. »Du solltest dich lieber anschnallen. Wir machen einen Abstecher über die Bundesstraße 1. Das Schätzchen möchte gefahren werden.« Jakobs Hände zitterten, als er sich die sportlichen Gurte über die Brust spannte.

»Woher zum Teufel hast du dieses Auto? Du hast doch gesagt, dass du nur alte Wagen stiehlst, weil das einfacher ist, ohne diesen ganzen Elektronikquatsch und ohne Alarmanlage«, stammelte er.

»Ist der Wagen von einem Bekannten. Geliehen. Dachte, das würde dir Spaß machen«, hörte er Nelus Stimme neben sich.

Er nickte wortlos. Nelu drückte sanft auf das Gaspedal, der Wagen schoss nach vorne. Das Brummen des

Motors war so dunkel und laut, dass es wie ein tiefer Bass in Jakobs Magen nachhallte.

Sie rauschten über die leere Straße. Nelu steuerte das Auto lässig und entspannt Richtung Rheinlanddamm zur B1.

»Diese Überraschung ist dir komplett geglückt«, erklärte Jakob glücklich, seine Augen leuchteten, und das Herz hämmerte in seiner Brust.

»Wollen wir mal sehen, was das Prachtstück draufhat«, murmelte Nelu und verstärkte seinen Griff um das Lenkrad.

Auf der Bundesstraße war nicht viel los. Nelu gab Gas.

Das weiche Schnurren des Motors hüllte sie ein. Es klang wie Musik. In Sekundenschnelle beschleunigte der Wagen ohne jeglichen Widerstand. Jakob schielte auf den Tacho. Mit 250 km/h schossen sie über die Fahrbahn. Nelu jauchzte. Die Umgebung vor den Fenstern verschwamm vor ihren Augen. Sie flogen durch die Nacht und waren schwerelos. Es gab kein Tempolimit mehr. Sie würden allen Hindernissen entfliehen. Sie wurden schneller. Sie schossen unter der Regenbogenbrücke in der Nähe der Universität hindurch. Die mehrfarbig schillernde Beleuchtung des Handlaufs der Brücke ähnelte in diesem Tempo einem Drogentrip. Konzentriert starrte Nelu durch die Windschutzscheibe, er hatte den Blinker gesetzt und raste auf der linken Spur, vorbei an den wenigen Autos, die sofort auf die andere Fahrbahn wechselten, sobald sie sich näherten.

Zum Glück, dachte Jakob, ein Ausweichmanöver wäre bei dieser Geschwindigkeit kaum möglich.

Nelu war ein guter Fahrer, und Jakob vertraute seinen Fahrkünsten blind. Selbst bei diesem Tempo hielt er die Spur und hatte den Wagen jederzeit unter Kontrolle.

Jakob lehnte sich im Sitz zurück und hätte ewig so weiterfahren können. Im Rausch der Geschwindigkeit zu fliegen, so ähnlich stellte er sich Sex vor. Die Fahrt hatte etwas Unwirkliches, es war fast so, als würde sich Jakob in einem Traum befinden. Er schloss die Augen und konzentrierte sich auf die röhrenden Motorengeräusche und das kribbelnde Gefühl in seiner Magengegend.

Erst als er spürte, dass der Wagen langsamer wurde, öffnete er die Augen.

»Genug Schnellstraße, wir wollen ja noch zur Villa. War geil, oder?«, Nelu blickte ihn kurz von der Seite an, während er von der Bundesstraße abfuhr.

»Dieses Auto ist ein Traum. Dein Bekannter ist ein Glückspilz«, rief Jakob, wobei seine Stimme hysterisch vor Enthusiasmus klang.

Nelu lächelte still.

Sie standen an einer roten Ampel und warteten, als wie aus dem Nichts ein weißer Sportwagen mit blauen Rallyestreifen neben ihnen auftauchte und rechts neben ihnen hielt.

Das laute Aufheulen des Motors lenkte Jakobs Aufmerksamkeit auf den anderen Wagen, und er blickte irritiert durch das Beifahrerfenster. Der Fahrer des anderen Wagens sah ihn durch das Seitenfenster an und lachte dabei schwachsinnig. Wieder ließ er seinen Motor aufheulen. Er war übergewichtig, hatte Pausbäckchen und trug ein Baseballcap. Eine Goldkette zierte seinen dicken Stiernacken und glitzerte in der Dunkelheit. Nelu lehnte sich zu Jakob herüber und sah ebenfalls aus dem Fenster. Er grinste bösartig.

»Alles klar«, sagte er laut, richtete sich auf und ließ ebenfalls den Motor dröhnen.

Immer noch hatte er den Kopf nach rechts gewandt und ließ den Fahrer des anderen Wagens nicht aus den Augen.

Jakob hatte das Leuchten in Nelus Augen wahrgenommen und rutschte unruhig auf dem Sitz hin und her.

»Äh, was soll das jetzt werden? Lass doch diesen Spinner«, begann Jakob, dann sprang die Ampel auf Grün, und er wurde nach hinten gerissen.

In einem Höllentempo rasten beide Autos nebeneinander los. »Dem werde ich es zeigen«, knurrte Nelu mit zusammengebissenen Zähnen.

Sein Oberkörper war nach vorne geneigt, als wolle er durch die Windschutzscheibe kriechen, mit starrem Griff umklammerten seine Hände das Lenkrad.

Sie drängten sich durch enge Straßen, ignorierten die nächsten roten Ampeln und überfuhren sie einfach. Der weiße Wagen war dicht neben ihnen. Jakob hielt sich die Hände vor das Gesicht. »Verdammte Scheiße, du überfährst noch jemanden oder baust einen Unfall«, brüllte er so laut er konnte, doch Nelu reagierte nicht.

Er zischte wie ein Blitz durch die Stadt, sein einziges Ziel war es, den anderen Fahrer abzuhängen.

Jakob wurde in seinem Sitz durchgeschüttelt, er versuchte seinen Kopf, so gut es ging, an die Rückenlehne zu pressen. Seine Finger krallten sich verzweifelt am Sitz fest. Häuserwände und Straßen flogen an ihm vorbei, und er war sich sicher, soeben in seinen eigenen Tod gefahren zu werden. Wenigstens komme ich in einer anständigen Karre um, das hat wenigstens etwas, schoss es ihm durch den Kopf.

Dann hörte er Nelus befreites Aufatmen neben sich, das Tempo verringerte sich, und sie wurden langsamer.

Nelu schlug ihm auf die Schulter. »Hab ihn abgehängt. Geile Sache. War schwieriger, als ich dachte. Hatte ganz schön PS unter der Haube, der kleine Scheißer.« Er lachte laut. »Du bist ganz grün im Gesicht, Jakob. Geht's dir gut?«

Jakob schüttelte den Kopf. Sein T-Shirt klebte nassgeschwitzt an seinem Leib, sein Atem ging stoßweise.

»Was sollte das, Mann? Du hättest jemanden totfahren können.« »Hab ich schon mal«, antwortete Nelu und cruiste in ruhigem Tempo durch die Stadt.

Den linken Arm hatte er an der Fensterarmatur aufgestützt, mit dem rechten lenkte er entspannt den Wagen.

»Was?«, fuhr Jakob auf.

»Ein kleines Kind. Totgefahren habe ich es. Zur falschen Zeit am falschen Ort«, Nelu lächelte ihn an, »so ist das Leben. Wahrscheinlich besser so für das Kind, als in dieser Scheißwelt aufzuwachsen. Ist doch nichts Dramatisches. Die Bullen haben mich jedenfalls nicht erwischt.«

Entgeistert starrte Jakob ihn an. Die prächtigen Häuser am Straßenrand zeigten ihm, dass sie in einer der teureren Wohngegenden angekommen waren.

»War nur Spaß«, erklärte Nelu grinsend und parkte den Wagen am Straßenrand.

Jakob sah ihn von der Seite an und war sich nicht sicher, ob er die Wahrheit sagte.

KAPITEL 27 – TIM

Endlich wurde König von seinen Kollegen akzeptiert und für voll genommen. Das kleine Geheimnis, das sie teilten, hatte sie zusammengeschweißt.

König wurden die ständigen Einladungen von Markowski und Dressler in Kneipen oder zu gemütlichen Skatabenden zu viel. Er war es leid, sich ständig Ausreden einfallen zulassen, um abzusagen, aber er musste zugeben, dass es angenehmer war, auf die Arbeit zu kommen, ohne dass ihm finstere Blicke, böse Kommentare zugeworfen oder Witze über ihn gerissen wurden. Die Zusammenarbeit mit Markowski wurde erträglicher.

Er hatte, ohne zu zögern, den Fahrerposten übernommen, als König angedeutet hatte, dass er nicht gerne fuhr. Auch im normalen Arbeitsalltag riss sich Markowski zusammen und versuchte, sein aufbrausendes Temperament zu zügeln. Er hielt sich zurück, und König rechnete ihm dies hoch an.

Weder von dem verletzten jungen Mann hatten sie etwas gehört noch war irgendwelches Filmmaterial aufgetaucht. Besonders Markowski schien zu glauben, dass dies allein Königs Verdienst war. Er zeigte ihm täglich durch kleine Gesten, wie dankbar er ihm war und wie tief er, seiner Meinung nach, in seiner Schuld stand. Ein dampfender Becher Kaffee und eine Tüte mit belegten Salzkuchen aus der Metzgerei Hampel warteten morgens auf seinem Schreibtisch, wenn König das Büro betrat. Nachmittags parkte Markowski den Streifenwagen vor einer beliebten Bäckerei und kaufte bergeweise klebriger Kuchenteilchen, die er liebevoll mit König teilte.

Wenn König seine Gaben abwies, war Markowski für den restlichen Tag betrübt, also aß König sowohl die Salzkuchen, als auch die Kuchenteilchen, obwohl seine Hosen am Bund langsam spannten.

König verschwieg den Kollegen, dass er von zu Hause mit unterdrückter Nummer im Krankenhaus angerufen und sich mit verstellter Stimme nach dem Jungen erkundigt hatte, den sie vor der Klinik abgelegt hatten wie einen Sack Müll.

Es hatte ihm keine Ruhe gelassen. Erst als er sich am Telefon als besorgter Onkel ausgegeben, eine Beschreibung des Jungen abgegeben und die Auskunft erhalten hatte, dass es ihm seinen Verletzungen entsprechend gut ginge und er bald entlassen werden würde, war er beruhigt gewesen.

Immer häufiger hatten sie in letzter Zeit Meldungen von rätselhaften Einbrüchen aus den reichen Siedlungen erhalten, immer wurden die Wohnzimmermöbel umgestellt, wenn die Bewohner im Urlaub waren. Langsam konnte König nicht mehr daran glauben, dass diese Leute sich alles nur einbildeten.

Heute hatte ein aufgebrachter Herr von Düren-Elsenstein angerufen, und sie waren auf dem Weg zu seinem Anwesen.

»Ich muss sagen, dass es definitiv angenehmer ist, sich mit dem wohlhabenden Volk auseinanderzusetzen als mit dem Proletariat, das auf den Straßen rumlungert. Selbst wenn die Reichen etwas irre und überdreht sind, immerhin muss man keine Angst haben, eins aufs Maul zu bekommen«, erklärte Markowski zufrieden, während er den Wagen in ruhigem Tempo durch die Straßen lenkte. »Diesmal scheint es ein besonders starker Fall von Irrsinn zu sein, König. Herr von Düren-Elsenstein schwört, dass er zwei Männer auf frischer Tat ertappt hat, die in seinem umgestellten Wohnzimmer auf der Couch lagen und sich an seinen Pralinen und anderen Vorräten vergnügten. Drei Dosen edelsten Kaviar haben sie plattgemacht, sagte er, Lachs, der extra für ihn vom ›Dello Chef‹ von Hand geräuchert wurde, und eingelegte Jakobsmuscheln. Weißt du, wie teuer der Mist ist? So einen Dreck würde ich gar nicht essen. Kaviar – die schleimigen Eier von Fischen. Das ist so widerlich.« Markowski lachte laut auf. »Da lob ich mir doch die belegten Brötchen von Metzgermeister Hampel. Da weiß man, was man hat.«

»Was hat er denn gemacht, als er die vollgefressenen Einbrecher in seinem Wohnzimmer vorgefunden hat?«, fragte König neugierig.

»So genau hat er das am Telefon nicht gesagt. Nur, dass sie abgehauen sind, nachdem sie seinen Scheißfraß verschlungen, sein Zimmer umdekoriert haben und von ihm erwischt worden sind. Düren-Elsenstein tat so, als stehe er unter Schock, so wie alle Reichen in letzter Zeit, die sich irgendetwas ausgedacht und uns gerufen haben, weil ihnen die Zeit zu lang wird.«

König grübelte vor sich hin. Irgendetwas musste an der Geschichte dran sein. Doch was waren das für Diebe, die sich nur für Essen und Trinken interessierten und Wertgegenstände liegen ließen? Und was sollte das Umstellen der Möbel bedeuten? Diese Einbruchsmeldungen klangen wirklich höchst merkwürdig.

Herr von Düren-Elsenstein entpuppte sich als ein erstaunlich sympathischer, gefasster Mann, der ihnen eine perfekte Beschreibung der beiden Männer abgeben konnte, die sich in sein Haus eingeschlichen hatten. Er beschrieb den einen als groß und schlank, muskulös und wohl proportioniert, äußerst attraktiv, fast schön wie ein Model oder Filmstar. Sehr gut gekleidet und gepflegt. Dunkles, etwas längeres Haar und einen goldbraunen Hautton, was darauf schließen ließ, dass es sich um eine Person ausländischer Herkunft handelte.

»Der andere war dünn und hager«, Herr von Düren-Elsenstein überlegte, »er ging fast unter in der Ausstrahlung des anderen Mannes. Er war irgendwie nichtssagend und schien sich zu fürchten. Voller Panik riss er die Augen auf, als er mich sah, sprang sofort auf und rannte erschrocken zur Tür. Sein Kumpel war dreister. Der musterte mich mit einem Blick, dass es mir kalt den Rücken runterlief, und spazierte dann langsam und lässig aus dem Haus, als würde er hier wohnen. Er wirkte durch und durch gefährlich.« Fassungslos stieß der Mann die Luft aus.

Die Erinnerung nahm ihn immer noch mit. Er hatte Angst gehabt, das war deutlich zu spüren.

»Versuchen Sie, den zweiten Mann genauer zu beschreiben, das könnte wirklich hilfreich für uns sein«, forderte König ihn mit sanfter Stimme auf.

»Raspelkurz rasiertes Haar, Jogginghose, so dünn, dass er knochig wirkte, und er hatte eine seltsame bläuliche Verfärbung um seine Kieferknochen herum, schorfige Stellen rund um seinen Mund, als hätte er Verletzungen gehabt. Sah merkwürdig aus in seinem blassen Gesicht.«

König wurde hellhörig. »Um den Kiefer herum, sagen Sie? Er war dünn und trug eine Trainingshose?«

Der Mann nickte. Königs Herz begann heftig zu schlagen.

Die Beschreibung entsprach zu Tausend Prozent dem Mann, den sie, schwer verletzt von Markowski, vor dem Krankenhaus abgelegt hatten. Er erinnerte sich daran, dass sie den Mann schon mehrmals festgenommen und seine Personalien aufgenommen hatten.

»Ich danke Ihnen«, sagte er und schüttelte Herrn von Düren-Elsenstein überschwänglich die Hand, »aufgrund Ihrer Beschreibung habe ich einen Verdacht. Ich glaube, der Täter ist uns bekannt. Markowski, hast du alles mitgeschrieben?« Markowski sah ihn einen Moment mit großen Augen fragend an, nickte dann eifrig und begann, in sein Notizbuch zu kritzeln. Ein kleines Stück seiner Zunge ragte aus seinem rechten Mundwinkel hervor und ließ ihn wie einen fleißigen Schüler wirken. Er sieht ein bisschen dumm aus, wenn er schreibt, stellte König frustriert fest.

»Wir melden uns«, versicherte er dem Eigentümer des Hauses, »seien Sie unbesorgt. Sie haben uns sehr geholfen.«

Markowski stand mit dümmlichem Gesichtsausdruck da, rührte sich nicht und glotzte ihn ausdruckslos an.

»Markowski, wir gehen«, erklärte ihm König nachdrücklich.

Ein Gefühl von Scham überkam ihn bei der Vorstellung, was der Hauseigentümer wohl über sie denken würde, doch der Mann wirkte dankbar und beruhigt. Sie liefen nach draußen und setzten sich in den Wagen.

»Du weißt, wen er da beschrieben hat, oder?«, fragte König vorsichtig.

»Nö. Keine Ahnung. Der hat sich das doch alles eingebildet, denke ich. Zu viel Koks oder so. Genau wie der Mistkerl von Ehemann von Elsbeth van Graaf. Ach, Elsbeth.« Sein Gesicht verzog sich verzückt, und sein entrückter Blick ging durch König hindurch.

König seufzte. »Geht da immer noch was zwischen dir und dieser versnoppten Tante?«

Markowski sah ihn empört an. »Ich helfe bloß. Das Mädchen ist verzweifelt und braucht Liebe. Sie braucht etwas Bodenständiges, jemanden, an dem sie sich festhalten kann.«

»Ja, ja. Schon gut«, beschwichtigte König ihn schnell. Er hatte wirklich keine Lust, genauer über Markowskis Liebesleben informiert zu werden.

»Markowski, hör mir zu. Der Typ, den der Mann beschrieben hat, ist der, den wir vor der Klinik abgelegt haben. Der, den du verprügelt hast. Er war schon mehrmals zu Besuch bei uns auf der Wache, sein Gesicht kam mir sofort bekannt vor. Wir haben seine Personalien, wir können ihn befragen. Endlich haben wir bei den Einbrüchen einen vernünftigen Hinweis erhalten. Mann, ich bin voller Adrenalin. Wir können richtig anfangen zu ermitteln. Das ist doch großartig, oder?«

Markowskis Blick war stumpf und leer. Er schien konzentriert nachzudenken, was ihm sichtlich schwerfiel. Schließlich schüttelte er energisch den Kopf. »Nein«, sagte er entschlossen.

König zuckte zurück. Irritiert sah er Markowski an.

»Was heißt nein? Natürlich müssen wir ihn befragen.«

Markowski griff plötzlich mit beiden Händen nach König, umfasste seinen Jackenkragen und schüttelte ihn. Er zog König nah an sich, sodass ihre Gesichter sich fast berührten.

»Wir werden diesen Typen nicht auf mich aufmerksam machen.« König spürte seinen Atem im Gesicht. Er roch nach Zwiebeln. »Dieser Typ ist für uns tabu, hörst du? Sein Freund hat diesen Film gedreht, der meine Karriere ruinieren kann. Das lasse ich nicht zu. Er lässt uns in Ruhe. Wir lassen ihn in Ruhe. So läuft das.«

König fragte sich, von welcher Karriere er überhaupt sprach. In seinem Alter noch als Streifenpolizist durch die Gegend zu dümpeln, war sicher nicht das erstrebenswerteste Ziel. »Und dann? Lassen wir die Typen einfach weiter einbrechen, sich an fremdem Eigentum vergreifen?« König war empört.

Das konnte dieser dicke Typ neben ihm doch nicht ernst meinen. Markowski nickte heftig, die Augen starr auf ihn gerichtet. Fasziniert beobachtete König, wie Markowskis Doppelkinn dabei auf und ab hüpfte und so etwas wie Wellen schlug. Als hätte man einen Stein auf eine ruhige Wasseroberfläche geworfen. Kreisförmig, weich und in einem melodischen Rhythmus schwang das Fleisch unter seinem Kinn hin und her, und König musste sich zusammenreißen, um nicht fasziniert die Hand danach auszustrecken, um die schwankende Masse zu berühren.

»Aber«, begann König, doch Markowski unterbrach ihn schroff. »Pass auf, Freundchen. Dein Arsch hängt genauso mit drin in der Sache wie unserer. Solltest du diesen abgefuckten Freak irgendwie kontaktieren, dann wirst du Markowski in Bestform erleben. Und das möchtest du nicht erleben, glaub mir. Ich werde dir so ans Bein pissen, wie dir noch kein anderer ans Bein gepisst hat.«

»Drohst du mir etwa?«

»Oh ja. Ich drohe dir und bin echt traurig. Ich hatte gedacht, du bist in Ordnung. Du warst im Markowski-Klub aufgenommen – und jetzt so eine Enttäuschung.«

Markowski wandte sich beleidigt ab und lehnte seinen Kopf an das Glas der Fensterscheibe.

Er schien tief erschüttert. König wusste nicht, was er denken sollte. Die ganze Situation war lächerlich.

Er dachte nach. Es widerstrebte ihm, die ganze Sache in den Sand laufen zu lassen, doch er hatte Gewissensbisse, wenn er daran dachte, dass sie den verletzten Mann einfach seinem Schicksal überlassen hatten. Was wäre passiert, wenn er nicht gefunden worden wäre? Der Junge hätte sterben können, und er hätte eine Mitschuld daran gehabt. Es war ein Zeichen, dass der Mann ihren Weg kreuzte. König musste sich entscheiden.

Vielleicht sollte er die Sache wirklich auf sich beruhen und den Jungen zufriedenlassen. Was war schlimm daran, dass er diese Villen besuchte, wenn die Bewohner im Urlaub waren? Er und sein schöner Kumpel aßen und stellten die Zimmer um, was König insgeheim lustig fand. Es wurde niemand verletzt, und es wurden keine Dinge von großem Wert gestohlen. Er sollte den Jungen in Ruhe lassen, Markowski hatte recht. Ewas in seinem Inneren fragte ihn eindringlich, ob das denn das Einzige war, was diese jungen Männer so trieben. Ob sie nicht noch schlimmere Dinge unternahmen oder planten. Noch könnte er das verhindern und eingreifen. Was war mit seiner Polizistenehre? Er konnte doch nicht einfach die Augen vor so einer Sache verschließen.

Er sah Markowski an, der abwartend und schnaufend neben ihm saß. Sein buschiger Schnurrbart wippte.

»Ich werde nichts sagen und nichts tun«, flüsterte König tonlos.

Ein Lächeln breitete sich über Markowskis Gesicht aus.

»So ist das richtig, mein Junge. Du musst halt noch viel

lernen. Und jetzt fahren wir zur Bäckerei und besorgen uns ein paar Kuchenteilchen. Nach dem ganzen Stress haben wir uns etwas Süßes verdient, denke ich.« Markowski gab Gas, und König starrte durch die Windschutzscheibe in die graue Umgebung und fühlte, wie etwas in ihm zerbrach.

KAPITEL 28 – JAKOB

Die verdammten Vögel zwitscherten unbeschwert und sangen ihre Lieder. Lustig hüpften sie in den Zweigen der alten Eichen umher. Jakob zog sich unbehaglich den Kragen seiner Jacke höher. Er stapfte weiter voran.

Verstohlene Blicke bohrten brennende Löcher in seinen Rücken. Er hatte das Gefühl, es würde ihm auf die Stirn geschrieben stehen, dass er ein Fremder war. Ein Eindringling, der hier nichts zu suchen hatte.

Er hatte vermutet, dass der Nordfriedhof an der Burgholzstraße an einem Montagnachmittag frei von Besuchern wäre, Mutter trieb sich schließlich auch nur am heiligen Sonntag am Grab seines Vaters herum, doch er hatte sich geirrt. Ständig kreuzten verrunzelte, seltsam gebeugte Frauen, beladen mit Gießkannen und Körben voller Blumen, seinen Weg, die ihn misstrauisch beäugten. An jeder Ecke waren Gärtner emsig dabei, Rasen zu mähen, Laub zu harken und die Wege zu fegen. Alle starrten ihn an und schienen jeden seiner Schritte zu observieren.

War das ein geheimer Klub, wo sich alle exklusiven Mitglieder kannten und sich verabredet hatten, um ihn zu überwachen?

Diese offensichtlich schwer beschäftigten Leute, die sich ständig in seiner Nähe rumtrieben, und die sakrale Stimmung gingen Jakob auf die Nerven.

Er wollte doch nur das Grab von diesem Scheißkerl finden. Trotzig schob er seine Unterlippe nach vorne und biss die Zähne zusammen. Mit geneigtem Kopf und zusammengekniffenen Augen hastete er über das von Rhododendren gesäumte Rasenoval und versuchte, die Inschriften auf den Gräbern zu entziffern.

Er hatte nicht gewusst, wie viele arme Schweine man hier verbuddelt hatte. Er war das erste Mal auf dem Friedhof und hatte keine Ahnung, wo zum Teufel sein Vater begraben war.

Als sich Mutter gestern von ihm verabschiedet und sich beladen mit einem Strauß weißer Lilien auf den Weg zum Friedhof gemacht hatte, hatte sie ihn auf eine Idee gebracht. Er würde der jungen Frau aus dem Gemüseladen einen Strauß Blumen schenken, als Entschuldigung dafür, dass er sich das letzte Mal wie ein kompletter Idiot benommen und Hals über Kopf aus dem Laden gestürzt war, ohne sich vernünftig zu verabschieden. Nelu hatte gesagt, dass Blumen bei Frauen immer gut ankommen würden. Er stöhnte.

Am liebsten hätte er die Mission abgebrochen und den türkischen Laden nie wieder betreten. Das Vertrauen des Mädchens zu gewinnen, schien ihm unmöglich. »Durchhaltevermögen, Junge. Das ist es, was im Leben zählt. Du wirst durch diese Sache jede Menge lernen«, hatte Nelu gepredigt und ihm aufmunternd auf den Rücken geklopft wie einem kleinen Jungen, der sich nicht traut, im Schwimmbad vom Dreimeterbrett zu springen.

Genauso fühlte er sich in der Gegenwart dieser Frau. Als würde er springen, hinein in etwas Ungewisses, seine Füße hatten das Sprungbrett längst verlassen, und er befand sich im freien Fall.

Verärgert stieß er die Luft aus.

Worauf hatte er sich da bloß eingelassen? Er musste an ihre Augen denken. Nur ein kurzer Moment hatte gereicht, um zu erkennen, dass in ihnen ein schwarzes Meer tobte, dunkle Wellen voller Bewegung und Gefühl. Augen, die an eine schwarze Sturmflut erinnerten.

Er lachte auf. Als wäre das Ganze nicht auch so schwer genug.

Das Grab seines Vaters hatte er sich größer vorgestellt. Es wirkte im Gegensatz zu den meisten anderen Gräbern fast mickrig, stellte Jakob überrascht fest, als er es endlich gefunden hatte. Mutter gab sich erstaunlicherweise keine große Mühe mit der Grabpflege. Zwei einzelne Blumensträuße waren lieblos und wie in großer Eile auf das Grab geworfen. Um den Grabstein herum hatte sich Unkraut seinen Weg gesucht, rot gefärbte Blätter der Bäume bedeckten die Erde. Seltsam, wo Mutter doch immer so von Vater schwärmte.

»Wer nicht liebt, hat Gott nicht erkannt, denn Gott ist Liebe«, war in verwitterten Buchstaben auf den inzwischen mit Moos überzogenen Stein graviert. Jakob stieß verächtlich die Luft aus. Als hätte dieser Mistkerl gewusst, was Liebe ist.

Jakob konnte der Versuchung nicht widerstehen, zog den Rotz hoch und spuckte in hohem Bogen auf das Grab.

Kurz sah er sich nach allen Seiten um, bückte sich und schnappte sich einen der beiden Sträuße, die auf dem ungepflegten Grab herumlagen. Er runzelte die Stirn.

Besonders frisch sahen die Blumen nicht mehr aus, die weißen Lilien begannen zu welken und ließen traurig ihre Köpfe hängen. Er schob den Strauß unter seine Jacke, zog den Reißverschluss zu und beeilte sich, den Friedhof zu verlassen.

Er bummelte durch die Straßen und wurde langsamer, je näher er dem Gemüseladen kam.

Sein Herz begann heftig zu schlagen, als er vor der Ladentür stand. Vielleicht ist sie heute gar nicht da, versuchte er, sich zu beruhigen. Er wischte sich seine feuchten Finger an der Hose ab und ging hinein. Die Türglocken veranstalteten einen Heidenlärm. Er erblickte sie sofort, als er eintrat.

Sie stand, den Rücken zu ihm gewandt, vor einem der Regale, hob aus einem Pappkarton Einmachgläser heraus und knallte diese mit Wucht und lautem Geschepper grob auf die Regalbretter. Ihren Bewegungen nach zu urteilen, schien sie äußerst schlecht gelaunt zu sein. Sie war allein im Laden. Ein Glas rutschte ihr aus den Händen und kullerte über den Fußboden. Jakob hörte sie fluchen. Er räusperte sich.

Mit einem Ruck drehte sie sich um und sah ihn an. Ihr Gesicht war bleich, und ihre schönen, schwarzen Augen lagen in tiefen Höhlen. Das letzte Mal hatte sie wesentlich entspannter gewirkt. Unsicher druckste er herum.

»Hi. Du hast gesagt, dass ich wiederkommen darf.«

Sie antwortete nicht, zog nur die Stirn in Falten und widmete ihre Aufmerksamkeit dem Regal.

»Du hast mir grade noch gefehlt«, hörte er sie murmeln.

Das Schweigen zwischen ihnen war angespannt. Er sah ihr wortlos bei der Arbeit zu. Sie bewegte sich ruckartig und aggressiv. Dann sah er, wie sie ihren Kopf an das Regal lehnte und innehielt. Ihre Schultern bebten leicht.

»Was ist los? Kein guter Tag heute?«, fragte er leise.

»Kein guter Tag«, sagte sie nach einer Weile und drehte sich endlich zu ihm um. »Und du? Was willst du hier? Brot kaufen?« Ein flüchtiges Lächeln huschte über ihr blasses Gesicht.

Sie hatte geweint, ihre Augen waren gerötet.

»Warum kein guter Tag?«, fragte Jakob.

Sie wandte den Blick ab.

»Streit mit meinem Vater. Egal. Das Übliche, da muss man nicht groß drüber reden. Das wird schon wieder. Was ist mit deinem Gesicht passiert? Bist du in eine Schlägerei geraten?«

»So was ähnliches«, murmelte Jakob. Er stemmte entschlossen die Hände in die Hüften. »Oliven. Ich will eingelegte Oliven kaufen«, tönte er laut. Sie lächelte, riss die Augen auf und schaute erstaunt auf den Boden unter seinen Füßen.

»Du verlierst Blätter. Es wird Herbst«, stellte sie trocken fest.

Jakob sah nach unten. Die welken Lilien unter seiner Jacke hielten dem Druck nicht stand, und weiße Blütenblätter waren aus dem Jackenbund gerutscht und zu Boden gefallen.

Es sah aus, als hätte es geschneit.

Peinlich berührt, öffnete Jakob den Reißverschluss und zog den zerrupften Strauß aus seiner Jacke.

»Hier«, stieß er hervor, »hab ich dir mitgebracht.« Er konnte sie nicht ansehen.

Sie nahm ihm die Blumen aus der Hand. Ganz kurz streiften sich ihre Finger, die Berührung versetzte ihm eine Art Stromschlag, und er riss ruckartig seine Hand weg, als hätte er sich verbrannt.

»Ich heiße übrigens Leyla.« Ihre Stimme klang sanft und weit entfernt.

Sie war in die gegenüberliegende Ecke des Raumes gehuscht, stand hinter der Verkaufstheke und hantierte mit verschiedenen Schalen aus Metall.

»Komm rüber, Olivenfreund, und teste mal. Die armen Blumen stelle ich ins Wasser, dann werden sie vielleicht noch was, nachdem du sie so gequält hast. Friedhofsblumen – genau das richtige für mich, an einem Tag wie heute.«

Dieses Mal bot sie ihm einen Stuhl an.

Es war angenehm, mit ihr zusammen zu sein, stellte Jakob nach einer Weile fest. Er entspannte sich.

Die grünen Oliven, die mit Mandelstücken gefüllt waren, mochte er am liebsten.

KAPITEL 29 – TIM

»Sieh nicht nach links.« Markowskis lallende Stimme drang nur verschwommen in Königs Ohr.

Natürlich drehte er sofort den Kopf in die verbotene Richtung, konnte aber in der Masse der dicht aneinandergedrängten Kneipenbesucher nichts Außergewöhnliches feststellen.

»Nicht nach links, habe ich gesagt«, polterte Markowski, »Hömma, Gustav, mach uns noch drei.« Dressler strahlte und klatschte in die Hände wie ein zurückgebliebenes Kind.

»Das ist aber meine letzte Runde. Danach muss ich heim«, erklärte König vorsichtig.

»Ja, ja.« Markowski lachte grölend und schlug ihm auf die Schulter, dann verfinsterte sich sein aufgedunsenes Gesicht. »Scheiße. Sie hat uns gesehen. Sie kommt direkt auf uns zu.« König wendete den Kopf nach allen Seiten, was keine gute Idee war. Die Bilder kamen nur verzögert in seinem Gehirn an.

Die typische Ruhrpott-Kneipe mit ihrem schweren Holzmobiliar, den trüben, nikotingelben Lampenschirmen und den gerahmten gelb-schwarzen Fußballbildern an den Wänden und ihre Gäste drehten sich und vermischten sich in seinem Blick zu einem schlierigen Durcheinander. Er hatte definitiv genug für heute.

Dichter Zigarettenqualm ließ seine Augen tränen. Das allgemeine Rauchverbot in Kneipen war hier kein Thema. Die Gäste saugten mit Inbrunst an ihren Kippen, als würden sie ihren letzten Atemzug tun.

Es würde wie immer schwer werden, sich von Markowski und Dressler loszuseilen. Noch eine Runde und noch eine Runde, und jedes Mal wurde ihm versprochen, dass dies die letzte sei. Seufzend blickte er zu seinen beiden angetrunkenen Kollegen. Ihre gute Laune schien schlagartig verschwunden zu sein. Sie hingen auf ihren Hockern vor dem Tresen und stierten mit unbewegten Gesichtern stur geradeaus.

»Ach, hier sind ja meine Jungs. König, wie schön Sie zu sehen. Sie hätte ich hier am wenigsten erwartet. Scheinen sich ja inzwischen gut mit den Kollegen zu verstehen. Mir geht richtig das Herz auf, wenn ich sie so harmonisch zusammen sehe. Willkommen in unserer kleinen Familie.« Dienstgruppenleiterin Sattler strich sich das wirre Haar aus dem Gesicht und drängte sich zwischen ihn und Markowski.

Eine steile Falte bildete sich auf Markowskis Stirn. Auffordernd blickte Sattler ihn an. Ihr Lächeln wirkte angestrengt.

»Gustav, einen Cognac für die Dame«, stieß Markowski angewidert hervor. Die Muskeln in seinem Kiefer zuckten. Sattler strahlte aufgesetzt.

»Sie wissen, was ich brauche nach einem anstrengenden Tag, Markowski. Ich bin nur ein wenig beleidigt, dass Sie mal wieder nicht Bescheid gesagt haben. Sie hatten doch versprochen, bei mir anzuklopfen, wenn Sie nach Feierabend was trinken gehen. Sie wissen doch, wie gerne ich mich Ihnen anschließe.«

»Habe ich vergessen«, brummte Markowski, ohne sie anzusehen. »Sie vergessen es immer. Man könnte fast meinen, Sie wollen mich nicht dabeihaben.« Ihr Lachen klang schrill. »Aber ich weiß ja zum Glück, wo ich Sie finde.«

Markowski presste die Lippen fest aufeinander und stürzte das Bier, das vor ihm stand, in einem Zug hinunter. Sattler nippte an ihrem Cognac, zwinkerte nervös hinter den Brillengläsern und sah sich nasezuckend im Raum um. Sie versuchte gezwungen, lässig und entspannt zu wirken, aber man sah ihr das Unwohlsein deutlich an. Im Job wirkte sie dominant und strotzte nur so vor Selbstbewusstsein, privat wirkte diese Frau fehl am Platz und wie ein Häufchen Elend.

König war froh, dass Dressler sich zu ihr gesellte und sie in ein Gespräch verwickelte. Wenigstens kümmerte er sich um sie, und sie wirkte nicht mehr ganz so allein. Er war erleichtert, dass dieses Los nicht auf ihn gefallen war.

Markowski warf Dressler strafende Blicke zu und schüttelte resigniert den Kopf. Er hob sein Pinnchen und prostete König zu. Widerwillig nahm auch König sein Glas und schüttete sich den Schnaps in den Hals. Er hustete.

»Ich habe Dressler mehrmals gesagt, dass er diese dumme Kuh ignorieren soll«, drang Markowskis feuchtes Flüstern in sein Ohr, »wir wollen sie nicht dabeihaben. Es bringt nichts. Wir müssen ihr das zeigen und sie anstandslos stehen lassen, wenn sie uns in ihrer Freizeit hinterherläuft. Anders geht es nicht. Und jetzt macht Dressler alles kaputt. Er ist zu weichherzig. Bestimmt unterhält er sich mit ihr wieder über die Farbe ihres Nagellacks. Ich schwöre dir, wenn er damit nicht aufhört, sorge ich dafür, dass er irgendwann nach Gelsenkirchen versetzt wird, in die verbotene Stadt.«

»Dressler führt Gespräche über Nagellack?« Irritiert blickte König zu Dressler, der seinen Kopf tief über die Hände von Sattler geneigt hatte, die ordentlich nebeneinander aufgereiht auf der Theke lagen.

»Er hat doch dieses Faible für Hände. Hast du das noch nicht mitbekommen?«

Natürlich war König das gerahmte Bild aufgefallen, das im Präsidium hinter Dresslers Schreibtisch an der Wand hing. Es zeigte eine perfekt manikürte Damenhand, augenscheinlich eine herausgerissene Reklameseite einer Zeitschrift, die für Handcreme warb. Doch König hatte längst aufgehört, sich über das seltsame Verhalten seiner Kollegen zu wundern. Das Bild hing eben dort und gehörte zum normalen Büroinventar. Er nahm es schon lange nicht mehr wahr. Befremdet sah er zu Dressler, der sich angeregt mit Sattler unterhielt.

Sattler war schon bei ihrem dritten Cognac angekommen. Ausschweifend gestikulierte sie mit den Armen, während sie sprach, ihr Gesichtsausdruck wurde weicher. Markowski stöhnte gequält auf. »Gleich ist der Abend gelaufen, und ich muss sie nach Hause fahren. Die Alte verträgt nichts – und wer muss dafür büßen? Ich natürlich«, grummelte er.

Er warf Dressler weiterhin böse Blicke zu, doch der schien nichts zu merken.

Die Kneipe verschwamm vor Königs Augen. Fetzen lauter Musik hämmerten wie Faustschläge auf seine Ohren. Er hatte verflixt noch mal genug von diesem Theater.

Bevor er mit dem Kopf auf den Tresen sank, blickte er in Gustavs weise Augen, die ihn aus einem Meer voller Falten beobachteten. Schlafen, er wollte bloß einen kleinen Moment ausruhen.

Er spürte Dressler Nähe, bevor er die Augen öffnete. In der Kneipe war es deutlich ruhiger geworden. Die Gespräche waren verstummt, die Lautstärke der Musikbox leiser gedreht.

»Was machst du da?« König riss seine Hand weg, die Dressler gehalten und intensiv betrachtet hatte.

Dressler lächelte ihn verklärt an. »Du hast schöne, schmale Finger. Wie die Hände eines Künstlers«, erklärte er anerkennend.

»Wo ist Markowski?« König sah sich orientierungslos in der inzwischen leer gewordenen Kneipe um.

»Fährt Sattler nach Hause. Das macht er immer, wenn sie uneingeladen bei uns auftaucht und sich besäuft. Immerhin ist sie unsere Chefin. Er wollte gleich wieder da sein.«

»Ich wundere mich, dass Markowski in seinem Zustand fahren kann«, murmelte König.

Dressler sah ihn vorwurfsvoll an. »Markowski kann das. Markowski kann alles.«

»Ja, sicher. Wie konnte ich das vergessen? Markowski, unser Superheld. Ich muss dann weg. War nett mit euch. Bis morgen«, verabschiedete sich König schnell und hüpfte vom Hocker.

Dressler blickte ihn traurig an. Er erinnerte König an einen ausgesetzten Welpen.

»Du willst schon gehen?«

König nickte und verbarg seine Hände sicherheitshalber in den Hosentaschen. Erschöpft schob er sein Fahrrad nach Hause. Er war zu alt für diese Art von Freizeitbeschäftigung und wusste, dass er am nächsten Morgen Kopfschmerzen haben würde.

KAPITEL 30 – JAKOB

»Ich kann es nicht. Ich kann es einfach nicht.«

Sie saßen auf dem Dach des Hochhauses. Nelu hatte dicke Schlafsäcke mitgebracht, in die sie sich eingehüllt hatten. Es war frostig geworden. Die Weite des blauen Abendhimmels breitete sich über ihren Köpfen aus wie ein Zelt.

Nelu sah Jakob abwartend an. »Bist du endlich fertig, Heulsuse? Läuft doch ganz gut bis jetzt. Ich weiß gar nicht, warum du dich so aufregst. Du warst immer wieder in dem Laden, sie kennt deinen Namen, füttert dich und vertraut dir. Wer weiß, vielleicht ist sie sogar in dich verknallt, die kleine Türkenschlampe. Wird ja sonst niemanden abkriegen, so verbiestert und staubtrocken, wie sie ist.« Er lachte gehässig.

Jakob ballte seine Hände zu Fäusten. Er versuchte, seine Verzweiflung in Worte zu fassen. »Ich habe dir gesagt, dass sie eigentlich nett ist. Irgendwie süß und lustig. Sie hat Humor. Du kennst sie nicht. Bitte, Nelu, es ist mein Ernst. Wir sollten das Mädchen in Ruhe lassen. Wir finden etwas anderes, womit wir das große Geld machen können. Du hast doch immer so viele gute Ideen. Ehrlich, sie ist nicht dumm. Ich wüsste gar nicht, womit ich sie zu den Baugrundstücken locken könnte. Das würde nicht funktionieren. Sie ist immer auf der Hut und hellwach. Sie wird nicht einfach so wie ein dummes Schaf mit mir mitkommen.«

»Ach was. Du musst nur dranbleiben und dich ein bisschen anstrengen. Bei Frauen braucht es Geduld, und sie lieben es, beschenkt zu werden. Besuch sie im Laden, und dann erzählst du ihr, du hättest eine Überraschung für sie. Sie wird so gespannt darauf sein, dass sie dir überall hin folgen wird. Ich kenne die Weiber. Eine ist wie die andere.«

Nelu lehnte sich zurück und zog an seiner Zigarette. »Bleib dran und tu es endlich. Meine Geduld ist zu Ende. Den nächsten Sommer will ich in Italien verbringen, und bei dir wird es auch Zeit, dass mal ein bisschen Kohle reinkommt. Oder zahlt das Jobcenter inzwischen?«

Jakob schüttelte traurig den Kopf. »Nein, seit meiner Liebeserklärung an Frau Siemens-Kleimann schreiben sie mich nicht einmal mehr an. Immerhin bekomme ich auch keine blödsinnigen Jobangebote.« Gedankenverloren starrte Jakob in den Himmel und begann, nervös an den Fingernägeln zu kauen. »Leyla ist wirklich verdammt nett.«

»Mann, ich sehe dich schon mit einer Türkin verheiratet irgendwo in der Wüste auf Kamelen in den Sonnenuntergang reiten. Glücklich und zufrieden mit zehn Kindern, die zu Hause auf euch warten. Ein Märchen wie in 1001 Nacht. Komm mal auf den Teppich, Junge. Wahrscheinlich läuft ihre Aufenthaltserlaubnis bald ab, und sie schleimt dich voll, um dich zu heiraten und in Deutschland bleiben zu können.«

Jakob wurde wütend. »Sie wurde hier geboren. Sie hat eine unbefristete Aufenthaltserlaubnis.«

Nelu zog die Augenbrauen in die Höhe. »Ach, so weit seid ihr schon gekommen, dass ihr über solch intimen Dinge sprecht. Nicht schlecht. Ich wusste doch, dass ich mich auf dich verlassen kann.«

Es hat keinen Sinn, mit Nelu zu reden, dachte Jakob frustriert. Sein Plan sollte durchgezogen werden, und es gab keine Alternative. Natürlich war ihm Nelu wichtiger als dieses Mädchen, das er kaum kannte. Er seufzte tief. Es wäre einfacher, wenn Leyla eines dieser unsympathischen Luder wäre, von denen es so viele gab. Doch sie war anders. Er fühlte sich von ihrer Ausstrahlung angezogen, und jedes Mal, wenn er sie sah, faszinierte sie ihn mehr. Sie war aufregend und er wie gebannt von ihrem Gesicht. Es fiel ihm schon gar nicht mehr auf, dass sie ein Kopftuch trug. Er brachte es noch immer nicht über sich, ihr in die Augen zu sehen, als ahnte er, dass etwas Unwiderrufliches mit ihm geschehen würde, wenn er es tat. Diese Frau brachte ihn durcheinander. Niemals würde er Nelu gegenüber zugeben, dass er ein starkes Kribbeln in seiner Magengegend verspürte, wenn sie ihm gegenüberstand. Ein Kribbeln, das nichts mit seiner üblichen Nervosität gemein hatte.

Er stöhnte laut auf und spürte Nelus Hand auf seiner Schulter. »Ich weiß, es ist schwer, ein Mann zu sein.« Nelu zog eine Flasche Wodka aus dem Rucksack und reichte sie ihm.

Dankbar trank Jakob. Er wollte nicht mehr denken und nicht mehr fühlen. Das machte ihn kaputt. Er trank gierig und in großen Schlucken. Nelu blickte ihn von der Seite aus prüfend an. »Ich habe sie schon angemeldet«, sagte er.

»Wen? Was denn angemeldet?«, fragte Jakob unkonzentriert.

»Na, die Türkenschlampe. Bisher habe ich sie nur Paul und Georg angeboten, die sind fast ausgeflippt vor Begeisterung. Bevor wir ihren Vater ausnehmen wie eine Weihnachtsgans, holen wir den gleichen Betrag von meinen Jungs rein. Die lecken sich alle Finger danach, mal eine echte Jungfrau zu vergewaltigen. Eine Jungfrau, die gezwungen wird und das nicht freiwillig tut, und dass sie Ausländerin ist, macht die Sache noch außergewöhnlicher. Ich habe Angebote für sie bekommen, da würden meine kleinen Schulmädchen mit ihren Teddys in den Armen vor Neid und Scham weinen.«

Jakob schwieg und trank, als wolle er die Bilder, die durch seinen Kopf rasten, fortspülen.

»Soll heißen, die Angebote stehen, und es werden mehr werden, du müsstest also ein bisschen Tempo vorlegen. Ich weiß ja, dass du eher der vorsichtige Typ bist, aber werde mal etwas forscher. Frauen mögen das, du langweilst sie sonst nur«, fuhr Nelu fort, »ein bisschen Action ist angesagt.«

»Ich gehe gleich noch zu ihr.« Jakobs Stimme klang heiser und verschwommen.

Ohne Nelu anzusehen oder sich umzudrehen, sprang er auf und rannte in großen Schritten über das Dach zu der Luke, die nach unten führte.

»Dass du so schnell machen sollst, habe ich eigentlich nicht gemeint, du Psycho«, rief Nelu hinter ihm her, »aber tu, was du für richtig hältst. Ich bin stolz auf dich. Immer das Ziel im Auge behalten und dranbleiben, mein Junge. So ist das richtig.«

Jakob konnte sein glucksendes Lachen noch hören, als er die Treppe nach unten eilte. Vor der Tür blieb er einen Moment orientierungslos stehen.

Seine Gedanken bildeten wirre Knoten. Er würde zu Hüseyins Laden gehen, um sie zu sehen.

Noch ein einziges Mal wollte er mit ihr sprechen, bevor er mithelfen würde, sie für immer kaputt zu machen.

Als er über die Straßen hastete, kam er an dem alten Obdachlosen vorüber, der vor einem Hauseingang kauerte, panisch vor ihm zurückwich und den Becher mit Kleingeld an seine magere Brust drückte.

»Nein«, hörte Jakob ihn wimmern, und er blieb stehen.

»Was denn?«, knurrte er den alten Mann an, »sehe ich so fürchterlich aus? Hab dir doch nichts getan.«

Der Mann sah ihn an, als würde Satan persönlich vor ihm stehen. Seine Pupillen waren vor Angst geweitet.

Natürlich habe ich ihm etwas getan, fiel Jakob ein. Er hatte ihn im Vorüberlaufen getreten, angepinkelt, er hatte sein Kleingeld über die gesamte Straße verstreut, er hatte ihn mit Alkohol überschüttet und ihn fast angezündet, ihn angepöbelt und ausgelacht. Und er wäre noch zu Schlimmerem bereit gewesen.

Jakob blieb stehen und trat schockiert einen Schritt zurück. Er starrte den Obdachlosen an.

Warum hatte er das eigentlich getan? Der Mann wollte nichts von ihm und ließ ihn in Ruhe. Früher hatte er sich auch nur mit Leuten geschlagen, die sich selbst schlagen wollten. Das war in Ordnung gewesen. Ein Kräftemessen in gegenseitigem stillschweigendem Einverständnis.

Was war aus ihm geworden? Ein hasserfülltes Tier, das von einem alten Mann angeblickt wurde wie der Massenmörder aus einem Horrorfilm und unterwegs war, um ein türkisches Mädchen in ein Verließ zu sperren und Vergewaltigern zu überlassen, in Gedanken schon die Kohle zählend, die dabei rausspringen würde.

»Ich entschuldige mich bei Ihnen«, flüsterte Jakob, holte einen zerknüllten Fünf-Euro-Schein aus der Hosentasche und warf ihn vor den alten Mann auf den Gehsteig.

Das Geld hatten sie neulich erst einem Klubbesucher abgenommen, nachdem sie ihn mit Drogen betäubt hatten.

Jakob erstarrte, angeekelt von sich selbst.

Er kramte tiefer in seinen Taschen und zog mehr Scheine hervor. Er warf sie auf den Asphalt, ohne hinzusehen, drehte sich um und lief eilig davon.

Der Obdachlose tippte sich mit dem Zeigefinger an die Stirn, sah ihm kopfschüttelnd hinterher, robbte schnell ein Stück nach vorne und klaubte hastig die Geldscheine von der Straße.

Als Jakob durcheinander und außer Atem Hüseyins Gemüseladen betrat, stellte er fest, dass etwas nicht stimmte.

Er hörte Leyla voller Wut schreien und fluchen und vernahm eine laute Männerstimme, die ebenfalls aufgebracht in einer fremden Sprache unaufhörlich auf sie einredete.

Bisher hatte er sie oft alleine angetroffen, mal waren ein paar Kunden im Laden gewesen, meist die Freaks aus der Nachbarschaft, und er hatte beobachtet, wie freundlich sie diese bediente. Seine Gedanken wurden durch einen lauten Knall unterbrochen.

»Leck mich«, hörte er Leyla schreien.

Wutentbrannt tauchte sie vor ihm auf und starrte ihn irritiert an. Sie schien verwundert zu sein, ihn im Laden zu sehen. Er war froh, als sich ihre lodernden Augen von ihm abwandten und sie die Tür aufriss. Sie drehte sich nach ihm um.

»Tut mir leid. Ich hau ab. Muss hier raus«, flüsterte sie mit erstickter Stimme und lief nach draußen.

Die Dunkelheit verschluckte sie fast augenblicklich.

»Möchten Sie etwas kaufen oder warum stehen Sie so

dämlich in der Gegend rum?«, wurde er von der Seite angeraunzt.

Ein älterer Mann stand vor ihm. Jakob schätzte ihn auf Mitte 60. Ein breiter Schnurrbart zierte sein Gesicht, und seine Augen funkelten ebenso wütend wie die von Leyla. Er musste ihr Vater sein.

»Nein.« Dass ein Beschützerinstinkt in ihm steckte, der mit voller Kraft aufloderte, war Jakob neu. »Ich möchte, dass Sie Ihre Tochter nicht anbrüllen und verjagen. Was sind Sie eigentlich für ein Mensch?«, schrie er, stürmte nach draußen und schlug die Ladentür so heftig hinter sich zu, dass die Glocken über der Tür sich gar nicht mehr beruhigen wollten. Jakob rannte in die leere Straße, die nur von ein paar mickrigen Straßenlaternen beleuchtet wurde.

»Leyla«, schrie er in die Nacht und fühlte sich, als wäre er ein schlechter Darsteller in einem von Mutters Liebesfilmen. »Wo bist du?«

Mann, war das lächerlich.

Wenn Nelu ihn so sehen würde, würde er sich nie wieder mit ihm abgeben. Eine peinliche Nummer, die er abzog. Er versuchte, klar zu denken.

Sie war weg, was sollte er tun?

Einfach nach Hause zu fahren, wäre das Beste. Doch da war diese Stimme, die ihn direkt aus seinem verdammten Herzen anschrie. »Lauf los und finde sie.«

Ich mache das nur für Nelu, versuchte Jakob sich selbst zu beruhigen, ich mache das nur für unser Geld. Doch er wusste, dass das nicht der Wahrheit entsprach. Er machte sich Sorgen, er wollte bei ihr sein und sie trösten.

Sein wodkageschwängertes Gehirn folgte seinem Herzen, und er lief planlos in die Dunkelheit, um sie zu suchen.

KAPITEL 31 – JAKOB

»Anfang nächsten Sommers ist es so weit. Er hat die Busfahrt gebucht, und das Ticket ist bezahlt. Er hat mir die Fahrkarte heute Morgen unter die Nase gehalten, als ob ich mich darüber freuen sollte und nur darauf gewartet hätte, dass es endlich so weit ist. Der Plan steht. Alles ist arrangiert. Kannst du dir das vorstellen? Es ist, als würde er eine Kuh auf einem Viehmarkt verkaufen wollen.« Sie schluchzte laut auf. »Dabei kenne ich den Mann, mit dem ich mein restliches Leben verbringen soll, gar nicht.«

Sie nahm Schwung auf, und die Schaukel trug sie bis in die Sterne. Der Zipfel ihres Kopftuches flatterte im Wind. Sie waren auf einem Spielplatz in der Nähe des Blücherparks gelandet, der in der Dunkelheit an nichts Kindliches mehr erinnerte. Die unförmigen Konturen der Spielgeräte wirkten wie bedrohliche Wesen aus einer anderen Welt.

Er hatte sie ein paar Straßen weiter gefunden. Sie hatte an einem Laternenpfahl gelehnt. Stoisch zitternd und bewegungsunfähig. Sie war nicht ansprechbar gewesen. Jakob hatte auf sie eingeflüstert, sich geräuspert, war nah an sie herangetreten, hatte eine Art Tanz vor ihr aufgeführt, doch sie hatte nicht reagiert.

Irgendwann hatte er vorsichtig die Hand auf ihre glühende Wange gelegt und gewartet.

Es hatte lange gedauert, bis er endlich eine Regung von ihr spürte. Ihr Gesicht hatte sich schutzbedürftig in seine Handfläche gepresst, obwohl sie sonst immer so stark wirkte, und dann hatte sie angefangen zu weinen, so heftig, dass ihr ganzer Körper gebebt hatte.

Er kannte das von Mutter, damals als Vater gestorben war, und er reagierte so, wie er es gewohnt war. Er umschloss sie mit beiden Armen, drückte sie an sich und ließ sie weinen. Der einzige Unterschied war, dass er sich diesmal nicht schuldig fühlte, und das war ein erhebendes Gefühl. Endlich konnte er einem anderen Menschen ohne Reue Trost spenden. Einem Menschen, dem er, zu diesem Zeitpunkt jedenfalls, das Leben noch nicht versaut hatte.

Sie warf sich an seinen Hals, presste ihren Körper an seinen und weinte, dass es sie schüttelte. Auch wenn es vielleicht nicht fair war, aber er genoss diesen Moment und kostete ihn mit allen Sinnen aus. Nach einer Weile stieß sie ihn trotzig von sich. Ihre Augen funkelten angriffslustig.

»Ich gehe auf den Spielplatz. Mach, was du willst«, hatte sie mit zusammengebissenen Zähnen hervorgestoßen und war gegangen. Natürlich war er hinter ihr hergeschlichen wie ein Bedürftiger, der sich nach mehr sehnt, wie ein scheiß Stalker, und jetzt saßen sie auf den Schaukeln, und sie hatte erzählt. Über die schon arrangierte Heirat mit einem Mann namens Muhammed. In einem halben Jahr würde sie weg sein. Das Schlimmste an ihrer Geschichte war, dass sie sich keinesfalls den Wünschen ihres Vaters widersetzen würde. Das käme für sie nicht in Frage.

Ihr Schicksal war vorprogrammiert, und sie würde nicht versuchen, es zu ändern. Familie zählte für sie alles. Der Wille ihres Vaters entschied über ihre Zukunft, das war normal für sie, und sie würde es akzeptieren, koste es, was es wolle.

Er sah ihr zu, wie sie mit der Schaukel auf und ab schwang. Irgendetwas schnürte ihm die Kehle zu. Er war hier, um sie zu zerstören. Wenn er seinen Auftrag erfüllt und Nelu den Rest erledigt hätte, würde sie nicht mehr die Frau sein, die jetzt neben ihm saß. Sie hatte keine Ahnung davon, was ihr bevorstand. Er schluckte mehrmals, doch der Kloß in seinem Hals verschwand nicht. Stumm sah er ihr zu, wie sie Schwung nahm und immer höher schaukelte. Es sah aus, als würde sie im Himmel verschwinden und fortfliegen.

Flieg, betete er innerlich, flieg davon und erlöse mich von diesem Dilemma.

Er lehnte sich auf der Schaukel zurück, legte den Kopf in den Nacken und betrachtete die Sterne. Als sie sich weinend an ihn gedrückt und er sie im Arm gehalten hatte, war da etwas gewesen, das er nicht kannte. Er hatte das Bedürfnis gehabt, sie nie loszulassen. Er wollte so nah bei ihr sein, dass er am liebsten in sie hineingekrochen wäre.

In der Dunkelheit sah er, dass sich ihre Wangen durch die kalte Abendluft gerötet hatten, als sie atemlos neben ihm die Schaukel stoppte. Sie sah jung aus, wie ein kleines Mädchen. »Es tut mir leid, dass ich dich mit meinen Problemen genervt habe. Danke fürs Zuhören. Mach dir keine Sorgen. Die Türkei ist ein schönes Land, und vielleicht ist dieser Muhammed ja ganz in Ordnung. Wer weiß? Vielleicht ist er ein echter Traummann und ich verliebe mich in ihn«, erklärte sie.

Sie meinte das nicht ernst, aber immerhin schien es ihr besser zu gehen, und sie hatte ihren Humor wiedergefunden.

Als wenn die Heirat ihr größtes Problem wäre, dachte Jakob. Wenn sie wüsste. Das größte Problem saß neben ihr und machte einen auf guten Freund. Es wartete ein ganz anderer Albtraum auf sie.

»Ich muss nach Hause. Mein Vater wird sich Sorgen machen. Er kann sich zwar wunderbar mit mir streiten, aber letztendlich will er doch nur mein Bestes. Auch wenn unsere Meinungen da ziemlich auseinandergehen.« Sie grinste schräg.

»Ich bringe dich zurück zum Laden«, sagte Jakob schnell. »Brauchst du nicht, ehrlich. Du hast genug für mich getan.« Sie sprang von der Schaukel.

»Ich will nur, dass du sicher nach Hause kommst. Die Welt ist voll von schrägen Typen, die es auf junge Mädchen abgesehen haben.« So wie ich, dachte Jakob, und der Selbsthass, der bei dem Gedanken in ihm aufloderte, war so stark, dass er dagegen ankämpfen musste, sich zu übergeben.

Seine Beine fühlten sich an, als wären sie aus Gummi, als er neben ihr zurück zum Laden ging. Sie erzählte ihm irgendetwas über ein neues Chutney-Rezept aus Pfirsichen, aber er hörte ihr nicht zu, warf ihr nur hin und wieder einen Blick von der Seite zu. Sah ihr blasses Gesicht mit den feinen Zügen und das Meer in ihren schwarzen Augen, in die er nicht hineinsehen konnte. Er wünschte sich, dass er ein anderer wäre, dass sie beide andere wären und er den Mut aufbringen würde, ihr alles, was ihn bewegte, zu erzählen. Vor dem Laden blieben sie stehen.

»Mach's gut«, krächzte Jakob heiser.

Sie lachte. »Mann, das ist kein Abschied für immer. Jetzt guck nicht so traurig. Fast ein halbes Jahr bin ich doch noch da und ich bin mir sicher, dass wir uns bis dahin wiedersehen, so hungrig wie du bist. Komm mal wieder vorbei. In unserem Geschäft haben wir noch Hunderte leckere Sachen versteckt, die du nicht kennst und die der echte Knüller sind, wenn man sie zuzubereiten weiß.«

»Nein«, er spuckte die Worte auf den Bordstein, »ich habe schon zu oft deine Gastfreundschaft genossen und mich bei euch durchgeschnorrt. Jetzt bin ich dran.«

Sie warf ihm einen amüsierten Blick zu.

»Ich führe dich zum Essen aus, wenn du magst. Es wird großartig werden. Ich hole dich morgen zum Feierabend ab, und wir werden den ganzen Abend schlemmen«, brachte er stockend hervor.

Ihre Augen leuchteten. »Ehrlich? Wohin willst du mit mir gehen?«

»Überraschung«, murmelte er mit finsterer Miene.

Sag Nein, beschwor er sie in Gedanken, bitte sag einfach Nein. Du kennst mich doch gar nicht, du gehst nicht einfach mit fremden Männern aus.

»Toll«, rief sie aufgeregt und unternehmungslustig, »aber es muss ein bisschen später sein. Ich kann mich um neun Uhr aus dem Haus schleichen, ohne dass Vater etwas merkt.«

»Ich warte um neun an der Straßenecke«, Jakobs Stimme brach, er drehte sich um und ging davon.

Er hörte ihre Schritte hinter sich.

»Warte«, rief sie und griff nach seiner Hand, »danke für heute.«

Ihr Händedruck war überraschend kräftig. Ihre Haut fühlte sich warm an.

Regungslos ließ er sie seine Hand schütteln und sah zu, wie sie leise vor sich hin lachend davonging.

Er stand eine lange Zeit wie angewurzelt in der kalten Abendluft und starrte in die Richtung, in der sie verschwunden war. Als er sich umdrehte und zu Fuß über die Schützenstraße nach Hause marschierte, spürte er die Tränen, die über sein Gesicht liefen.

KAPITEL 32 – JAKOB

Mitten in der Nacht schreckte er schweißgebadet auf.

Das T-Shirt klebte an seiner Haut, und er hatte das Gefühl, keine Luft mehr zu bekommen.

Mit verkrampften Fingern griff er nach seinem Handy und wählte Nelus Nummer. Nelu klang für vier Uhr nachts erstaunlich munter. »Na, meine kleine Nachteule. Wie läuft's? Machst du einen drauf oder hat Mama vergessen, dir eine Gutenachtgeschichte vorzulesen?«

»Ich muss dir was sagen. Wo bist du? Kannst du sprechen?«, fragte Jakob mit brüchiger Stimme.

»Ich war in der Traumfabrik. Da gab es nur leider nichts Vernünftiges abzugreifen. Dortmund ist ein trauriges Dorf. Der ganze Laden war voll von potthässlichen Weibern. Eine echte Freakshow, das kannst du dir nicht vorstellen. Jetzt muss der arme Nelu alleine nach Hause gehen. Was ist los? Nimm dir ein Taxi und komm vorbei. Wir treffen uns in meinem Loft.« Er klang überdreht und redete ohne Punkt und Komma.

In seinem Loft, dachte Jakob verächtlich und stellte sich die zugige Bauruine vor, in der Nelu hauste. Er hätte Nelus wohlklingender Stimme gerne zugehört, sich von seinen Worten einlullen und wegtragen lassen. Seine Stimme war immer wie ein Streicheln seiner Seele gewesen.

Er riss sich zusammen. Der Zeitpunkt war gekommen, er musste aus seiner Lethargie endlich erwachen. Er richtete sich auf seinem Bett kerzengerade auf und riss sich zusammen.

»Ich komme nicht«, sagte er mit fester Stimme, »was ich dir zu sagen habe, kann ich dir auch am Telefon sagen.«

Nelu lachte. »Wow, das klingt dramatisch. Ich höre zu, schieß los.«

»Die Kleine, also das Mädchen aus dem Gemüseladen, ich habe sie gestern so weit gekriegt. Wir sind verabredet. Sie kommt heute Abend mit mir mit, egal, wohin. Ich bin mir sicher, dass sie mir vertraut. Aber ich werde nicht hingehen. Ich tu es nicht.«

Es war kurz still in der Leitung.

»Bist du bescheuert, oder was? Du bist endlich so weit gekommen und machst nicht weiter? Bist du blöd, oder was? Natürlich triffst du dich mit ihr. Hast du vergessen, was ich dir dazu gesagt habe?« Nelus Tonfall wurde schrill.

Die Wut in seiner Stimme kroch durch den Telefonhörer. Jakob wurde eiskalt.

»Ich will nicht dazu beitragen, dass ihr wehgetan wird. Kannst du das nicht verstehen? Akzeptier es einfach. Ich mache es nicht. Das ist alles, was ich dir dazu zu sagen habe. Ich bin mir sicher. Meine Entscheidung steht, ob es dir passt oder nicht.«

Nelu begann am anderen Ende der Leitung auf ihn einzureden, er leierte einen Text über Geld, Männerfreundschaft und Mut herunter. Irgendwann hielt Jakob den Hörer weit von sich weg und ließ ihn reden. Der Wortschwall am anderen Ende schien gar nicht aufhören zu wollen. Irgendwann hielt Jakob sich das Telefon ans Ohr und brüllte nur zwei Sätze hinein, bevor er das Gespräch beendete.

»Ich mach es nicht, da kannst du labern, so viel du willst. Zieh dir ein paar Lines und leck mich am Arsch.« Er saß auf seinem Bett und lauschte in die Stille seines Zimmers. Sein Herz raste.

Ein Klopfen an seiner Tür schreckte ihn aus seinen Gedanken. »Jakob, Hase, was ist denn los? Hast du dich mit deiner Freundin gestritten?«, hörte er Mutters verschlafene Stimme auf der anderen Seite der Tür.

»Nein, Mutter. Alles in Ordnung. Mach dir keine Sorgen und schlaf weiter. Ich hab nur schlecht geträumt.«

Sie zögerte kurz, dann hörte er erleichtert das Schlurfen ihrer Pantoffeln in Richtung ihres Schlafzimmers.

»Alles wird gut. Ich werde für dich beten«, hörte er sie murmeln, dann war es still.

Bete für mich, das kann ich gebrauchen, dachte Jakob grimmig und streckte sich auf seinem Bett aus.

Er fühlte sich wie von einer Last befreit. Als hätte jemand einen zentnerschweren Steinbrocken von seinem Herzen geräumt. Er würde beide nicht wiedersehen, beschloss er. Nelu und Leyla gehörten von nun an seiner Vergangenheit an. Dieses Kapitel in seinem Leben war abgeschlossen. Er würde wieder allein sein, aber das war er ja gewohnt. Vielleicht würde er versuchen, eine Arbeit zu finden. Irgendwann würde ein Job dabei sein, den er aushalten konnte. Er durfte nur nicht aufgeben.

Er schloss die Augen und schlief voller guter Vorsätze ein.

Die nächsten drei Tage vergingen in einer schleppenden Behaglichkeit, doch Jakob war vorsichtig.

Er war auf der Hut und traute dem Frieden nicht. Er bewegte sich in einer Art Stillstand und wusste dabei genau, dass dieser Zustand nicht ewig andauern würde. Er wartete auf den großen Sturm. Es konnte nicht so einfach sein. Er konnte sich nicht vorstellen, dass Nelu ein Nein akzeptieren würde, doch er hörte nichts von ihm und schaffte es, nicht allzu viel an ihn zu denken. Leylas schwarze Augen schwirrten immer wieder durch seine Gedanken, und nachts träumte er von ihr. Träume vom Ertrinken und Träume von ihr wechselten sich im Zeitraffer jede Nacht miteinander ab, vermischten sich zu einem wirren Durcheinander und sorgten dafür, dass er sich am nächsten Morgen fühlte, als hätte er Drogen genommen.

Er spürte ein gewaltiges Zerren von Sehnsucht in seiner Brust, wenn er an Leyla dachte. Doch solange er sich in seinem sicheren Zuhause bei Mutter befand und still ausharrte, würde ihr nichts geschehen. Geduldig wartete er ab.

Mutter freute sich über seine Gesellschaft, doch war ihr anzumerken, dass sie sich Sorgen um ihn machte.

Als er am dritten Tag zusammen mit ihr ein wohlschmeckendes Abendbrot, bestehend aus Nudeln mit Ketchup, eingenommen hatte und sie gemeinsam am Küchentisch saßen, sah sie ihn lange aus ihren milchigen Augen an.

»Ich glaube fest daran, dass mit deiner Freundin bald alles in Ordnung kommt, Hase«, teilte sie ihm mitfühlend mit, »bete dafür. Es ist ganz einfach, bete und alles wird gut. Wie hat dein Vater immer gepredigt? ›All eure Sorgen werft auf ihn.‹ Und es ist wahr, wie alles, was dein Vater gesagt hat.«

»Das hat Vater nicht gesagt, das hat er in der Bibel gelesen, auswendig gelernt und damit großkotzig um sich geworfen. Im Ernst, Mutter. Werde wach! Vater hat sich für nichts anderes interessiert als für sich selbst. Wir waren ihm scheißegal. Du warst ganz praktisch, um den Haushalt zu schmeißen. Und ein Sohn gehörte zum guten Bild eines gläubigen Mannes dazu, wobei ich ihn da wahrlich enttäuscht haben muss. Wichtig für ihn war die Etikette, wie er nach außen wirkte. Wahrscheinlich hat er noch nicht mal an Gott geglaubt.«

Ihr Blick veränderte sich, irrte in der Gegend umher, ohne etwas fassen zu können, wie immer, wenn etwas angesprochen wurde, das sie mit der Realität konfrontierte. Ihr Gesichtsausdruck veränderte sich schlagartig, wurde abwehrend und hart.

»Das stimmt nicht, was du sagst. Er hat uns geliebt«, flüsterte sie eindringlich, mehr zu sich selbst als zu ihm, als versuche sie, sich selbst von ihren eigenen Worten zu überzeugen.

»Hat er sich irgendwann für etwas interessiert, was du gesagt hast? Was du gedacht und gefühlt hast? Hat er sich für deine Meinung interessiert? Ich kann mich nicht daran erinnern.« Jakob winkelte die Ellenbogen auf der Tischplatte an und stützte sein Kinn auf die Hände. »Du sagst immer, dass du dir Sorgen um mich machst. Weißt du was? Ich mache mir Sorgen um dich, Mutter. Du verlässt das Haus nicht mehr, du hast keine Freunde und keine Hobbys. Du hast gar nichts außer mir und deinen trügerischen Erinnerungen an ein besseres Leben, das gar keines war.«

»Ich habe meine Kirchengemeinde«, unterbrach sie ihn mit schwacher Stimme.

»Du gehst jeden Sonntag zum Gottesdienst, schmeißt einen Strauß Billigblumen aus dem Discounter auf Vaters ungepflegtes Grab und hechtest dann, so schnell wie möglich, zurück in die Wohnung. Du sprichst nicht mal mit den anderen Gemeindemitgliedern. Ich glaube, die Wohnung zu verlassen tust du nur, um mir zu beweisen, dass du noch so etwas wie ein soziales Leben hast. Einkaufen gehst du wahrscheinlich auch nur, weil ich da bin und etwas zu essen brauche. Wenn es mich nicht geben würde, würdest du wahrscheinlich lieber verhungern, als das Haus zu verlassen.«

Ihr Körper erschlaffte. Sie lehnte sich im Stuhl zurück, ihre Arme hingen seltsam leblos an ihrem rundlichen Leib herunter. Ihre Augen wurden für einen kurzen Moment klar, und Jakob stellte schockiert fest, dass er das erste Mal in seinem Leben bemerkte, dass sie blau waren.

Er sah einen so tiefen Schmerz in ihren Augen, dass er zurückzuckte und sich ruckartig auf seinem Stuhl aufrichtete. Sie langte langsam über den Tisch und umfasste seine Hand. »Dein Vater war ein Scheißkerl«, stimmte sie ihm mit leiser Stimme zu.

Jakob wartete. Das Ticken der Küchenuhr schien plötzlich lauter zu werden.

»Als du noch nicht geboren warst, hat er mich geschlagen, genauso, wie schon mein Vater mich geschlagen hat. Für mich war das normal, ich kannte es ja nicht anders.

Ich glaubte, ich hätte es nicht anders verdient. Sie züchtigten mich, wie sie es nannten, um mir die Flausen aus dem Kopf zu vertreiben. Schlimmer als die Schläge waren die seelischen Misshandlungen. Mir wurde eingetrichtert, dass ich nichts wert bin.« Ihr Körper begann zu zittern. »Wenn er nicht durch den Unfall auf Mallorca gestorben wäre, hätte ich es nie geschafft, mich von ihm zu trennen. Wahrscheinlich hätte er mich umgebracht und dich gleich mit. Vielleicht hat Gott ihn zu sich genommen, um ihn zu bestrafen für das, was er uns angetan hat«, ihre Stimme brach, das Zittern wurde stärker.

Jakob stand vom Stuhl auf, ging um den Tisch herum und kniete sich vor sie. »Ist ja gut«, murmelte er hilflos und streichelte ihr über die runde Schulter.

Noch nie hatten sie so ernsthaft miteinander gesprochen. Er hatte eine Tür in ihr aufgemacht, die sie nie wieder würde verschließen können. Er hatte nicht gewusst, was dieser Mistkerl ihr angetan hatte. Hatte immer nur Lobeshymnen über ihn aus ihrem Mund gehört.

Es dauerte lange, bis sie sich beruhigte. Das Zittern ging in ein Beben über und hörte schließlich auf. Sie schwiegen. Noch immer streichelte Jakob sanft ihre rechte Schulter.

»Ich koche uns einen Tee, dann schaust du dir schön den Rosamunde-Film an, ja? Der fängt doch gleich an.«

Sie nickte erschöpft und wirkte wie ein krankes Kind.

Er stützte sie, führte sie behutsam ins Wohnzimmer und schaltete den Fernseher ein. Er brachte ihr den Tee.

»Ich geh in mein Zimmer.« Verlegen trat er von einem Bein aufs andere. Sie reagierte nicht, sah nur apathisch auf den Bildschirm. Als er das Wohnzimmer verlassen wollte und versuchte, leise die Tür hinter sich zu schließen, wandte sie den Kopf in seine Richtung und lächelte ihn wortlos an. Er lächelte zurück und fühlte plötzlich eine starke Verbundenheit mit ihr.

Erleichtert ging er in sein Zimmer, klaubte zuerst die Bibel von seinem Bett, die sie ihm hingelegt hatte, schmiss sie wie immer gegen die Wand und legte sich hin.

Er dachte an Leyla und stellte sich vor, was sie wohl gerade machte. Bestimmt lag sie, genau wie er, auf ihrem Bett und starrte an die Zimmerdecke. Was sie wohl gedacht hatte vor drei Tagen, als sie sich zum verabredeten Zeitpunkt aus dem Haus stahl, um ihn zu treffen und er nicht auftauchte? Wie lange hatte sie auf ihn gewartet? Sie war bestimmt mächtig wütend auf ihn.

Er lachte leise in die Stille des Zimmers hinein. Einer wütenden Leyla sollte man besser aus dem Weg gehen. Er seufzte, drehte sich auf die Seite und schlief endlich ein.

Am nächsten Morgen wachte er um neun Uhr früh auf. Die Uhrzeit war ungewöhnlich für ihn, normalerweise regte er sich erst am späten Vormittag. Er fühlte sich ausgeschlafen und zufrieden, hatte keine Träume gehabt, weder gute, noch schlechte.

Er streckte sich ausgiebig, tappte barfuß zum Fenster und schob die Gardinen zur Seite, um die Wetterlage zu checken. Vielleicht würde er zur Feier des Tages von seinen letzten Cents ein paar frische Brötchen beim Bäcker holen für Mutter und ihn. Der Regen prasselte in dicken Tropfen an die Fensterscheibe.

Egal, entschloss sich Jakob, ich werde trotzdem gehen.

Dann sah er ihn.

Nelu stand an einen Laternenpfahl gelehnt auf der anderen Straßenseite, vor der tristen Kleingartenanlage im Regen und sah zu seinem Fenster herauf.

Lässig stand er da, die Hände in den Hosentaschen vergraben. Das Haar hing ihm in nassen Strähnen ins Gesicht. Der strömende Regen schien ihn keineswegs zu stören. Er sah gut aus, wie immer.

An den Pfahl gelehnt, wirkte er wie ein posierendes Model auf einem künstlerischen Foto.

Jakob trat einen Schritt zurück, obwohl er genau wusste, dass Nelu ihn gesehen haben musste.

Hektisch begann er, im Zimmer auf und ab zu laufen, wie ein Tier in der Falle.

Es schellte an der Tür. Jakob erstarrte.

Es schellte erneut. Durchdringend und schrill.

Wie ein Blitz schoss Jakob durch die Haustür und die Treppe hinunter.

Nelu durfte auf keinen Fall in die Wohnung kommen, er wollte nicht, dass er Mutter begegnete und ihr klägliches Zuhause kennenlernte.

Auf der Straße standen sie sich gegenüber. Nelu musterte ihn argwöhnisch.

»Gut siehst du aus. Hast dich ja mächtig in Schale geschmissen. Trägt man das jetzt so?«, fragte er sarkastisch. Jakob sah an sich herunter. Er hatte noch die zerlöcherte Boxershorts und das alte T-Shirt an, die Klamotten, die er beim Schlafen getragen hatte, und war noch immer barfuß.

Sofort begann er sich unsicher zu fühlen, doch er riss sich zusammen. Die Zeiten, in denen er auf Nelus Provokationen reagierte, waren vorbei, redete er sich ein.

»Was willst du hier?«, fragte er barsch und sah ihm finster in die Augen.

Nelu blieb ungerührt und verzog keine Miene. Jakob konnte an den Blitzen, die aus seinen Augen zu sprühen begannen, deutlich erkennen, dass er wütend wurde. Jakobs abweisendes Verhalten traf ihn.

Eins zu null für mich, dachte Jakob zufrieden.

»Ich will deine kleine Prinzessin, und zwar auf dem einfachsten Weg für mich. Ich will, dass du dein Wort hältst und mir hilfst. Danach kannst du dich zum Teufel scheren und weiter zufrieden mit Mutti von der Stütze leben«, zischte Nelu.

Jakob fragte sich langsam, ob der Typ schwer von Begriff war. »Ich mache es nicht. Soll ich dir das aufschreiben, oder was? Lass das Mädchen in Ruhe und such dir ein anderes Opfer, aber ohne mich.« Es war ein gutes Gefühl, mutig zu sein, auch wenn Jakobs Herzschlag raste. Er hatte sich lange genug geduckt. »Du wirst es nicht bereuen, wenn du es tust«, Nelu starrte ihn eindringlich an.

»Verdammt noch mal, nein«, schrie Jakob aus vollem Hals.

Sofort wurde im Nebenhaus ein Fenster aufgerissen.

»Ruhe da draußen. Es ist mitten in der Nacht. Es gibt auch Leute, die schlafen müssen.«

Nelu blickte irritiert auf seine Uhr.

»Es ist halb zehn Uhr am Morgen. Scheiß Sozialschmarotzer. Komm schon, Junge, zu denen willst du doch nicht gehören, oder? Den ganzen Tag pennen, dann saufen und sich über das Fernsehprogramm freuen. Du hast doch was Besseres verdient.« Er versucht, mir zu schmeicheln, um mich zu ködern, diese miese Ratte, dachte Jakob. Fast wäre er darauf hereingefallen. Wortlos warf er Nelu einen letzten vernichtenden Blick zu, verschwand im Haus und versicherte sich, dass er die Türen fest hinter sich verschlossen hatte.

Oben in der Wohnung blickte er hinter der Gardine verborgen nach unten.

Nelu wartete eine Weile unschlüssig auf der Straße und ging dann davon.

Tief in seinem Inneren wusste Jakob genau, dass dies nicht ihre letzte Begegnung gewesen war.

KAPITEL 33 – NELU

Er lag mit weit aufgerissenen Augen im Gras, lauschte dem Geplätscher der Emscher, sah in den Himmel und beobachtete den heranbrechenden Morgen. Sein Herz schlug schnell und seine Nasenscheidewand brannte wie Feuer. Zu viel Kokain heute Nacht im Klub, und trotzdem war er nicht in Stimmung gekommen. Am frühen Morgen hatte er schlecht gelaunt die Traumfabrik verlassen und war, durch das Naturschutzgebiet Bolmke, zur Emscher gelaufen. Der Nebenfluss des Rheins, der südöstlich von Dortmund, in Holzwickede in einem Quellteich entsprang, zog sich viele Kilometer weit durch das Ruhrgebiet. Die Zeiten, in denen der Fluss als stinkende Kloake des Ruhrgebiets bekannt war, waren vorbei. Durch den Bau von unterirdischen Kanälen floss das Wasser inzwischen klar und sauber durch das Flussbett.

Nelu dachte an diesen Volltrottel Jakob, der plötzlich meinte, eigene Wege gehen zu müssen.

Er stieß ein wildes Knurren aus, während er langsam begann, seine Schuhe auszuziehen. Er erhob sich und entledigte sich seiner Kleidung, die er pedantisch zusammenfaltete und ordentlich neben sich im Gras stapelte.

Nackt stand er inmitten der Natur, streckte beide Arme weit von sich und drehte seinen Kopf, um die Verspannungen in seinem Nacken zu lösen.

Die Temperatur des Wassers war arktisch. Vorsichtig setzte Nelu einen Fuß vor den anderen, als er in den Fluss watete, um auf den glitschigen Steinen am Grund nicht auszurutschen. Die Emscher war an dieser Stelle nicht tief, doch die Strömung hatte Kraft und zerrte an Nelus Beinen. In diesem so harmlos wirkenden Fluss, waren schon viele Menschen ertrunken.

Nelu mochte das viele Grün rund um Dortmund. Man musste nur ein paar Kilometer laufen, um der stinkenden, grauen Stadt zu entfliehen und in unberührte Natur zu gelangen.

Er ging in die Knie und unterdrückte einen Aufschrei, als er sich rücklings in die eisige Strömung legte. Er hielt sich mit den Händen an zwei großen Steinen fest, um nicht fortgetrieben zu werden. Die klirrende Kälte des Wassers kroch in seinen Körper und ließ seine Haut bläulich anlaufen. Tausende Nadelstiche schienen in seine Haut zu dringen, doch das konnte er aushalten. Er war stark. Mental und körperlich.

Selbst dieses Gewässer würde er mit Leichtigkeit bezwingen.

Jakob hatte keine Chance, sich ihm zu widersetzen. Überhaupt auf diese Idee zu kommen, war lächerlich. Dieser Typ würde seinen Anweisungen folgen, wofür hatte er sonst seine Zeit mit ihm verschwendet? Er würde schon sehen, wer am längeren Hebel saß.

»Emma? Emma, kommst du wohl her! Wo steckt denn mein kleines Mädchen?« Die schrille, weibliche Stimme klang weit entfernt.

Nelu verharrte still im Wasser, wie ein Tier, das auf der Lauer liegt, und beobachtete den kleinen, weißen Pudel, der schwanzwedelnd das Ufer beschnupperte. Der Pudel näherte sich und ignorierte konsequent das Rufen seines Frauchens. Alles andere schien interessanter für ihn zu sein.

Nelu drehte sich geräuschlos auf den Bauch, zog sich mit den Armen vorwärts und bewegte sich langsam auf den Hund zu, ähnlich einem Krokodil.

»Emma.« Die Stimme war kaum mehr zu hören, wurde übertönt vom Rauschen des Flusses.

Das Tier schrak zusammen, als Nelu plötzlich aus dem Wasser vor ihm auftauchte, doch es reagierte zu spät. Nelus kraftvolle Finger schlossen sich um seinen Hals. Er richtete sich auf und hielt den Hund mit ausgestreckten Armen vor sich.

Ein rosa Schleifchen zierte den weiß gelockten Kopf des Pudels. Mit ängstlichen Knopfaugen sah er Nelu an und stieß ein klägliches Jaulen aus.

Nelu verspürte ein Gefühl der Erregung, als er den kleinen Hund unter Wasser drückte und das hektische Zappeln des warmen Körpers unter seinen Händen fühlte. Es dauerte lange, bis der Hundeleib aufhörte sich zu wehren und schließlich erschlaffte.

Mit einem gelösten Lächeln im Gesicht beobachtete Nelu, wie die rosa Schleife auf der Wasseroberfläche trieb und vom Strom der Emscher fortgetragen wurde.

KAPITEL 34 – TIM

»Es war also ein Verkehrsunfall?«, wiederholte Markowski gelangweilt, gähnte herzerweichend und wandte sich dem Notizblock auf seinem Schoß zu.

König lugte ihm über die Schulter und betrachtete die merkwürdig verkrüppelten Figuren, die Markowski auf das Papier gezeichnet hatte, während er mit der Patientin im Krankenhausbett gesprochen hatte.

Es war klar, dass Markowski eine gestörte Persönlichkeit hatte, aber diese kaputten Zeichnungen von ihm zeigten deutlich, wie tief der Schaden in ihm sein musste. Die einäugigen Krüppel mit den ausgerissenen Armen und Beinen jagten König einen Schauer über den Rücken.

Angewidert wandte er sich ab und richtete seine Aufmerksamkeit auf die grauhaarige Frau mit den eingegipsten Beinen im Bett. »Also gut, noch mal von vorne, Frau Sattler-Kleimann, Sie waren also auf dem Weg zur Arbeit, sind über die Straße gelaufen, und ein Auto hat Sie erwischt. Wo arbeiten Sie denn?« Er lächelte sanft.

»Mein Gott, worauf warten Sie? Beantworten Sie die Fragen von meinem Kollegen. Wir haben nicht ewig Zeit«, gähnte Markowski ungeduldig dazwischen.

Die Langeweile hatte seine Gesichtszüge erschlaffen lassen. »Das Auto hat mich nicht erwischt, wie Sie sagen. Der Fahrer hat direkt auf mich zugehalten. Das war pure Absicht. Es war ein Mordversuch, das versuche ich Ihnen die ganze Zeit zu erklären«, fuhr sie Markowski an.

Eine unangenehme Person, dachte König versonnen. Allein ihre schrille Stimme ließ ihm die Haare zu Berge stehen. Zwischen Markowski und ihr schien die Chemie definitiv nicht zu stimmen. Die Antipathie zwischen ihnen war greifbar. »Wir glauben Ihnen doch, gute Frau. Sagen Sie uns doch bitte nur, wo Ihr Arbeitsplatz ist«, mischte er sich mit seiner freundlichsten Stimme ein, um der vorprogrammierten Eskalation zwischen den beiden vorzubeugen.

»Ich bin Sachbearbeiterin beim Jobcenter«, tönte sie patzig, verzog trotzig das Gesicht und kreuzte die Arme über ihrer flachen Brust.

Markowski lachte kurz hämisch auf.

Mein Gott, dachte König fast mitleidig, der Job passt zu ihr. Er konnte sich diese vertrocknete Dörrpflaume gut hinter einem Schreibtisch vorstellen. Sie würde den lieben, langen Tag nichts anderes tun, als Sanktionen zu erteilen und unschuldigen Leuten die Leistungen zu streichen, so wie es ihr gerade in den Kram passte, nur um Macht zu verspüren.

Er schluckte, versuchte seine Abneigung zu verbergen und sie respektvoll zu behandeln.

Zum Glück war ihre gesamte Aufmerksamkeit auf Markowski, ihren auserwählten Feind, gerichtet.

»Er hat mir aus dem Autofenster etwas zugeflüstert, als ich mit gebrochenen Beinen auf der Straße lag«, sagte sie triumphierend und geheimnisvoll und reckte ihr spitzes Kinn in die Höhe.

Markowski reagierte nicht, er war tief in seine Zeichnungen versunken.

Wie immer, wenn er sich konzentrierte, war ein Stück seiner fleischigen Zunge zu sehen, die aus seinem Mund herausragte und in seinem rechten Mundwinkel klemmte.

»Haben Sie gehört, was ich gesagt habe? Hören Sie mir überhaupt zu?«, keifte sie giftig in Markowskis Richtung.

»Er schreibt nur auf, was Sie sagen. Das ist wichtig für unsere Recherche«, versuchte König zu erklären, »sprechen Sie einfach mit mir. Wir halten alles fest, was Sie sagen. Konzentrieren Sie sich auf mich. Versuchen Sie sich zu erinnern. Alles ist von Bedeutung. Jedes kleine Detail. Wir hören Ihnen zu.«

»Aha. Wie schlecht geht es eigentlich der deutschen Polizei? Ich dachte, man nimmt Aussagen und Verhöre inzwischen per Tonband auf. Dieses Gekritzel von Ihrem Kollegen macht mich nervös. Ich sage jetzt gar nichts mehr.« Wieder fixierte sie den in sich versunkenen Markowski.

König unterdrückte ein Stöhnen und blickte sehnsüchtig aus dem Fenster.

In Gedanken sah er Jutta glücklich und fröhlich miauend über eine grüne Wiese laufen. Der Gedanke beruhigte ihn.

»Was hat er denn gesagt, der Fahrer?«, fragte er mit müder Stimme.

Sein Rücken begann zu schmerzen. Dieses Stehen vor dem Bett war unbequem. Warum hatten diese verdammten Krankenhäuser immer nur einen einzigen Besucherstuhl? Sollte pro Patient nur ein Besucher kommen? Sie machten das sicher extra, damit Gäste nie lange blieben und den Ärzten und Pflegern nicht im Weg waren.

Endlich sah die Frau König an. »Er hat gesagt, ich soll mir überlegen, wem ich das Arbeitslosengeld streiche. Er hat gesagt, ich soll an Jakob denken, sonst würde mir das nächste Mal etwas Schlimmeres passieren.« Sie schnappte nach Luft.

Ihre Augen hinter den dicken Brillengläsern hatten etwas Eulenhaftes. »Es war eine Drohung. Eine pure Drohung. Sie müssen etwas unternehmen, meine Herren. Sie müssen mir helfen.«

»So einfach ist das nicht«, raunzte Markowski sie an und schlug sein Notizbuch zu, »da müssen Sie schon etwas genauer werden. Sie müssen ja viele Feinde haben«, er zögerte kurz, »also nicht wegen Ihres Wesens oder wegen Ihres Aussehens, sondern wegen Ihres Jobs, meine ich.«

Sie ging nicht auf ihn ein.

»Ich weiß genau, wen der Fahrer meinte. Jakob Teuber. Der Mann, der in mich verliebt ist und mich stalkt.« Sie griff sich an den Hals und schüttelte theatralisch den Kopf.

»Sie werden gestalkt?« Markowski schien schwer mit sich zu kämpfen, um nicht laut loszuprusten.

Sein Gesicht rötete sich, seine Augen traten hervor. Er starrte sie ungläubig an. Endlich hatte sie es geschafft, sein Interesse zu wecken, und suhlte sich sichtlich in seiner Aufmerksamkeit.

»Einer meiner Kunden ist in mich verliebt. Hat das ganze Jobcenter zusammengeschrien und mir seine Liebe gestanden. Sie glauben nicht, wie peinlich das war. Er musste von unserem Sicherheitspersonal entfernt werden. Seitdem sehe ich ihn überall. Er steht vor meiner Wohnung, verfolgt mich auf Schritt und Tritt, er ist immer da, wo ich bin. Im Supermarkt steht er hinter mir an der Kasse und jetzt das. Er versucht, durch Freunde auf sich aufmerksam zu machen und droht mir. Oh mein Gott, es ist so schwer, eine Frau zu sein. Jetzt versucht dieser Irre, mich umbringen zu lassen.« Sie griff sich an die hohe Stirn und lugte aus den Augenwinkeln nach Markowski, um seine Reaktion nicht zu verpassen.

»Haben Sie Zeugen? Fotos, Videos? Oder hat er Ihnen Briefe geschrieben? Gespeicherte Telefonanrufe?«, fragte Markowski stumpf ohne jede Regung.

»Nein.«

Markowski stand auf und packte seine Sachen zusammen.

»Alles klar. Dieser Teuber ist uns ein Begriff. Sie müssen sich keine Sorgen machen. Der Mann ist uns bekannt und wird Sie nicht mehr bedrohen. Gute Besserung«, murmelte er zerstreut, bevor er fluchtartig den Raum verließ.

»Danke«, wisperte die grauhaarige Frau mit den gebrochenen Beinen perplex.

Sie schien enttäuscht darüber zu sein, dass die Befragung zu Ende war. König nickte ihr kurz zu und folgte

Markowski, der in schnellem Tempo durch den quietschgrünen Flur der Klinik Richtung Ausgang hastete.

Er wusste genau, was er gehört hatte. Teuber, bei dem Namen hatte etwas in ihm geklingelt. Der Hooligan, den Markowski kaputt geschlagen hatte, der Mann, über den niemals mehr gesprochen werden durfte.

Markowski hatte sofort dichtgemacht, als er den Namen gehört hatte, und seine Laune war schlagartig auf den Nullpunkt gesunken. Königs neue Position in der Mannschaft wäre gefährdet, wenn auch nur ein Wort über ihn verloren werden würde.

Innerlich hob er die Hand und drehte einen imaginären Schlüssel vor seinem Mund.

Er wusste, warum Markowski so fluchtartig das Zimmer verlassen hatte. Es würden keine Ermittlungen stattfinden.

Jakob Teuber war tabu.

König spürte eine tiefe Frustration in sich. Was taten sie eigentlich den ganzen Tag? Sie versuchten sich aus allem herauszuhalten. Ihr Job bestand darin, sich um eine kaputte Welt zu schlängeln, die eh nicht mehr zu retten war, ohne sich selbst wehzutun. König hatte einmal daran geglaubt, Gutes tun zu können, wenn er Polizist wurde, doch das Einzige, was ihn und seine Kollegen heute in Aufruhr brachte, war, wenn Metzgermeister Hampel seinen Ruhetag hatte. Jeder dachte einzig und allein an seinen eigenen Arsch. Selbst Dienstgruppenleiterin Sattler schien sich beruhigt zu haben und machte ihr eigenes Ding. Nachdem die Stimmen des Volkes vorerst verstummt waren und sich niemand mehr beschwerte, ließ sie ihre Jungs in Ruhe. Sollten sie doch machen, was sie wollten. Der stinknormale Arbeitsalltag war wieder eingekehrt. König überlegte seit einiger Zeit, ob er Sattler bitten sollte, wieder an seinen alten Platz, an den Schreibtisch, zurückkehren zu dürfen. Er hatte genug von Dressler und Markowski, von diesem Fremdschämen über Kollegen, das ihm oft genug die Röte ins Gesicht trieb. Er hatte genug davon, mit ihnen in Kneipen zu sitzen und sich ihre prahlerischen Geschichten anzuhören. Er wollte seinen Bürodienst absolvieren, zu Jutta nach Hause kommen und sich in sein Computerspiel vertiefen. All die Vorstellungen und Träume über Gerechtigkeit und Hilfsbereitschaft, die er als junger Mann gehabt hatte, waren lachhaft und hatten mit der Realität nichts zu tun.

Warum fühlte er sich bloß innerlich so zerrissen?

Diesen Jungen jedenfalls sollte er ganz schnell vergessen, was auch immer er trieb.

Etwas in ihm zog sich schmerzhaft zusammen, und er richtete seine Aufmerksamkeit darauf, hinter dem, trotz seiner Körperfülle erstaunlich schnell davon sprintenden Markowski herzukommen.

KAPITEL 35 – JAKOB

Er hatte erfahren, dass seine Sachbearbeiterin einen Unfall gehabt, sie von einem Auto angefahren worden und bis auf Weiteres im Krankenhaus liegen würde, als er beim Jobcenter angerufen hatte.

Im ersten Moment war er glücklich gewesen. Endlich würde eine neue Person da sein, die verantwortlich für sein Einkommen und seine Existenz sein würde. Es konnte alles nur besser werden, als bei der alten Siemens-Kleimann.

Dann hatte er den handschriftlichen Zettel im Briefkasten gefunden.

»Jetzt kriegst du endlich das Geld, das dir zusteht. Sei dankbar und tu etwas dafür. Du weißt, was von dir erwartet wird«, war in ungelenken Buchstaben auf das Papier geschrieben. Dieser Brief brauchte keine Unterschrift.

Jakob wusste sofort, von wem er stammte.

Alles in seinem Inneren war in Alarmbereitschaft.

Wenn, dachte er wütend, würde er diese schreckliche Alte lieber selbst kaltmachen.

Er fühlte sich jeglicher Handlungsfähigkeit beraubt. Nelu übernahm die Kontrolle über sein Leben, ohne zu fragen. Wie er es so oft getan hatte. Jakob hatte ihn nie daran gehindert. Stumm saß er mit Mutter am Frühstückstisch.

Er fühlte sich überrannt und gedemütigt und es war seine eigene Schuld. Angst überfiel ihn, wenn er mit dem Gedanken spielte, die Wohnung zu verlassen. Er lungerte herum und schlich immer wieder zum Fenster, um auf die Straße zu sehen. Unruhig, mit einem mulmigen Gefühl in der Magengegend, wartete er darauf, dass etwas passierte.

Mutter forderte ihn mehrmals auf, bei seiner Freundin anzurufen und sich endlich mit ihr zu vertragen. Ihr ging sein ruheloser Zustand auf die Nerven.

Abends hielt er es nicht mehr aus. Die Wohnung fühlte sich mittlerweile an wie ein Käfig, in dem er eingesperrt war. »Ich geh mal zu Gustav«, rief er Mutter zu.

»Ist gut, ein bisschen frische Luft wird dir guttun«, erklang ihre Stimme aus dem Wohnzimmer.

Das musste gerade sie sagen. Die Frau, die immer seltener das Haus verließ.

Doch Jakob machte ihr keine Vorwürfe. Seitdem sie miteinander in der Küche über seinen Vater gesprochen hatten, war ihm vieles klar geworden, und er konnte sie besser verstehen, auch wenn er keine Ahnung hatte, wie er ihr jemals würde helfen können.

Vorsichtig sah er sich auf der Straße nach allen Seiten um, seine Augen scannten jeden versteckten Winkel, doch von Nelu war nichts zu sehen.

Ich werde langsam paranoid, dachte er beklommen.

Trotzig vergrub er seine geballten Fäuste in den Jackentaschen und marschierte los.

Es tat gut, sich endlich zu bewegen, und er beschleunigte seine Schritte. Er hatte seit mehreren Tagen keinen Alkohol zu sich genommen und sehnte sich nach einem kühlen Bier. Die frische Nachtluft machte seinen Kopf klar. Er atmete durch Mund und Nase, saugte die Luft ein, ließ sie durch seine Lunge strömen, hatte das Gefühl, durch den Sauerstoff innerlich gereinigt zu werden. Er dachte an Leyla. Stellte sich vor, wie es wäre, wenn er ihr durch Zufall begegnen würde. Sie würden an einer Straßenecke zusammenprallen und, anstatt zurückzuweichen, würde sie ihren muskulösen Körper an ihn pressen und ihn umarmen. So wie vor ein paar Tagen, bevor sie auf den Spielplatz gegangen waren. Ob sie die Umarmung genauso genossen hatte wie er?

Hätte sie sich auch von jemand anderem trösten lassen? Vielleicht war er einfach nur zur rechten Zeit am rechten Ort gewesen. Es war auch egal, bald würde sie weit weg sein, und es war gut so. Er wünschte ihr Glück, vielleicht war ein Leben in der Türkei genau das Richtige für sie, und vielleicht war dieser Muhammed ein vernünftiger Kerl.

Er zog eine finstere Grimasse, während er daran dachte. Wem versuchte er eigentlich etwas vorzumachen?

Das Schild an der Kneipentür stach ihm ins Auge, als er in die Straße einbog. Er schaute immer wieder hin, um sich zu vergewissern, dass er nicht träumte.

»Heute geschlossen«, prangte in fetten Buchstaben auf einem Schild über der Tür.

Jakob kannte Gustavs Kneipe schon, seit er ein kleiner Junge war. Gustav schloss die Kneipe gegen sechs oder sieben Uhr früh, wenn er den letzten Gast endlich überreden konnte zu gehen, und öffnete sie pünktlich um zehn Uhr morgens, um die ersten Gäste mit seinem schwarzen Filterkaffee zu versorgen, der Tote wecken konnte, oder ihnen einen im Ruhrgebiet sehr beliebten Frühschoppen zu ermöglichen. Jakob hatte Gustav einmal gefragt, wann er denn überhaupt schlafen würde, und Gustav hatte sein krächzendes Raucherlachen von sich gegeben und behauptet, dass er sowieso nicht mehr als zwei Stunden am Stück schlafen könnte, da könne er ebenso gut die Kneipe aufsperren und Geld verdienen.

Jakob war sich sicher, dass er ohne seine Kneipe gar nicht existieren könnte. Er brauchte keinen Ruhetag und stand in jeder wachen Minute hinter seiner Theke. Der perfekte Wirt. Jemand, der seinen Job liebte und eins mit ihm geworden war. Warum sollte die Kneipe heute geschlossen sein? War Gustav etwa krank?

Jakob wurde nervös. Er stand vor der Kneipentür, starrte auf das Schild und griff zögernd nach der Klinke. Er rüttelte und zerrte, doch die Tür war tatsächlich verschlossen.

Ratlos blieb er stehen, da hörte er plötzlich dumpfe Schritte und ein Klirren von innen. Er drückte sein Ohr gegen die schwere Holztür und lauschte. Es war eindeutig jemand drinnen. Er hämmerte mit beiden Fäusten gegen die Tür. Wütend dachte er an das Bier, auf das er sich so gefreut hatte. Er hörte nicht auf, gegen das Holz zu schlagen, trommelte mit seinen Knöcheln dagegen, bis sie schmerzten.

Endlich nahm er schlurfende Schritte wahr, die sich von innen näherten. Er hörte das Klirren eines Schlüssels. Die Tür wurde einen winzigen Spalt geöffnet, Gustavs faltiges Gesicht erschien. Jakob erschrak. Eine böse aussehende Platzwunde zierte Gustavs Stirn, sein rechtes Auge war zugeschwollen und blinzelte tränend in einem Farbenmeer aus dunkelviolett, fast schwarz verfärbter Haut. Als Gustav ihn erkannte, wollte er die Tür sofort zuwerfen.

»Nein«, murmelte er, »bloß du nicht.«

Jakob schob schnell seinen Fuß in den Türspalt.

»Gustav, warte. Was ist passiert?«

Gustavs Stimme klang verzweifelt.

»Es tut mir leid, Jakob. Ich kann dich nicht reinlassen. Auf keinen Fall. Du hast Hausverbot für immer. Liegt nicht an dir, Kumpel, du hast die falschen Freunde. Bitte tu mir den Gefallen und geh.« Jakob verstand die Welt nicht mehr.

»Ich geh nicht weg, ehe du mir nicht erklärt hast, was los ist. Ich schreie die ganze Nachbarschaft zusammen, wenn du mich nicht reinlässt«, erklärte er entschlossen.

Sein Tonfall ließ Gustav begreifen, dass er es ernst meinte. Er streckte seinen Kopf durch den Spalt und sah misstrauisch die leere Straße entlang. Dann packte er Jakobs Arm und zog ihn so schnell in die Kneipe, dass Jakob stolperte und Mühe hatte, sein Gleichgewicht zu halten.

Gustav schloss hektisch die Tür hinter ihnen, schob den schweren Riegel vor und drehte mehrmals den Schlüssel im Türschloss um.

Erst jetzt wurde er etwas ruhiger, dennoch vermied er es, Jakob in die Augen zu sehen.

Jakob sah sich mit offenem Mund in der Kneipe um, die einmal eine Art Zuhause für ihn gewesen war. Das gesamte Mobiliar war zerstört, zerbrochene Stühle verteilten sich im Raum, die Tische waren umgeworfen, die Musikanlage war in Tausend Stücke zersprungen, Berge von Scherben, die aus den zersplitterten Lampen stammten, bedeckten den Boden.

Ein penetranter Geruch nach Alkohol erfüllte den Raum. Hinter der Theke sah es am schlimmsten aus, sämtliche Flaschen waren zerschlagen und ausgelaufen. Es sah in der Kneipe aus, als hätte ein Monsun darin getobt.

Gustav wirkte müde und alt. Jakob hatte das Gefühl, einem Fremden gegenüberzustehen.

»Was«, begann er, doch Gustav unterbrach ihn.

»Wir haben keine Zeit. Du kannst nicht lange bleiben. Ich schildere dir kurz, was passiert ist, dann gehst du, und ich möchte dich nicht mehr wiedersehen, hast du mich verstanden? Diese Kneipe ist ab sofort für dich tabu.«

Jakob nickte verstört. Er hatte das Gefühl, unter Schock zu stehen.

»Gestern Abend, als richtig Stimmung war, platzten drei muskelbepackte Schlägertypen mit Skimasken herein. Sie sagten nichts, sondern fingen ohne zu zögern an, den Laden auseinanderzunehmen. So ein schick angezogener Schnösel war bei ihnen und sah ihnen lächelnd zu. Das war der schlimmste von allen. Dieses psychopathische Grinsen in seinem Gesicht werde ich nie mehr vergessen können. Die Gäste rannten schreiend nach draußen, nur der blaue Heinz saß wie immer auf seinem Stammplatz, war voll wie ein Eimer und hat gar nicht mitbekommen, was los war, bis einer der Schläger ihn am Kragen packte und mit zwei Fingern aus der Tür warf, als wäre er aus Pappe. Ich wollte sie stoppen und stellte mich ihnen in den Weg, und du siehst ja, was mir das gebracht hat. Ich habe Bekanntschaft mit dem Baseballschläger gemacht, den sie dabeihatten. Jakob, die hätten mich ohne Weiteres totgeprügelt, wenn ich nicht wie ein misshandelter Hund hinter die Theke gekrochen und abgewartet hätte. Ich wartete und hörte zu, wie sie meinen Laden zerstörten. Dann war alles still. Ich hörte das Knirschen der Scherben unter den feinen Lederschuhen des Psychopathen, als er sich der Theke näherte, hinter der ich kauerte. Ich hatte Todesangst. Schönen Gruß an Jakob, flüsterte er mir zu, sag ihm, er soll tun, was ich will, sonst kommen wir wieder. Er hat gelacht, dann verschwanden sie endlich und ließen mich allein.«

Gustav schnaufte, er war kurz davor zu weinen, erkannte Jakob, und seine Kehle schnürte sich zusammen.

»Es tut mir leid«, stammelte er hilflos.

Gustav sah ihn nur traurig an. »Geh. Hab dich immer gerne gemocht, aber jetzt ist Schluss. Überleg dir in Zukunft, mit was für Leuten du dich abgibst und mach was aus deinem Leben. Das kannst du. Du bist ein feiner Kerl. Das habe ich immer gewusst.«

Mit diesen Worten sperrte er die Tür auf und schob Jakob nach draußen.

Jakob wehrte sich nicht. Ohne ihn noch eines Blickes zu würdigen, verschwand Gustav in seiner Kneipe und zog die Tür hinter sich zu. Das Geräusch der zufallenden Tür und das Knirschen des sich drehenden Schlüssels im Schloss waren zu viel für ihn. Es hallte in Jakobs Ohren. Er wischte sich mit der Hand über die Augen und versuchte, klar zu denken.

Sein Durst auf Bier war verflogen. Voller Schuldgefühle und mit gesenktem Kopf trottete er zurück nach Hause.

Gustav tat ihm so verdammt leid. Warum tat Nelu das diesen Leuten an? Es ging doch nur um ihn und sich.

Jakob kannte die Antwort. Nelu waren alle Menschen scheißegal, er hatte es oft genug wiederholt. Er würde über Leichen gehen, um seine eigenen Ziele zu erreichen. Jakob erkannte endlich die Wahrheit. Er hatte keine Chance, sich Nelu zu widersetzen. Er würde Leyla in dieses Kellerloch sperren müssen, er hatte keine Wahl. Er hatte doch gesehen, dass Nelu nicht mal vor einem

Mord haltmachen würde. Unschuldige Menschen würden sterben, nur weil Jakob stur blieb und sich weigerte, diesem Mädchen etwas anzutun. Leyla selbst würde das nicht wollen, dann würde sie sich lieber opfern.

Jakobs Herz wurde schwer wie ein Stein, als ihm seine Zwangslage bewusst wurde. Nelu würde nicht aufgeben, koste es, was es wolle. Für ihn ging es nicht mehr um seinen Plan, er wollte seinen Willen durchsetzen, er wollte dieses Spiel gewinnen und Jakob in die Knie zwingen. Es ging nur noch darum, wer der Stärkere war. Die Gedanken jagten durch Jakobs Kopf, als er endlich zu Hause ankam und die Wohnungstür aufschloss.

Er blieb plötzlich wie angewurzelt stehen und zögerte.

Etwas war anders als sonst. Es roch anders. Nach einem wohlduftenden Parfüm. Er konnte die übliche Geräuschkulisse des Fernsehers nicht hören.

»Jakob?«, hörte er Mutters Stimme aufgekratzt aus dem Wohnzimmer rufen, »bist du das, Hase? Komm doch rein. Wir haben Besuch.« Sein Herzschlag setzte für ein paar Sekunden aus.

KAPITEL 36 – JAKOB

Er schwitzte, als er die Tür zum Wohnzimmer aufstieß.

Nelu saß neben Mutter auf dem Sofa, als wäre er hier zu Hause, und lächelte ihm mit funkelnden Augen entgegen.

Mutter hatte das gute Teeservice aufgedeckt, das seit Jahren im Schrank verschlossen gewesen war und dort verstaubte, da sie nie Besuch hatten. Zwei dampfende Tassen Tee waren auf dem Couchtisch drapiert, daneben ein Teller mit Pralinen. Es sah hübsch aus. Mutter strahlte.

»Schön, dass du endlich da bist, obwohl ich die Zeit mit deinem Freund Gheorghe sehr genossen habe. Was für ein netter, höflicher junger Mann.« Sie kicherte wie ein verliebter Teenager. »Warum hast du ihn mir nicht längst vorgestellt?«

Mit geweiteten Pupillen starrte Jakob Nelu wortlos an.

»Was machst du hier?«, presste er zwischen zusammengebissenen Zähnen hervor.

»Warum so aggressiv? Ich wollte dich besuchen, und du warst nicht da. Immerhin hatte ich das Vergnügen, endlich einmal deine reizende Frau Mama kennenzulernen.«

Er sah so verdammt harmlos und freundlich aus. Jakob hätte ihm am liebsten alle seine Zähne ausgeschlagen.

»Du gehst jetzt. Sofort. Ich begleite dich höchstpersönlich nach unten.«

»Jakob, sei doch nicht so unhöflich zu unserem Gast«, protestierte Mutter entsetzt.

Sein Verhalten schien ihr äußerst unangenehm zu sein. »Es ist doch schön, dass wir so netten Besuch haben.

Setz dich zu uns und entspanne dich.« Sie wandte sich an Nelu. »Er ist in letzter Zeit etwas angespannt. Hat sich mit seiner Freundin gestritten, aber das wird alles in Ordnung kommen«, redete sie vertraulich auf ihn ein. Lächelnd zog Nelu eine Augenbraue in die Höhe.

»Ach, Streit mit seiner Freundin? Na, das ist ja wirklich nicht schön. Der arme Jakob. Dann will ich nicht weiter stören. Jakob scheint nicht begeistert zu sein von meinem spontanen Besuch. Schade, aber vielleicht ein anderes Mal. Ich werde es ihm nicht übel nehmen, wir wissen ja, wie er ist. Es war mir jedenfalls eine Ehre, Ihre Bekanntschaft zu machen.« Er sah Jakob kopfschüttelnd und mit traurigen Augen an, dann stand er auf, schüttelte Mutter überschwänglich die Hand und deutete dabei eine charmante Verbeugung an.

Mutter schien von der Situation überfordert. Irritiert blickte sie zwischen Jakob und Nelu hin und her.

»Alles ist gut, Mutter. Reg dich nicht auf. Ich bringe Nelu nach unten.«

»Nelu, wer ist denn Nelu?«

Ach ja, er hatte sich wieder mit einem anderen Namen vorgestellt, fiel Jakob erschöpft ein.

»Ihr Sohn kann sich einfach keine Namen merken, nicht einmal den von seinem allerbesten Freund«, mischte sich Nelu grinsend ein und klopfte Jakob wohlwollend auf die Schulter.

Jakob zuckte unter seiner Berührung zusammen und schlug seine Hand grob von sich weg.

»Es reicht. Komm jetzt.« Jakob schob Nelu mit beiden Händen vor sich her in Richtung Haustür.

»Tschüss, Frau Teuber. Bis zum nächsten Mal. Es war wirklich schön mit Ihnen. Vielen Dank für den netten

Abend«, flötete Nelu mit seiner wärmsten Stimme Richtung Wohnzimmer.

Jakob gab dem widerstrebenden Nelu einen letzten Schubs und zog die Tür hinter ihnen zu. Schweigend gingen sie nebeneinander die Treppe hinunter. Vor der Haustür blieben sie stehen.

»Nett, deine Mutter.« Jakob schwieg. »Das meine ich ernst, Alter. Und eure Wohnung gefällt mir. Ich habe mich richtig wohlgefühlt.«

Jakob hasste dieses ironische Grinsen auf seinem Gesicht. Für Nelu war das ganze Leben nur ein lächerliches Spiel. Ein großer Witz, aus dem er das Beste rauszuschlagen versuchte. Er ähnelte einem Raubvogel. Er breitete seine Flügel aus, beobachtete die Welt aus weiter Ferne, stieß nur manchmal zu, um sich auf seine Beute zu stürzen, und schwebte dann unbeschwert davon. Nichts konnte ihn erreichen. Nichts konnte ihn aus der Bahn werfen.

Jakob räusperte sich.

»Ich bringe dir Leyla morgen Abend. Dann lässt du mich und mein Umfeld in Ruhe. Du hast gewonnen«, stieß er knapp hervor. Nelus Mundwinkel zuckten.

»Ach ja? Das glaube ich erst, wenn ich es sehe.« Er warf Jakob einen schrägen Blick zu.

Jakob presste die Lippen zusammen und schwieg. Er hatte alles gesagt, was es zu sagen gab. Nelus Gesichtszüge verhärteten sich, seine Wangenknochen traten hervor, und seine Augen begannen zu glühen.

»Pass bloß auf, mein Freund. Bilde dir nicht ein, dass du mich verarschen kannst. Das ist kein Spiel, und ich habe keine Zeit. Ich warte bis morgen Nacht, ansonsten würde sich deine Mama sicher auch gut in einem Keller machen.«

Mit diesen Worten drehte er sich um und verschwand in der Dunkelheit. Ein kalter Schauer lief über Jakobs Rücken. Er fror plötzlich. Ihm war elend zumute, als er hinauf in die Wohnung trottete, sich bei Mutter für den Rausschmiss des netten Mannes entschuldigte und sich dann in seinem Bett verkroch.

Die Albträume in dieser Nacht brachten ihn fast um den Verstand. Er schlug mit Armen und Beinen um sich, als er erwachte, und er registrierte erst nach einer Weile, dass er sich in seinem Zimmer befand.

Schwer atmend blieb er im Bett liegen. Die klamme Bettdecke klebte an seinem Körper. Jakob fühlte sich krank. Er verbrachte den gesamten Tag im Bett, dämmerte immer wieder ein, schreckte jedoch jedes Mal, wenn er in den Schlaf fiel, hoch.

Mutter war besorgt und brachte ihm Tee auf sein Zimmer. Am liebsten wäre er nie wieder aufgestanden, doch gegen Abend schlich er endlich aus seinem Zimmer, sprang kurz unter die Dusche und zog sich an. Heimlich verschwand er aus der Wohnung.

Es regnete wieder, doch er bemerkte es nicht. Durchnässt bis auf die Unterwäsche, stand er schließlich vor Hüseyins Gemüseladen. Das Wasser schwappte in seinen Turnschuhen. Er stieß die Ladentür auf. Von nun an würde er sich sein gesamtes Leben selbst hassen.

Er war ein Teufel. Ein Mörder und ein Lügner.

Er stürmte in den Laden. Leyla stand hinter dem Tresen und lachte mit einem dicklichen Teenager in Tarnkleidung und Springerstiefeln. Sie reichte ihm eine gefüllte Plastiktüte. Ihre schönen, dunklen Augen blieben an Jakob hängen. Der Junge warf einen Blick zwischen ihnen hin und her und verdrückte sich schnell.

Leyla schien weder erstaunt noch überrascht zu sein, Jakob so plötzlich wiederzusehen.

Still verharrte sie und wartete. Jakob konnte ihr nicht ins Gesicht sehen.

»Tut mir leid, dass ich dich neulich versetzt habe«, murmelte er und sah zu Boden.

»Macht nichts. Habe eigentlich erwartet, dass du kneifst. Du bist halt ein wenig feige.«

Er sah sie nicht an, hörte aber ein Lächeln in ihrer Stimme. Er schrak zusammen, als etwas Weiches seinen Kopf berührte. »Trockne dich erst mal ab, du machst den ganzen Boden nass, so wie du tropfst.«

Er umfasste das Handtuch, das sie ihm zugeworfen hatte, und begann sich fahrig damit über den Kopf zu reiben.

Er presste sein Gesicht in den weichen Stoff. Am liebsten hätte er sich in einer Ecke des Ladens zusammengerollt und geheult. Warum stellte ihm das Leben so schwierige Aufgaben?

Er warf das Handtuch zur Seite, ging auf den Tresen zu und nahm Leylas Hand.

»Ich muss dir etwas zeigen«, begann er eindringlich auf sie einzureden, »jetzt. Sofort. Deine Überraschung. Der Laden macht doch sowieso gleich zu. Schließ ein bisschen früher ab, das merkt doch keiner, und komm mit mir mit. Ich beweise dir, dass ich kein Feigling bin.«

Er verhaspelte sich beim Sprechen. Flehend blickte er in ihre Richtung. Sie zögerte.

»Du bist immer für eine Überraschung gut, was? Lässt dich seit einer Woche nicht mehr blicken, und dann kommst du pitschnass hier reingerannt und willst mich entführen.«

Jakob erstarrte.

Warum benutzte sie den Begriff Entführung? Ahnte sie etwas? Nein, sie sah entspannt aus.

Er nahm das abenteuerlustige Blitzen in ihren Augen wahr. Diese irre Idee jetzt, genau in diesem Moment, mit ihm abzuhauen, schien ihr zu gefallen, doch sie schwankte noch. »Wohin willst du mit mir gehen?«, fragte sie skeptisch, »in ein Restaurant wirst du so, wie du aussiehst, nicht reinkommen.«

»Kann ich dir nicht verraten, sonst ist es keine Überraschung, aber das, was wir vorhaben, ist besser als ein Restaurantbesuch.« Er lächelte nervös und strich sich mit der Hand über seinen kurz geschorenen Schädel.

»Also gut. Ich freu mich doch, dich wiederzusehen. Wenn du unbedingt willst, komme ich mit dir, aber wenn mir deine Idee zu blöd wird, dann gehe ich wieder, und zwar sofort. Du brauchst dann nicht enttäuscht zu sein oder so«, warnte sie und griff nach ihrem Mantel.

Jakobs Herz raste. Es war einfacher, als er gedacht hatte. Sie verließen den Laden. Leyla löschte das Licht und schloss sorgfältig die Tür hinter sich ab.

»Wird keinem auffallen. Meine Mutter kümmert sich eh nicht um den Laden, und mein Vater ist mal wieder geschäftlich unterwegs. In einer halben Stunde hätten wir sowieso geschlossen«, murmelte sie, als würde sie sich selbst Mut zusprechen wollen.

Jakob sagte nichts. Er spürte eine Nervosität in sich, die ihm die Kehle zuschnürte. Die sich wie eine Klaue um seinen Hals legte und zudrückte. Sein Mund fühlte sich ausgetrocknet an. »Komm«, forderte er sie heiser auf und bot ihr seinen Arm an. Vertrauensvoll hängte sie sich bei ihm ein und hüpfte aufgeregt wie ein kleines

Mädchen neben ihm durch den Regen die Straße entlang. Sie stiegen in die U-Bahn Richtung Hörde.

Es war ein großartiges Gefühl, sie so dicht neben sich zu spüren. Sie atmeten in einem Takt, im gleichen Rhythmus. Er hatte das Gefühl, ewig mir ihr in der U-Bahn sitzen zu können, einfach zu fahren, einem Neuanfang entgegen. Am besten weit fort von hier, irgendwohin, in eine andere Stadt, wo man ein neues Leben beginnen könnte und niemand sie finden würde. Doch sie verließen die trügerische Sicherheit der U-Bahn, und er dirigierte sie in Richtung Baustelle. Als sie über den Schotter liefen, über lehmigen Grund, an den verlassenen Kränen und Bauwagen vorbei, zögerte sie.

»Und hier sind wir richtig?«, fragte sie vorsichtig mit leiser Stimme.

»Pst«, Jakob hielt sich den Zeigefinger vor den Mund, »wir sind genau richtig. Komm mit, deine Überraschung wartet.«

Sie schien nicht besonders begeistert zu sein.

Ihr Gesicht hatte einen ängstlichen Ausdruck angenommen, und sie klammerte sich Halt suchend an Jakobs Arm.

Es war schwierig, über die aufgeweichte Baustelle zu laufen. Die Dunkelheit legte sich wie ein schwarzes Tuch vor ihre Augen und nahm ihnen die Sicht. Der Boden war durch den vielen Regen rutschig geworden, tiefe Pfützen hatten sich gebildet.

Warum habe ich Depp keine Taschenlampe mitgenommen, fragte sich Jakob verärgert.

Hoffentlich würde er Nelus Behausung in dieser alles in sich verschlingenden Dunkelheit überhaupt wiederfinden.

Sie ertasteten sich vorsichtig ihren Weg, dann ragte endlich das weiße Haus vor ihnen auf, das sich durch die Farbe von den anderen Gebäuden deutlich hervorhob. Groß und angsteinflößend ragte es in den schwarzen Himmel.

»Wir sind da«, wisperte Jakob.

Skeptisch beäugte Leyla das Gebäude.

»Du, ich weiß nicht. Ich finde es unheimlich hier. Ich würde lieber zurückgehen. Lass uns doch im Hellen wiederkommen, tagsüber ist es bestimmt lustiger«, versuchte sie ihn zu überreden.

»Komm«, sagte Jakob entschieden, ohne auf ihre Worte einzugehen.

Er nahm ihre Hand und zog sie mit sich. Wie immer empfing sie der Geruch von Schimmel, feucht gewordenem Mörtel und Staub. Leyla rümpfte die Nase. Es war stockdunkel. Jakob wurde unruhig. Er würde unten im Keller nichts sehen können, fiel ihm plötzlich ein. Würde er den Kellerraum wiederfinden? Er hatte sich nicht vorbereitet, hatte an nichts anderes gedacht, als sie hierherzuschaffen. Er verfluchte sich innerlich. Er benahm sich wie ein verdammter Amateur. Als er die Kellertür öffnen wollte, bemerkte er den Schuhkarton, der vor der Tür lag und den Weg versperrte. Im Dunkeln ging er in die Knie und tastete nach dem Karton. Er erfühlte Kerzen und ein Feuerzeug darin. Die Schamesröte stieg ihm ins Gesicht.

Natürlich hatte sich Nelu schon gedacht, dass er sich stümperhaft und wie der letzte Idiot bei dieser Aufgabe aufführen würde. Es war peinlich. Dennoch erfüllte ihn ein Gefühl von Dankbarkeit, als er nach einer der dicken Kerzen griff und sie anzündete. Leylas Gesicht flackerte im Licht. Sie sah erleichtert aus.

»Du hast an alles gedacht, was? Wenigstens sieht man wieder was«, nuschelte sie undeutlich.

Sie deutete auf den tiefschwarzen Eingang, der zum Keller führte. »Du hast jetzt aber nicht vor, mit mir da runterzugehen, oder?« Sie versuchte, cool zu wirken, aber Jakob hörte das Zittern in ihrer Stimme.

Sie hatte Angst. Keine gute Voraussetzung für ihn.

»Nur die Treppe runter, dann sind wir da«, beruhigte er sie. »Ne, ehrlich Jakob. Ich geh da nicht runter. Das ist unheimlich.«

Im Schein der Kerze sahen ihre Augen noch schwärzer aus und waren weit aufgerissen. Jakob nahm ihre Hand.

»Ich hätte dich für mutiger gehalten. Mal ehrlich, du traust dich nicht? Das hätte ich nicht gedacht. Aber von mir aus, dann eben keine Überraschung. Wir können wieder gehen, wenn du es möchtest. Ich hätte dich als eine Frau eingeschätzt, die sich nicht so leicht fürchtet. Aber gut, ich wollte dir keine Angst machen. Entschuldige.«

Ihr Gesicht verzog sich vor Zorn. Er hatte den richtigen Nerv getroffen. Das würde sie nicht so einfach auf sich sitzen lassen. Trotzig reckte sie den Kopf nach oben.

»Ich habe keine Angst. Ich ekel mich nur vor diesem Gestank. Es riecht nach Schimmel«, fauchte sie ihn an, »also gut, ich geh mit dir runter in dieses schwarze Loch vor uns, wenn du dich schon so gut vorbereitet hast, mit Kerzen und so, dann zeigst du mir deine Wahnsinnsüberraschung, obwohl ich mir nicht vorstellen kann, was da unten so Großartiges sein soll, und dann verschwinden wir endlich von diesem Ort.«

Ihre Stimme klang genervt. Jakob stieg ihr voran die Treppe hinunter.

»Mann«, hörte er sie hinter sich grummeln, »ob ich mit dir noch mal mitgehe, weiß ich nicht.«

Dann schwiegen sie und tauchten hinein in das dichte Gewirr der Kellergänge.

KAPITEL 37 – JAKOB

Jakob erwachte am nächsten Vormittag mit rasenden Kopfschmerzen. Es fühlte sich an, als würde jemand mit einem Hammer auf seinen Schädel einschlagen. Seine Augen brannten wie Feuer, er konnte sie kaum öffnen.

Ich habe es getan, war der erste Gedanke, der ihm durch den Kopf schoss. Er sprang aus dem Bett, rannte auf die Toilette und übergab sich lautstark.

Jesus auf dem Bild strafte ihn mit Blicken, als er an ihm vorüber zurück in sein Zimmer schlich.

Er konnte kaum aufrecht stehen. Es war so einfach gewesen. Er hatte sie in den Kellerraum geführt, den er sofort wiedergefunden hatte. Die glitschigen Wände, an denen er sich mit den Händen entlang getastet hatte, waren eiskalt gewesen. Vor dem Verschlag waren sie stehen geblieben. Nelu hatte alles vorbereitet. Die Tür des Verschlages stand weit offen, im Schloss steckte der Schlüssel. Jakob musste nur die Kerze ausblasen, Leyla einen Stoß versetzen, sodass sie in die gewünschte Richtung stolperte, die Tür hinter ihr verschließen und den Schlüssel umdrehen. In völliger Dunkelheit hatte er sich aus dem Raum geschlichen und sie allein gelassen. Während er durch die Kellergänge zurück in Richtung Ausgang irrte, hörte er nichts von ihr. Der Schreck hatte sie verstummen lassen. Erst als er die Treppe nach oben stieg, hörte er ihre Schreie. Sie rief seinen Namen.

Erst zögerlich fragend, dann verzweifelt, schließlich brüllend vor Wut. Er war die Treppe nach oben gehastet ohne nachzudenken. Es war wie eine Flucht gewesen. Ein Wunder, dass er in der Dunkelheit nicht gestolpert war und sich alle Knochen gebrochen hatte. Wie ferngesteuert war er nach Hause gelaufen. Er war eine Marionette, deren Fäden ein anderer zog. An den Weg nach Hause konnte er sich kaum erinnern. Er war wie betäubt gewesen. Jetzt lag er in seinem Bett und spürte den Schmerz, der ihn umhüllte. Jede Faser seines Körpers tat weh. Er war dankbar für diese körperlichen Qualen, sie hielten ihn davon ab zu denken.

Er wünschte sich, dass der Schmerz nie mehr nachlassen würde. Immer wieder musste er sich übergeben.

Mutter machte sich Sorgen und schlug vor, einen Arzt zu rufen, doch Jakob konnte es ihr mit schwacher Stimme ausreden.

»Ist nur eine Grippe«, beruhigte er sie, »morgen geht es mir wieder gut.«

Doch er wusste genau, dass es ihm nie wieder gut gehen würde. Er konnte den ganzen Tag nichts zu sich nehmen, konnte weder essen noch trinken, selbst das Bedürfnis nach einer Zigarette meldete sich nicht.

Ich werde hier liegen bleiben und einfach sterben, dachte Jakob.

Irgendwann am Nachmittag meldete das Piepsen seines Handys eine eingegangene Nachricht. Auf allen vieren krabbelte Jakob wie ein Insekt über den Boden, bis er das Telefon in der Tasche der Hose, die er gestern getragen hatte, fand.

Eine SMS von Nelu blinkte auf.

»Gut gemacht«, stand nur da.

In großen Buchstaben, die ihn auszulachen schienen.

Jakob warf das Handy mit voller Kraft an die Wand, wobei es sich in mehrere Einzelteile zerlegte, und kroch ins Bett. Er lag dort mehrere Tage nacheinander und rührte sich kaum, sein Zustand verbesserte sich nicht, es ging ihm immer schlechter.

Nachdem seine Kopfschmerzen nachgelassen hatten, begannen sich die verfluchten Gedanken und Erinnerungen zu regen. Sie erwachten und ließen ihn nicht zur Ruhe kommen. Sie kreisten durch seinen Kopf und versuchten, ihn in den Wahnsinn zu treiben. Er konnte nicht mehr schlafen. So sehr er sich auch bemühte, es gelang ihm nicht mehr einzuschlafen, fast wünschte er sich seine Albträume zurück.

Er lag tage- und nächtelang in seinem Bett und starrte an die Zimmerdecke.

Vier Tage, nachdem er Leyla in den Verschlag gesperrt hatte, setzte er sein Handy wieder zusammen. 40 Anrufe in Abwesenheit waren eingegangen, teilte ihm das Display mit. Nelu hatte versucht, ihn zu erreichen, stellte Jakob apathisch fest und kroch zurück unter die Decke.

Mitten in der Nacht schrillte das Telefon. Er hechtete durch das Zimmer und nahm das Gespräch an. Nelu klang hellwach.

»Der Alte zahlt«, schrie er aufgekratzt in den Hörer, »er hat viel zu viel Schiss, die Bullen einzuschalten. Alles verläuft genau nach Plan, Bruder. In zwei Tagen kriegen wir 100.000, Mann.«

Er tat so, als seien sie noch immer die dicksten Freunde.

»Du kannst das Geld behalten, viel Spaß damit und ruf mich bitte nicht mehr an«, flüsterte Jakob mit tonloser Stimme in den Hörer.

Nelu verstummte für einen Moment, dann redete er weiter.

»Umso besser, du Spaßbremse. Schließlich habe ich den größten Teil der Arbeit alleine erledigen müssen, da der feine Herr nicht zu erreichen war. Was ist los mit dir? Du hörst dich nicht gut an.«

Jakob wurde wieder übel. Sein Magen begann sich krampfartig zusammenzuziehen.

»Ich bin krank. Ich leide unter Lebensmüdigkeit, falls dir das etwas sagt. Ich würde am liebsten sterben«, erklärte er leiernd.

Nelu lachte laut auf. »Liebeskummer, was? Ich sag dir was. Morgen Abend kommen die Jungs vorbei. Du kannst gerne vorbeischauen und zusehen. Dann kannst du bei der Entjungferung deiner Liebsten wenigstens live dabei sein. Vielleicht lasse ich dich sogar mitmachen. Wer weiß? Das wird ganz groß. Es wird ihr gefallen, wenn sie sich daran gewöhnt hat. Sie ist ein richtig scharfes Luder, sie weiß es nur noch nicht.«

Das Zimmer verschwamm vor Jakobs Augen. Ein grauer Schleier legte sich über die Konturen der Möbel.

Ohne etwas zu sagen, beendete er das Gespräch. Er krümmte sich blind auf dem Teppichboden.

Nein, dachte er, ich kann das nicht aushalten. Ich kann es einfach nicht. Ein wildes Tier saß in seinem Magen und schlitzte von innen seine Gedärme auf. Er fing an zu brüllen. Er brüllte allen Schmerz heraus, der sich seit Jahren in ihm angesammelt hatte. Laut und ungebändigt. Speichel lief aus seinem Mund über sein Gesicht und vermischte sich mit Tränen und Rotz. Er hörte nicht, wie Mutter ins Zimmer kam und sich leise neben ihm auf dem Fußboden niederließ. Sie beobachtete ihn traurig.

Sie sprach nicht, versuchte nicht, ihn zu berühren. Irgendwann ließ sein Brüllen nach, und er schluchzte nur noch japsend. In Embryohaltung zusammengekrümmt, die Arme um die Knie geschlungen, lag er auf dem Teppich und schaukelte autistisch hin und her.

»Manchmal kann das Leben so schwer sein, dass es kaum auszuhalten ist. Man würde lieber sterben, als weiter zu machen. Es gibt niemanden, der das besser weiß als ich«, sagte Mutter mit leiser Stimme.

Jakob regte sich nicht, aber ihre Worte schafften es, durch die Wand zu dringen, die ihn umgab.

»Ich weiß nicht, worum es geht«, fuhr Mutter mit beruhigender Stimme fort, »du erzählst mir ja nichts. Es muss etwas sehr Schlimmes sein, das dich bewegt. Ich möchte dir nur eins sagen, auch wenn du es vielleicht nicht hören möchtest, es gibt immer einen Ausweg.«

Er hörte, wie sie sich schwerfällig erhob. Ihre Schritte näherten sich der Zimmertür.

»Egal, was los ist, Jakob. Nur du selbst kannst etwas daran ändern. Tu etwas, bevor es zu spät ist und das Leben dich auffrisst, so wie es mich aufgefressen hat, und du gar nicht mehr handlungsfähig bist. Wehre dich, befreie dich und tu etwas. Anders geht es nicht. Du hast es in der Hand.«

Er hörte, wie sie den Raum verließ und die Zimmertür vorsichtig hinter sich zuzog. Jakob blieb eine Weile liegen und lauschte in die Stille. Dann hob er den Kopf und blickte auf die roten Ziffern des Radioweckers. Es war drei Uhr nachts.

KAPITEL 38 – JAKOB

Er stapfte mit stoischen Bewegungen durch den Flur zu dem kleinen Vorratsraum, in dem sie Vaters alte Sachen aufbewahrten und den sie nach seinem Tod nicht mehr geöffnet hatten. Er riss unzählige zerfledderte Bibeln, einen Haufen Engelsfiguren und anderen kitschigen Nippes aus dem Durcheinander und warf ihn achtlos auf den Boden.

Er bewegte sich wie ein Roboter und veranstaltete einen Heidenlärm, doch Mutter blieb in ihrem Schlafzimmer und gab keinen Ton von sich.

Jakob war ihr dankbar dafür. Sie schien ihm in seinen Entscheidungen zu vertrauen, und er würde sie nicht enttäuschen. Diesmal nicht.

Endlich fand er unter dem ganzen Plunder, was er suchte. Das alte Werkzeug seines Vaters. Es war unbenutzt und sah neu aus, was kein Wunder war. Mit so irdischen Problemen wie mit Reparaturen des Hauses hatte Vater sich nie befasst. Ohne nachzudenken, warf Jakob wahllos verschiedene Zangen, Schraubenzieher, eine Taschenlampe, die nach so langer Zeit tatsächlich noch funktionierte, und eine Brechstange in seinen Rucksack. Dann zog er sich an und verließ das Haus.

Auf der Baustelle war es still, nur der eisige Wind pfiff, so wie jedes Mal, wenn er hier gewesen war. Er schien nie zu schweigen. Die Bauruine wirkte verlassen. Jakob machte sich auf den Weg in den Keller. Niemand hielt ihn auf.

Inzwischen fand er sich in den Gängen besser zurecht und erreichte den Verschlag, ohne lange suchen zu müssen. Im schwächer werdenden Licht der Taschenlampe blieb er wie angewurzelt vor den Gitterstäben stehen und leuchtete hinein. Trotz der Feuchtigkeit und Kälte im Raum spürte er den Schweißtropfen, der unter seinem Kapuzenpulli langsam seinen Rücken hinunterlief. Er starrte in Leylas dunkle Augen.

Er fürchtete sich nicht mehr vor dem Meer, das in diesen Augen tobte. Das hatte er hinter sich gelassen. Er hatte inzwischen weitaus schlimmere Ängste ausgestanden.

Die schwarzen Wellen in ihrem Blick verschlangen ihn nicht, sie ließen ihn nicht untergehen, sondern trugen ihn sanft auf der Oberfläche. Sie ließen ihn schaukeln und vergessen, obwohl ihr Blick stumpf war.

Sie sah erbärmlich aus. Sie war schmutzig, ihre Unterlippe war aufgeplatzt und stark angeschwollen. Ihre Wangen waren eingefallen, und sie wirkte krank, am liebsten hätte Jakob angefangen zu schreien, am liebsten wäre er fortgelaufen, anstatt sie so zu sehen.

Ein Stillstand war eingetreten. Ein eingefrorener Moment, in dem Zeit keine Rolle mehr spielte. Das Blut rauschte in seinen Ohren, sein Herzschlag dröhnte laut wie Trommelschläge. Wie das Ticken einer riesigen Uhr, die ihn daran erinnern wollte, dass er keine Zeit hatte, doch er konnte sich nicht rühren. Erst als ihre Hand sich auf seine legte, die sich Hilfe suchend an den Gitterstäben festgekrallt hatte, kam er zu sich.

»Fass mich nicht an«, zischte er, »ich muss mich beeilen. Er kann jederzeit hier sein.«

Ruppig riss er seine Hand weg und lief zu seinem Rucksack, um das Werkzeug zu holen. Mit der Brechstange hantierte er ungelenk am Schloss herum. Das Schloss war stark, er hatte es sich einfacher vorgestellt, es zu knacken.

Die Geräusche, die das Werkzeug auf dem Metall verursachte, hallten durch den Keller. Jakob machte zu viel Lärm, doch es ließ sich nicht vermeiden. Irgendwie musste er diese verdammte Tür öffnen. Er betete innerlich, dass Nelu unterwegs und nicht im Gebäude war. Immer wieder hielt er inne und lauschte, doch er konnte keine fremden Geräusche, keine sich nähernden Schritte wahrnehmen. Jetzt war es sowieso zu spät. Wenn Nelu in der Nähe wäre, hätte ihn der Lärm längst alarmiert.

Mit einem lauten Poltern zerbrach das Schloss und fiel scheppernd auf den Betonboden. Jakob verharrte einen Moment regungslos. Auch Leyla erstarrte in ihrem Verschlag und rührte sich nicht von der Stelle. Erschrocken sahen sie sich an. Mit zitternden Fingern nestelte Jakob an der Tür herum und schaffte es kaum, den Riegel zur Seite zu schieben. Leyla erwachte aus ihrer Erstarrung und stemmte sich von innen gegen die Tür.

»Mach schon«, flüsterte sie, »beeil dich, bitte beeil dich doch und hol mich raus.« Ihre Stimme versagte.

Endlich riss Jakob die Tür auf. Panisch drängte sich Leyla durch den Türspalt nach draußen und stieß ihn dabei zur Seite. Jakob packte den Ärmel ihres Mantels, um sie zu stoppen, und hielt sie fest. Er hörte ihr Keuchen. Ihr Brustkorb hob und senkte sich heftig, aber sie blieb stehen. Ohne sie aus den Augen zu lassen, begann Jakob, die Werkzeuge in seinen Rucksack zu räumen. Seine Bewegungen waren schwerfällig.

Alles geschah wie in Zeitlupe. Es war wie in einem Traum, in dem man mit aller Kraft versucht fortzulaufen, aber dennoch nicht von der Stelle kommt. Nach einer gefühlten Ewigkeit setzte er seinen Rucksack auf, griff nach der Taschenlampe und nahm Leylas Hand.

»Wir hauen ab«, raunte er ihr zu. Sie nickte energisch und begann sofort, ihn Richtung Ausgang zu ziehen.

»Warte«, hielt Jakob sie zurück, »du musst mir was versprechen, bevor wir gehen. Sprich mit deinem Vater, er soll dich sofort in die Türkei schicken. Er muss das Ticket umbuchen. Du musst so schnell wie möglich weg, das ist dir doch klar, oder? Du kannst kein halbes Jahr mehr hierbleiben.«

Sie deutete ungeduldig ein Nicken an und sah dabei zur Tür. Sie war so sehr von Panik erfüllt, dass sie in diesem Moment allem, was er sagte, ihre Zustimmung gegeben hätte.

Er musste es schaffen, sie rausbringen, sie bei ihrem

Vater abliefern, dann würde er verschwinden. Vielleicht würde er ein Auto stehlen und einfach losfahren, er hatte inzwischen oft genug beobachtet, wie das funktionierte, vielleicht würde er loslaufen und nie wieder anhalten.

Was auch immer er tun würde, er würde dieser Stadt und seinem bisherigen Leben den Rücken zuwenden müssen, eine andere Möglichkeit gab es nicht. Er würde ein Vertriebener auf der Flucht sein und wie ein Feigling wegrennen müssen, in eine unbekannte Zukunft. Nelu dürfte ihn nie mehr wiederfinden. Es tat ihm leid um Mutter, jetzt, wo sie sich endlich näher gekommen waren, aber er hoffte, dass sie ihm irgendwann verzeihen und einsehen würde, dass er sich nur in Luft aufgelöst hätte, um sie zu schützen. Sie würde keine Geldsorgen mehr haben, wenn er weg war. Ihre Rente würde für eine einzelne Person vollkommen ausreichend sein. Und sie hätte endlich mal einen guten Grund, für ihn und für sich selbst zu beten, dachte Jakob bitter.

Er packte Leylas Hand mit festem Griff und zog sie mit sich aus dem Raum in die sich windenden Kellergänge. Im flackernden Schein der Taschenlampe schlichen sie zwischen den engen Wänden vorwärts. Das Licht der Lampe wurde trüber, die alten Batterien machten schlapp, und Jakob verfluchte sich innerlich, dass er nicht daran gedacht hatte, neue Batterien einzustecken. Eine volle Packung hätte in der Küchenschublade gelegen, wenn er sich recht erinnerte, aber das nutzte ihm jetzt nichts. Zwischenzeitlich erlosch das Licht. Jakob knipste den Schalter an und aus und schüttelte die Lampe, bis doch ein winziger Lichtkegel aufleuchtete.

An einer Kreuzung blieb er stehen und überlegte. Mussten sie rechts oder links abbiegen? Verdammt, er war schon so oft hier unten gewesen, aber jeder dieser Gänge sah gleich aus. Ohne richtiges Licht konnte man leicht die Orientierung verlieren.

Er sah Leylas angstvoll verzogenes Gesicht vor sich, als die Lampe ein letztes Mal kurz aufglühte, ihre weit aufgerissenen Augen. Sie schien zu spüren, dass er sich unsicher war, welchen Weg sie einschlagen mussten. Dann erlosch die Taschenlampe, und sie wurden in der Dunkelheit eingeschlossen. Er hörte Leyla erschrocken aufwimmern.

»Alles ist gut. Wir müssen rechts entlang. Ich bin mir sicher«, raunte er ihr zu, als würde er sich auskennen, und zog sie mit sich.

Sie tasteten sich an den feuchten Wänden entlang. Ihre Finger fuhren durch Spinnweben und Schimmel. Jakob schwitzte stark. Plötzlich hörte er ein Geräusch vor ihnen. Eine Art Schlurfen hatte er gehört und blieb abrupt stehen. Auch Leyla neben ihm verharrte und blieb stocksteif stehen. Er hörte ihren flachen Atem neben sich. Ihre Hand krallte sich um seine Finger.

»Was war das?«, hauchte sie, und ihre Stimme klang unnatürlich hell.

»Sicher nur eine Ratte oder anderes Viehzeug«, murmelte er beruhigend auf sie ein, doch er machte keinen Schritt vorwärts.

Ein grelles Licht flammte plötzlich direkt vor ihnen auf und blendete sie brutal. Sie hielten sich schützend die Hände vor die Augen. Nelus lautes Lachen erklang vor ihnen.

»Eine Ratte, was?«, hörte Jakob ihn rufen, »was für eine schöne Bezeichnung. Die Ratten in der Falle seid ja wohl eher ihr.«

Alle Kraft verschwand aus Jakobs Körper. Er sank auf seine Knie und sackte in sich zusammen. Er hatte verloren, warum hatte er etwas anderes erwartet? Er war der geborene Verlierer. Wie hatte er glauben können, dass er Leyla und sich retten könnte?

Nelu trat näher an sie heran, er grinste hämisch und leuchtete mit seiner hellen Taschenlampe in ihre Gesichter. Leyla hatte Jakobs Hand losgelassen, war an die Wand zurückgewichen und presste ihren Rücken gegen das Mauerwerk.

»Was denkt ihr eigentlich, mit wem ihr es zu tun habt?«, fragte Nelu bedrohlich leise, während das Grinsen aus seinem Gesicht verschwand.

Seine Augen begannen hasserfüllt zu glühen.

»Meint ihr, ihr könnt mich verarschen?«, brüllte er.

Er trat mit dem Fuß nach Jakob. »Was? Ich kann dich nicht hören, Jakob, Alter. Antworte mir, wenn ich dich etwas frage.« Wieder trat er mit dem Fuß in Jakos Rippen. Jakob fiel auf die Seite, wimmerte und krümmte sich.

»Lass ihn in Ruhe«, sagte Leyla erstaunlich ruhig.

»Ach«, Nelu wandte sich ihr interessiert zu, »die stolze Prinzessin aus dem Orient meldet sich zu Wort. Wie mutig.«

Er stellte sich dicht vor sie.

Leyla reckte ihr Kinn nach oben und sah ihm in die Augen. Ihre Nasenspitzen berührten sich fast. Nelu ballte seine Fäuste. Die Fingerknöchel traten weiß hervor. Jakob konnte sich nicht erinnern, ihn jemals so wütend gesehen zu haben.

»Du hältst dein dreckiges Maul, du türkische Schlampe«, Nelus Stimme zitterte leicht, »du hast gar nichts mehr zu sagen, falls du das noch nicht begriffen hast. Ich sperre dich wieder in dein neues Zuhause, und um diesen Loser da unten kümmere ich mich später.«

Verächtlich schaute er auf den regungslosen Jakob am Boden. Dann griff er grob nach Leylas Arm. Sie riss den Arm weg und spuckte ihm ins Gesicht. Er erstarrte und war einen Moment perplex. Ihr Speichel lief in dicken Fäden an seiner Wange herunter. Mit einer hastigen Bewegung wischte er über sein Gesicht.

»Es reicht mir mit eurem Kindergartengetue«, keuchte er zornig, »du kommst jetzt mit.«

Schockiert beobachtete Jakob, wie Nelu Leyla packte und den Gang hinter sich herzog. Er versuchte sich aufzurichten, aber er war unfähig, sich zu rühren. Sein Körper wollte ihm nicht gehorchen. Er hatte das Gefühl, dass seine Knochen aus Gummi bestehen würden.

Leyla wehrte sich. Sie trat nach Nelu, fuhr mit den Fingernägeln über sein Gesicht und kratzte ihn. Rote Striemen bildeten sich auf seiner glatten Haut. Er schrie auf und riss ihr das Kopftuch herunter. Er griff in ihre Haare und rammte ihren Kopf mit einem dumpfen Knall an die Kellerwand. Jakob hatte das Gefühl, er würde träumen, als er sah, wie Leylas Hand in ihre Manteltasche fuhr und sie einen Gegenstand daraus hervorzog. Die Klinge des Messers glitzerte im hellen Schein von Nelus Taschenlampe. Leyla sah aus wie eine Tänzerin, als sie ihren Arm anmutig nach oben streckte. Dann ließ sie den Arm fallen und rammte das Messer mit Schwung in Nelus Bauch. Ein ungläubiges Staunen breitete sich auf Nelus Gesicht aus, als er hinunter auf das Blut sah, das sein Hemd in Sekundenschnelle durchtränkte.

Leyla wartete nicht. Sie riss das Messer mit einem Ruck aus Nelus Körper und stach sofort erneut zu. Sie hackte auf ihn ein, als er schon zu Boden gesunken war, als würde sie eine Melone in ihrem Gemüseladen bearbeiten. Ihr schwarzes Haar hing in wirren, verklebten Strähnen über ihrem Gesicht, sie keuchte, riss den Arm nach oben und stieß mit aller Kraft auf das leblose Bündel vor ihr ein.

»Leyla, hör auf«, rief Jakob kraftlos, doch sie hörte ihn nicht. Sie war wie in einem Wahn. Jakob nahm seine ganze Kraft zusammen und schleppte sich mühsam auf allen vieren zu ihr hinüber. »Leyla«, er berührte ihre Schulter.

Sie zuckte zusammen und drehte ihm ihr Gesicht zu. Ihre Pupillen waren riesengroße dunkle Monde. In schwarzem Meer tobte eine Sturmflut. Es waren nur ihre Augen, die lebten, ansonsten hatte sich sämtlicher Ausdruck in ihrem Gesicht in Stein verwandelt.

»Leyla«, flüsterte er hilflos und sah sie verzweifelt an.

Endlich ließ sie ihre Hand sinken. Nelus Taschenlampe lag in einer Ecke und strahlte über den Betonboden. Sie knieten in einer riesigen Blutlache und blickten auf die Gestalt, die vor ihnen auf dem Boden lag. Nelus Hemd war zerfetzt. Aus dem fleischigen, klumpigen Ding, das einmal sein muskelbepackter Bauch gewesen war, spritzte noch immer pumpend das Blut in regelmäßigen Intervallen.

Sie starrten abwartend auf die Blutfontänen, die schwächer wurden und schließlich versiegten. Jakobs Blick wanderte nach oben. Nelus Gesicht hatte etwas Engelhaftes. Es sah das erste Mal, seit Jakob dieses Gesicht kannte, völlig entspannt aus. Nelu lag da, die Augen starr zur Kellerdecke gerichtet, und lächelte gelöst. Der Anblick hatte etwas Friedvolles. Leyla war aufgestanden.

Es klirrte, als sie das Messer, das sie immer noch umklammert hielt, losließ und es zu Boden fiel. Sie starrte

Nelu an und wich langsam ein paar Schritte zurück. Ihr bleiches Gesicht und ihre Hände waren blutverschmiert. Sie sah aus, wie einem Horrorfilm entstiegen.

Wortlos drehte sie sich langsam um, wankte mit ruckartigen Schritten den Gang entlang in die Dunkelheit und verschwand. Er hielt sie nicht auf. Sie würde schon einen Weg hinausfinden, selbst ohne Taschenlampe.

Jakobs Gedanken rasten. Vorsichtig hielt er seine Finger an Nelus Hals. Natürlich spürte er keinen Puls. Nelu war tot.

Er war gestorben und zeigte Jakob durch dieses entspannte Lächeln auf seinem kalten Gesicht, dass er der Gewinner in ihrem Spiel war. Vielleicht war der Tod das, was er immer gesucht hatte. Seine Erlösung. Vielleicht war er jetzt endlich glücklich, auch wenn er nie nach Italien gekommen war.

Jakobs Körper begann unkontrolliert zu zucken, als hätte er einen epileptischen Anfall.

Dann schaffte er es endlich aufzustehen. Er griff in seine Jackentasche und brauchte eine Weile, um mit fahrigen Fingern eine Packung Papiertaschentücher hervorzuziehen. Er nahm das Messer vom Boden, wischte es notdürftig ab und warf es zu dem Werkzeug in seinem Rucksack. Er reagierte ohne nachzudenken, tappte wie ein Schlafwandler nach oben und begab sich in Nelus Loft.

Als er die leere Schlafstelle sah, schluckte er schwer und versuchte nicht hinzusehen. Er ging zu der Betonsäule im Raum und zog mit Hilfe eines Schraubenziehers den Stein, der das Loch in der Säule versperrte, hervor.

Er fand in Nelus Versteck einen großen Plastikbeutel gefüllt mit weißem Pulver, Nelus Pässe und Geld, wahnsinnig viel Geld. Wahllos stopfte Jakob Scheine in seine Jackentaschen und füllte seinen Rucksack. Dann packte er den Rest des Geldes, trug es zum Fenster und ließ es fallen.

Er sah zu, wie der Wind die Geldscheine mit sich trug. Es sah wunderschön aus. Die Scheine verwandelten sich vor seinen Augen in schillernde Schneeflocken, die sanft davongetragen wurden.

Er stand lange dort und sah von oben auf die Baustelle. Plötzlich erfüllte ihn eine große Ruhe. Es war zu Ende.

Er stieg die Treppe hinunter, verließ das Haus und die Baustelle. Als er zu Hause ankam, dämmerte es bereits, und die ersten Vögel begannen zu singen.

KAPITEL 39 – TIM

»Das gibt es doch gar nicht«, schrie Markowski hasserfüllt auf und trommelte wie ein Wahnsinniger auf das Lenkrad ein. Seitdem er König das Versprechen abgenommen hatte, über Jakob Teuber nicht mehr zu sprechen, und dieser sich brav an die Anordnung hielt, verfiel er häufiger in seine alten Verhaltensmuster.

Mit blutunterlaufenen Augen starrte er König an. Seine Alkoholfahne vom Vorabend, gemischt mit dem Gestank der Zwiebeln, die die drei Salzkuchen garniert hatten, die er soeben verspeist hatte, schlug König so heftig ins Gesicht, dass er angeekelt zurückzuckte.

»Was wollten sie denn?«, fragte König vorsichtig.

Sie hatten während ihrer Frühstückspause im Wagen wie immer den Funk abgestellt, damit sie nicht gestört wurden, als Markowskis Diensttelefon geklingelt hatte.

»Das war Sattler persönlich«, schimpfte Markowski und verdrehte die Augen, »erst hat sie sich minutenlang beschwert, dass wir über Funk nicht zu erreichen sind. Sie meinte, sie hätte es satt, ständig unsere Funkgeräte zur Inspektion zu schicken, bei der dann keine Fehler gefunden werden. Sie schrie, dass sie uns die Storys mit den defekten Funken nicht mehr abnimmt. Ich kann mir vorstellen, wie ihre Nase dabei gezuckt hat. Ich sehe es direkt vor mir. Das ist so widerlich. Diese Frau ekelt mich an.« Markowski tat so, als müsse er sich übergeben. »Und dann sagte sie, wir müssen sofort zu diesen Bauruinen am Phoenix-See fahren. Du weißt schon, da, wo diese schicken Gebäude hochgezogen werden sollen. Irgendein Bauunternehmer wollte sein Grundstück inspizieren und meinte, er hätte einen seltsamen Geruch aus dem Keller wahrgenommen und dort läge eine Leiche. Wahrscheinlich eine tote Ratte, die dort verwest ist. Die Welt ist übergeschnappt, König. Ständig müssen wir hinter den Wahnvorstellungen anderer Leute hertanzen. Selbst Sattler meinte, dass das wohl ein blinder Alarm sei. Aber sie sagte, wir sollen uns darum kümmern und den Mann beruhigen, und zwar auf der Stelle und sofort«, äffte er sie nach.

König hatte genug von Markowskis cholerischen Anfällen.

»Es nützt doch alles nichts, dann fahr halt hin«, sagte er beschwichtigend.

»Mein Arzt hat gesagt, ich soll mich nicht immer so aufregen. Das ist nicht gut für meine Gesundheit«, brummte Markowski missmutig vor sich hin und gab Gas, »wie soll das bei diesem Job funktionieren?«

Ein paar Bier weniger zum Feierabend wären auch ganz hilfreich für deine Gesundheit, dachte König missmutig, lehnte seinen Kopf in Richtung Fenster, das einen Spalt offen stand, und schnappte dankbar nach frischer Luft.

Während der Fahrt schloss er die Augen, und Markowski hielt, Gott sei Dank, seinen Mund. Hörde war ein seltsamer Stadtteil. Gelangweilte Jugendliche lungerten auf dem vermüllten Vorplatz der U-Bahn herum. Die Wohnungen hier waren billig und die Umgebung bedrückend. Die schmutzigen Straßen waren von Autos überfüllt und sie kamen nur stockend voran. Erst als sie sich dem See, mit seiner protzigen Promenade und der Flaniermeile näherten, wandelte sich das Stadtbild. Sie passierten einige der modernen Bungalows mit überdurchschnittlich großen Fensterfronten, die hier mit Blick auf den See gebaut worden waren und kamen schließlich an dem stillgelegten Baugrundstück an. Sie stiegen aus dem Wagen und sahen sich um. Es war ein trostloser Anblick. König hatte das Gefühl, in einer Wüste gelandet zu sein. Die halbfertigen Häuser und die verlassenen Baugeräte sahen aus, als sei die Welt einer Katastrophe zum Opfer gefallen und die Menschen wären von der Erde verschwunden.

Das wäre eine gute Kulisse für ein Computerspiel, dachte König, strich sich durch sein abstehendes Haar und lächelte in sich hinein. Er würde sich nicht wundern, wenn plötzlich Monster oder Aliens hinter den leer stehenden Bauwagen auftauchen und sie angreifen würden, und griff instinktiv nach seiner Dienstwaffe. Markowski beobachtete ihn skeptisch.

»Was ist los? Hast du Schiss, oder was?«, fragte er irritiert. »Nein, alles in Ordnung«, König hüstelte verlegen und versteckte seine Hand in der Jackentasche, »verdammt kalt hier, was? Der Wind pfeift aus allen Ecken.«

Markowski nickte nur grimmig und stapfte breitbeinig voran über die Baustelle.

»Dahinten muss es sein«, rief er über die Schulter und deutete auf das weiß gestrichene Hochhaus.

Vor dem Gebäude tänzelte ein winziger Mann im Anzug aufgeregt herum und winkte hektisch. Markowski stöhnte leise und hielt auf ihn zu.

»Mein Name ist Markowski, und das ist mein Kollege König«, stellte er sie vor, als sie den Mann erreicht hatten, und schüttelte ihm kräftig die zierliche Hand, »was können wir für Sie tun?«

Der Mann hüpfte von einem seiner dünnen Beine auf das andere und konnte kaum stillhalten.

»Im Keller. Da war ein merkwürdiger Geruch. Ich habe nachgesehen, und da lag dieses, dieses Bündel lag da, im Gang. Ich vermute einen Mensch, alles war voller Blut, da bin ich schnell hoch und hab die Polizei alarmiert. Wollte ja nicht die Beweismittel für die Spurensicherung zerstören. Man soll sich ja vom Tatort fernhalten. So heißt es doch immer in den Krimis, richtig?«, piepste das Männlein mit hoher, sich überschlagender Stimme.

Fasziniert sah König ihn an. Ohne sein schlohweißes Haar und dem gut frisierten Schnurrbart hätte man den Mann für ein Kind halten können. Wenn die Aliens kommen, wäre er definitiv ihr erstes Opfer, dachte er versonnen, eine leichte Beute, wenn auch nicht viel dran war an ihm.

»Was starrt mich Ihr Kollege so intensiv an? Das ist mir unangenehm. Man könnte meinen, er will mich gleich auffressen. Sie sollten besser in den Keller gehen und nachschauen, was da unten los ist«, quietschte der Mann auffordernd.

»König, komm jetzt«, befahl Markowski, »was ist heute eigentlich los mit dir? Du bist so sonderbar«, raunte er ihm auf dem Weg ins Haus zu.

König zuckte nur mit den Achseln und schwieg. Er sehnte sich nach seinem Computer.

Schon, als sie die Tür zum Keller öffneten, schlug ihnen der Gestank entgegen. Es war kaum auszuhalten. Ein fauliger Mief schoss ihnen entgegen, der sie umhüllte wie eine Wolke.

»Scheiße«, grummelte Markowski, »da ist wohl tatsächlich ein Tier gestorben. Ein sehr großes Tier, und das schon seit einiger Zeit. Vielleicht eine Katze oder mehrere, so wie das hier riecht.«

Er zog den Kragen seiner geliebten Lederjacke über die Nase, fummelte die Taschenlampe aus seinem Gürtel und begann, die steile Treppe nach unten zu stapfen. König folgte ihm zögernd. Ein ungutes Gefühl breitete sich in seinem Magen aus. Sie folgten dem Lichtkegel der Lampe.

Der süßliche Geruch nach Fäulnis wurde stärker. Es war stockfinster hier unten.

»Den Gang rechts runter, hat er gesagt«, murmelte Markowski konzentriert.

Plötzlich blieb er so abrupt stehen, dass König von hinten in ihn hineinlief.

»Mann, Markowski, sag doch was und bleib nicht einfach so stehen«, begann er zu schimpfen und verstummte dann.

Im Schein der Taschenlampe sahen sie den menschlichen Körper, der im Gang lag.

»Scheiße«, murmelte Markowski.

Zögernd gingen sie auf die Gestalt zu. Der Boden unter der Person war großflächig dunkel verfärbt. Sie lag in einer Pfütze aus Blut. Blut klebte an den Wänden und an der niedrigen Decke.

König schluckte mehrmals. Der Mann lag auf dem Rücken. Sein Hemd war zerfetzt und gab den Blick auf seinen zerstückelten Oberkörper frei. König hatte noch nie zuvor eine Leiche gesehen. Er trat ein Stück näher heran, musterte die Gestalt und konnte seinen Blick nicht von dem Gesicht des Mannes lösen. Er sah aus, als würde er mit offenen Augen schlafen. Sein Gesicht wirkte vollkommen friedlich und entspannt. König hatte noch nie zuvor ein so schönes Gesicht gesehen. Die geöffneten Augen, die zur Decke starrten, waren von dichten Wimpern eingerahmt, die Augenbrauen vollendet geschwungen. Die Haut des Mannes sah aus wie glatte Seide, doch das Schönste an ihm war das Lächeln auf seinen sinnlichen Lippen.

Ein befreites, ehrliches und wunderschönes Lächeln. Restlos fasziniert starrte König in das Gesicht der Leiche.

Der Mann war jung, er sah aus wie ein bildhübsches Kind, warum zum Teufel musste er sterben?

»Mir ist schlecht«, hörte er Markowski jammern, der sich gleich darauf umdrehte und übergab.

König ignorierte ihn und konzentrierte sich auf die Person auf dem Kellerboden.

Verdammt, dieser junge Mann hätte noch alles im Leben erreichen können. Sein Gesicht sah aus, als hätte es ein Künstler erschaffen.

König streckte die Hand aus und strich dem Mann sanft mit dem Zeigefinger über die kalte Wange.

»Verdammt, was tust du da?«, raunte ihm Markowski entsetzt zu, der hinter ihn getreten war, »was bist du? Ein Leichenschänder, oder so was?«

König drehte sich um und sah seinen Kollegen an.

»Er ist noch so jung«, wisperte er und versuchte angestrengt, die Tränen zurückzuhalten, »wie lange liegt er hier wohl schon? Hat ihn denn niemand vermisst?« Er konnte das Aufschluchzen, das tief aus seiner Brust kam, nicht unterdrücken.

Markowski fasste sich mit der Hand an die Stirn.

»Alle sind verrückt geworden«, murmelte er vor sich hin und schüttelte den Kopf.

Dann packte er König am Kragen und zog ihn nah zu sich heran. »Hör auf, den Typen anzustarren und ihn zu streicheln. Ich wusste schon immer, dass du ein echter Psycho bist, aber lass es, solange ich in deiner Nähe bin. Das ist unheimlich. Du machst mir Angst. Wir hauen ab und machen Meldung bei der Kripo. Dann sind wir raus aus der Geschichte. Das Einzige, was wir dann noch machen müssen, ist, den verdammten Tatort zu sichern, aber in dieser gottverlassenen Gegend treibt sich sowieso niemand rum.«

»Was meinst du, wer das getan hat? Ich meine, das ist doch noch ein halbes Kind«, stammelte König verstört.

»Ich habe dir gesagt, du sollst deinen Kopf ausschalten und diesen Typen da vergessen, auch wenn er dich scheinbar sehr interessiert. Hast du mich verstanden?«, brüllte Markowski ihn wütend an und begann nervös, an seinen Fingernägeln zu kauen, »komm jetzt endlich. Ich muss hier raus.«

Er drehte sich um und lief zurück Richtung Treppe.

König beobachtete, wie Markowski sich an der nächsten Biegung krümmte, heftig würgte und sich erneut lautstark übergab. König warf einen letzten Blick auf die Leiche, dann folgte er Markowski in sich gekehrt nach oben ins Freie.

KAPITEL 40 – TIM

König konnte das Lächeln des toten Mannes nicht vergessen. Es war da, wenn er morgens die Augen aufschlug, es war vor ihm, wenn er mit dem Rad zur Wache fuhr, während seiner Arbeit blitzte es in seinen Gedanken auf, abends war es das letzte Bild, das er sah, wenn er die Augen schloss. Selbst in der Nacht tauchte das schöne

Gesicht der Leiche in seinen Träumen auf. Es ließ ihn nicht los, begann seinen gesamten Tagesablauf zu steuern, lenkte ihn ab und ließ ihn nicht mehr klar denken. Er fragte Markowski, ob er gehört hätte, was aus den Ermittlungen geworden wäre, ob ein Täter gefunden sei, doch als Antwort schlug sich dieser nur mit der flachen Hand an die Stirn und verdrehte die Augen. Ihm war dieser Fall egal, und er wollte nichts mehr davon wissen. Sie hatten die Verantwortung an die Herren der Mordkommission abgegeben.

Als sie fast genauso blass wie die Leiche aus dem Keller ins Tageslicht getreten waren, hatte Markowski telefonisch Sattler informiert, die sofort die Kripo eingeschaltet hatte.

Der Bauunternehmer, der sie gerufen hatte, konnte sich vor Aufregung über den Fund in seinem Haus gar nicht einkriegen. Er reagierte in keinster Weise betroffen, sondern lungerte sensationsgeil neben ihnen herum und versuchte jedes Wort aufzuschnappen, das gesprochen wurde. Natürlich musste er als Zeuge vernommen werden, da er als Erster bemerkt hatte, dass in seinem Keller etwas nicht stimmte. Mit geschwellter Brust war er herumstolziert und hatte sich sichtlich wichtig gefühlt.

Sie standen eine ganze Weile schweigend in der Kälte und warteten, bis sie endlich am Horizont, am Rande der Baustelle, mehrere Wagen ankommen sahen. Geschäftig stapften die Herren und Damen der Spurensicherung an ihnen vorbei, die König und Markowski komplett ignorierten, noch nicht einmal grüßten, sondern nur mit emotionslosen Mienen ihre schweren Koffer mit dem Arbeitsmaterial ins Haus schleppten. Zwei Männer im mittleren Alter, beide in graue Wollmäntel gehüllt, folgten ihnen.

Sie stellten sich lustlos als Hauptkommissare Jauch und Suslik vor, hörten sich mit abwesenden Blicken an, was Markowski zu berichten hatte, und ließen sie dann stehen, um das Gebäude zu betreten.

»He«, rief Markowski ihnen hinterher. Sein Gesicht war noch immer aschfahl. »Was ist mit uns? Können wir gehen?«

»Ja ja, gehen Sie nur. Wir brauchen Sie nicht mehr. Sie stehen uns sonst nur im Weg. Wenn wir Fragen haben, melden wir uns«, hatte der, der sich als Jauch vorgestellt hatte, desinteressiert geantwortet.

Markowski sah erleichtert aus und spurtete sofort los, um endlich zum Auto zu kommen und zu verschwinden.

Widerstrebend verließ auch König den Schauplatz.

Und jetzt, wo sich das Bild des jungen Mannes in seinem Kopf festgesetzt hatte und sich nicht mehr abschütteln ließ, hörten sie nichts mehr über den Vorfall. Auch in den Zeitungen, die König jeden Morgen akribisch durchstöberte, stand kein Wort über die Leiche. Es ließ König keine Ruhe. Er konnte sich auf nichts konzentrieren. Nicht einmal sein Computerspiel interessierte ihn. Jutta begann, ihn mit besorgten Blicken zu mustern, wenn er abends vor dem Bildschirm saß und ins Leere starrte, ohne sich zu rühren.

Wieder einmal lag ein ereignisloser Arbeitstag hinter ihm. Er hatte sich seinen üblichen Tagesabschlussbericht erlogen und ihn in den PC eingehämmert. Inzwischen war er recht gut darin geworden, eine langweilige Streife, auf der sie es schafften, sich aus allem herauszuhalten, auf dem Papier wie echten Polizeialltag mit viel persönlichem Einsatz aussehen zu lassen. Ein bisschen Fantasie – und dann ging das schon. Vielleicht hätte er Schriftsteller werden sollen, dachte er versonnen.

Er ging nach draußen, klemmte seine Aktentasche auf den Gepäckträger seines Fahrrads, setzte sich seinen Helm auf und wollte gerade das Schloss aufschließen, als ihm eine Idee kam. Er sah die Straße hinunter. Die Mordermittler saßen im Polizeipräsidium in der Markgrafenstraße, nicht weit entfernt von der Wache Nord. Er seufzte schwer. Im Präsidium würde man wissen, was mit dem Mann aus dem Keller geschehen war. Sich zu informieren, war sein gutes Recht.

Er schwang sich auf sein Rad und machte sich auf den Weg.

Das neu sanierte Polizeipräsidium sah imposanter aus als die schäbige Wache, in der sie eingepfercht waren. Eine elegante Steintreppe mit geschwungenem Geländer führte nach oben zur gläsernen Eingangstür, in der sich das Sonnenlicht spiegelte.

König kam sich winzig vor, als er am Treppenabsatz stand und nach oben schaute. Es war 17 Uhr. Feierabendzeit. Geschäftig strömten lachende und mit ihren Kollegen schwatzende Menschen aus dem Gebäude.

In den Krimis im Fernsehen machten Kommissare nie rechtzeitig Feierabend, sie schliefen auch nie. Sie existierten nur für ihre Arbeit. Sie hatten kein Privatleben, sie waren Getriebene, die nicht aufgaben, bis sie eine Tat aufgedeckt und die Täter geschnappt hatten. Mürrisch, eigenwillig und der Arbeit verschrieben. Hier öffneten sich zur Feierabendzeit die Türen, und die Menschen gingen wie ganz normale Arbeiter pünktlich auf die Minute nach Hause.

Es sah fast so aus, als müsse er als normaler Streifenpolizist mehr Überstunden machen als die werten Herren und Damen Kommissare.

Vielleicht waren Jauch und sein Kollege noch im Haus.

Er hastete die Treppe hinauf und nahm zwei Stufen auf einmal. Das große Gebäude wirkte von innen neu und modern. Alles war sauber und steril, fast wie in einem Krankenhaus. König sah sich verwirrt um.

Wie sollte er hier jemanden finden?

Es führten mehrere Treppen nach oben, und verschiedene Gänge gingen bereits von der Eingangshalle ab. Er blickte in einen Gang und nahm unzählige Türen wahr. Dann erst entdeckte er einen Informationsschalter und eilte erleichtert darauf zu. Ein dicker Wachmann mit schlaffen Wangen saß in seiner Uniform hinter der Glasscheibe und löste konzentriert Kreuzworträtsel in einer Zeitschrift. König blieb einen Augenblick vor der Scheibe stehen, doch der Mann beachtete ihn nicht. König klopfte vorsichtig mit den Fingerknöcheln gegen die Scheibe. Keine Reaktion.

»Entschuldigung?«, rief König und klopfte fester gegen das Glas.

Wie in Zeitlupe hob der Mann langsam seinen Kopf. Durch seine erstaunlichen Hängebacken hatte er Ähnlichkeit mit einem Bullterrier. König war sich sicher, dass Fluten von Speichelfäden um den Mann herumfliegen würden, wenn er den Kopf schütteln würde. Sie sahen sich an. Schwerfällig schob der Mann die Glasscheibe zur Seite.

»Bitte? Sie wünschen?«, fragte er König.

Selbst die paar Worte schienen ihm nur mühsam über die Lippen zu kommen.

»Ich möchte Kommissar Jauch sprechen oder seinen Kollegen Suslik«, antwortete König forsch und versuchte, ein geschäftiges Gesicht aufzusetzen.

Der müde Wachmann musterte ihn unbeeindruckt,

dann sah er in seinen brummenden, altertümlichen Computer, der vor ihm auf dem Schreibtisch stand, und scrollte ungelenk mit der Maus auf und ab.

»Die Herren sind noch im Haus. Haben Sie einen Termin?«, gab er nach einer Ewigkeit von sich.

Hektisch überlegte König.

»Dienstgruppenleiterin Sattler von drüben schickt mich. Ich soll wichtige Fakten für einen Fall mitteilen, den die Herren bearbeiten. Es wird sie ganz sicher interessieren. Es geht um den toten Jungen, der in Hörde am Phoenix-See gefunden wurde. Wissen Sie, ich war dabei, als er entdeckt wurde, und mir ist da etwas eingefallen. Sattler meinte, es wäre von großer Wichtigkeit, meine Erkenntnisse den Ermittlern zukommen zu lassen.«

»Warum rufen Sie nicht einfach an?«, brummte der Mann griesgrämig.

»Manche Dinge lassen sich nur schwer am Telefon besprechen, aber das können Sie auf Ihrem Posten ja nicht wissen.« Der Mann reagierte nicht. König wurde ungeduldig.

»Die Sache ist von höchster Dringlichkeit. Sagen Sie mir jetzt, wo ich die beiden finde? Ansonsten werde ich mich über Sie beschweren wegen Behinderung wichtiger Ermittlungen.« König wurde vor Empörung rot im Gesicht. Der Mann blieb weiterhin völlig unbeeindruckt, wahrscheinlich musste er sich so etwas öfter am Tag anhören. Er blickte König direkt in die Augen und murmelte etwas.

»Was?« König beugte sich näher an das Fenster.

Wieder murmelte der Mann leise eine unverständliche Zahl vor sich hin.

»Ich kann Sie nicht verstehen. Sprechen Sie lauter.«

Der Gesichtsausdruck des Wachmannes wurde streng. »Wie heißt das Zauberwort?«

Das konnte der Mann doch nicht ernst meinen.

»Bitte. Bitte sprechen Sie deutlicher«, stieß König gequält hervor.

»Geht doch. Dritter Stock, Zimmer 373«, flötete der Wachmann und lächelte selig.

Grimmig drehte sich König um und ging zu den Fahrstühlen. Was für ein Vollidiot. Das fing ja gut an.

Immerhin wusste er, wo er die beiden Ermittler finden würde. Er fuhr in den dritten Stock und eilte im Laufschritt über den Gang. Vor der Tür mit der Nummer 373 blieb er stehen. Ein Schild neben der Tür, mit den Namen der beiden Kommissare, zeigte ihm, dass er richtig war. Immerhin hatte der Scherzkeks unten an der Anmeldung ihm die richtige Zimmernummer genannt. Es fiel ihm plötzlich ein, dass er gar nicht wusste, was er sagen sollte. Er brannte darauf zu erfahren, was aus dem Fall geworden war, doch er hatte keine Ahnung, wie er es anstellen sollte, dass sie ihn so ohne Weiteres einweihen würden.

Mir wird schon etwas einfallen, dachte er, klopfte mit feuchten Fingern an und riss energisch die Tür auf.

Jauchs und Susliks Köpfe schnellten erschrocken hinter den Monitoren hoch. König betrat den Raum und schloss sorgfältig die Tür hinter sich.

»Guten Abend. Entschuldigen Sie, dass ich so reinplatze. König, mein Name, Sie können sich sicher an mich erinnern«, begann er.

Jauch und Suslik warfen sich irritierte Blicke zu.

»Na ja, dann eben nicht«, fuhr König fort, »also es geht um den toten Mann, der auf der Baustelle im Keller dieser

Immobilie gefunden wurde. Ich und mein Kollege, wir haben ihn gefunden, also wir waren die Ersten am Tatort, vielleicht können Sie sich erinnern.«

Suslik lehnte sich in seinem Stuhl zurück und verzog spöttisch das Gesicht.

»Natürlich erinnere ich mich. Du doch auch, Klaus, oder? Die beiden netten Polizisten, die den Tatort so vollgekotzt haben, dass die Spurensicherung sowieso nichts mehr hat finden können. Die konnten ihren Kram direkt wieder einpacken. Was können wir für Sie tun? Ist Ihnen wieder schlecht? Soll ich Ihnen einen Magentee aufbrühen?«

Die beiden lachten. König räusperte sich.

»Wenn ich ehrlich bin, würde es mich persönlich interessieren, was aus dem Fall geworden ist. Ich meine, ich war doch involviert.«

Was sehen die beiden mich immer so seltsam an, dachte König. Sie blickten nach oben, über sein Gesicht hinweg, als würde ein Heiligenschein über seinem Kopf schweben. Er griff mit der Hand an seinen Kopf und bemerkte, dass er noch immer seinen Fahrradhelm trug. Verlegen löste er den Verschluss und nahm umständlich den Helm ab.

»Tut mir leid«, erklärte Jauch versöhnlich, »wir dürfen über unsere Ermittlungen keine Auskunft geben.«

Er schien der Nettere von den beiden zu sein. Ein perfektes Team. Guter Bulle, böser Bulle.

»Schönen Tag noch«, sagte Suslik, »Sie können den Helm gleich wieder aufsetzen. Er steht Ihnen übrigens ganz hervorragend. Alles Gute dann.«

Er wandte sich seinem Computer zu. König rührte sich nicht von der Stelle.

»Haben Sie den Täter gefasst?«, fragte er, »ich bin Polizist. Das werden Sie mir wohl sagen dürfen. Ich werde mit niemandem darüber sprechen, das versichere ich Ihnen.«

Jauch rutschte unruhig auf seinem Stuhl hin und her. »Wiedersehen«, raunzte Suslik, ohne hochzuschauen.

»Wissen Sie«, erklärte König, »ich kann nicht mehr schlafen, seitdem ich diesen toten Jungen gesehen habe. Er verfolgt mich. Ich möchte nur wissen, was aus dem Fall geworden ist. Vielleicht verschwindet er dann endlich aus meinem Kopf.«

Suslik stand genervt auf und ging auf ihn zu.

»Passen Sie auf. Es rührt mich wirklich zu Tränen, dass Sie so ein Sensibelchen sind. Vielleicht haben Sie den falschen Beruf gewählt, denken Sie mal drüber nach. Machen Sie eine Therapie oder gehen Sie in eine Selbsthilfegruppe. Wir haben jedenfalls zu arbeiten und können Ihnen nicht helfen. Und jetzt raus hier.«

»Aber«, setzte König an.

»Raus«, unterbrach ihn Suslik mit lauter Stimme und wies auf die Tür, »oder ich werde drüben anrufen und mich bei Ihren Vorgesetzten über Sie beschweren.«

»Dann beschweren Sie sich doch. Ich habe Sie um eine einzige, winzige Information gebeten. Das ist doch nicht zu viel verlangt. Ich schwöre Ihnen, Sie werden noch von mir hören«, brüllte König wütend und stapfte mit dem Fuß erbost auf den Boden.

»Klaus, er droht uns. Mann, jetzt habe ich aber Angst. Vielleicht sollten wir ihm doch alles erzählen«, höhnte Suslik und schien sich köstlich zu amüsieren.

Er tat so, als müsste er überlegen.

»Ach nein. Besser, wir erzählen ihm nichts. Sonst wird das noch Thema bei seiner nächsten Therapiesitzung.« Sein Gesicht verfinsterte sich. »Zum letzten Mal. Raus jetzt«, zischte er. König warf den beiden böse Blicke zu, dann verließ er den Raum und knallte die Tür hinter sich zu.

Wütend ballte er seine Fäuste und verließ das Kommissariat. Den Wachmann unten sah er nicht an, als er an ihm vorbeihastete.

Als er sein Fahrrad aufschloss, spürte er, dass eine Träne der Verzweiflung über sein Gesicht rann.

»Herr König?«, hörte er eine Stimme hinter sich und wischte sich schnell über die Augen.

Er drehte sich um. Kommissar Jauch stand hinter ihm und sah sich nach allen Seiten um.

»Mein Kollege hat das gerade nicht so gemeint. Er nimmt sich selbst immer eine Spur zu ernst. Ich kann verstehen, dass Sie an dem Fall interessiert sind, wo Sie den Jungen doch gefunden haben, und es gibt auch nichts groß zu verheimlichen. Die Ermittlungen wurden längst eingestellt.«

König sah ihn an und wartete. Wieder wurde er sich bewusst, wie lächerlich er mit seinem Fahrradhelm aussehen musste, doch Jauch schien ihn ernst zu nehmen.

»Es gab nichts zu ermitteln. Der Mann hat sich anonym in Deutschland aufgehalten. Ein Rumäne. Er ist nirgendwo gemeldet oder registriert. Wir konnten noch nicht einmal seinen richtigen Namen herausfinden, haben nur verschiedene gefälschte Pässe auf dem Grundstück gefunden und Geld, das überall verstreut herumlag. Wir konnten massenweise Fingerabdrücke im Keller aufnehmen, die alle zu untersuchen, würde zu viel Zeit in Anspruch nehmen. Er war ein Unbekannter, der sich illegal hier aufgehalten hat, wahrscheinlich höchst kriminell, aber strafrechtlich nie auffällig geworden. Muss ein schlauer

Fuchs gewesen sein. Ein Abgleich mit seiner DNA hat zu nichts geführt. In der Datenbank ist kein Profil hinterlegt, das zu ihm passen würde. Er war wohl klug genug, sich nie erwischen zu lassen. Das war's. Akte geschlossen. Ich hoffe, ich habe Ihnen damit ein bisschen geholfen.«

Wieder schaute er sich unbehaglich nach allen Seiten um, wandte sich ab und schien gehen zu wollen. König griff nach seinem Arm und hielt ihn zurück.

»Aber irgendjemand muss ihn doch gekannt haben. Jemand muss ihn vermissen. Das kann doch nicht alles gewesen sein, was Sie tun.«

Jauch blickte traurig auf seine Schuhe.

»Willkommen in der Realität. Es liegen keine Vermisstenanzeigen vor. Der Tote hatte scheinbar weder Familie noch sonst wen, der sich um ihn gekümmert hätte. Er war ein Illegaler, der am Rande der Gesellschaft gelebt hat – und ehrlich gesagt, wird dann nie besonders akribisch ermittelt. Es ließ sich nicht feststellen, wer er war und warum er sterben musste. Wieder einer weniger. Akte geschlossen. Wir haben andere Dinge zu tun. Da ist nichts zu machen. Uns fehlt die Zeit.«

König blieb der Mund offen stehen.

»Herr König, bitte haben Sie Verständnis, ich muss gehen. Wenn der Kollege Suslik mich mit Ihnen sieht, wird er nicht begeistert sein. Ich gebe Ihnen einen Rat, vergessen Sie den Toten. Kümmern Sie sich um die Lebenden. Dazu sind Sie schließlich Polizist geworden, und ich bin mir sicher, dass Sie Ihren Job großartig machen.«

Wohlwollend klopfte er ihm zum Abschied auf die Schulter, drehte sich um und ging mit eiligen Schritten fort. König blickte ihm hinterher und wusste genau, dass das Gesicht des jungen Mannes nicht aus seinem Kopf verschwinden würde.

KAPITEL 41 – TIM

Es hörte einfach nicht auf. König fühlte sich wie ein Verfolgter. Ständig glaubte er, den jungen Mann auf der Straße zu erkennen, lief hysterisch rufend hinter fremden Personen her, nur um dann verschämt in irritierte Gesichter unbekannter Passanten zu starren. Es war ihm klar, dass er dem Mann nicht begegnen konnte, er war ja schließlich tot, aber König war völlig durcheinander. Er begann mehr und mehr, die Kontrolle über sein Leben zu verlieren.

Das lächelnde Gesicht war immer da und schaute ihn an, egal, was er tat. Er konnte es nicht fassen, dass der Fall für das deutsche Rechtssystem so schnell abgeschlossen worden war. Der junge Mann war wie Abschaum von der Straße gekehrt worden, was allen nur recht zu sein schien. Wieder einer weniger, hatte Jauch gesagt und zufrieden dabei gewirkt. König wurde übel, wenn er daran dachte.

Er sprach nächtelang mit Jutta über den Jungen. Sie war die Einzige, die Verständnis für seine Situation zeigte.

Markowski und Dressler begannen sich über seine Unkonzentriertheit lustig zu machen, aber es interessierte König nicht. Sollten sie nur lachen. Er würde selbst Nachforschungen anstellen. Er musste etwas tun. Er konnte nicht weiterhin ein Gefangener von diesem Geist bleiben, der in ihm spukte. Ihn quälte seit Tagen eine leichte Erkältung, und er hatte bei Sattler nachgefragt, ob er für eine Weile seinen gewohnten Schreibtischdienst tun könnte, bevor er die Kollegen ansteckte. Grimmig hatte sie eingewilligt und ihm widerwillig eine Woche Bürodienst genehmigt.

Markowski und Dressler waren überglücklich, endlich wieder gemeinsam Streife fahren zu können.

König war fast beleidigt, als er sah, wie sehr Markowski strahlte und Dressler wie einen verschollenen Bruder an seine breite Brust drückte.

Er schwamm nicht mit ihnen auf einer Welle und hatte immer mehr den Eindruck, dass sie sich insgeheim ein bisschen vor ihm fürchteten. Er konnte es ihnen nicht verübeln, er fürchtete sich ja selbst vor sich in letzter Zeit. Diese rastlose, unkonzentrierte Person, die sich in ihm breitgemacht und Besitz von ihm ergriffen hatte, war ihm fremd.

In Gedanken versunken, saß er in dem stickigen Büro und starrte auf den Monitor, ohne etwas zu erkennen. Er hatte schon eine ganze Weile so dagesessen, ohne in der Lage zu sein, irgendetwas zu tun. Frustriert erhob er sich und ging zum Fenster. Es war ein grauer, kalter Tag, und er blickte nach unten auf die leere Straße. In seiner Mittagspause radelte er, ohne es geplant zu haben, am Präsidium vorbei. Er stoppte. Müde streifte sein Blick das Gebäude.

Plötzlich schwang die Tür des Präsidiums auf. Er beobachtete, wie Jauch und Suslik über den Platz eilten, sich in ihren edlen Dienstwagen setzten und vom Hof brausten. Seine Zeit war gekommen.

Er zögerte nicht lange, schloss sein Rad an und betrat das Gebäude.

Heftig atmend stürmte er durch die Eingangshalle, vorbei an dem dicken Wachmann, der ihm verstört hinterherblickte.

Er fuhr mit dem Fahrstuhl in den dritten Stock und blieb keuchend vor Zimmer 373 stehen.

Das Präsidium wirkte wie ausgestorben. Niemand hatte ihn aufgehalten. Vorsichtig drückte er die Türklinke und jubelte innerlich. Nicht abgeschlossen.

Leise betrat er das Zimmer. Irgendwo musste die Akte des toten Jungen liegen. Wenn niemand herausfinden wollte, wer er gewesen und was mit ihm geschehen war, musste er eben selbst tätig werden.

Auf den Schreibtischen von Jauch und Suslik türmten sich Berge von Papieren und Akten. Vorsichtig, um nichts durcheinanderzubringen, begann sich König durch Blätter und Schnellhefter zu wühlen. Er wusste nicht, wonach er suchen sollte. Der Name des Jungen war, laut Jauch, nicht bekannt.

Eine dünne Akte fiel fast vor seine Füße, und sein Herz schlug schneller. Sie war mit dem Wort »Rumäne«, gefolgt von drei großen Fragezeichen, betitelt.

Hektisch schlug König den flachen Ordner auf und überflog den kurzen Bericht. Name unbekannt, Alter unbekannt, Tathergang unbekannt, Todesursache Fremdeinwirkung. Es hatte noch nicht einmal eine ordentliche Obduktion stattgefunden.

König schüttelte erbost den Kopf.

Erst, als er die Tatortfotos, die den jungen Mann hell herausstechend in einer Lache aus dunklem Blut zeigten, in der Hand hielt, beruhigte er sich.

Versunken betrachtete er das schöne Gesicht.

Er schreckte zusammen, als er Geräusche und lautes Gelächter auf dem Flur wahrnahm. Hastig steckte er eines der Bilder in seine Manteltasche, raffte die anderen zusammen und schob sie zurück in den Ordner. Mit zitternden Fingern räumte er den Stapel Akten so ordentlich wie möglich aufeinander. Mit einem letzten prüfenden Blick, stellte er fest, dass der Schreibtisch ähnlich aussah wie zuvor. Er trat einen Schritt zurück, als die Tür sich öffnete.

Suslik riss die Augen auf, als er ihn sah.

»Was zum Teufel machen Sie in meinem Büro?«, fragte er perplex.

König brach der Schweiß aus.

»Ich wollte nur Hallo sagen«, stammelte er, »und mich bei Ihnen bedanken.«

Suslik stemmte die Hände in die Hüften.

»Sie können nicht einfach so reingehen. Was fällt Ihnen ein?«, donnerte er.

»Dann müssen Sie die Tür halt abschließen. Woher soll ich wissen, dass Sie nicht da sind?«, entgegnete König selbstbewusst und reckte das Kinn in die Höhe.

Er hatte nicht vor, sich von diesem unfreundlichen Ungeheuer fertigmachen zu lassen. Beleidigt rauschte er an Suslik vorbei und stürmte aus dem Zimmer.

Bloß weg hier.

Er war schon fast beim Fahrstuhl angekommen, als er Susliks Stimme hörte.

»He. Wofür zum Teufel wollten Sie sich bedanken?«, rief er über den Flur.

König hämmerte auf den Fahrstuhlknopf, die Tür öffnete sich. »Ich habe Ihren Rat befolgt und mir professionelle Hilfe geholt. Danke dafür. Ich versuche, mein Leben in den Griff zu kriegen. Dank Ihnen geht es mir besser«, rief König dem verdutzten Mann zu, winkte freundlich, bevor er im Fahrstuhl verschwand und nach unten fuhr.

Das wäre fast schiefgegangen.

Er eilte zurück zu seinem Arbeitsplatz. Seine längere Abwesenheit hatte niemand bemerkt. Keuchend ließ er sich auf seinen Bürostuhl sinken. Er fuhr mit der Hand in die Manteltasche und zog das Foto hervor. Er hatte sich tatsächlich Hilfe geholt und zwar in Form dieses Bildes. Der Junge lächelte ihn an.

»Ich werde sehen, was ich für dich tun kann«, murmelte König und zeichnete die Konturen des Gesichts auf dem Foto liebevoll mit dem Zeigefinger nach.

Sorgfältig verstaute er den Abzug in seiner Manteltasche und wartete auf den Feierabend. Punkt 17 Uhr stürzte er aus dem Büro, als wäre er auf der Flucht.

Er fuhr mit dem Rad nach Hause, fütterte Jutta und zog sich um. Sein Mantel würde für das, was er vorhatte, zu seriös aussehen. Er fand eine alte Jeans und eine Trainingsjacke in seinem Schrank. Die Jacke war zu dünn für die Jahreszeit, er würde einen dicken Pullover darunter anziehen müssen. Als er sich im Spiegel betrachtete, stellte er fest, dass er merkwürdig aussah. Die Trainingsjacke war eng und wie eine Wurstpelle um den selbst gestrickten Wollpullover gepresst, den seine verstorbene Oma ihm vor vielen Jahren zu Weihnachten geschenkt und den er nie getragen hatte. Er klatschte sich eine halbe Tube Haargel in seine herauswachsende Kurzhaarfrisur und kämmte sich sein widerspenstiges, braunes Haar streng nach hinten. Sein Anblick erinnerte an einen Möchtegernmafiosi aus einem sehr schlechten Film. Zusammen mit der ungewohnten Kleidung könnte man meinen, er wäre direkt aus einer psychiatrischen Klinik entflohen.

Egal, besser ging es nicht. Ab jetzt war er inkognito unterwegs.

Er steckte das Foto ein, verabschiedete sich von Jutta, die sich beleidigt zurückgezogen hatte, als sie sah, dass er das Haus verlassen wollte, schwang sich auf sein Rad und fuhr in die Stadt.

Mit wem hatte ein illegaler, kleinkrimineller Rumäne Kontakt? Wer würde ihn kennen, fragte sich König und trat in die Pedale.

Der eiskalte Fahrtwind kühlte sein heißes Gesicht.

Als Erstes fiel ihm der Straßenstrich ein. Die Fickmeile, wie man ihn in Polizeikreisen nannte. Langsam kurvte er mit seinem Rad in den Norden der Stadt und fuhr über die Brunnenstraße. Die Häuser in der Straße waren alt, sie wirkten, als würden sie zu Staub zerfallen, wenn man sie berührte und verströmten einen morbiden Charme. Er passierte den großen Baumarkt, auf dessen in Dunkelheit liegendem Parkplatz zwielichte Gestalten ihre Geschäfte betrieben. In dieser Gegend konnte man alles kaufen: Frauen, Kinder, Drogen, Schmuck und neue Identitäten. Er bog in die verpönte Ravensbergerstraße ein. Im Dienst hatten sie immer einen meilenweiten Bogen um diesen Ort geschlagen. Natürlich.

Da, wo sich wirkliche Kriminalität abspielte, hatte die normale Polizei nichts zu suchen.

Lässt du mich in Ruhe, lasse ich dich in Ruhe. So waren die unausgesprochenen Regeln.

Wieder erinnerte sich König daran, welche Vorstellungen er hatte, als er mit seiner Ausbildung begonnen hatte. Es hatte nichts mit der Wirklichkeit zu tun gehabt.

Der Wind war so kalt, dass seine Augen tränten. Die Frauen und jungen Männer, die sich wie Zombies langsam aus dem Schatten nach vorne zur Straße bewegten, als er an ihnen vorüberfuhr, glichen Gespenstern. Ihre ausgemergelten, bleichen Körper, ihre hungrigen, bettelnden Augen ließen sie kaum wie Menschen erscheinen. Sie bewegten sich wie in Trance. Skeptische, verschwommene Blicke taxierten ihn. Er nahm mehrere Prostituierte und Stricher am Rand des Gehsteiges wahr, die sich zurückhielten und sich nicht mal die Mühe machten, für ihn aus dem Dunkeln hervorzutreten. Es kam wohl nicht oft vor, dass ein Freier auf dem Fahrrad aufkreuzte. Nur die ganz Verzweifelten reihten sich für ihn am Bordstein auf. Mit nur wenig Kleidung am Leib, trotz der schneidenden Kälte. Einige versuchten, ein verführerisches Lächeln aufzusetzen, das ihre Gesichter wie Fratzen erscheinen ließ. Sie leckten sich mit ihren grün belegten Zungen über die eingetrockneten, rot bemalten Lippen, sie fuhren sich mit abgebrochenen Fingernägeln einladend über ihre ausgemergelten Gesichter, und abgestorbene Hautfetzten rieselten wie Schneeflocken langsam auf den Boden.

Sie sahen krank aus, war das Einzige, das König einfiel. Er würde gerne mal einen Arzt nach ihnen sehen lassen. Eine ordentliche Mahlzeit und Wärme täten ihnen gut.

Er stoppte und schloss sein Fahrrad umständlich an einen Laternenpfahl an. Dutzende von Augen beobachteten ihn. Er war hier ein Freak und nicht einschätzbar.

Wenigstens brachte er ein wenig Abwechslung in die Gegend. Er richtete sich auf und ging auf das erste Mädchen zu, das in der Nähe stand.

Die blonde Frau sah nicht älter aus als 16. Kahle, kreisrunde Stellen zierten ihr hochtoupiertes, strohiges Haar, mit ihrem zerlaufenen, dick aufgetragenen Augen-Make-up ähnelte sie einem Pandabären, was sie irgendwie niedlich und unbeholfen erscheinen ließ. König schöpfte Vertrauen. Sie versuchte einen perfekten Augenaufschlag, der gründlich danebenging.

»Na Süßer, was kann ich für dich tun?«, begann sie, doch König unterbrach sie rasch, riss das Foto aus seiner Tasche und hielt es ihr vor die Nase.

»Kennen Sie diesen Mann?«, herrschte er sie an.

Seine Stimme war lauter als beabsichtigt und klang drohend. Sofort schreckte das Mädchen zurück. Sie warf keinen Blick auf das Bild, schüttelte nur heftig mit dem Kopf.

»Nein, nein. Ich nix kennen und ich nix verstehen«, flüsterte sie weinerlich und zog sich zurück.

Eine ältere Frau, die in der Nähe gestanden hatte, kam zu ihm herüber, baute sich bedrohlich vor ihm auf und streckte provozierend ihren dicken Bauch in seine Richtung.

»Was hast du für ein Problem? Du hast Olga Angst eingejagt«, raunzte sie ihn mit osteuropäischem Akzent an.

»Ich wollte keinen Ärger machen«, erklärte König schuldbewusst, »ich suche nur diesen Jungen.«

Er hielt ihr das Foto hin und bemerkte ein Flackern in ihren Augen, als sie es betrachtete. Sie schaute schnell wieder weg. König hatte genau bemerkt, dass sie den Mann wiedererkannt hatte.

»Den kennen wir hier nicht.« Sie sah ihn nicht an.

Er griff nach ihrem kräftigen Oberarm.

»Bitte«, stammelte er, »sagen Sie mir, was Sie wissen. Sehen Sie sich sein Gesicht an. Dieser Mann ist ein Engel.«

Etwas in ihren Augen flammte auf.

»Ein Engel, sagst du, ja?« Sie lachte höhnisch und spuckte angewidert vor König auf den Boden. »Ich sag dir was, mein Schatz.« Ihr Gesicht näherte sich seinem, und er konnte ihren vergorenen Atem riechen. »Dieser Typ ist der Satan persönlich. Der hat mit uns Stricherinnen Gott sei Dank überhaupt nichts zu tun. Der hat so was wie uns überhaupt nicht nötig. Der holt sich kleine Mädels vom Schulhof, die ihn anhimmeln und alles für ihn machen.« Wieder spuckte sie aus.

Gemeinsam beobachteten sie, wie der grüne Schleim, den sie ausgestoßen hatte, über seinen linken Turnschuh floss.

Sie lächelte ihn an. Schwarze Löcher zierten ihr Gebiss, der Rest ihrer kümmerlichen Zähne leuchtete in einem uringelben Farbton aus ihrer dunklen Mundhöhle. Sie zündete sich eine Zigarette an und rauchte genüsslich.

»Was für kleine Mädchen? Bitte erzählen Sie mir mehr«, bettelte König unterwürfig.

»Pass auf, Kleiner«, drohend sah sie ihn an, »wir kennen diesen Typen nicht. Wenn du noch was wissen willst, musst du Vanessa fragen. Die ist aber erst morgen wieder hier. Hat heute frei. Sei es ihr gegönnt.« Sie wandte sich ab. Das Gespräch schien für sie beendet zu sein.

»Warum, was weiß diese Vanessa?«, hakte König schnell nach. Die Frau drehte sich zu ihm und musterte ihn von oben bis unten.

»Warum willst du das eigentlich alles wissen? Bist du ein Bulle, oder was?«

König schüttelte verlegen den Kopf, doch er wusste, dass die Frau ihn durchschaut hatte. Es gab nichts, was er verheimlichen konnte, dazu war diese Dame zu lebenserfahren. »Das hat nichts mit meinem Job zu tun. Ich bin privat hier, das müssen Sie mir glauben«, stammelte er und sah in ihre strengen Augen.

Sie schien zu überlegen.

»Dieser Typ auf dem Foto«, sie flüsterte und beugte sich näher zu ihm, »Vanessa war ein normales Schulkind, bis er sie gezwungen hat, sich zu prostituieren. Dann hat er sie fallen lassen. Einfach so. Vielleicht war sie mit 14 zu alt für seine exklusive Kundschaft. Ihre Eltern wollten nichts mehr mit ihr zu tun haben, Schule war eh gelaufen, und so ist sie halt hier gelandet. Sie kennt ihn und kann dir sicherlich etwas über ihn erzählen. Aber ich sage dir eins, sie ist sozusagen mein Baby. Also, mein Freund, wage es nicht, ihr wehzutun, sonst bekommst du es mit mir zu tun.«

König begann unter ihrem harten Blick zu zittern.

Wer sich mit dieser Frau anlegen würde, könnte gleich Selbstmord begehen. Niemals würde er sich trauen, etwas zu tun, was ihr nicht behagte.

»Und morgen kann ich mit Vanessa sprechen?«, fragte er schüchtern.

Noch immer fixierte sie ihn mit ihrem Blick.

»Sie ist morgen da. Ob sie mit dir reden will oder nicht, kann sie selbst entscheiden, und jetzt verschwinde. Du vertreibst mir die Kundschaft«, blaffte sie schroff, entfernte sich ein paar Meter, blickte geradeaus und ignorierte ihn, als hätte das Gespräch niemals stattgefunden.

KAPITEL 42 – TIM

In der nächsten Nacht befand er sich am selben Ort. Er konnte sich nicht erinnern, wie er am vorigen Abend nach Hause gefahren und wie er seinen Arbeitstag hinter sich gebracht hatte.

Er realisierte seine Umgebung erst, als er auf dem Rad den Straßenstrich entlangfuhr und in die stumpfen Augen der Nachtgeister starrte, die hier zu Hause waren.

Wieder war er ein Fremder. Ein Eindringling, der von oben bis unten misstrauisch beäugt wurde.

Vanessa, dachte er, ich muss Vanessa finden, und seine feuchten Finger umschlossen das Foto, das sich in der Jackentasche seiner Trainingsjacke befand. Endlich wusste er den Wollpullover seiner Oma zu schätzen, der sich behaglich um seinen Oberkörper schmiegte und die Kälte abschirmte. Die dicke Frau von gestern konnte er nicht entdecken.

Suchend fuhr sein Blick über die schräge Maskerade, die sich am Straßenrand vor ihm aufgebaut hatte. Kein Gesicht kam ihm bekannt vor. Er schloss sein Rad am selben Laternenpfahl an wie in der vorigen Nacht. Prüfend schlenderte er am Straßenrand entlang, bis er vor einem Mädchen stoppte, das sehr jung, fast kindlich aussah.

»Vanessa?« Er wusste sofort, dass sie es war.

Sie zuckte zusammen. Ihre blauen Augen musterten ihn misstrauisch. Ihr blondes Haar sah gesund aus und lockte sich in voller Pracht, der Babyspeck in ihrem

Gesicht glänzte im fahlen Licht der Straßenlaterne. Skeptisch sah sie ihn an. »Ja?«, stieß sie gedehnt aus.

Er spürte die Furcht, die in ihr loderte, weil er ihren Namen kannte. Er versuchte mit ihr zu sprechen wie mit Jutta, wenn sie zu spät ihr Futter bekam. Behutsam und fürsorglich. Er sprach leise, um sie näher an sich heranzulocken.

»Wir haben einen gemeinsamen Bekannten«, begann er freundlich, »ich suche ihn, weil ich ein großes Problem habe.«

Er versuchte, einen vertrauensvollen Blick in ihre babyblauen Augen zu werfen und blickte in eine Abgestumpftheit, die ihm Angst machte. Sie schien abgeschaltet zu haben und mit den Gedanken weit weg zu sein. Am liebsten hätte er ihr mit der Handfläche sacht ins Gesicht geschlagen, um sie zurückzuholen. Er riss sich zusammen, zog das Foto hervor und hielt es ihr unter die Nase. Ihre Pupillen weiteten sich. Ein kindlicher Ausdruck huschte über ihr Gesicht.

»Vadym«, hauchte sie und lächelte glücklich.

Königs Herz zog sich zusammen. Sie kannte ihn. Endlich ein Schritt, der ihn weiterführen könnte.

»Ja, ja, das ist Vadym«, bestätigte er aufgeregt, »erzähl mir, was du von ihm weißt. Wo ist er? Mit wem hat er sich rumgetrieben? Ich möchte jedes kleine Detail wissen.«

Ihr Gesicht verdüsterte sich.

»Kann ich nicht. Hab ihn lange nicht gesehen. Er mag mich nicht mehr. Will nichts mehr mit mir zu tun haben. Ich konnte seinen Wünschen nicht entsprechen.« In ihren Augenwinkeln bildeten sich Tränen.

»Was ist passiert?«, fragte König sanft.

Sie schnappte nach Luft und versuchte, ein Schluchzen zu unterdrücken.

»Ich hab es gemacht, mit seinen Kumpels, immer wieder, damit er Geld hat, um seinem behinderten Bruder zu helfen«, stieß sie hervor, »ich hab es nur für ihn getan. Er war das Beste, was mir je passiert ist. Dann war plötzlich keine Rede mehr von seinem Bruder, denn er hat diesen Typen kennengelernt. Hat die ganze Zeit nur noch mit ihm zusammengehangen. Keine Ahnung, ob die schwul waren oder nicht, jedenfalls war ich plötzlich abgeschrieben.« Sie wimmerte laut auf, dann warf sie ihm einen schrägen Blick von der Seite zu und wirkte plötzlich hellwach. »Was ist mit Vadym? Warum sieht er auf dem Foto so komisch aus? Schläft er da, oder was? Hast du auch was mit ihm gehabt?«

»Was war das für ein Typ, mit dem er immer zusammen war?«, fragte König vorsichtig, ohne näher auf ihre Fragen einzugehen.

Etwas in seinem Polizistenherz loderte auf, vielleicht sprach sie vom Täter.

»Na, dieser Typ, den er vor einem halben Jahr kennengelernt hat und der ihm wie ein Schatten gefolgt ist. Ich kann mich an seinen Namen nicht erinnern. War aber eigentlich ganz in Ordnung der Typ, glaube ich. Aber er hat vor Vadym gekuscht, so wie alle, deshalb konnte man mit ihm auch nicht normal reden. Aber anfassen, so wie alle anderen, wollte er mich nicht. Als ich ihm Sex angeboten habe, ist er ganz blass geworden, aber er war nett zu mir. Er hat mich sogar nach meinem Namen gefragt. Das hat doch sonst niemanden interessiert.« Sie fing an zu weinen. »Ich vermisse Vadym so sehr.« Tränen liefen über ihr glänzendes Kindergesicht.

König schluckte.

»Beschreibe mir, wie der Mann aussah«, forderte er sie auf. »Kann ich nicht. Er hat halt ausgesehen wie ein Mann. Ich kann die ganzen Männer nicht auseinanderhalten. Ihre Gesichter mischen sich in meinem Kopf zu einem Brei. Er sah aus wie alle anderen«, keuchte sie zitternd.

Sie hatte genug, mehr Informationen würde er ihr in diesem Zustand nicht entlocken können. Sie schien kurz vor einem Zusammenbruch zu stehen.

Immerhin wusste er jetzt, dass dieser Vadym ein Anhängsel gehabt haben musste. Einen Schatten. Dieser Mann konnte der Täter sein. Wahrscheinlich ging es um Missgunst, Macht, Ruhm und Geld, so wie in den meisten Fällen. Wie schnell konnten aus guten Freunden unerbittliche Feinde werden.

»Danke«, sagte König, meinte es ehrlich und reichte dem verstörten Mädchen zum Abschied die Hand.

Er schwang sich auf sein Rad und fuhr nachdenklich nach Hause.

Die gesamten nächsten Abende und Nächte verbrachte er damit, mit dem Foto in der Stadt umherzuirren und Menschen zu befragen.

Er war in Kneipen unterwegs, in sämtlichen Klubs und Absteigen der Stadt. Jeder der Befragten teilte ihm mit, die Person auf dem Bild nicht zu kennen, doch König sah das Zucken der Gesichter, ein Aufleuchten des Wiedererkennens, die Augen seines Gegenübers, die zu schnell wieder wegsahen, nachdem sie das Foto kurz studiert hatten.

Die Leute logen ihn an. König hatte den Eindruck, dass die Befragten Angst hatten.

Angst vor dem Mann, der einem Engel glich?

Es war frustrierend. Gähnend trottete König nachts um eins auf der Straße umher, er wollte endlich Feierabend machen und seine vergebliche Suche für heute beenden, als er hinter sich eine weibliche Stimme seinen Namen rufen hörte. Taumelnd vor Müdigkeit drehte er sich um. Corinna sah noch immer gut aus. Ihr blondes Haar fiel in weichen Wellen auf ihre Schultern, an ihrem Arm hing ein massiger, gorillaähnlicher Kerl und beäugte ihn misstrauisch.

»Tim, wie schön dich nach so langer Zeit mal wieder zu sehen.«

König starrte auf ihre kirschroten Lippen. Vor einer Woche wäre er ohnmächtig geworden, wenn sie ihm begegnet wäre, heute stellte er zu seinem Erstaunen fest, dass sie ihn kalt ließ.

»Was treibst du dich um diese Zeit auf der Straße herum? Du hast doch sonst kaum das Haus verlassen?« Sie lachte affektiert.

War ihre Stimme immer schon so nervig gewesen?

»Ach, ich war auf dem Straßenstrich. Es war wirklich angenehm.« König lächelte nett.

Ihre Gesichtszüge erschlafften. Der Mann, dessen Kopf direkt auf seinen Schultern zu sitzen schien, legte besitzergreifend seinen baumstammdicken Arm um sie.

»War wundervoll, dich mal wieder zu sehen, aber ich muss dann auch los. Du weißt ja wie das ist, die Zeit rennt. Schönes Leben noch.« Tim zwinkerte ihr wohlwollend zu und ließ die beiden stehen. Er hatte Wichtigeres zu tun, als sich mit dieser Frau zu beschäftigen, doch erstmal musste er dringend ins Bett.

Am Hauptbahnhof, wo er sein Fahrrad abgestellt hatte, saßen ein paar Afrikaner auf einer Bank und unterhielten sich lautstark miteinander. Ihre Stimmung war ausgelassen. Auf dem Vorplatz des Bahnhofs trieben sich auch zu dieser späten Stunde erstaunlich viele Menschen herum. Bahnangestellte unterhielten sich mit einer Gruppe älterer Frauen, junge Leute standen rauchend zusammen, vor dem durchgängig geöffneten Fastfood-Restaurant drängten sich feierfreudige Partygänger durch bettelnde Obdachlose. König schlurfte müde auf die Afrikaner zu, wobei er einer jungen Frau ausweichen musste, die mit starrem Blick und geweiteten Pupillen über den Platz hastete und ihn fast über den Haufen gerannt hätte.

»He, kurze Frage. Ich suche einen jungen Mann. Könnt ihr mir helfen? Habt ihr den schon mal gesehen?«

Mit fast schon automatischem Griff zog er das Foto aus seiner Tasche und hielt es den Männern hin.

Hilfsbereit reihten sie sich um ihn, doch als sie den Mann auf dem Foto erkannten, zogen sie sich schnell zurück und schüttelten energisch die Köpfe. König kannte das schon. Natürlich war ihnen der Junge bekannt, sonst hätten sie anders reagiert, er hatte das verschreckte Umherirren ihrer Pupillen deutlich registriert. Nach einem Blick auf das Bild konnten sie ihm plötzlich nicht mehr in die Augen sehen.

»Das ist Vadym«, versuchte er es einschmeichelnd an den größten von ihnen gewandt, der so etwas wie der Anführer der Gruppe zu sein schien, »ich sehe doch, dass er euch bekannt ist. Bitte, ich lass auch was dafür springen, wenn ihr mir ein paar Informationen gebt.«

Er zog einen 50-Euro-Schein aus der Tasche und wedelte damit durch die Luft. Der Große blickte ihn finster an, von seiner vorherigen Freundlichkeit war nichts mehr zu spüren. »Du gehen jetzt«, wies er König drohend zurecht, »wir nix kennen diesen Mann. Steck dein Geld weg und verschwinde.«

Die Gruppe verstummte. Keiner der Afrikaner sprach mehr ein Wort. Ihre Gesichter waren verschlossen.

Hier kam er nicht weiter, so wie immer. Der Geist dieses Jungen würde auf ewig bei ihm bleiben und ihn bis zum Rest seines Lebens verfolgen.

König raufte sich verzweifelt das Haar.

Ein obdachloser Mann mit verfilztem, grauem Bart saß neben dem Fahrradständer und beobachtete ihn aus seinen kleinen, gelblichen Augen, als König mühsam an seinem Schloss hantierte. Seine Finger waren so kalt, dass sich damit der verfluchte winzige Schlüssel nicht ins Schloss stecken ließ.

»Scheiße«, brüllte König wutentbrannt, als der Schlüssel ihm durch die Finger rutschte und auf den Asphalt fiel. »Scheiße, scheiße, scheiße.«

Der Obdachlose lächelte und rutschte auf seinem Lager aus Decken und Schlafsäcken näher an König heran.

»Hören Sie auf, mich so anzuglotzen, das kann ich grade überhaupt nicht gebrauchen«, fuhr König ihn wütend an.

Seine Belastungsgrenze war für den heutigen Tag erreicht. Er wollte nur noch nach Hause ins Bett, obwohl an Schlaf diese Nacht wahrscheinlich nicht zu denken war.

»Du suchst nach dem Innenarchitekten«, murmelte der alte Mann verschwommen durch seinen zahnlosen Mund und lächelte wieder. König verharrte einen Moment, jeder Muskel seines Körpers spannte sich an.

»Wie bitte? Was haben Sie gesagt?«

Der alte Mann grinste wissend und begann, seinen Oberkörper hin und her zu wiegen.

»Du suchst die beiden Architekten. Hab ich schon gehört. Kriege alles mit hier auf der Straße, das kannst du mir glauben.«

Wovon redete dieser Verrückte? Ach was soll's, Versuch macht klug, dachte König verdrossen, zog das Foto aus der Tasche und kniete sich vor den schaukelnden Mann.

Der Mann hielt inne und neigte sein faltiges Gesicht dicht über das Bild. König wartete.

»Ja, ja, das ist er. Ein böser Mann«, der Alte schüttelte sich, als würde ihm ein Schauer über den Rücken laufen, »aber jetzt ist er nicht mehr da, und ich muss keine Angst haben.« Sein monotones Schaukeln setzte wieder ein.

»Sie kennen ihn, ja?«, fragte König eifrig und kroch trotz des Gestanks nach Kot und Erbrochenem näher an den Mann heran, »er soll immer mit einem Freund zusammen gewesen sein. Kennen Sie den auch?«

Die gelben Augen des Mannes schienen durch ihn hindurchzublicken.

»Das war nicht sein Freund, war sein kleiner Hund. Wauwau«, er kicherte hysterisch, »hat alles gemacht, was er ihm gesagt hat. Hat mich getreten, geschlagen und angespuckt, wollte mich anzünden. Dann hat er mir Geld gegeben und ist weg, gab wohl Krach zwischen den beiden.«

Ungeduldig wartete König, am liebsten hätte er den Mann geschüttelt. Es war anstrengend, seinem unverständlichen Gebrabbel zu folgen. Der Mann fuhr mit seinem Gestammel fort. »Der Dünne hat mich neulich am Bart gepackt und mich über die Straße gezogen, da hat der andere, der auf deinem Foto gesagt, er soll damit aufhören, sie hätten keine Zeit. Hat mich gewundert, eigentlich war der immer derjenige, der ihn dazu angestiftet hat. Der Dünne hat mich also losgelassen. Dann hat der andere mich mit seinen kalten Augen angesehen und gesagt, sie müssen los ins Villenviertel, sie müssen doch ihrem Job als Innenarchitekten nachgehen und Wohnzimmer umdekorieren. Sie haben gelacht. Sie kommen später wieder, hat er mir gesagt, doch sie kamen nicht, da war ich froh. Sag mal, hast du was zu trinken?«

Die Augen des Mannes schweiften in die Ferne. Er schien sich nicht mehr konzentrieren zu können.

Wohnzimmer umdekorieren? Eine Alarmglocke klingelte in Königs Kopf. Er erinnerte sich an den Villenbewohner, der zwei Männer in seinem Wohnzimmer erwischt hatte. Der eine selbstbewusst, gut aussehend und teuer gekleidet, der andere hager, mit rasiertem Schädel und lädiertem Kiefer. So hatte er sie beschrieben. Bei den unzähligen Einbrüchen war jedes Mal die Einrichtung der Wohnräume verstellt worden. Sprach der Verrückte vor ihm von diesem Jakob Teuber?

König fühlte sich einer Ohnmacht nahe. Alles, was in letzter Zeit passiert war, schien zusammenzuhängen.

Er zitterte vor Aufregung.

»Der Freund von dem Mann auf dem Foto war dünn, sagen Sie, ja? Groß und hager. Ganz kurzes Haar, richtig? Hat gerne eine Jogginghose getragen?«

»Kein Freund, sein Hund. Wauwau. Die waren böse, ganz schrecklich böse.« Die Augenwinkel des alten Mannes wurden feucht. »Aber jetzt sind sie weg, endlich weg, weit weg«, brabbelte er vor sich hin und wiegte wieder seinen Oberkörper. König stand auf und klopfte sich den Staub von den Knien. Er hatte genug gehört.

»Vielen Dank, Sie haben mir sehr geholfen«, murmelte er, doch der Alte schien ihn nicht mehr zu hören.

König zog den 50-Euro-Schein hervor und stopfte ihn in den Pappbecher, der vor dem alten Mann auf dem Boden stand.

Der Mann sah ihn nicht mehr, er war ganz in seiner eigenen Welt versunken.

König fuhr nach Hause, legte sich ins Bett und starrte die gesamte Nacht mit klopfendem Herzen an seine Zimmerdecke.

KAPITEL 43 – TIM

Am nächsten Morgen stürmte er in sein Büro.

»Wo ist Markowski?«, schrie er Dressler an, der zusammenfuhr und vor Schreck fast vom Stuhl fiel.

Markowski würde, genau wie er selbst, eins und eins zusammenzählen und auf den Mann kommen, den sie vor dem Klinikum Mitte abgelegt hatten. Sie konnten diese Aktion nicht weiter totschweigen und verheimlichen. Jakob Teuber hatte etwas mit dem Mord zu tun, und wenn er nur ein wichtiger Zeuge war. Dressler sah ihn stumm an. Irgendetwas an seinem Blick irritierte König. Er wunderte sich über Dresslers Schweigsamkeit. Er quasselte doch sonst in einer Tour und war nicht zu stoppen, wenn er einmal den Mund aufmachte.

»Wo ist Markowski?«, wiederholte König.

»Kommt nicht mehr, der ist weg vom Fenster.« Mit triefenden Augen blickte Dressler ihn traurig an.

»Was redest du da? Ist er krank, oder was? Haben sie ihn nach Gelsenkirchen versetzt? Mann, jetzt sprich mit mir und lass dir nicht jedes Wort aus der Nase ziehen.« König stand unter Strom und konnte kaum stillstehen. »Jetzt sag doch endlich was.«

»Suspendiert«, stieß Dressler hervor, »bis zum Ruhestand vom Dienst ausgeschlossen, und es läuft ein Verfahren gegen ihn. Du erinnerst dich an den Toten, den ihr auf diesen Baustellen am Phoenix-See im Keller der stillgelegten Immobilie gefunden habt?«

König lachte kurz auf, natürlich erinnerte er sich, er konnte ja an nichts anderes mehr denken.

»Bei dem Toten wurde ein Handy gefunden, und der Inhalt wurde von der Kripo im Nachhinein ausgewertet, obwohl die Akte längst geschlossen wurde. Und was meinst du, was man auf diesem Handy gefunden hat? Das Video, wie Markowski auf diesen dünnen Typen losgeht, den wir vor dem Krankenhaus abgelegt haben. Diese tote Drecksau war der, der alles gefilmt hat, auch mich, wie ich danebenstehe und zusehe, ohne einzugreifen. In einer halben Stunde muss ich zu Sattler ins Büro. Das wird mein Todesstoß sein, meine Karriere bei der Polizei ist beendet, König.« Dresslers Stimme brach.

König sah ihn ungerührt an. Er suchte in seinem Inneren nach einer Spur von Mitleid, aber da war nichts.

Das Schicksal der beiden Kollegen ließ ihn komplett kalt. Emotionslos zuckte er mit den Achseln, drehte sich um und ließ Dressler stehen. Er rannte in großen Sprüngen die Treppe hinunter und machte sich mit dem Rad auf den Weg ins Gebäude der Mordermittler.

Er platzte in das Büro von Jauch und Suslik.

»Ah, der Herr König. Woher wusste ich bloß, dass ich Sie schon sobald wiedersehen würde?«, fragte Suslik und tat erstaunt.

Er war ein verdammt schlechter Schauspieler.

»Wissen Sie schon, wer der Mann auf dem Video ist, den Markowski zusammengeschlagen hat? Ich weiß es. Ich kann es Ihnen sagen«, unterbrach ihn König.

Jauch zog die Augenbrauen in die Höhe.

»Woher wissen Sie von dem Video? Und woher wollen Sie wissen, wer der Mann ist, der darauf zu sehen ist?«, fragte er erstaunt.

König druckste einen Moment herum.

»Die Kollegen haben mir davon erzählt. Und sie haben mir auch erzählt, dass der Mann bereits mehrmals von uns festgenommen wurde. Ich kann Ihnen sagen, wer das ist.«

»Dann raus mit der Sprache«, knurrte Suslik, »wir haben keinen Schimmer, wer der Mann ist. Auf dem Video ist er kaum zu erkennen. Spucken Sie den Namen aus und beten Sie zu Gott, wenn das wieder eines Ihrer Hirngespinste sein sollte. Ich schwöre Ihnen, dann werden Sie mich richtig kennenlernen. Das, was Ihre feinen Kollegen da gemacht haben, hat mir völlig gereicht.«

Suslik wurde knallrot im Gesicht.

»Sein Name ist Jakob Teuber, und er scheint näher mit dem Toten befreundet gewesen zu sein. Das haben zumindest meine Recherchen ergeben. Irgendetwas muss er mit dem Mord zu tun haben, oder er wird etwas wissen.«

»Sie haben was gemacht? Recherchiert?« Suslik schien kurz vor einem Nervenzusammenbruch zu stehen.

Er wischte sich hektisch mit der Hand den Schweiß von der Stirn.

»Klaus, schau mal im Computer nach und ruf den Namen auf.« »Schon dabei.« Jauch trommelte hastig mit den Fingern auf die Tastatur ein.

Er stutzte.

»Tatsächlich, das könnte er sein«, murmelte er.

Suslik und König traten hinter ihn und sahen über seine Schultern auf den Bildschirm.

Ein Polizeifoto von Jakob Teuber erschien auf dem Monitor. Suslik nickte und nahm sich seinen Mantel.

»Los, komm, dann statten wir ihm schleunigst einen Besuch ab. Wir müssen den Fall schnellstens zu Ende bringen.«

»Ich dachte, die Akte wäre längst geschlossen und der Fall erledigt«, quakte König dazwischen.

»Durch die Auswertung des Handys hat sich die Sachlage entscheidend geändert. Wir sind zu neuen Erkenntnissen gelangt und wissen, wer der Tote ist, und das ist wirklich der Gipfel von allem«, murmelte Jauch, verstummte jedoch schnell nach einem eisigen Blick von Suslik und erhob sich eilig.

»Ich komme mit«, rief König tatkräftig.

Susliks Blick schien ihn töten zu wollen.

»Sie haben doch nicht alle Tassen im Schrank. Natürlich nicht.«

Das reichte als Antwort. König warf einen Blick auf die Adresse, die auf dem Monitor aufleuchtete.

»Ja gut, dann nicht. Ich dachte nur, dass ich vielleicht helfen kann«, erklärte er verständnisvoll.

Sie traten gemeinsam auf den Flur, provokativ ausgiebig schloss Suslik die Bürotür hinter sich ab, steckte den Schlüssel in seine Manteltasche und ließ König dabei nicht aus den Augen, dann verschwanden die beiden Kommissare Richtung Parkplatz.

König stand draußen am Absatz der Treppe und sah ihrem Wagen hinterher, dann lief er kurz entschlossen zu den Fahrradständern. Die Adresse hatte er längst in seinem Kopf gespeichert.

Als er endlich in der Schützenstraße angekommen war, war von Jauch und Suslik nichts mehr zu sehen. Sie schienen schon fertig zu sein und waren verschwunden. Hatten sie Jakob Teuber mitgenommen?

König stieg vom Rad und sah sich um. Es herrschte eine bedrückende Stille in der Gegend. Ein paar Betrunkene torkelten über die Straße. Vielleicht ehemalige Bergmänner, die mit ihrer neu gewonnenen Freizeit nichts anzufangen wussten. Die alten Häuser, die dringend einer Renovierung bedurften, schienen vor sich hin zu dösen. Müll sammelte sich auf den Gehwegen.

Immer wieder wurde berichtet, dass die Nordstadt sich verändern würde. Durch günstige Mieten und der Nähe zur Innenstadt würde das Viertel Studenten, Freischaffende und Künstler anziehen. Das Viertel würde bunter, kreativer und schillernder werden.

Hier in dieser Straße war nicht viel davon zu spüren.

Langsam schlenderte König die Straße entlang und versuchte, sich möglichst unauffällig zu verhalten. Am Haus angekommen, studierte er die Namen auf den Klingelschildern. Er entdeckte den Namen Teuber unter vielen anderen, häufig ausländisch klingenden, Namen. König drückte auf die Schelle. Es dauerte eine Weile, bis das Summen des Türöffners ertönte und er eintreten konnte. Er stieg die Treppen hinauf bis ganz nach oben.

»Hier wohnen Marianne und Jakob Teuber«, stand auf einem offensichtlich selbst getöpferten Herz, das an der Haustür hing.

Über Geschmack lässt sich streiten, dachte König und klopfte. Er hörte ein Schlurfen auf der anderen Seite, dann wurde die Tür aufgerissen und er stand einer älteren Dame gegenüber. Sie sah so müde aus, als könne sie kaum ihre Augen offen halten. »Ja, bitte?« Sie schien verwirrt zu sein.

»Mein Name ist König. Kriminalpolizei. Ich hätte ein paar Fragen an Sie. Es geht um Ihren Sohn. Ist er zu Hause?«

»Aber Ihre Kollegen waren doch schon da. Sie sind erst vor fünf Minuten gegangen. Ich habe ihnen bereits gesagt, dass Jakob nicht da ist. Was soll das alles?« Sie kniff mehrmals ihre Augen auf und zu, wahrscheinlich wollte sie sichergehen, dass sie nicht träumte.

»Ja«, sagte König gedehnt, »die Kollegen sind immer schnell unterwegs. Ich bin ihr Vorgesetzter. Ich wollte mich persönlich um die Sache kümmern. Suslik und Jauch haben es immer viel zu eilig, dabei übersehen sie vieles. Wissen Sie, ich muss immer noch hin und wieder kontrollieren, ob sie ihre Arbeit vernünftig erledigen. Diese jungen Burschen machen sonst, was sie wollen.«

Frau Teuber musterte ihn irritiert. »Sie scheinen mir eher jünger zu sein als Ihre beiden Kollegen.«

»Ich habe früh Karriere gemacht. Ist nicht immer einfach für die älteren Ermittler, mich als Vorgesetzten zu akzeptieren und sich von mir etwas sagen zu lassen. Ich kann das verstehen, aber da müssen sie durch.« Er zwinkerte ihr zu. »Wie auch immer, kommen Sie schon rein«, winkte Frau Teuber erschöpft ab, »ich kann Ihnen gerne dasselbe erzählen, was ich Ihren Untergebenen erzählt habe, aber viel ist das nicht, das kann ich Ihnen gleich sagen. Herr im Himmel, ich verstehe das alles nicht.«

Kopfschüttelnd schlurfte die alt aussehende Frau mit gebeugtem Rücken durch den Hausflur und wies ihn mit einer Handbewegung an, ihr zu folgen.

Erfreut schlüpfte König hinter ihr ins Innere der Wohnung. Neugierig blickte er sich um.

Ihn fröstelte, als er die Engelfiguren anschaute, die in jedem Winkel herumstanden. An der Wand vor ihm hing ein riesengroßes Gemälde, das einen bösartig blickenden Jesus abbildete.

Wie konnte man sich hier wohlfühlen?

Er folgte der fülligen Frau in die Küche. Unsicher ließ er sich auf einen der wackligen Küchenstühle sinken. Die Frau setzte sich ihm gegenüber.

Ihre Augen sahen so traurig aus. Fast so traurig wie die Augen ihres Sohnes, erinnerte er sich.

Sie schien so schläfrig zu sein, dass es ihr sichtbar schwerfiel, den Kopf aufrecht zu halten. König fragte sich, ob sie unter Medikamenten stand. Sie faltete die Hände in ihrem Schoß und schwieg. König räusperte sich.

»Also, es geht um Ihren Sohn.«

»Ist nicht da«, unterbrach sie ihn, »ist gestern Morgen aus dem Haus gegangen und bis jetzt nicht wiedergekommen.«

»Können Sie sich vorstellen, wo er sich befindet?«, fragte König vorsichtig.

»Nein.«

Wieder schwieg sie. Das Gespräch versprach äußerst mühsam zu werden.

»Können Sie mir Namen von seinen Freunden nennen? Hat er eine Freundin?«

»Nein«, jetzt lächelte sie verschmitzt, »er denkt zwar, dass ich glaube, dass er eine hat, aber ich weiß genau, dass es da niemanden gibt.«

»Mmh. Er mag also lieber Männer?«

»Was soll das heißen? Meinen Sie, mein Jakob ist vom anderen Ufer? Pfui Teufel. Wie können Sie nur so etwas denken?« Sie riss die Augen unter ihren hängenden Lidern auf. »Also, wenn Sie nur hier sind, um meinen Hasen zu beleidigen und ihm irgendetwas zu unterstellen, dann können Sie gleich wieder gehen.«

»Nein, nicht doch«, beschwichtigte König sie, »ich muss nur so viel wie möglich von ihm wissen. Ich versuche nur, ihn kennenzulernen.«

Ihr Blick wurde misstrauisch.

»Und warum? Was wollen Sie denn von dem Jungen? Das wollten mir Ihre Mitarbeiter auch nicht sagen.«

König überlegte.

»Er muss uns helfen, jemanden zu identifizieren. Jemanden, den er gut kannte. Wir benötigen nur ein paar Informationen von ihm«, sagte er vorsichtig.

»Weiß schon, wen Sie meinen«, erklärte sie.

»Ach ja? Wen meine ich denn?«

»Na, diesen charmanten Rumänen. Gheorghe heißt er. Ein engelhaft schöner Mann. Wissen Sie, mein Hase hatte sonst zu niemandem Kontakt. War ein bisschen einsam der Junge. Aber die meisten Menschen sind ja auch von Grund auf verdorben. Ich kann ihn da gut verstehen. Was habe ich mich gefreut, als sein Freund uns besucht hat. Er war einer von den Guten, das habe ich sofort gespürt.«

Königs Herz begann schneller zu schlagen. Er hatte recht gehabt.

»Und wo haben sich die beiden getroffen? Nennen Sie mir einen Ort. Irgendwo, wo ich Jakob suchen kann. Sie machen sich doch sicher auch Sorgen um Ihren Sohn. Glauben Sie mir, ich will ihm nur helfen. Er scheint in Schwierigkeiten zu stecken.«

Sie zuckte mit ihren runden Schultern.

»Er wird wissen, was er tut. Er wird schon das Richtige machen«, erklärte sie mit fester Überzeugung.

König sah sie abwartend an.

»Nein«, sagte sie, »ich weiß nicht, was er gemacht hat, wenn er das Haus verlassen hat, und ich weiß auch nicht, wo er sich aufgehalten hat. Tut mir leid.«

Enttäuscht erhob sich König. Die Dame schien ihm nicht weiterhelfen zu können.

»Rufen Sie mich an, wenn Sie ihn sehen. Ich verspreche Ihnen, dass ich nur ein paar Fragen an ihn habe. Ich will ihm nichts Böses. Haben Sie was zu schreiben? Ich schreibe Ihnen meine Telefonnummer auf.«

Sie zog die Augenbrauen in die Höhe.

»Haben Sie keine Karte? In den Krimis haben Kommissare doch immer Visitenkarten.«

»Vergessen«, log König.

Er schrieb seine Nummer umständlich auf den Rand eines Rätselheftes. Sie griff nach seiner Hand.

»Was auch immer passieren wird, der Jakob ist ein

guter Junge. Glauben Sie mir. Der kann keiner Fliege was zuleide tun«, sagte sie beschwörend.

»Das denke ich auch«, antwortete König, »ich versichere Ihnen nochmals, ich bin auf seiner Seite und will ihm nur helfen, in welcher Klemme er auch stecken mag.«

»Gut«, sie nickte, »ich werde fernsehen, und wenn der Junge kommt, rufe ich Sie an.«

»Machen Sie das und nochmals herzlichen Dank für Ihre Hilfe.« Der Gesichtsausdruck der Frau war leer. Sie tat König leid. Er ließ sie allein und lief zurück auf die Straße.

»Wo versteckst du dich?«, knurrte er vor sich hin.

Es gab keine andere Möglichkeit, er musste zurück ins Zentrum fahren.

KAPITEL 44 – TIM

König hatte eine riesige Zwei-Liter-Pulle Wodka gekauft und hastete, die Flasche eng an seinen Körper gepresst, durch die im Dämmerlicht liegenden Straßen.

Die Sonne ging unter, verabschiedete sich und machte

Platz für die Kühle und Dunkelheit des Abends. Das hektische Treiben der Stadt hatte nachgelassen. Ruhe kehrte ein.

Sein Fahrrad hatte König abgestellt, er ging zu Fuß weiter, um den Obdachlosen wiederzufinden, mit dem er neulich gesprochen hatte. An dem Fahrradständer, an dem er ihm das letzte Mal begegnet war, fand er ihn nicht.

Langsam schlenderte er weiter und klapperte die Gegend um den Hauptbahnhof ab. Andere Obdachlose beschimpften ihn wüst, wenn er in ihre Nähe kam und sie intensiv anglotzte, um den alten Mann in ihrer Gruppe ausfindig zu machen. Auf seine Frage nach ihm bekam er keine Antwort. Eine tätowierte Frau mit grünem Stachelhaar ging auf ihn los, als er sich ihr näherte. Erst, als er ihr einen Geldschein hinhielt, als würde man einem bissigen Hund einen Knochen hinhalten, beruhigte sie sich schlagartig. Sie riss ihm das Geld aus der Hand und ließ es in ihrer zerlöcherten Jeans verschwinden. Stockend beschrieb er den alten Mann.

»Den Manfred suchst du? Der pennt weiter hinten. Gegenüber den Bürogebäuden, auf der anderen Seite des Walls, hinter dem Fußballmuseum. Viel Glück, um diese Zeit ist er immer voll wie ein Eimer.« Sie lachte krächzend.

König bedankte sich höflich und machte sich auf den Weg.

Er lief an der Rückseite des 2015 eröffneten Fußballmuseums entlang, dessen Bau sich nicht sonderlich rentierte, wie es hieß. Der hässliche Klotz verschluckte Steuern, brachte Schulden und wurde offensichtlich nicht so gut besucht, wie erhofft. König kannte jedenfalls niemand, der das Museum je betreten hätte. Einzig die fußballvernarrten Touristen in ihrer lächerlichen Fantracht schien es anzuziehen. Immerhin etwas.

Fast wäre er an dem alten Mann vorbeigelaufen, der sich in einen dunklen Hauseingang zurückgezogen, sich ein Lager hergerichtet und unter Decken vergraben hatte. König näherte sich. »Hallo? Manfred?«

Der Deckenberg rührte sich nicht. Seufzend ging König in die Knie und stupste ihn an. Er versuchte, durch den Mund zu atmen. Der Geruch nach Urin, Alkohol und Verwesung war kaum auszuhalten und ließ ihn schwindelig werden. Blind griff er in die Richtung, wo er die Schulter des Mannes vermutete, und rüttelte an dem leblosen Körper.

»Manfred?«

Endlich ertönte ein anklagendes Brummen.

»Ich habe Ihnen etwas mitgebracht.«

Keine Regung.

»Was zu trinken. Viel zu trinken«, bettelte König um Aufmerksamkeit.

Mit einem Ruck fuhr der Mann hoch. König zuckte erschrocken zurück. Mit glasigen Augen starrte der Mann ihn an. Sein graues Haar stand wild in alle Richtungen ab. Sein langer Bart war verklebt.

König wollte sich nicht vorstellen, was sich alles in den schmierigen, verklumpten Barthaaren verfangen hatte.

Der Mann langte blitzschnell nach Königs Hals, krallte seine schmutzigen Fingernägel in sein Fleisch und zog sein Gesicht nah an sein eigenes.

»Ist er wieder da?«, flüsterte er ängstlich.

Sein saurer Atem legte sich wie ein Film auf Königs Gesicht. Er wehrte sich und versuchte, die Finger von seinem Nacken zu lösen. Es gelang ihm nicht.

»Lassen Sie mich los, verdammt. Sie tun mir weh«, fluchte König.

Er zog mit einer Hand umständlich die Flasche Wodka hervor und hielt sie in die Höhe. Der Griff um seinen Hals lockerte sich, als der Mann die Flasche erblickte. Schließlich ließ er ihn los und wollte die Flasche packen, doch König riss sie weg. Er rutschte ein Stück beiseite. Immer noch befand er sich in Reichweite dieses Verrückten.

»Ich gebe Ihnen den Wodka, wenn Sie mir sagen, wo sich die beiden Architekten rumgetrieben haben. Ich muss wissen, welche Plätze sie aufgesucht haben, wo ich sie finden kann. Sie haben doch gesagt, dass Sie alles mitkriegen, was hier passiert, also raus mit der Sprache.« Seine Stimme klang mutiger, als er sich fühlte.

Die gelben Augen des Mannes sahen ihn verschlagen an.

»Bitte gib dem alten Manfred die Flasche. Sonst kann er sich nicht erinnern«, nuschelte er undeutlich.

»Nein.« König blieb hart.

»Dann sag ich nichts.« Trotzig wie ein Kind verschränkte der Mann die Arme vor der Brust und sah beleidigt an König vorbei. Ok, so funktionierte das also nicht.

Widerwillig reichte König ihm die Flasche. Der Mann drehte den Verschluss auf und trank gierig in großen Schlucken. Angewidert sah König zu, wie Tropfen des Alkohols aus den rissigen Mundwinkeln des Mannes rannen, er sich verschluckte und hustete. Dicke Schleimbrocken flogen aus seinem Mund und sammelten sich vor König auf dem Asphalt. Der Mann grinste selig. Ein schimmernder Glanz bildete sich auf seinen Augen und ließ ihn wie einen Heiligen aussehen.

»Hast du auch ’ne Kippe?«

»Nein«, wehrte König ab, »also, wo waren wir stehen geblieben? Wo haben sich die beiden Männer getroffen? Der Dünne und der Schöne.«

Wie blöd sich das anhört, dachte König und musste schmunzeln. Die Schöne und das Biest.

»Böse Männer. Der, der so gut aussieht, ist ein böser Mann«, flüsterte der Obdachlose und hob warnend seinen schmutzigen Zeigefinger in die Höhe. »War aber lange nicht mehr hier. Ist ausgeflogen, der Vogel. Hab mal gehört, dass er nach Italien will. Er ist weg, oder? Er kommt nicht mehr wieder?«

Der Mann sah ihn nach Bestätigung bettelnd mit schief gelegtem Kopf an.

»Nein«, beruhigte König ihn, »ganz bestimmt kommt er nicht wieder. Er ist weg.«

Die Erleichterung war dem Obdachlosen anzusehen. Seine Körperhaltung entspannte sich.

»Das muss gefeiert werden«, stieß er glücklich hervor und setzte wieder die Flasche an.

König stöhnte, doch er ließ ihn machen und wartete. Endlich setzte der Mann die Flasche wieder ab.

»Sie saßen immer da vorne, auf der anderen Seite, in dem höchsten der Gebäude, oben auf dem Dach. Ich habe gesehen, wie sie von oben runtergeschaut haben. Sie dachten, sie wären die Könige der Stadt, deshalb musste ihr Platz ganz oben sein.«

Er deutete auf ein Bürogebäude auf der gegenüberliegenden Seite.

Es war ein Hochhaus, heute schien dort nicht mehr viel Betrieb zu sein. Nur hinter wenigen Fenstern war noch Licht zu sehen. »Da haben sie sich immer getroffen und ihre gemeinen Pläne geschmiedet«, flüsterte der Alte geheimnisvoll.

König erhob sich, wollte sich bedanken, doch der Mann widmete sich intensiv der Flasche und beachtete ihn nicht mehr. Wenn er die ganze Flasche leer trinkt, wird ihm das nicht gut bekommen, bei dem, was er vorher schon getankt hat, dachte König müde. Aber er hatte anderes zu tun, als sich darüber Gedanken zu machen.

Er stürmte auf das Gebäude zu.

Verschiedene Firmennamen zierten die unzähligen Klingeln, und er drückte wahllos auf alle Knöpfe, als würde er Klavier spielen. Endlich ertönte ein Summen, und er konnte eintreten. Wahrscheinlich hatte sich ein überarbeiteter Büroangestellter eine Pizza bestellt und wartete sehnsüchtig auf den Pizzaboten. König ballte seine Hand zu einer Siegerfaust.

Er hätte nicht gedacht, dass es so einfach werden würde, ins Haus zu gelangen. König ging zu den Fahrstühlen und fuhr nach oben. Sie hatten immer auf dem Dach gesessen, hatte der Alte gesagt. Oben angekommen, musste er eine kleine Treppe hinaufsteigen und eine Luke öffnen, dann endlich betrat er das zugige Flachdach.

Es war ein großartiger Anblick. König sah hinunter auf die Stadt, die von hier oben wie ein Spielzeugdorf aussah. Der Sternenhimmel breitete sich wie ein Zelt über seinem Kopf auf. Groß und mächtig. König blieb stehen, verharrte und holte tief Luft. Er sah sich um. Er musste vorsichtig sein. Ihm kam dieser Jakob Teuber zwar harmlos vor, aber man wusste nie, woran man war. Behutsam schlich er über das Dach.

An einem der vielen, quadratischen Schornsteine, die wie Tiere aus einer anderen Welt aus dem Boden schossen, entdeckte er Schlafsäcke und mehrere leere Flaschen und Bierdosen. Eine leere Wodkaflasche war dabei, genau die gleiche Marke, die er dem Obdachlosen mitgebracht hatte. Der Platz war verlassen und menschenleer. Wieder endete hier seine Spur.

König hatte das Gefühl, er würde einem Schatten hinterherjagen, der ihm immer einen Sprung voraus war.

Er legte frustriert den Kopf in den Nacken und sah in die Sterne.

KAPITEL 45 – JAKOB

Jakob hatte lange auf dem Dach gesessen. Der Tag war an ihm vorübergerauscht, ohne ihn zu berühren. Irgendwann wurde es dunkel. Er nahm es kaum wahr.

Er hockte auf dem Schlafsack, blickte in den Himmel und fühlte einen Schmerz in sich, der ihn regungslos machte. Der ihn betäubte und an ihm zerrte und ihn nie wieder loslassen würde. Nelu war weg und würde nicht mehr wiederkommen. Er fühlte sich, als wäre ein großes Stück aus seinem Inneren herausgerissen worden. Die bleierne Leere in ihm füllte jeden Millimeter seines Körpers aus. Nichts würde mehr sein wie früher. Auch Leyla war fort. Heute Morgen war sie mit bleichem Gesicht in den Reisebus gestiegen, der sie in die Türkei zu ihrem zukünftigen Ehemann bringen würde. Ihr Vater hatte sie zum Busbahnhof begleitet. Ihre Verabschiedung war knapp und emotionslos ausgefallen. Keine Umarmung, noch nicht einmal ein Händedruck. Ihr Vater hatte sie nur schweigend angesehen und war dann mit gebeugtem Rücken davongeschlichen, noch ehe sie eingestiegen war. Jakob wusste nicht, was sie ihm erzählt hatte. Er hatte sie seit dem Vorfall im Keller nicht wiedergesehen, doch instinktiv hatte er geahnt, dass sie Deutschland so schnell wie möglich verlassen würde, und hatte im Internet recherchiert, wann der nächste Reisebus mit dem Ziel Türkei starten würde.

Er hatte recht behalten.

Hinter einer Litfaßsäule verborgen, hatte er sie und ihren Vater beobachtet.

Er hatte gesehen, wie Leyla angespannt einen altmodischen Koffer in den Bus hievte und einstieg, nachdem ihr Vater verschwunden war. Nach einer Weile konnte er das schmale Profil ihres Gesichts hinter einer der Fensterscheiben ausmachen. Erst als die Türen des Fahrzeugs sich schlossen, war er aus seiner Erstarrung erwacht, war auf den Bus zugestürmt und hatte von außen wie wild an die Scheibe geklopft.

Erschrocken war Leyla zusammengezuckt und hatte ihn fassungslos angestarrt. Mit ausschweifenden Handzeichen hatte er versucht, sie nach draußen zu locken. Die anderen Fahrgäste, die bereits eingestiegen waren, beobachteten die Szene interessiert und verrenkten ihre

Hälse, um besser sehen zu können. Leyla schien von der Situation überfordert zu sein. Da er nicht aufgab, war sie schließlich mit eiserner Miene aufgestanden, hatte den Fahrer gebeten, die Türen zu öffnen und war zu ihm nach draußen gekommen.

»Was willst du?«, hatte sie geknurrt, »es gibt nichts zu sagen. Ich will mit dir nichts mehr zu tun haben.«

Wortlos hatte er ihr seinen alten Rucksack überreicht.

Sie hatte irritiert ausgesehen und den Rucksack, der an ihrem ausgestreckten Arm hin und her schwang, betrachtet, als wäre er ein fremdes Wesen.

»Nimm ihn und schau erst hinein, wenn der Bus unterwegs ist. Es ist ein Abschiedsgeschenk von mir. Mach was draus«, hatte er gekrächzt.

Ihre schwarzen Augen schienen ihn durchbohren zu wollen.

»Du hast mir das Ganze eingebrockt. Ohne dich wäre nicht geschehen, was geschehen ist. Ich hasse dich«, hatte sie zischend hervorgestoßen, ihren Blick von ihm gelöst und zu Boden gesehen, als würde sie sich vor seinem Anblick ekeln. »Ich werde niemals in meinem Leben jemandem verraten, was passiert ist, und ich werde dich niemals vergessen«, hatte Jakob geflüstert.

Gleichgültig hatte sie mit den Schultern gezuckt und war in den Bus gestiegen. Den Rucksack hatte sie mitgenommen.

Er hatte ihr noch einen Moment hinterhergesehen, dann hatte er sich abgewandt und war davongerannt. Bevor er im Bahnhofsgebäude verschwand, hatte er sich umgedreht. Er hatte beobachtet, wie der Reisebus losfuhr und sie mitnahm. Einfach so, ohne ihn zu fragen, wurde ihm alles genommen, was ihm einmal etwas bedeutet hatte.

Er war lange durch die Stadt geirrt, als würde er unter Drogen stehen. Wie in Trance hatte er sich durch die Touristenansammlung vor dem Fußballmuseum gedrängt, war über Dortmunds dreckige Straßen und rote Ampeln gelaufen, ohne auf die Autos zu achten. Das wilde Gehupe und das Gezeter der Fahrer drangen kaum zu ihm durch.

Alles war zu Ende, war das Einzige, woran er denken konnte. Irgendwann stellte er fest, dass er bei dem Bürogebäude angekommen war, auf dessen Dach sie immer gesessen hatten. Es war später Vormittag.

Er wartete, bis ein Mann in das Gebäude ging, und quetschte sich nach ihm durch die Tür, bevor diese zufiel. Dann stieg er nach oben und kletterte auf das Dach. Dort saß er zusammengekauert, die Arme um die Knie geschlungen da und wartete regungslos. Er horchte in sich hinein.

Verwundert stellte er fest, dass sein Herz tatsächlich weiterschlug, obwohl es zu Stein geworden war. Es wurde dunkel, und noch immer hatte er sich nicht von der Stelle gerührt. Irgendwann stand er mit steifen Gliedern auf. Er spürte seine schmerzenden Muskeln nicht, und es drang nicht zu ihm durch, wie kalt es geworden war. Am Dach des U-Turms leuchteten die tiefblauen Bilder des Aquariums mit den strahlend bunten Fischen, die Jakob besonders mochte. Heute berührten sie ihn nicht. Langsam stieg er vom Dach, wankte die vielen Treppen hinunter und lief Richtung Industriehafen.

Die Nordstadt umschlang ihn mit verdreckten Armen, trug ihn über ihren verstaubten Asphalt und wies ihm mit nach Resten von Kohlenstaub stinkendem Atem seinen Weg.

Auf der Brücke, die zum alten Hafenamt führte, verharrte er, beugte sich über die Brüstung und blickte auf den Dortmund-Ems-Kanal.

Das dunkle Wasser lag still unter ihm und schien ihm etwas zuflüstern zu wollen. Ein modriger Geruch stieg ihm in die Nase. Er setzte seinen Weg fort. Seine Bewegungen waren ruhig und bedacht, sein Atem ging gleichmäßig, er setzte seine Schritte in immer gleichem Rhythmus. Zu seiner linken Seite stapelten sich meterhoch Container und warfen im Mondlicht seltsame Schatten. Die stählernen Kräne wirkten in der Dunkelheit wie riesige, verformte Tiere, die bedrohlich auf ihn hinuntersahen. Er bog rechts in die Drehbrückenstraße ein, umkreiste die Hafengebäude und gelangte an den Kanal. Das Wasser war tiefschwarz, so wie er es sich immer vorgestellt hatte. Glucksende Wellen schlugen an die betonierte Kanalwand. Strudel und Kreise bildeten sich auf der dunklen Wasseroberfläche. Genau dieses Wasser hatte er in Leylas Augen gesehen, dachte Jakob und lächelte.

»Fürchte dich nicht, denn ich bin mit dir«, hatte dieses verlogene Schwein gepredigt. Versunken in ewigen Fluten.

Jakob kannte keine Furcht mehr. Er würde nie wieder Angst haben.

Langsam kniete er sich ans Ufer, streckte seinen Arm aus und ließ seine Hand durch das kühle Wasser gleiten. Es fühlte sich angenehm an. Er richtete sich auf und sein Blick folgte dem Kanallauf. Eine tiefe Ruhe erfüllte ihn. Er begann eine schmale Metallleiter hinunterzusteigen, die ins Wasser führte. Die Leitersprossen waren glitschig. Er musste sich konzentrieren, um nicht auszurutschen. Stück für Stück kletterte er weiter nach unten. Kaltes Wasser umschloss seine Beine. Nässe durchdrang seine Jeans. Seine Bewegungen wurden unkoordinierter. Der Kanal versuchte, ihn mit aller Kraft nach unten zu ziehen. Das Wasser reichte ihm jetzt bis zu den Oberschenkeln. Noch immer haftete ein leises Lächeln auf seinem Gesicht. Seine Hände fuhren über die Kanalwand. Seine Finger strichen sanft über schwammige Algen und rauen Stein. Kein Mensch außer ihm war um diese Zeit hier. Er war allein. Der Sog an seinen Beinen wurde stärker, als wollte das Wasser ihn endgültig zu sich locken. Es wollte ihn umarmen und nicht mehr loslassen.

Jakob stand bis zum Bauch im Kanal, verharrte für einen kurzen Moment und blickte zum Himmel.

Dann lösten sich seine Finger von den Sprossen der Leiter und er ließ sich mit ausgebreiteten Armen rücklings nach hinten fallen.

Es machte ein platschendes Geräusch, ein Sog erfasste ihn, und er wurde fortgetrieben.

KAPITEL 46 – TIM

König stand ratlos vor dem Bürogebäude und glotzte trübsinnig auf den leeren Königswall. Er schnupperte in den Wind wie ein Wolf auf der Jagd, der den Geruch seines Opfers wittern wollte. Doch er roch nur die abgestandene Luft, die nach Benzin und Abgasen schmeckte.

In Filmen lief es immer rund. Der Jäger hatte immer eine Spur, der er folgte, doch die Wirklichkeit sah anders aus.

Selbst wenn er diesen Jakob fand, hieß das noch lange nicht, dass der ihm sagen könnte, was mit dem Jungen aus dem Keller passiert war. Er jagte einem Hirngespinst hinterher. Betrübt senkte er den Kopf, querte die Straße und wollte gerade wieder zurück zu seinem Fahrrad trotten, als er eine Stimme hörte.

»Hey Freund, komm doch mal rüber und leiste mir ein bisschen Gesellschaft. Ich muss dir noch was sagen.«

König sah sich um. Der obdachlose Mann winkte ihm, die Flasche Wodka in der Hand, von seinem Lager aus zu.

Nein, dachte König, nicht noch mehr von diesem alkoholgeschwängerten, wirren Gelaber, es ist genug für heute.

»Nein, Manfred. Ich habe heute keine Zeit mehr für Sie.« König schüttelte energisch den Kopf.

Leider musste er direkt an dem Alten vorbeigehen, wenn er zu seinem Rad kommen wollte. Er starrte geradeaus und versuchte, ihn zu ignorieren, als er mit schnellen Schritten an ihm vorbei stapfte. Die Flasche Wodka würde ja wohl ausreichen für die dürftigen Informationen, die er von ihm erhalten hatte. Sie war teuer genug gewesen. Noch nie hatte er so kostspieligen Alkohol gekauft. Er schuldete diesem Mann keinen Gefallen mehr, auch wenn scheinbar von ihm erwartet wurde, dass er ihm Gesellschaft leisten und die Nacht mit ihm verbringen sollte.

»Hey. Komm mal her«, rief der Mann ihm wieder zu.

»Der Dünne war nicht da. Vielen Dank auch«, raunzte König ihn im Vorbeigehen wütend an.

»Kann er ja auch nicht. Hab ihn doch gesehen, wie er vorhin wieder abgehauen ist, kurz bevor du gekommen bist. Hast ihn nur knapp verfehlt.«

König stoppte.

»Was? Er war hier? Heute? Und Sie haben gesehen, wo er hingegangen ist?«

Der Mann zeigte sein zahnloses Grinsen und trank einen Schluck. Die Flasche war schon über die Hälfte geleert.

»Warum haben Sie das nicht früher gesagt?«, rief König der Verzweiflung nahe.

»Hast mich ja nicht gefragt«, meinte der Mann beleidigt.

König stellte sich breitbeinig vor ihn und stemmte seine Hände in die Hüften. Er wartete, bis der Mann die Flasche sinken ließ. Seine Geduld war am Ende.

»Wohin?«, brüllte er ihn an.

Der Alte sah ihn ratlos an.

»Hä?«

»Wohin ist er gegangen? Sie sagten, Sie hätten ihn aus dem Gebäude kommen sehen. Wann war das? Und wohin ist er gegangen?«

»Ach, habe ich das gesagt?«

Durcheinander betrachtete der Mann seine krallenähnlichen Fingernägel. Grübelnd zog er die Stirn in Falten. Er versuchte sich zu erinnern. Das dauerte eine Weile.

König wiederholte ein inneres Mantra:

»Ruhig, König. Ganz ruhig.«

»Er sah nicht gut aus«, fiel dem Mann endlich ein, »war noch blasser als sonst. Sah richtig krank aus irgendwie. Lief über die Straße wie ein Gespenst. Kam erst zu mir, auf meine Straßenseite, dann ist er umgedreht und zurückgelaufen. Ist zu den Unterführungen gestiefelt. Wollte zum Kanal. Ganz sicher zum Containerhafen. Da runter ist er.« Er zeigte mit dem schmutzigen Finger die Straße entlang.

»Woher wollen Sie wissen, dass er zum Containerhafen laufen wollte? Das ist ein ganzes Stück entfernt. Sind Sie sicher, dass das Ganze nicht nur in Ihrer Fantasie passiert ist?«

Empört verzog der Alte sein zerknittertes Gesicht.

»Na, werd mal nich frech, Jungchen. Der alte Manfred sagt immer die Wahrheit. Er hat es mir gesagt.«

»Wer hat was gesagt?«

»Hat vor sich hingeredet, der Junge, als er vom Dach runter auf die Straße geflogen kam. Ich hatte Angst, dass er mich wieder schlagen will, aber der hat mich komplett ignoriert. ›Muss zum Kanal. Ich gehe zum Kanal. Muss zum Kanal‹, hat er wie ein Wahnsinniger vor sich hin gebrummt. Und da sagen manche Leute, ich wäre irrsinnig. Die sollen sich mal lieber die jungen Leute ansehen.« Er schüttelte erbost den Kopf. »Hab mitgekriegt, dass sein hübscher Freund immer am Containerhafen rumgehangen hat. So als Architekt haben ihn wohl die Kräne und das Hafenamt sehr interessiert. Der Dünne is bestimmt auch dahin. Is seinem Freund doch überallhin gefolgt.« Erschöpft von der langen Rede, setzte der alte Mann die Flasche an.

»Und das war gerade eben erst? Kurz bevor ich gekommen bin?«, fragte König aufgeregt.

»Ich vermute schon«, meinte der Mann vorsichtig, »es ist schwierig für mich. Zeit ist Schall und Rauch und spielt keine Rolle. Der eine empfindet sie so, und der Nächste ganz anders«, philosophierte er und blickte sinnierend in die Ferne.

Doch König hörte ihn nicht mehr. Er war an dem Alten vorbeigerannt, hatte sein Fahrrad geholt und fuhr in atemberaubendem Tempo Richtung Hafen.

KAPITEL 47 – JAKOB

Er befand sich in einem wirbelnden schwarzen Sog.

Sein Körper war schwerelos, und er konnte fliegen. Schleimige Algen strichen sanft über sein Gesicht, als wollten sie ihn trösten. Alles drehte sich.

Oberfläche und Grund vermischten sich und wurden eins.

Die tiefgrüne Dunkelheit, in der er sich befand, riss ihn mit sich. Er ließ los.

Das Wasser verschlang ihn mit Haut und Haaren und nahm ihn mit auf eine Reise. Es trug ihn fort. Er hatte keine Entscheidungen mehr zu treffen, er war wie ein Baby, ohne Erinnerungen und ohne Furcht. Er hörte nichts außer dem wilden Rauschen und Gluckern des strömenden Wassers. Er musste nichts mehr tun, noch nicht einmal atmen.

Das, was er fühlte, war Glück.

Noch einmal riss er unter Wasser die Augen auf. Er sah grüne und schwarze, sich drehende Bewegungen vor sich, die Muster bildeten, sich zusammen- und auseinanderzogen. Zwischendurch leuchteten goldene Punkte auf wie Sterne und erloschen wieder. Ein tiefes Rauschen setzte sich in seinem Kopf fest. Immer wieder verlor er das Bewusstsein.

Er hatte das Gefühl, unsanft aus einem erholsamen Schlaf gerissen zu werden, als er das Zerren an seinem Nacken spürte und den Arm, der versuchte, seinen Körper zu umschlingen.

Er wurde an die Oberfläche gezogen, spuckte Wasser und spürte, wie Luft in seine schmerzenden Lungen drang. Sein Körper zuckte, und er strampelte mit Armen und Beinen, um sich zu wehren.

»Nein«, stieß er ein verzweifeltes Brüllen aus.

Er wollte wieder schwerelos sein. Er wollte wieder fliegen dürfen. Er wollte vergessen. Er schlug mit den Fäusten in alle Richtungen.

»Verdammte Scheiße«, hörte er eine männliche Stimme nah an seinem Ohr, »willst du wohl aufhören, du Teufel?«

Jakob zappelte weiter, bis er keine Kraft mehr hatte, dann gab er auf. Sein Körper erschlaffte, und er spürte, wie er durch das Wasser gezogen wurde.

Der Mann, der ihn fest im Arm hielt, schnaufte und keuchte. Warum könnt ihr mich nicht alle in Ruhe lassen, schoss es durch Jakobs Kopf.

Unter großen Anstrengungen schaffte der Mann es, ihn schwimmend mit sich zu ziehen. Jakob wurde nach oben auf die Holzbohlen eines Steges gehievt, spürte festen Grund unter seinem Körper, und endlich löste sich der Griff um seine Brust. Der Schwindel ließ es ihm übel werden.

Er wusste nicht, wo oben und unten war. Er spürte, dass er keine Luft mehr bekam, und riss den Mund auf, ohne einen Laut von sich zu geben.

Der Mann drehte ihn auf die Seite, und Jakob erbrach zuckend Fluten von Wasser. Er schien ein ganzes Meer auszuspucken und schnappte zwischendurch verzweifelt nach Luft. Endlich war nichts mehr in ihm, das er ausspucken konnte, und er blieb erschöpft auf der Seite liegen. Das Atmen fiel ihm schwer, jeder Atemzug schmerzte, und ihm wurde furchtbar kalt.

Er zitterte so stark, dass seine Zähne aufeinanderschlugen. Die Hand des Mannes, die ihm über die Stirn strich, war warm. »Ganz ruhig. Bleib ruhig liegen. Ich hole Hilfe«, hörte er ihn leise vor sich hinmurmeln.

Eine angenehme Stimme, die ihn in den Schlaf wiegte. Der Mann rüttelte an seiner Schulter.

»Nicht einschlafen, Jakob.«

Woher kennt der meinen Namen, fragte sich Jakob kurz und dämmerte weg.

»Scheiß Telefon. Ein paar Tropfen Wasser, und schon funktioniert es nicht mehr«, hörte er den Mann fluchen.

Aus weiter Ferne erklang das Geheul von Sirenen, die immer lauter wurden.

»Ich glaube es nicht. Woher wissen die, was los ist und wo wir sind?«, erklang das fassungslose Flüstern des Mannes, »ist das Telepathie, oder was?«

Jakob hörte Schritte, die näher kamen, und viele Stimmen, die aufgeregt durcheinanderriefen, grelle Lichter blendeten ihn. Eine Decke wurde über seinen kalten Körper geworfen, mehrere Hände packten ihn an Armen und Beinen, er wurde hochgehoben und spürte einen glatten Untergrund unter sich.

Vorsichtig öffnete er ein Auge.

Sanitäter schleppten ihn auf einer Trage zu einem Rettungswagen. Ihre Gesichter sahen besorgt aus.

Was sollte das? Er wollte doch tot sein. Warum klappte nie etwas so, wie er sich das vorstellte?

Er wurde in den Wagen geschoben. Ein Mann in nasser Kleidung und mit feuchtem Haar glotzte durch die geöffnete Tür zu ihm hinein und musterte ihn eindringlich. Jakob fühlte sich wie ein Tier im Zoo. Alle Augen der Menschen um ihn herum waren auf ihn gerichtet.

Der nasse Mann, der durch die Tür zu ihm hineinlinste, musste dieser Typ sein, der ihn aus dem Wasser gezogen hatte.

Jakob richtete sich auf.

»Hau bloß ab, du Penner, und schönen Dank noch mal dafür, dass du alles kaputt gemacht hast«, schrie er ihn an.

Erschrocken riss der Mann die Augen auf.

»Gehen Sie. Los, gehen Sie schon, Sie sehen doch, dass Sie den Jungen nur aufregen«, meckerte einer der Sanitäter ungeduldig. Der Mann wirkte wie ein verprügelter Hund und zog sich zurück. Irgendwoher kannte Jakob sein Gesicht, aber es fiel ihm nicht ein, wo er ihn schon einmal gesehen haben könnte. Dieser Mann kannte seinen Namen. Das irritierte Jakob, aber er war zu schwach, um sich weiter Gedanken darüber zu machen.

Er sah die weiß gekleidete Gestalt vor sich, die wie ein Engel auf ihn zuschwebte und eine riesige Spritze in der Hand hielt. Sein Arm wurde unter seinem Körper hervorgezogen, und plötzlich wurde ihm warm. Eine wohlige Weichheit breitete sich in seinem Gehirn aus. Das Innere des Rettungswagens verschwamm vor seinen Augen, und er durfte endlich wieder schlafen.

KAPITEL 48 – TIM

König stand in seiner tropfenden Kleidung neben Suslik und Jauch, wurde von den blinkenden Lichtern des Notarztes und mehreren Streifenwagen beleuchtet und fror. Adrenalin rauschte durch seinen Körper, sodass er kaum stillstehen konnte. Zitternd und mit blau angelaufenen Lippen hopste er vor den beiden Kommissaren auf und ab wie ein wild gewordenes Kaninchen auf Speed.

»Was machen Sie hier? Woher wussten Sie, wo Sie uns finden?« Seine Stimme überschlug sich.

»Kannst du nicht mal einen Sanitäter fragen, ob ihm jemand eine Spritze verpassen und ihn ruhigstellen kann?«, fragte Suslik an Jauch gewandt.

Jauch ging nicht auf ihn ein.

»Wissen Sie, nachdem das Video aufgetaucht ist und wir die Identität des Toten herausgefunden haben, haben wir die Ermittlungen wieder aufgenommen. Das hatte ich Ihnen ja bereits mitgeteilt.«

An Susliks Miene war deutlich abzulesen, was er davon hielt, dass Jauch so ernsthaft mit König plauderte.

»Durch Ihren Kollegen Markowski und sein gewalttätiges, unentschuldbares Verhalten, das sogar aufgezeichnet worden ist, wurde die Angelegenheit ziemlich heikel. Wir konnten uns nicht erlauben, dass uns später nachgesagt worden wäre, wir hätten in dem Fall nicht anständig ermittelt. Vor allem, als sich dann herausstellte, wer der Tote war«, fuhr Jauch fort.

Das Ganze schien ihm unangenehm zu sein. Richtig so, dachte König. Die beiden hatten definitiv unverantwortlich gehandelt und sich alles zu leicht gemacht.

»Aber«, fragte er weiter, »wie sind Sie darauf gekommen, dass Jakob Teuber sich am Kanal aufhält? Es hat bei mir ewig gedauert, bis es mir gelungen ist, seine Spur aufzunehmen.«

Suslik stöhnte gequält auf und verzog sein Gesicht zu einer Grimasse.

»Sie wissen noch nicht, wer der tote Rumäne war, oder?«, fragte Jauch ernst.

König schüttelte den Kopf.

»Wir haben natürlich doch noch eine Obduktion der Leiche veranlasst. Die dentale Untersuchung hat die wirklich meisterhafte Arbeit eines Zahnarztes ergeben. Ein so gepflegtes, kostspielig bearbeitetes Gebiss habe ich in meiner Laufbahn selten zu sehen bekommen. Natürlich war es uns möglich, bei einer so exklusiven Arbeit seinen Zahnarzt zu finden. Als wir dann hörten, wer der Junge ist, hat uns fast der Schlag getroffen.« Jauch schwieg und setzte ein vielsagendes Gesicht auf.

»Und?«, rief König ungeduldig.

Warum musste er ihm jedes Wort aus der Nase ziehen? Das war ja nicht auszuhalten. Jauch sah ihn an.

»Er ist der Sohn der Familie Borzos«, flüsterte er ehrfurchtsvoll.

Fragend zog König die Augenbrauen in die Höhe. Der Name sagte ihm nichts.

»Mann, Sie kennen diese Familie nicht?«, mischte Suslik sich ein, »der Vater macht auf Immobilien. Er ist Eigentümer des gesamten Geschäftsviertels. Dieses riesige Baugrundstück am Phoenix-See, auf dem sein toter Sohn gefunden wurde, gehört ihm, so wie die meisten Nachtklubs in der Stadt. Was weiß ich, was er sonst noch für Geschäfte betreibt. Ist eine ganz große Nummer der Mann und auch politisch aktiv, mit Verbindungen nach ganz oben. Er verkehrt in den besten Kreisen. Die Familie schwimmt quasi in Geld und hat richtig was zu sagen. Wenn die mitbekommen sollten, was gelaufen ist, dann kann die Polizei hier dichtmachen. Da wird der Polizeipräsident ganz schön was unter den Teppich kehren müssen.«

In Königs Kopf drehte sich alles. Seine Vorstellung von einem heimatlosen Rumänen, der alleine auf der Welt war und für den sich niemand interessierte, löste sich in Luft auf. »Allerdings schienen die Eltern sich nicht besonders zu wundern, dass ihr Sohn augenscheinlich ermordet worden ist«, fuhr Suslik fort, »er hat sich wohl sehr vom Elternhaus abgewandt und sich nächtelang herumgetrieben, ohne seinen Eltern mitzuteilen, wo er sich aufhält. Es scheint große Spannungen gegeben zu haben. Ich hatte das bedrückende Gefühl, sie würden über einen Fremden sprechen, als sie mir von ihrem Sohn erzählten. Den Eltern schien es ganz recht zu sein, dass er sein eigenes Ding machte und sie sich nicht um ihn zu kümmern brauchten. Ehrlich gesagt, war es schon ein wenig schockierend, wie wenig sie die Nachricht über den Tod ihres Sohnes zu berühren schien. Der Vater wirkte fast erleichtert. Pech, hat er nur gesagt, das kommt davon, wenn man sich in den falschen Kreisen bewegt. Wir haben alles versucht, um ihn auf den rechten Weg zu bringen.« Suslik schüttelte sich angewidert. »Wenn ich an die kalte Atmosphäre in diesem Haus denke, läuft mir ein Schauer über den Rücken. Der Besuch bei der Familie war wirklich niederschlagend. Geld ist halt nicht alles.«

Aha, dachte König interessiert, er schien doch so etwas wie Mitgefühl zu besitzen.

»Das Einzige, was diese Familie will, ist, dass wir ihnen den Namen des Täters auf dem Silbertablett servieren, damit sie wieder ruhig schlafen können. Sie haben uns den Tipp gegeben, dass ihr Sohn gerne in einem ihrer Geschäftsgebäude ein und aus gegangen ist. Hat sich wohl gerne vor den Angestellten als der Sohn vom Chef aufgespielt, und wir hatten Glück bei unseren Befragungen. Einer der Büroangestellten hat heute einen Mann, auf den die Beschreibung von diesem Teuber passte, gesehen, wie er aus dem Gebäude und in Richtung Nordstadt getorkelt ist, wahrscheinlich auf Drogen. Wir sind auf gut Glück die markanten Ecken der Nordstadt abgefahren, die

Gegenden, wo sich das kriminelle Pack gerne rumtreibt. Da gehört der Hafen ja nun dazu und zack, da haben wir den Täter geschnappt. Natürlich dank Ihrer Hilfe, ansonsten wäre diese zugedröhnte Ratte wohl in den Fluten ersoffen.« Zufrieden rieb sich Suslik die Hände.

»Woher wollen Sie wissen, dass Teuber der Täter ist?«, fragte König vorsichtig.

Suslik runzelte die Stirn. »Ja«, sagte er gedehnt, »wir müssen noch mit ihm sprechen, aber ich bin mir sicher, dass er gestehen wird.«

König nieste ausgiebig.

»Gehen Sie mal nach Hause und machen, dass Sie aus den nassen Klamotten rauskommen, sonst werden Sie krank«, forderte Jauch ihn wohlwollend auf, »ruhen Sie sich aus. Wir werden Sie informieren, wenn es etwas Neues gibt, wo Sie der Fall doch so interessiert und Sie uns tatsächlich unerwarteterweise geholfen haben. Sollen wir Sie fahren?«

»Nein, danke, bin mit dem Rad unterwegs«, lehnte König ab.

Er wollte alleine sein und nachdenken.

Als er auf dem Rad nach Hause fuhr und der kalte Wind durch seine tropfnasse Kleidung pfiff, verfluchte er sich selbst, dass er Jauchs Angebot nicht angenommen hatte.

Zu Hause angekommen, drehte er die Heizung bis zum Anschlag hoch und kroch mit Socken und seinem dicksten Schlafanzug sofort ins Bett. Jutta sprang auf seinen Bauch und rollte sich schnurrend zusammen. Endlich wurde ihm wärmer.

Was für ein seltsamer, dramatischer Tag, dachte er müde, schloss die Augen und stellte fest, dass das Lächeln des Engels aus seinem Kopf verschwunden war.

KAPITEL 49 – TIM

Am liebsten wäre König am nächsten Morgen im Bett geblieben. Er fühlte sich wie gerädert, sein Kopf schmerzte, und sein Körper fühlte sich seltsam fremd an. Es bahnte sich wohl eine Grippe an. Er hatte kaum genug Kraft, um in die Pedale zu treten, als er ins Büro radelte.

Mühsam schleppte er sich die Treppen hinauf, wankte ins Büro und ließ sich schwerfällig auf seinen Stuhl gleiten.

Zwei neue junge Kollegen saßen hinter den Schreibtischen von Markowski und Dressler, stellten sich schüchtern bei ihm vor und verließen rücksichtsvoll leise das Büro, um auf Streife zu gehen.

Nett, dachte König, aber mal sehen, wie lange das so bleibt. Fast vermisste er das großspurige Gequatsche und die schlechten Witze von Markowski und Dressler, wer hätte das gedacht, aber vielleicht musste er sich erst mal daran gewöhnen, dass es die beiden nicht mehr gab.

Ihre persönlichen Dinge, Fotos und Bilder waren von ihren Schreibtischen und den Zimmerwänden verschwunden, als hätten sie sich in Luft aufgelöst.

Gedankenverloren surfte er im Internet, als sein Telefon klingelte.

»Wache sieben, mein Name ist König, was kann ich für Sie tun?«, meldete er sich freundlich.

»Schön gesagt, König«, lachte Jauch am anderen Ende der Leitung, »ich wollte Sie nur informieren, dass der Fall abgeschlossen ist.«

König zuckte zusammen.

»So schnell?«, fragte er vorsichtig.

»Ja, Teuber hat gestanden. Konnte uns sogar sagen, wo die Tatwaffe ist. Wir haben das Messer sichergestellt. Es befand sich bei ihm zu Hause in seinem Kleiderschrank, zusammen mit allerlei Einbruchswerkzeug. Ich staune immer wieder darüber, wie dumm die Menschen sind. Der Junge hat sich noch nicht mal die Mühe gemacht, das Messer verschwinden zu lassen.«

»Und welches Motiv hatte er?«

»Hat er uns nicht gesagt und interessiert uns auch nicht. Er hat zugegeben, dass er seinen Freund niedergestochen hat, und basta. Sicherlich ging es um Geld. Der Fall ist abgeschlossen. Teuber geht es inzwischen besser. Morgen kann er aus dem Krankenhaus in die Justizvollzugsanstalt Amselhof in Castrop-Rauxel überführt werden. Familie Borzos ist beruhigt und zufriedengestellt und kann die prunkvolle Beerdigung ihres Sohnes planen. Es wird sogar das Fernsehen dabei sein. Also, danke noch mal für Ihre Hilfe, auch wenn es mit Ihnen nicht immer leicht war und Sie Ihren Zuständigkeitsbereich bei Weitem überschritten haben, aber da drücken wir ein Auge zu.«

»Hm«, brummte König nur.

»Hör auf, mit diesem Clown von Streifenpolizisten zu telefonieren, Klaus. Wir haben Wichtigeres zu tun«, hörte König im Hintergrund Susliks Stimme.

»Also dann, alles Gute«, verabschiedete Jauch sich schnell und legte auf.

Arrogante Affen, dachte König verbittert und starrte wieder auf den Monitor.

Es verging eine Woche, dann hielt König es nicht mehr aus.

Es war ein wundervoller Montagmorgen, denn er hatte dienstfrei. Trotzdem fand er keine Ruhe. Nachdem seine Spielfigur bei »Warriors of Darkness« im gleichen Level mehrmals nacheinander an derselben Stelle gestorben war, gab er auf. Er konnte sich einfach nicht konzentrieren. Er fütterte Jutta, zog sich an, machte sich auf den Weg und radelte zur JVA.

Es war ein sonniger, klarer Tag, und den herrlichen Fahrradweg an der Emscher entlang zum Hochwasserrückhaltebecken zu fahren, steigerte seine Laune enorm. Vergnügt fuhr er den schmalen Weg zwischen sattgrünen Büschen und Bäumen entlang, immer begleitet vom friedvollen Geplätscher der Emscher, durchquerte das Vogelschutzgebiet und gelangte viel zu schnell an die Stadtgrenze von Dortmund.

Es musste schrecklich sein, hinter diesen grauen Mauern gefangen zu sein, dachte König erschaudernd, als er beim Gefängnis angekommen war und das düstere, lang gezogene Gebäude musterte. König fühlte sich unwohl, als er die Klingel betätigte, sich über eine Freisprechanlage anmeldete, das mächtige Tor langsam vor ihm aufschwang und er durch die mit Stacheldraht und elektrischem Strom gesicherten Mauern trat.

Er teilte dem Beamten am Eingang mit, dass er Herrn Jakob Teuber besuchen wollte, worauf dieser ihn anmotzte, dass momentan keine Besuchszeit wäre. Erst als König ihm seinen Dienstausweis vor die Nase hielt, wurde er zugänglicher. König zeigte seinen Personalausweis vor, wurde auf einer Liste eingetragen, legte seine Wertgegenstände, Schlüssel und sein Telefon ab und passierte eine Schleuse.

Dann wurde er von einem Beamten in Empfang genommen, in den Besucherraum geführt, durfte Platz nehmen und wartete nervös. Mehrere kleine Plastiktische, mit jeweils zwei gegenüberliegenden Stühlen, waren in dem sonst leeren Raum verteilt. Eine bedrückende Stille waberte durch das karge Zimmer. Da keine Besuchszeit war, war er allein. Ein leichter Grünkohlgeruch lag in der sauerstoffarmen Luft. Es war warm, der Raum schien seit Ewigkeiten nicht mehr gelüftet worden zu sein. König begann zu schwitzen.

Die Zeit schien stehen geblieben zu sein.

Er trommelte mit den Fingern auf den Tisch, und das Geräusch hallte von den Wänden wider. Er hörte wieder auf.

Als sich endlich die Tür hinter ihm öffnete, drehte er sich erleichtert um. Die beiden Wärter, die den dünnen Mann in ihre Mitte genommen hatten, waren fast doppelt so breit wie er und ließen ihn noch schmächtiger erscheinen. Der Mann blickte zu Boden und sah ihn nicht an.

»Setz dich dahin«, raunzte ihn einer der Aufseher an und stieß ihn schroff in Richtung Stuhl. »Bist du brav oder müssen wir dir Handschellen anlegen?«

Der Mann antwortete nicht, setzte sich auf den Stuhl und fixierte weiterhin seine Schuhe.

»Hallo? Ich habe dich was gefragt«, setzte der Aufseher wieder an.

»Schon gut«, beschwichtigte König ihn, »Handschellen werden nicht nötig sein. Ich will mich nur mit Herrn Teuber unterhalten.«

Der Wärter zog sich mit finsterem Blick zurück und blieb in der Nähe der Tür stehen, ohne sie aus den Augen zu lassen. Ein unangenehmes Schweigen breitete sich aus.

»Ähm, ja, wie geht's denn so?«, fragte König, schämte sich gleich darauf für seine dumme Frage und strich sich nervös das Haar aus der Stirn.

Immerhin schaute Jakob hoch und sah ihn an. Er wollte wohl wissen, mit was für einem Irren er am Tisch saß. »Gut geht's. Wirklich hervorragend, wenn ich ehrlich bin.«

Ein ironisches Lächeln blitzte in seinem hageren Gesicht auf. Seine Gesichtsfarbe schien sich der grauen Anstaltskluft angepasst zu haben. Trotzdem wirkte er entspannt.

König versuchte, sich zu erinnern. Er hatte Jakob Teuber schon einige Male getroffen und immer Verzweiflung, eine große Hilflosigkeit und einen gewaltigen Zorn bei ihm wahrgenommen. Diese Ausstrahlung war verschwunden.

Er wirkte tatsächlich, das erste Mal seitdem König ihn kannte, zufrieden. Das Einzige, was geblieben war, war die Traurigkeit in seinem Blick.

»Warum sind Sie hier? Und wer zum Teufel sind Sie eigentlich?«, fragte Jakob misstrauisch mit schief gelegtem Kopf, »Sie sind doch der, der mich aus dem Kanal gefischt hat, oder sehe ich das falsch?«

»Ich heiße Tim, und du kannst mich ruhig duzen, wenn du willst, nur schrei mich bitte nicht wieder so an wie aus dem Rettungswagen«, sagte König lächelnd, streckte den Arm aus und hielt ihm die Hand hin.

»Nicht anfassen«, brüllte der Wärter von hinten, so laut, dass König erschrocken zusammenfuhr. »Körperkontakt ist verboten.« »Netter Umgang hier«, stellte König trocken fest.

»Ja«, sagte Jakob leise, »aber das ist nicht so schlimm.

Man gewöhnt sich dran, und wenn man sich an die Regeln hält, wird man in Ruhe gelassen. Dann ist es eigentlich ganz nett hier.« »Gut«, erwiderte König unsicher, weil er nicht wusste, was er sagen sollte.

Er betrachtete den schüchternen, jungen Mann, der ihm gegenüber am Tisch saß und verlegen auf seine Hände starrte. Dieser Junge konnte kein Mörder sein. Er hatte schon die merkwürdigsten Gestalten auf der Straße kennengelernt, er wusste, dass Menschen unberechenbar sein konnten, aber dieses hilflose Häufchen Elend ihm gegenüber würde niemanden umbringen, da war er sich sicher. Er räusperte sich.

»Du weißt, dass Lucian Borzos tot ist, oder?«

Jakob blickte hoch und sah ihn fragend an.

»Was für ein Lucian?«, fragte er irritiert.

»Der tote Rumäne, den man im Keller gefunden hat. Dein Freund.«

Jakobs Gesicht entspannte sich, er nickte und lächelte dabei verklärt. Sein Lächeln war anziehend. Ein seltsamer Glanz legte sich auf seine Augen. »Nelu«, flüsterte er sehnsüchtig.

Der Schmerz in seinem Blick war für König nur schwer zu ertragen.

»Nelu hast du ihn genannt, ja? Er war dein Freund, oder?« »Nelu hatte keine Freunde. Das hätte ihn zu sehr eingeengt. Nelu war wie ein Vogel. Wild und frei. Der hat sich an niemanden gebunden.« Jakob blickte verträumt an die kahle Zimmerwand. »Aber für mich war er ein Freund. Der einzige Freund, den ich je gehabt habe«, fuhr er fort.

König vernahm Stolz in seiner Stimme.

»Aber du hast zugegeben, dass du ihn getötet hast«, fiel König ihm leise ins Wort.

Jakobs Augen verdunkelten sich, sein Blick wurde trüb. Wieder sah er auf die Tischplatte. Er nickte schwach.

»Ja, das habe ich. Ich habe ihn getötet«, nuschelte er undeutlich mit zusammengepresstem Kiefer.

»Warum hast du das getan, wenn er doch dein Freund war?«, fragte König vorsichtig, »ich möchte nur verstehen, was passiert ist. Ging es um Geld? Dieser Lucian, also Nelu meine ich, hatte ja genug Geld, um darin schwimmen zu können. Sein Vater hat uns versichert, dass er zwar teilweise mit seinem Sohn nicht mehr gesprochen hat, aber er hätte jederzeit Zugriff auf sein Geld gehabt, und dieses Privileg hat er auch voll ausgekostet.«

Eine steile Falte bildete sich auf Jakobs Stirn. Seine Stimme wurde laut.

»Nelu hat keine Eltern gehabt. Er war ganz allein in Deutschland. Er kennt seinen Vater überhaupt nicht, und seine Mutter ist eine drogenabhängige Prostituierte, die irgendwo in Rumänien hockt und der ihr Sohn scheißegal ist. Sie hat es nicht einmal geschafft, ihren eigenen Sohn großzuziehen. Wurde nicht die Narbe an seinem Hals entdeckt? Das Zeichen der Dorfbewohner, damit jeder weiß, dass er der Sohn einer Hure ist.«

»Nicht so laut«, rief der Wärter von hinten, »sonst beenden wir das Gespräch.«

König winkte ab.

»Alles ok«, erklärte er dem Wärter, der sich mit genervtem Gesichtsausdruck an die Wand lehnte.

Dieser Jakob hat in einer einzigen großen Lüge gelebt, erkannte König traurig. Lucian Borzos hatte schon als Neunjähriger den Ferrari seines Vaters aus der Garage gestohlen und war damit gegen einen Baum gerast. Die Narbe an seinem Hals stammte von diesem Verkehrsunfall, hatte Suslik ihm, in der Nacht, in der er Jakob aus dem Wasser gezogen hatte, in einem seiner raren redseligen Momente mitgeteilt. Er sah Jakob an. Manche Menschen werden ihr ganzes Leben lang nur getreten und verarscht. Das ist einfach ungerecht. Jakob schien sich an diesen Lügen festzuklammern. Vielleicht war es besser, ihn in seinem Glauben zu lassen, entschied König. Warum sollte er Jakobs ganze Welt zusammenbrechen lassen? Das würde auch zu nichts führen. Dieser Junge hatte schon zu viel Schlechtes erlebt. Er war sich sicherer als je zuvor, dass Jakob mit dem Mord nichts zu tun hatte. Warum log er?

Wollte er jemanden schützen?

König sah ihm direkt in die Augen.

»Ist ja gut. Wahrscheinlich irre ich mich, und Nelu hatte in Deutschland wirklich keine Familie. So genau weiß ich das auch gar nicht. War nur ein Gerücht, das ich aufgeschnappt habe. Und du sagst immer noch, dass du deinen Freund umgebracht hast?«

Jakob hielt seinem Blick eisern stand. Ein Lächeln erhellte sein kantiges Gesicht.

»Wissen Sie, man kann im Knast einen Schulabschluss nachmachen, später sogar eine Ausbildung. Ich habe mich schon beworben, und der erste Aufseher sagte mir, dass meine Chancen ganz gut stehen. Vielleicht kann ich es zu etwas bringen. In 15 Jahren bin ich wieder draußen, bei guter Führung mit Wahrscheinlichkeit früher, dann kann ich von vorne anfangen.«

»Das ist keine Antwort auf meine Frage«, sagte König.

»Mutter wird endlich mit dem Geld klarkommen, wenn ich eine Weile aus dem Weg bin. Für eine Person wird ihre Rente ausreichen. Ich habe sie angerufen und ihr gesagt, dass ich in eine andere Stadt gezogen bin und endlich eine Ausbildung mache. Sie hat sich richtig glücklich angehört, als sie das gehört hat.«

»Hat sie sich nicht gewundert und Fragen gestellt? Auf mich hat deine Mutter wie eine intelligente Frau gewirkt. Ich kann mir nicht vorstellen, dass sie dir das so einfach geglaubt hat«, sagte König verwundert.

Jakob schmunzelte.

»Mutter formt sich die Welt so, dass sie ihr nicht wehtut. Sozusagen aus Reflex. Das ist klug. Für sie ist alles in Ordnung, solange ich ihr etwas vorspiele. Sie möchte gar nicht mit der Wahrheit konfrontiert werden, das war schon immer so. Es hat ihr gutgetan, dass ich mich gemeldet habe. Sie ist beruhigt und stolz auf mich, wegen der Ausbildung, meine ich. Ich hoffe nur, dass es auch klappt.« Hoffnungsvoll sah er König an.

»Das wird schon«, sagte König beruhigend, »solange du dich zusammenreißt und das durchziehst.«

Was rede ich da, dachte König. Warum soll er denn hierbleiben, wenn er doch die Tat gar nicht begangen hat. Doch Jakob sah glücklich aus. Fast so, als würde er sich auf seine Zukunft freuen.

»Hier habe ich wenigstens keine Ablenkung«, erklärte Jakob enthusiastisch, »alles läuft in geordneten Bahnen. Ich mag den strukturierten Tagesablauf. Ich mag die festen Regeln. Jeder Tag ist gleich, und ich genieße die Zeit, die ich in meiner Zelle verbringen muss. Ich war schon immer gerne alleine.«

König schüttelte verwirrt den Kopf.

Wie schlecht musste es eigentlich jemandem gehen, der den Knast als Wohltat empfand?

»Jakob«, versuchte er den Jungen runterzuholen, »hör mir mal zu. Du hast diesen Nelu nicht umgebracht, das weiß ich genau. Ich spüre das. Erzähl mir doch keinen Mist.«

Jakob lächelte und schwieg.

»Du schützt irgendwen«, versuchte König es wieder.

Jakob sah ihn an, ohne zu zwinkern. Er lächelte immer noch. »Wissen Sie, was Liebe ist?«, fragte er.

König zuckte irritiert mit den Schultern.

»Dann werden Sie es nie verstehen.«

König gab auf.

»Dein blödsinniges Rausgerede ist für mich ein Zugeständnis, dass du die Tat nicht begangen hast«, grummelte er frustriert.

»Und was wollen Sie jetzt tun?«, fragte Jakob, »Sie sind doch nur ein einfacher Streifenbulle, Sie können gar nichts machen. Ich habe Sie wiedererkannt. Sie haben mich mal festgenommen«, triumphierte er, »den Leuten von der Kripo hat meine Aussage ausgereicht, da kann man wohl nichts mehr machen.«

Jetzt wird er auch noch frech, dachte König betrübt.

»Ich wollte dir einfach helfen«, stellte er mit fester Stimme klar.

Ein bisschen Ehrlichkeit hatte dieser Junge verdient.

»Sie helfen mir, wenn Sie mich in Ruhe lassen«, antwortete Jakob leise.

»Ich lasse dich in Ruhe, aber ich komme dich besuchen, wenn ich darf.«

Jakob warf ihm einen misstrauischen Blick zu.

»Sind Sie schwul oder so was?«

»Nein«, entgegnete König empört, »es interessiert mich nur, was aus dir wird. Einfach nur so, rein freundschaftlich. Ich mag dich. Besuchen werde ich dich aber nur, wenn du endlich mit dieser blöden Siezerei aufhörst.«

Jakob überlegte angestrengt.

»Na gut«, sagte er schließlich, »wird vielleicht auf Dauer doch ein bisschen eintönig, so ganz ohne Besuch. Aber keine dummen Fragen mehr.«

»Ok«, antwortete König erleichtert, »dann bis zum nächsten Mal und pass auf dich auf.«

Er reichte Jakob zum Abschied die Hand.

»Jetzt reicht's«, brüllte der Wärter und sprang, für seine Körperfülle erstaunlich schnell, zu ihnen an den Tisch, »ich habe gesagt, keinen Körperkontakt. Die Besuchszeit ist beendet.«

Er griff nach Jakobs Arm und zog ihn auf die Beine. Jakob grinste. Als er aus dem Raum geführt wurde, warf er König über die Schulter einen letzten Blick zu.

»Tschüss Tim«, rief er ihm zu und lachte, als der Wärter ihn ruppig durch die Tür zog.

König schloss kurz die Augen und blieb einen Moment auf dem unbequemen Stuhl sitzen. Er fühlte sich müde, als er sich endlich erhob.

Ein Aufseher begleitete ihn zum Ausgang, wo ihm seine Wertgegenstände ausgehändigt wurden.

Als er vor seinem Fahrrad stand, blickte er nach oben in den strahlend blauen Himmel, ihm war, als wäre eine Last von seinen Schultern genommen worden, und er konnte endlich wieder befreit atmen.

KAPITEL 50 – TIM

König saß gemütlich vor seinem PC und zockte, als das Telefon klingelte.

»Nein, nicht jetzt«, fluchte er, aber es war zu spät.

Mr. Maboe hatte seine Spielfigur platt gemacht. Nur ein einziger unkonzentrierter Moment in dem Level, in dem er sich gerade befand, und sofort flog man aus dem Spiel.

»Verdammter Mist«, rief er laut.

Jutta, die wie immer neben dem Monitor geschlafen hatte, öffnete missmutig ein Auge und sah ihn strafend an.

»Reg dich nicht auf, ich geh ja schon«, murmelte König ihr zu. Es war einen Monat her, seit er Jakob das erste Mal im Gefängnis besucht hatte. Seitdem besuchte er ihn regelmäßig einmal in der Woche zu den regulären Besuchszeiten.

Erst schien Jakob nicht besonders begeistert davon zu sein, aber als er merkte, dass König nicht weiter bohrte und aufhörte, ihn mit Fragen zu bombardieren, wurde er von Mal zu Mal aufgeschlossener. Die Haft schien ihm unbegreiflicherweise gut zu tun. Er holte tatsächlich inzwischen im Gefängnis seinen Hauptschulabschluss nach und träumte von einer Ausbildung als Koch. Er hatte begonnen, Kochbücher zu studieren und erzählte König mit leuchtenden Augen und geröteten Wangen aufgeregt von der Zubereitung von gedünstetem Fisch, Gemüse im Bierteig und ähnlichen Dingen, von denen König kein Wort verstand. Ansonsten unterhielten sie sich nicht viel, es gab lange Pausen, wo sie sich einfach gegenübersaßen und gemeinsam schwiegen, und doch hielt König diese Besuche für wichtig und dachte nicht im Traum daran, sie sein zu lassen.

Einmal in seinem Leben sollte dieser Junge erfahren, dass es jemanden gab, der zu ihm hielt und dem er wichtig war – und König hielt eisern daran fest. Es gab ihm selbst ein gutes Gefühl, und er freute sich auf die Besuche. Vielleicht tat er das Ganze aus Eigennutz, aber eigentlich spielten seine Beweggründe keine Rolle. Wichtig war, dass es eine Konstante in ihrer beider Leben gab. König hatte aufgehört, sich in seiner Freizeit ausschließlich in seinen eigenen vier Wänden zu verstecken. Er nahm wieder am Leben teil und fühlte sich wie eine Schnecke, die langsam aus ihrem Schneckenhaus hervorkroch. Es war, als würde er nach einer langen Krankheit Stück für Stück wieder genesen.

Im Job lief es hervorragend. Er hatte mit Sattler gesprochen, die endlich zugestimmt hatte, dass er ausschließlich den Bürodienst übernahm. Nach dem Dilemma mit Markowski und Dressler traute sie ihm nicht mehr über den Weg und hatte ein besseres Gefühl, wenn sie ihn unter Beobachtung und in ihrer Nähe wusste, doch König hatte das Bedürfnis, sich weiterzuentwickeln. Er hatte, durch sein eigenständiges Ermitteln im Fall Jakob, Blut geleckt. Im Büro hatte er eine interne Stellenausschreibung für eine Fortbildung zum Kriminalkommissar entdeckt. Er überlegte, ob er sich bewerben und sich für das Eignungsauswahlverfahren anmelden sollte.

Noch war er nicht zu alt dafür. Ein dreijähriges duales Studium an der Fachhochschule für öffentliche Verwaltung in Dortmund würde anstrengend werden, aber vielleicht sollte er es versuchen. Er musste darüber nachdenken.

Vor ein paar Tagen hatte er Dr. Otto so lange bequatscht, dass er für die nächsten zwei Wochen krankgeschrieben worden war, was seine gute Laune erklärte.

Das Telefon hörte nicht auf zu klingeln. Er nahm den Hörer ab.

»Ja«, stöhnte er leidend, es konnte ja sein, dass der Anrufer jemand von der Wache war.

»Hör auf, dich zu verstellen, du armseliger Schauspieler. Ich weiß doch, dass du nicht krank bist«, dröhnte Markowskis Stimme in sein Ohr, »Elsbeth und ich wollten dich für heute Abend einladen. Elsbeth macht ihre weltbekannte Lachslasagne, und wir könnten mal wieder richtig einen heben. Dressler kommt auch. Er macht heute im Nagelstudio früher Schluss, die letzte Kundin hat abgesagt. Ich freu mich jetzt schon.«

Typisch Markowski, stellte gar nicht in Frage, dass König verhindert sein, keine Lust oder etwas anderes vorhaben könnte. Trotzdem wusste König sofort, dass er es nicht schaffen würde abzusagen.

Markowski klang glücklich. Elsbeth van Graaf hatte sich tatsächlich von ihrem reichen Mann getrennt und war zu Markowski in seine kümmerliche, verlotterte Zweizimmerwohnung im Stadtteil Scharnhorst gezogen. Beide warteten händereibend darauf, dass Herr van Graaf der offiziellen Scheidung einwilligte. Elsbeth würde, laut Ehevertrag, die Hälfte seines Vermögens zustehen, und Markowski und sie würden in Saus und Braus leben können. Ihre Beziehung verlief tatsächlich harmonisch, sie schienen sich gesucht und gefunden zu haben und gingen miteinander um wie frisch verliebte Teenager, was König schwer auf die Nerven ging, doch er gönnte ihnen ihr Glück, auch wenn die beiden zusammen kaum zu ertragen waren in ihrer Verliebtheit.

Auch Dressler ging es gut. Er konnte endlich seiner geheimen Leidenschaft nachgehen, hatte mehrere Intensivkurse besucht, Zertifikate gesammelt, seine letzten Ersparnisse zusammengekratzt und ein eigenes Nagelstudio eröffnet. Momentan war die Kundschaft noch rar, aber Dressler gab nicht auf und war so voller Energie und Enthusiasmus, wie er es in seiner Zeit im Polizeidienst nie gewesen war.

Endlich konnte er in seinem Job von morgens bis abends tratschen und seine weibliche Seite ausleben, die plötzlich immer mehr zum Vorschein kam.

Erst hatten sie eine Veränderung seiner Bewegungen und seiner Mimik bemerkt, aber als König und Markowski neulich in ihrer Stammkneipe bei Gustav auf ihn warteten, kam er tatsächlich auf Pumps in den Laden gestöckelt. Sie ließen ihn machen, sollte er sich doch selbst finden. Markowski machte keinen einzigen blöden Spruch, seine Verliebtheit ließ seine Toleranzgrenze bis in den Himmel wachsen.

König schmunzelte, wenn er an die beiden dachte.

Nachdem er das Telefongespräch beendet hatte, setzte er sich wieder an seinen Schreibtisch. Er freute sich auf den Abend. »Wie das Leben so spielt«, flüsterte er leise, und Jutta spitzte die Ohren.

KAPITEL 51 – LEYLA

Sie spürte den Sand zwischen ihren Zehen. Das Rauschen der Brandung klang wie ein melancholisches Lied.

Leyla hockte am Strand, die Arme um die Knie geschlungen, und starrte auf das tosende Meer wie jeden Abend, seit sie hier angekommen war. Der rote Himmel leuchtete über ihr. Die Sonnenuntergänge an diesem Ort waren das Schönste, was sie je gesehen hatte. Sie ließ sich nach hinten in den warmen Sand fallen und blickte nach oben. Bilder von leuchtenden Farben breiteten sich über ihr aus. Sie war allein. Von irgendwoher erklang leise die Musik eines Straßenmusikers, weit entfernt, vielleicht spielte die Musik auch nur in ihrem Kopf.

Eine einsame Möwe kreiste über ihr, bevor sie sich kreischend in die Fluten stürzte. Wahrscheinlich hatte sie einen Fisch entdeckt. Leylas Magen knurrte. Kurz dachte sie an den Laden ihres Vaters, an all die köstlichen Leckereien, die sie wohl nie wieder zubereiten oder kosten würde. Geduldig beobachtete sie, wie sich das Orange des Himmels mit Violett- und Rottönen mischte. Dann verschwand die Sonne langsam am Horizont. »Tschüss«, wisperte Leyla in den Wind.

Die Luft in Italien roch anders als an allen anderen Orten, die sie jemals besucht hatte. Ein salziger, würziger, erdiger Geruch, mit einem Hauch von Pasta-Soße gemischt.

Der Wind fuhr durch ihr Haar und ließ es um ihren

Kopf fliegen. Sie hatte das Kopftuch abgelegt, als sie in Italien aus dem Bus gestiegen war, hatte es zusammengeknüllt und in einen Mülleimer am Straßenrand geworfen, mit all den Erinnerungen, die daran hingen.

Sie war ein anderer Mensch. Ein Mensch mit ungewisser Zukunft. Sie war eine Mörderin, und nichts konnte ihr mehr Angst machen.

Ruhig stand sie auf und klopfte sich den Sand von den Kleidern. Sie hatte Hunger.

Langsam schlenderte sie über den verlassenen Sandstrand zurück zu der kleinen, romantischen Pension, in der sie sich einquartiert hatte. Sie würde duschen und sich umziehen und dann zu Pablo ins Restaurant gehen, Spaghetti essen und sich ein paar Gläser von seinem köstlichen Weißwein genehmigen.

In ihrem Zimmer angekommen, griff sie unter ihr Bett und langte nach dem Rucksack, den Jakob ihr damals übergeben hatte.

Das Geld war noch da.

Sie lächelte, nahm eine Handvoll Scheine, hielt sie unter ihre Nase und roch daran. Sie bildete sich ein, dass dieses Geld nach Jakob roch. Ohne ihn würde sie in der Türkei sitzen, vielleicht verheiratet und sicherlich unglücklich. Sie erinnerte sich an ihr Staunen, als sie im Bus gesessen, das erste Mal gewagt hatte, einen Blick in den Rucksack zu werfen. Er war gefüllt gewesen mit Geldscheinen, und vor Schreck war ihr fast die Luft ausgeblieben. Sie hatte nicht mehr lange nachgedacht. In der nächsten größeren Stadt war sie aus dem Bus gestiegen und planlos auf dem Bahnhof umhergeirrt.

Irgendwann hatte sie einen Bus entdeckt, der sie nach Italien bringen würde, und war eingestiegen. Das Geld für ein Ticket war kein Problem mehr. Die Busfahrt hatte lange gedauert, doch sie hatte nicht geschlafen.

Sie hatte sich in ihr neues Leben fahren lassen, die Stirn an die kühle Fensterscheibe gelehnt und den Kopf ohne jegliche Gedanken.

Am Ziel der Reise war sie übermüdet aus dem Bus getorkelt. Italien hatte sie mit seinem ganz eigenen Duft in Empfang genommen, sie willkommen geheißen und in die Arme geschlossen. Sie mochte dieses freie, freundliche Land.

Wieder tasteten ihre Hände nach dem Inhalt des Rucksackes. Das Geld würde nicht ewig reichen, aber die nächsten Jahre wären gesichert. Sie lebte bescheiden und wollte erst mal nicht darüber nachdenken, wie es weitergehen würde. Sie brauchte Ruhe, um weitere Entscheidungen treffen zu können. Erst einmal musste sie sich erholen, von all dem, was in so kurzer Zeit passiert war. Sie musste sich selbst neu kennenlernen, jetzt, wo sie ein anderer Mensch geworden war. Sie dachte häufig an Jakob, konnte sich aber kaum daran erinnern, wie er ausgesehen hatte.

Er, der sie in Dortmund in diesen Keller geschleppt und wieder herausgeholt hatte. Ihre Erinnerungen vermischten sich und wirbelten wild durcheinander.

Sie riss sich zusammen. Vielleicht würde sie ihm irgendwann einen Brief schreiben, doch dann fiel ihr ein, dass sie nicht einmal seinen Nachnamen kannte. Sie wusste nicht, wo er wohnte, und eigentlich wusste sie nicht einmal, wer er überhaupt war.

Manchmal sind Erinnerungen schöner als das wahre Leben, dachte sie und schloss kurz die Augen.

Ein Windzug fuhr durch das geöffnete Fenster in das Zimmer und strich über ihr erhitztes Gesicht.

Sie machte sich hübsch, bevor sie die Pension verließ und bemerkte, wie der Zimmerwirt ihr hinterherstarrte, als sie die Straße hinunter zum Restaurant ging. Sie spürte die Geldscheine in ihrer Hosentasche und fühlte sich sicher. Im Restaurant, wo man sie inzwischen kannte, wurde sie von Pablo herzlich begrüßt und zu ihrem Lieblingstisch ganz hinten in einer Ecke geführt. Selbstbewusst orderte sie ihre Bestellung. Das erste Glas Wein, das Kerzenlicht und die mit Knoblauchduft geschwängerte Luft machten sie leicht schwindelig.

Als das Essen kam und ihr der Geruch der frischen Gambas in die Nase stieg, lächelte sie. Sie nahm die Gabel in die Hand und wollte gerade anfangen zu essen, als sie spürte, dass sie beobachtet wurde.

Ihr Blick schnellte nach oben.

Drei schmierige, schnurrbärtige Italiener saßen an einem Tisch in ihrer Nähe und glotzten sie lüstern an. Einer von ihnen formte seine Lippen zu einem Kussmund, und die anderen lachten. Leyla wandte sich ihrer Pasta zu. Diese drei Typen würden ihr nicht den Abend verderben. Während sie aß, glitt ihre rechte Hand automatisch in die Jackentasche des leichten Jacketts, das sie trug. Ihre Finger spielten zärtlich mit dem Gegenstand, der sich darin befand.

Sie umfasste den Griff des silbern schimmernden Messers und zog es, verdeckt von der Tischplatte, langsam aus der Tasche. Sie betrachtete es einen Augenblick versonnen und liebevoll. Nie wieder würde ihr etwas Schlimmes passieren.

Messer hatte sie schon immer geliebt.

Weitere Titel finden Sie auf den folgenden Seiten und im Internet:

WWW.GMEINER-VERLAG.DE